www.penguin-verlag.de

STEPHAN R. MEIER

TO XIC

JEDE SEKUNDE ZÄHLT

THRILLER

 PENGUIN VERLAG

Penguin Random House Verlagsgruppe FSC® N001967

1. Auflage
Copyright © 2024 der Originalausgabe by Penguin Verlag
in der Penguin Random House Verlagsgruppe GmbH,
Neumarkter Straße 28, 81673 München
Umschlaggestaltung: www.buerosued.de
Umschlagabbildungen: David Johnson / Trevillion Images /
Dragan Todorovic / Trevillion Images, www.buerosued.de
Satz: Buch-Werkstatt GmbH, Bad Aibling
Druck und Bindung: GGP Media GmbH, Pößneck
Printed in Germany 2024
ISBN 978-3-328-10545-9
www.penguin-verlag.de

PROLOG

MÜNCHEN, DEUTSCHLAND

MITTE APRIL

Das erste Tageslicht stahl sich durch die Gardinen des Schlafzimmers der Münchner Altbauwohnung und zupfte an Ruperts Bewusstsein.

Er blieb mit geschlossenen Augen liegen, eingekuschelt in die Bettdecke, den Kopf tief im Kissen vergraben. Unweigerlich musste er lächeln, so wohl fühlte sich das an. Er wollte sich noch eine Minute gönnen und der Wärme und Unbekümmertheit der erwachenden Welt vor seinem Fenster nachspüren. Es war die schönste Zeit: den tiefen Schlaf gerade abgeschüttelt und voller Vorfreude auf die altbekannten Rituale des kommenden Tages.

Es war ein harter Winter gewesen. Aber spätestens jetzt brach neues Leben durch die eisige Decke. Und damit schien alles wieder von Hoffnung und Sinn erfüllt zu werden.

Auf die Zyklen der Natur ist immer Verlass, dachte Rupert. Erst kam die Vernichtung, dann die Starre und danach die Kreation von neuem Leben. Und mit diesem Gefühl strömte fast zwangsläufig Zuversicht und Hoffnung in seinen Halbschlaf.

Mit seinen dreißig Jahren war Rupert Weltkrisen gewohnt. Erst Corona, dachte er, dann der zähe, blutreiche Krieg in der Ukraine, der Überfall auf Israel durch die Hamas und alles, was danach kam ... Zumindest hatten die Demokratien bis jetzt gehalten, sie waren stark und vereint geblieben.

Rupert schlug die Augen auf. Das Erste, was er tat, war, mit dem Fuß unter der Bettdecke nach dem warmen Körper seiner Freundin zu tasten. Sandra. Sie lag eingerollt neben ihm, nur die Nasenspitze und ihr blonder Haarschopf schauten heraus. Sie atmete ruhig und gleichmäßig. Er wollte sie nicht stören. Es war alles gut an diesem Morgen im April.

Er zwang sich, die Augen ein wenig weiter zu öffnen, und blinzelte zu dem Doppelfenster des Schlafzimmers, das gekippt war. In ein paar Minuten würde es ganz hell sein. Ein neuer Tag an Sandras Seite. Schlaftrunken, wie er war, versuchte er herauszufinden, welches Wetter draußen herrschte. Wenn es regnete, dann trommelten die Tropfen auf das Messingvordach über dem Hintereingang, drei Stockwerke unterhalb des Schlafzimmerfensters seiner Mietwohnung in München-Giesing, wo noch viele alte Häuser standen. Es trommelte nicht. Er würde das Fahrrad ins Büro nehmen können.

Sandra seufzte im Schlaf. Rupert lächelte, streichelte ihre Schulter, ganz zart, damit sie nicht wach wurde. Sie roch nach Vanille. Eine Alarmanlage ging plötzlich unten los. Eine wütende Fahrradklingel war zu hören. Von weiter entfernt hallte die Bahnsteigansage des S-Bahnhofs herüber. Darüber legte sich das ohrenbetäubende Heulen eines Krankenwagens.

Die Stadt erwachte. Aus der Wohnung über ihm hörte er Schritte, die Dielen ächzten. Noch jemand war aufgewacht. Gleich würde er Wasser in den alten Rohren rauschen hören. Das störte ihn nicht. Keinesfalls. Er hatte Glück gehabt, eine Wohnung in dem Altbau ergattert zu haben. Die Wohnungen waren saniert worden, behutsam auf modernen Chic in alten Gemäuern getrimmt. Aber in den Wänden hatte man die ursprünglichen Wasserleitungen belassen. Zu teuer. Im Keller gab es noch die uralten Hydranten, in denen man das Wasser rauschen hörte. Mit einem lauten Klacken quittierten die Umlaufventile Druckabfall oder -anstieg. Solide, einfache und robuste Technik.

Rupert lupfte die Bettdecke, rollte sich langsam auf die Seite und setzte sich im Bett auf. Sein Kreislauf hinkte noch ein wenig hinterher. Vorsichtig drehte er sich um. Sandra schlief tief und fest. Sie hatte Spätschicht im Kaffeehaus, sie hatte noch Zeit. Aber er musste sich sputen.

Er stand auf, zog die auf halbmast hängenden Boxershorts nach oben und ging auf Zehenspitzen aus dem Schlafzimmer in den schmalen Flur. Auch hier knarzten die Dielen. Im Flur gab es ein Fenster, das auf die Straße vor dem Haus hinausging. Rupert schob den Sichtschutz, auf dem Sandra bestanden hatte, beiseite und sah hinab. Zwei Jugendliche mit Caps, in Hoodies und Baggyhosen gekleidet, standen auf dem Bürgersteig, direkt vor ihrem Haus.

Creative Factory hieß die Firma, für die Rupert arbeitete, eine Online-Marketing-Agentur. Sie stellten gerade eine europaweite Kampagne für einen der erfolgreichsten Street-Ware-Konzerne zusammen. Mode für Kids, so wie die beiden da unten. Sie redeten kurz, dann schlenderten sie ohne Eile in Richtung Schwanseestraße davon. Zwei Teenager auf dem Weg zur Haltestelle Giesinger Bahnhof. Wie Tausend andere in der Stadt, im Morgengrauen auf dem Heimweg. Von einer Technoparty vielleicht?

»When smoking marijuana, when the pipe is empty. This is an expression sweaty is used for.« Rupert sah den beiden nach. Er hatte keine Ahnung, warum ihm der Spruch eingefallen war, als er die beiden beobachtet hatte. Ein Songtext?

Rupert wollte den Sichtschutz wieder herunterlassen, als er das Polizeiauto bemerkte, das den Jugendlichen unauffällig hinterherschlich. Die beiden drehten sich noch einmal kurz um, tauschten eine Art Clan-Gruß mit den Händen und verschwanden im nächsten Augenblick in verschiedene Richtungen. Dass der Polizeiwagen Gas gab, um die Ecke schoss und einem der beiden abrupt den Weg abschnitt, sah er gerade noch, dann ließ er den Sichtschutz wieder runter. Nicht sein Problem.

Kaffee – das nächste Etappenziel an diesem Morgen. Rupert betrat die Küche und schaltete den Vollautomaten ein, den seine Eltern ihm zum Einzug geschenkt hatten. Dann tapste er schlaftrunken ins Bad nebenan, setzte sich hin und pinkelte los.

Als er fertig war, wollte er sich die Hände waschen, entschied sich aber anders. Er öffnete die Tür der Duschkabine und drehte den Warmwasserhahn auf. Es brauchte ewig, bis das Wasser in den alten Leitungen warm wurde. In der

Zwischenzeit war die Kaffeemaschine sicher auf Temperatur gekommen, er könnte sich den ersten Espresso herauslassen und mit dem Koffeinkick im Blut heiß duschen.

Guter Plan.

Fühlend streckte er die Hände in den kräftigen Wasserstrahl, um sie sich gleich hier, im ersten kalten Wasserstrahl, zu waschen. Das Wasser wurde ungewöhnlich schnell heiß an diesem Morgen. Also doch erst duschen, sagte sich Rupert. Er drehte den Warmwasserhahn herunter und den Kaltwasserhahn leicht auf. Dann fühlte er die Temperatur. Noch immer zu heiß zum Duschen. Er sah von unten Dampf in der Duschwanne aufsteigen und atmete wohlig ein.

Da tauchten Blitze vor seinen Augen auf, gefolgt von schwarzen Schlieren. Seine Knie zitterten. Das Bad fing an, sich um ihn zu drehen. Er suchte Halt an der Kante der Duschkabine, mit der anderen Hand ruderte er hilflos in der Luft, wollte das Waschbecken erreichen, um sich daran festzukrallen. In sein Erstaunen mischte sich wütende Verzweiflung. Seine Hände gehorchten ihm nicht. Ein mächtiger Schmerz zog aus seinen verkrampften Eingeweiden herauf. Sein Bauch fühlte sich steinhart an. Er krümmte sich nach vorn, der Schmerz überwältigte ihn. Er taumelte gegen die Duschtrennwand, rutschte kraftlos herab. Er wollte schreien. Doch er bekam den Mund nicht auf. Dann schoss eine Welle von Wärme durch seinen Körper. Blind, taub und gefühllos brach er zusammen.

Seine fast neunzig Kilogramm Gewicht, jeder Körperspannung beraubt, zertrümmerten mit ohrenbetäubendem Getöse die Duschkabine. Glas zerbarst, Metall-schienen verbogen sich, der überladene Seifenspender mit den Duschgels und Shampoos, Sandras Haarkuren und Spülungen krachte auf seinen Kopf. In den weiß-lichen Schaum, der aus seinen Lippen quoll, mischten sich blutrote Rinnsale.

***

Sandra fuhr im Bett hoch. Sie fand Ruperts Bettseite leer. Mit rasendem Herzen rief sie seinen Namen. Er musste gefallen sein. Sie rannte in den Flur, schlitterte auf ihren Schlafsocken an der leeren Küche vorbei, rief wieder sei-nen Namen. Panik durchfuhr sie. Dann hastete sie, vom Rauschen des Wassers geleitet, ins Bad, den Raum, in dem Rupert sein musste.

»Rupert? Rupert!!!«, schrie sie, als sie ihn in grotesk gekrümmter Haltung auf dem Boden liegen sah, stürzte zu ihm und schlitzte sich beim In-die-Hocke-Gehen an der zersplitterten Duschkabine den Arm auf. Sie igno-rierte den scharfen Schmerz und nahm seinen Kopf in die Hände. Versuchte zu begreifen, was passiert war. Sah seine toten Augen. Sie wischte den weißen Schaum und das Blut von seinem Mund. »Rupert!«, schrie sie. »Nein! Nicht!« Schluchzend sog sie Luft in die Lungen. Sie bet-tete seinen leblosen Kopf in ihrem Schoß. Schlang die Arme um seinen Körper.

Dann sah sie Blitze, gefolgt von schwarzen Schlie-ren …

RACHE – PLAN A

Der Plan A der Vergeltung sah die Vergiftung der Trinkwasserversorgung in Hamburg, Frankfurt am Main, München und Nürnberg vor, mit dem Ziel, sechs Millionen Deutsche als Vergeltung für den Holocaust zu töten.

KAPITEL 1

BIROBIDSCHAN, JÜDISCHE AUTONOME OBLAST, OSTSIBIRIEN

DREI MONATE ZUVOR

Die Wohnung im dritten Stock des sibirischen Platten-
baus hatte fantasielose Betonschachteln als Zimmer, die
sich um einen engen Flur gruppierten. Sie war klein und
schlecht beheizt. Ein Stuhl mit Metallbeinen sowie einer
Sitzfläche und Lehne aus Resopal, ein zerkratzter vier-
eckiger Holztisch, ein schwankendes eisernes Bettgestell
mit einer fleckigen Matratze darauf – mehr gab es nicht
in dem Raum, den Boris als Schlafgelegenheit nutzte.
Eine Decke lag lose über seinen Beinen, eine nackte
Glühbirne diente als Lichtquelle. Vor dem undichten
Fenster hingen verwaschene Vorhänge in einer undefinierbaren Farbe, die sich im Luftzug leise bewegten.

Boris' Kopf lag auf einem fleckigen Kopfkissen. Soeben der Gnade des Schlafes entrissen, konnte er sich
zunächst kaum rühren, als er zum hundertsten Mal jedes
Detail im Raum musterte und aufs Neue abspeicherte,
während er wartete, dass das Blut in seinen Gliedern
wieder zu zirkulieren begann und die unerträglichen
Schmerzen zurückkehrten. Die karge Einrichtung, die
verblassten Farben, der Geruch von Armut und Eintopf,

die Schäbigkeit der einfachen Möbel würden ihn bis an sein Lebensende an die sägenden Schmerzen überall in seinem Körper erinnern. Er hatte hier seit Wochen gehaust und sich anfangs Tag und Nacht vor Qualen gekrümmt.

Jeder andere hätte längst aufgegeben oder sich der grausamen Tortur gar nicht erst unterzogen – vor allem nicht freiwillig. Boris war aus anderem Holz geschnitzt. Er war nicht, wie Menschen normalerweise sind: verweichlicht und ängstlich, deshalb gläubig, ansonsten bequem und faul – und nur auf Vergnügen und ein genussvolles Leben aus.

Für Boris waren Schmerzen und Qualen etwas Unausweichliches, Notwendiges, etwas, was zum Menschen und zum Zyklus des Lebens dazugehörte. Es war vielleicht das Einzige, was die menschliche Existenz unweigerlich auf eine höhere, fast heilige Ebene bringen konnte. Eine Ebene, die dem Tod näher als dem Leben war. Der Tod steckte ja in jedem Menschen von Anfang an als unlöslicher Bestandteil drin. Leben war lediglich eine Verdrängung des Todes. Und jeder Mensch war schließlich viel länger tot als lebendig.

In den Augen seiner zahlreichen Opfer hatte er oft das Erstaunen und dann die plötzliche Erkenntnis dieser höheren Wahrheit gesehen – den Beweis für die Existenz des Todes, der zum Leben zwingend dazugehörte. Es war jedes Mal ein Moment, in dem Zeit und Raum zu verschmelzen schienen. Das konnte süchtig machen.

Es war berauschend! Jedes Mal aufs Neue.

Schmerzen verdrängten jeden anderen Gedanken,

jede Moral, jede Loyalität. Schmerzen waren für Boris die mächtigste Erfahrung, die er als Mensch machen konnte. Nicht nur, dass das schrille Alarmieren, welches der Schmerz in ihm auslöste, alles andere verdrängte und nebensächlich machte: Er führte den Menschen zurück zu seinem Ursprung, seiner Gnade und seiner Erfüllung. Schmerzen brachten ihn dicht an den einzigen Kern seiner Existenz – Körper und Geist konnten sich in ihm, dem durch starke Schmerzen angekündigten Tod, vereinigen.

Boris selbst empfand sich als Mensch ohne jede Wut, ohne Schuldgefühl und ohne Reue. Auch hier war er anders als die meisten. Ebendas war der Schlüssel zu seinem Erfolg: In seinem Kosmos gab es keine abstrakten Konventionen wie Schuld, Bedauern oder gar Mitleid mit anderen Kreaturen, diese zwischenmenschliche Klaviatur war ihm fremd. Das hatte mit seiner Realität nichts zu tun, es waren lediglich Machtinstrumente in den Händen weniger, die all das, was die menschliche Existenz angeblich ausmachte, zu ihrem Vorteil und für ihre Zwecke zu manipulieren vermochten.

Seine Auftragsmorde, von denen diese wenigen profitierten, führte er gerne so aus, dass er seine Opfer vor dem Tod bis an diese Grenzen brachte, indem er ihnen alles nahm, woran sie glaubten. Er konnte es sich schon seit geraumer Zeit leisten, seine Morde so zu inszenieren, dass sein eigener persönlicher Lustgewinn dabei nicht zu kurz kam. Denn erst wenn die Schmerzen alles andere überlagert hatten, wurden Menschen zu dem, was sie im Kern waren: verletzliches, empfindliches und letztendlich bedeutungsloses, austauschbares elektrochemisch gesteuertes Plasma – Fleisch und Knochen – in unendlichen Variationen. Mit der Kälte eines Insektenforschers führte er seinen Opfern in dieser Phase das letzte und größte Tabu vor Augen, die einzige Wahrheit, die es gab: den Tod.

Um Menschen an diese wahre Empfindung ihres Selbst heranzuführen, sie ihre Bedeutungslosigkeit spüren zu lassen, brauchte Boris vor allem eins: Zeit. Und einen geschützten Raum. Und Risiko. Er war kein Killer, der aus sicherer Entfernung sauber tötete, nein, er war ein Killer, der ganz nah sein wollte, nah am Schweiß, an den Tränen, nah am Blut, nah an zuckender, sich windender und verkrampfender Muskelmasse, nah am entwürdigenden Verlust der Kontrolle über die Körperfunktionen. Nah seinem Opfer, nah dem sich brechenden Blick, er wollte dem verzweifelten Crescendo des auf den letzten Zug hineilenden Atems lauschen, das rasende, stolpernde Herz hämmern spüren – und sich seinem eigenen Blutrausch hingeben.

Lange war alles gut für ihn gelaufen. Dann hatten die deutschen Behörden auf *ihre* Veranlassung hin seine DNA zweifelsfrei identifiziert. In einem Schweizer Zug, zu allem Überfluss. Er hatte *sie* unterschätzt. Oder sich überschätzt? Er hatte kein Bild von ihr, wusste nur, dass sie jung war. Zu jung, um sich mit einem Kaliber wie ihm anzulegen.

Diese Tortur, neun Monate in der Kompressionskammer, von der er sich gerade erholte, war notwendig geworden, sie war sogar unaufschiebbar. Weil er einen dummen Fehler gemacht hatte, für den er büßen musste. Bei aller Wut …

Damit es weiterging mit ihm. Damit er weitermachen konnte. Sein eigenes Leben musste ja irgendwie weitergehen, der Tanz mit dem Tod wollte weitergetanzt werden. Was sollte er auch sonst machen, um dem Sog in seinem Innern zu entgehen? Sicher, er hätte sich zurückziehen können, Geld spielte schon lange keine Rolle mehr. Aber er wollte weitermachen, konnte nicht anders, als weiterzumachen, und dafür musste er diesen dummen Fehler, den er begangen hatte, ausmerzen. Diese eine kleine Unachtsamkeit tilgen. Nichts anderes konnte ihm Frieden verschaffen, zumindest vorübergehend, als mit dem Tod zu spielen.

Um überleben zu können, war er gezwungen gewesen, seine eigene DNA für immer zu verändern. Längst wusste man, dass ein Mensch, der Monate in der Schwerelosigkeit im Weltall lebte, einen veränderten genetischen Abdruck hatte, wenn er schließlich zur Erde zurückkehrte. Der Austausch des Sauerstoffs in den Zellen funktionierte ohne Gravitation anders – ein paar Monate reichten, und die menschliche DNA passte sich an. Durch die Schwerelosigkeit schwanden Knochen- und Muskelmasse und die Blutgefäße vergrößerten sich. Auch das Immunsystem wurde schwächer, außerdem war die Körpertemperatur der Astronauten erhöht. Das Sehvermögen schwand, und selbst das Hirn schien sich zu verändern, die Zentralfurche und verschiedene hirnwasserleitende Gefäße verengten sich.

Sieben Prozent. Seine DNA hatte sich um sieben

Prozent verändert. Das genügte, um vor einem Gericht nicht mehr als er selbst identifiziert werden zu können.

Inzwischen ging es ihm langsam besser. Mühsam kämpfte er sich zurück. Seine Muskeln wuchsen, seine Blutgefäße schrumpften, und er funktionierte endlich wieder.

Boris erhob sich vorsichtig von dem quietschenden Bettgestell, kam unsicher auf die Beine und schlich schlurfend, mit an den Hüften schlackernder Unterhose, an der Wand entlang in den schmalen Flur, wandte sich nach links und legte, keine drei Meter weiter, die Hand auf die Türklinke des zweiten Zimmers der kleinen Wohnung. Sein Atem ging keuchend, sein Herz pochte vor Anstrengung nach dieser kurzen Distanz.

Erschöpft hielt er inne. Dabei musste er fast lachen über seine Jammergestalt. Er war Anfang fünfzig, sonst ein durchtrainierter, gestählter und mittelgroßer Mann mit blitzschnellen Reflexen. Jetzt fühlte er sich wie ein gebrechlicher Greis.

Schwach drang Tageslicht durch die Milchglasscheibe und warf den großen Schatten seiner gebeugten Gestalt auf den grünen Linoleumboden. Schweiß stand ihm auf der Stirn. Sein Atem ging jetzt etwas flacher. Aber seine Knie zitterten. Er pochte mit der Faust auf seine Brust, wollte sein Herz beruhigen. Er war noch alles andere als fit, aber das hier, diese paar Meter auf eigenen Füßen gehen zu können, war schon ein großer Triumph.

Das zweite Zimmer diente als Küche – und gleichzeitig als Bad. Es hatte einen kleinen Balkon mit rostigem Geländer und war mit einem alten Herd aus der

Nachkriegszeit eingerichtet. Ein Spülbecken mit einem Duschschlauch, eine Waschschüssel aus Kunststoff neben dem Abfluss auf dem Boden, ein fleckiger Spiegel, ein brummender Kühlschrank, eine Arbeitsplatte samt Hocker aus vergilbtem Kunststoff, ein Schrank mit Utensilien aus dem Genossenschafts-Shop und eine Deckenlampe – mehr gab es nicht.

Boris aß hier und wusch sich. Die Toilette war auf dem Gang, vor der Wohnung. Jetzt kam er wenigstens aus seinem Bett raus, wenn auch wackelig. Musste nicht mehr in den Eimer machen, den Nellya leerte, immer wenn sie ihm das Essen brachte.

Er stand keuchend vor der Küchentür, wartete, bis die schwarzen Schlieren vor seinen Augen weniger wurden. Drückte die Klinke hinunter und schaffte es, die Bad-Küche zu betreten und sich erschöpft auf den Hocker plumpsen zu lassen.

Er war kurzatmig geworden. Kein Training mehr, seit vielen Monaten. Er sah an seinem früher so eisenharten Körper hinab. Er hatte nie ein Gramm Fett zu viel gehabt, mit Anfang fünfzig die Kraft und Geschmeidigkeit eines jungen Mannes besessen. Eine neunzig Kilogramm schwere, stählerne Kampfmaschine mit Reflexen, so schnell wie eine Raubkatze. Jetzt sah er nur noch schlaffe Muskeln, teigige Haut und nahm einen unangenehmen Körpergeruch wahr, der von ihm aufstieg. Er blähte die Nasenflügel, sog die Luft ein und grinste.

Er roch jetzt sogar anders.

Unglaublich.

Jetzt war es an der Zeit, wieder zu Kräften zu kommen. Eine Strafe, wahrlich: Jeder Knochen, jeder Muskel, jede Sehne hatte wie Feuer gebrannt. Wochenlang. Wie Blut- und Knochenkrebs auf einmal. Das war der Preis der Freiheit. Er würde ab sofort dreimal so gut aufpassen müssen.

Das schwor er sich.

Er schlug sich mit der flachen Hand ins Gesicht, versuchte, die Blutzirkulation wieder zum Laufen zu bringen. Essen. Er musste essen. Von seinem Platz aus konnte er den Topf erreichen, den Nellya für ihn hingestellt hatte.

Brave Nellya.

Er schubste den Deckel bei Seite und spähte hinein. In einer undefinierbaren Brühe schwammen fettige Fleischstücke. Grob geschnittenes, fahl gekochtes Gemüse ragte heraus. Er musste warten, bis sein Hunger so groß wurde, dass er den Fraß herunterbekam. Und anschließend bei sich behielt. Das meiste, mindestens.

Boris stemmte sich hoch, schlurfte zum Fenster, zog sein gelbstichiges Unterhemd glatt und sah über die Balkonbrüstung.

Birobidschan.

Viel zu breite Straßen und viel zu enge Wohnungen. Kaum Straßenbeleuchtung. Sozialistische Einheitsarchitektur, grau und verwaschen. Nichtssagend. Auf den Fassaden waren hier und da riesige siebenarmige Leuchter gemalt worden – in Arbeiter-und-Bauern-Staatskunst-Ästhetik, grob, flächig, sozialistische Romantik. Grelle Blautöne, scharfe Konturen, kitschige Symbolik mit groben Motiven.

Stalins Jerusalem.

Birobidschan.

Seine Heimat.

Noch vor der Gründung Israels hatte Stalin in diesem Teil Sibiriens eine jüdische Enklave gegründet. Als neue Heimat für die Juden. Nicht nur für die russischen, sondern für alle Juden, so wie seine Urgroßeltern es gewesen waren. Derbe Bauern.

Das Gebiet lag weit entfernt von allem. Ein jüdisches Land, in dem die Unbequemen, die Gebildeten, die Erfolgreichen gut aufgehoben wären. Und doch kamen nur Bitterarme – und sie würden es in Folge auch bleiben: bitterarm. Verdammt dazu, Ackerbau und Viehzucht zu betreiben. Denn nur das sei proletarisch und lobenswert, nichts anderes.

Und sie sollten nicht nur Bauern werden und wie Bauern leben: von der Scholle, die man ihnen zugewiesen hatte. Sie sollten für das geschenkte Land auch dankbar sein. Schluss mit intellektueller Arbeit, mit Literatur und Philosophie, mit Handel und Geldmarkt. Mit Bildung. Mit Kultur. Mit Musik und Poesie. Macht euch die Hände schmutzig, grabt den Boden um, rodet das Land und ernährt euch davon! Lebt mit dem Wandel der Jahreszeiten, mit den Gezeiten, hieß es. Das ist die einzige Erfüllung.

Und seht her: Die sozialistische Republik ist großzügig, menschlich, sie kümmert sich um euch verfolgte Opfer, gibt euch sogar ein Stück Land. Einen Ort für eigene Identität. Für ein Volk, das eine neue Heimat hatte.

Von hier stammte Boris. Und sein Bruder. Sie waren in dieses gescheiterte Experiment hineingeboren worden.

Voller Hoffnung und Träume waren seine Urgroßeltern hierhergezogen, 1928 war das gewesen. Und weitere vierzigtausend andere Juden folgten damals dem Ruf und der Verheißung. Sie siedelten sich an im vermeintlich gelobten Land. Als dann Israel gegründet wurde, ließ Stalin – und seitdem jede weitere Sowjetführung – die Juden in Ostsibirien fallen: Die USA und Israel, so hatte es ihm sein Großvater vorgejammert, waren sofort eine enge Verbindung eingegangen. Von Anfang an. Stalins großzügige Geste war damit von den Juden selbst verraten worden, die sich lieber an der üppigen Brust des Feindes nährten, als ein demütiges, karges Leben in den Diensten der Ideologie der Kommunistischen Partei zu führen. Moskau ignorierte seine eigene jüdische Enklave ab diesem Zeitpunkt. Viele blieben trotzdem im äußersten Zipfel Ostsibiriens. Wo sollten sie auch hin?

Einige wenige aber schafften den Absprung. Wie sein Bruder, heute einer der mächtigsten Männer Russlands, ganz dicht am Zentrum der Macht und dabei doch immer im Schatten bleibend. So eine Karriere war nicht selbstverständlich. Denn Birobidschan war ein Ort, an dem Menschen die eigene Jugend nicht nur abhandenkam, sondern – was noch viel schlimmer schmerzte – diese Jugend nachträglich auch noch entwertet wurde.

Boris vertrieb die aufkeimenden Gedanken an die Vergangenheit und den Zorn, den diese mit sich brachten. Es war ein tief sitzender Zorn über die Demütigung, über das Abgehängtsein, über dieses offene Gefängnis am Ende der Welt, in das sie hineingeboren worden waren, der seit jeher das Handeln seines Bruders Arkida und seine eigenen Taten gerechtfertigt hatte. Es war dieser stille, aber unstillbare Zorn, der sie verband. Und aus ihnen ein tödliches Team geschweißt hatte. Und das ohne jede religiöse Note. Sie glaubten an rein gar nichts, weder sein Bruder noch er.

Boris' Blick schweifte über die eintönigen Fassaden der lieblosen Mietshäuser gegenüber. Die ganze Stadt war zu seinem Safe-House geworden, seinem Bruder sei Dank. Ein grauer Himmel lag über der kleinen Stadt. Ein Himmel, wie zerschnitten von einem Gewirr aus Strom- und Telefonleitungen, die in einem ewigen Provisorium zwischen den mehrgeschossigen Klinkerhäusern hingen.

Er drehte den Kopf nach links, sah auf den großen, kreisrunden Platz mit der Kreuzung. Betonierte Bürgersteige, breit wie Landebahnen. Pompös, aber schäbig. Und völlig unnütz. Heruntergekommene brutalistische Monumentalarchitektur, in Beton von miserabler Qualität gegossen.

Jedes menschliche Wesen sah auf diesen riesigen Betonflächen völlig verloren aus. Mit voller Absicht. So *sollte* der Mensch sich fühlen, inmitten der pompösen stalinistischen Architektur. Klein. Unbedeutend. Wie eine Ameise. Ein Nichts. Ein Nichts vor den Interessen der Gemeinschaft, die Gemeinschaft ein Nichts vor den Interessen der Partei, die Partei ein Nichts vor den Interessen des Zentralkomitees, das Zentralkomitee ein Nichts vor dem unfehlbaren Willen des großen Vorsitzenden. Genau so, schmunzelte Boris, sollte feudale, zentralistische Diktatur funktionieren.

Diese Stadt und sein Umland – Stalins Jerusalem – waren ein Experiment gewesen, das an den Juden selbst scheitern musste. Juden verstanden es, im Hier und Jetzt zu leben. Das war einer der Schlüssel ihres Erfolgs bei vielem, was sie anpackten. Und mit dem Erfolg kam der Neid. Aber hier, zu einem kargen Leben als Bauern verdammt, gab es nichts, was sich mit Erfolg bewerkstelligen ließ.

Sie waren auch großartige Familienmenschen, durch und durch. Sie fühlten sich – wie alle Menschen, von denen sich die meisten das nicht eingestanden – in kleinteiliger Architektur am wohlsten, es musste gemütlich, heimelig und warm sein. Menschlich. Und auf die menschlichen Dimensionen zugeschnitten.

Das, was Boris hier aus seinem Fenster sah, war genau das Gegenteil. Nicht zuletzt diese absurde Architektur hatte den Juden in Stalins Jerusalem das Herz rausgerissen und die Seele vergiftet.

Drei Fahrspuren in jede Richtung gingen von dem Platz ab. Nur fuhr hier keiner auf diesen riesigen Straßen. Und es flanierte keiner auf den überbreiten Betongehwegen. Ab und zu nur knatterte ein Polski-Fiat oder ein UAZ-Geländewagen vorbei, eine Rauchfahne hinter sich herziehend. Eine leere Betonwüste, dekoriert mit den hellgrauen Wölkchen der Zweitaktmotoren.

An der Ecke, dem Anfang der breiten Straße, die zum Kosmodrom Wostotschny führte, dem mehrere Hundert Kilometer entfernten Weltraumbahnhof mit seinen Forschungseinrichtungen, sah Boris einen Geländewagen der Polizei. Einer der beiden Polizisten stand lässig an den Kühler gelehnt, rauchte und sah zu seiner Wohnung im Millena-Apartment-Komplex hoch. Wo er – Boris – wieder auf die Beine kommen sollte. Hier sollte er sich erholen. Beschützt von der Polizei. Gepflegt von Nellya.

Gleich neben den Polizisten und ihrem Wagen gab es ein Lokal mit verhängten Fenstern und einer blinkenden Reklame über der Tür. Eine Bar, die lokales Bier und Wodka ausschenkte und in der Säufer an Spielautomaten hingen. Wie überall auf der Welt.

Boris spürte, dass seine Knie wieder zu zittern anfingen. Er zwang sich, stehen zu bleiben, und warf einen Blick in die andere Richtung. Die breite Straße schnitt Birobidschan in zwei Hälften. Wenn man sich vom zentralen Platz entfernte, wurde diese Straße schnell immer schmaler, bis sie nur noch teilweise asphaltiert war, sich als klägliche, festgestampfte Erdpiste durch brutal gerodete Felder hindurch- und an schlichten Höfen vorbeischlängelte. Und dann – vor einem dichten Wald liegend, der über der Taiga thronte wie ein Monument aus der Vorzeit – kam es: Waldheim.

Seine Heimat.

Ein winziges Dorf.

Dort war er geboren und aufgewachsen.

Mit seinem Bruder. Arkida.

Boris presste beide Fäuste gegen die Schläfen. Er fühlte die alte Leere in sich aufsteigen. Sein geliebter Großvater, der alles gewesen war, was er gehabt hatte. Und was sein Bruder gehabt hatte. Sie hatten nie heraus-

25

gefunden, ob er sich selbst umgebracht hatte, damals im Gefängnis. Nicht einmal sein Bruder, der Verbindungen hatte in das allerhöchste Heiligtum der Macht, hatte je erfahren, was genau passiert war. Er, der unverzichtbar geworden war für die heutige Kremlführung, die Ministerien und die Geheimdienste. Für das Militär. Eine unsichtbare Macht im Hintergrund. Ein eiskalter, zynischer Mann, der einer der größten Waffenhändler der Welt geworden war. Ein Großinvestor mit einem weltweiten Firmengeflecht, das er ständig ausbaute, indem er über Strohmänner und Scheinfirmen laufend weitere Unternehmen hinzukaufte oder sich einfach einverleibte. Der milliardenschwere Aktieninvestments hin und her schob. Selbst er hatte niemals in Erfahrung bringen können, wie und woran ihr geliebter Großvater im Gulag gestorben war. Zwei jüdische Bauernsöhne, Waisen, aus dem östlichsten Teil Sibiriens. Chancenlos in einer trostlosen Gegend geboren. Und doch war Arkida der mächtigste Oligarch Russlands geworden. Der Prototyp eines Oligarchen schlechthin. Sein eigener jüngerer Bruder. Dem er, Boris, den Weg freiräumte.

Boris schloss einen Moment die Augen, blendete die trostlosen Fassaden draußen aus. Sie waren wieder Kinder, es war Sommer in Birobidschan. Sie trugen kurze Hosen und liefen barfuß einem alten Reifen hinterher. Er konnte die Erde riechen und die Gräser spüren, die sie an den Waden kitzelten. Am Ende des Ackers, den ihr Großvater ergattert hatte, um für die Familie ein paar dürre Gemüsebeete anzulegen, war ein Wall aufgeschüttet. Und hinter dem Wall war ein Brunnen. Nicht mehr

als ein Loch in der Erde, rundherum mit Steinen befestigt, in das man einen Eimer hinablassen konnte. Es
war ihnen streng verboten, sich dem Brunnen zu nähern. Aber sie hatten Durst. Großen Durst vom Herum-
toben. Sie dachten, der Großvater sei weit weg, auf seinem Acker. Bis sie den Schatten sahen, der sich über
ihnen auftürmte. Wie immer hatte er, Boris, die Prügel
mit dem knorrigen Knüppel auf sich genommen, hatte
sich schützend vor seinen kleinen Bruder gestellt.

Jetzt war es Arkida, der ihn, seinen älteren Bruder,
schützte, indem er ständigen Polizeischutz besorgt hatte.
Eine Träne wollte sich ihren Weg in Boris' rechtes Auge
wagen.

War er empfindlicher geworden? Drohten ihm, dem
lautlosen, spuren- und gesichtslosen Profikiller, dem
gefürchtetsten Auftragsattentäter der Geschichte, jetzt
etwa Gefühlsausbrüche?

Boris lachte tonlos auf.

Nein, keine wirkliche Gefühlsduselei. Nur vorüber-
gehende Schwäche, konstatierte er nüchtern. Das würde
sich wieder legen. Und so musste es sein.

Sein Bruder und er waren ein unaufhaltsames Duo.
Miteinander verschweißt durch eine weitere, rein private
Sache, die sie seit frühester Kindheit umtrieb: die eine,
große, unvollendete Rache.

Boris stöhnte auf. Der Schmerz in seinem Rücken
wurde stärker. Monate der Schwerelosigkeit hatten seine
Skelettmuskulatur geschwächt. Er sah auf die Uhr, die
an der Wand in der Küche hing. Immerhin, schon eine
halbe Stunde hatte er es ausgehalten. Mehr als gestern.

Auf die Toilette, dann etwas essen, und danach musste er sich wieder hinlegen.

Ihr Großvater, dachte er, während er eine Position suchte, die ihm etwas Linderung verschaffte, ein streng gläubiger orthodoxer Jude, war Teil der radikalen Nakam gewesen, die auf Rache sannen: sechs Millionen für sechs Millionen. Sechs Millionen Deutsche sollten sterben als Rache für sechs Millionen im Holocaust vernichtete jüdische Leben.

Nur: Nakam war verraten worden, ausgerechnet von Hagana, einer paramilitärischen jüdischen Untergrundorganisation. Juden hatten tatsächlich Juden verraten und die Rache verhindert.

Arkidas und Boris' Großvater war qualvoll im Gefängnis gestorben und die große Rache ausgeblieben. Jetzt musste ihr Großvater gerächt, sein Lebenswerk vollbracht werden. Von den beiden Enkeln.

Wenn die Zeit reif war.

Es brauchte nur den richtigen Anlass, eine Tarnung, einen vorgeschobenen Grund, einen neuen Auftrag.

Vielleicht während der nächsten Mission?

Es war etwas im Busch, das hatte er erfahren, bevor er seine Tortur im Weltraumzentrum angetreten hatte. Er spürte das alte Feuer, das in ihm glomm, wieder auflodern. Eine Lust, die stärker war als alles andere. Die Lust zu töten. Bei einem hilflosen Opfer die Grenze zwischen Leben und Tod auszuloten. Das Definitive daran, die Tiefe, das Unwiederbringliche, das war seine Befriedigung. Bald, schon bald wäre er wieder einsatzfähig. Bald wäre er wieder bereit. Bald wären es wieder seine teilnahmslosen Husky-blauen Augen, in die ein Opfer ungläubig starrte, bevor er dessen Kerze für immer ausblies.

Und im Schatten dieser Mission würden er und sein Bruder mit geschickter Hand die Fäden ziehen, damit die Rache für den Versuch, die Juden auszurotten, geübt werden konnte.

Boris leckte sich die Lippen.

Energie strömte durch seinen geschwächten Körper, bis ein neuer Schmerz ihn ächzen ließ.

Diese verdammte Agentin, dachte er, die ihm das hier eingebrockt hatte. Es war in Luzern passiert. Er hatte einen Anwalt auf unsanfte Art gefügig gemacht, der als Ein-Mann-Büro fungiert und mehreren Hundert Aktiengesellschaften das begehrte Schweizer Domizil gestellt hatte. Boris hatte die Alarm-blinkende Smart-Watch am Handgelenk des Anwalts zu spät gesehen, nachdem er ihm drei Finger gebrochen hatte. Sicher, er war in einer perfekten Tarnung unterwegs gewesen. Er hatte sich zu sicher gefühlt. Sein bevorzugter Rückzug in diesem Fall war der Zug gewesen. Er hätte anders entscheiden sollen. Denn trotz der Tarnung und der ausgeklügelten Ablenkungsmanöver war diese Frau in Windeseile vor Ort gewesen und hatte in einem unvorsichtigen Augenblick am Bahnsteig einen Blick auf ihn erhaschen können, einen Verdacht gehabt und ihn identifiziert. Sie hatte dafür gesorgt, dass der ganze Waggon tagelang Zentimeter für Zentimeter abgesucht worden war, bis sie seine DNA gefunden hatten.

Die muss einen richtig guten Riecher haben, dachte er. Und er musste in Zukunft besser recherchieren. Der Anwalt diente auch dem BND als Deckadresse für einige seiner Tarnfirmen und musste der Agentin schon im Voraus einen Tipp gegeben haben.

Boris pulte mit dem Fingernagel ein abgesplittertes Stück Holz des morschen Fensterrahmens heraus, riss es ab, schätzte das Gewicht, indem er es in der Hand wog, warf das spitze Stück in die Luft und zertrümmerte es bei der Landung auf dem steinernen Fenstersims mit seiner anderen Hand so, dass es förmlich zermalmt wurde. Splitter fraßen sich in seinen Handballen, der Schmerz ließ ihn zusammenzucken.

Mit zitternden Knien ließ er sich auf dem Stuhl nieder. Er sammelte sich einen Moment, spürte dem Schmerz nach. Dann schaltete er den Herd an und schob den Topf auf die fleckige Platte. Er musste etwas essen.

Früher oder später würde er sich rächen, dachte er wartend. Das schwor er sich. Er würde sie genüsslich quälen, damit sie verstand, was sie ihm zugemutet hatte. Instinktiv versuchte er, die Schultern zu straffen, sich aufzupumpen, die Sehnen zu spannen – aber der Schmerz, der von seiner Hand ausging, lähmte ihn.

Jetzt kam die Träne – eine Ohnmachtsträne. Er war noch nicht so weit.

Dann spitzte er die Ohren.

Ein Geräusch auf dem Flur vor der Wohnungstür.

Schritte.

Ein Seufzen.

Das Klimpern eines Schlüsselbunds.

Boris spannte die Muskeln, die ihn sofort schmerzten. Früher wäre er mit einem Satz hinter der Tür gewesen. Sprungbereit. Hätte gewartet, dass ein empfindlicher, ungeschützter Hals auftaucht, in den er seine starken Finger bohren konnte, um eine sofortige Ohnmacht auszulösen. Dahin musste er sich wieder zurückkämpfen. Zu seiner alten Form. Jetzt konnte er nur dasitzen, auf seinem Stuhl.

Ergeben.

Machtlos.

Unfähig.

Schwitzend und stinkend.

Sein Blick wurde neblig.

Dann hörte er den Schlüssel, der sich ins Schloss schob. Die Türe, die quietschte. Plötzlich stand sie vor ihm: Nellya.

Boris stöhnte auf und sah sie an. Er sah ihren Kittel unter dem Mantel hervorlugen, blickte in ihre vor Schreck geweiteten Augen. Er sah, wie sie die Handtasche und den Schlüsselbund fallen ließ, dabei ein jüdisch-russisches Slangwort aus ihrer rauen Kehle bellte, sah, dass sie auf ihn zustürzte, bis er völlig entkräftet ihre starke Hand unter seiner verschwitzten Achsel spürte und merkte, wie sie ihn anhob, dabei in die Knie ging, um sein Gewicht aufzufangen, obwohl er sich federleicht fühlte. Unter unverständlichem Gemurmel deutete sie mit dem Kopf auf das Schlafzimmer nebenan. Er roch ihren säuerlichen Atem. Spürte, wie sie in einer mütterlichen Anwandlung mit ihrer freien Hand seinen wirren Haarschopf zu glätten versuchte.

Dann wurde ihm schwarz vor den Augen. Alles drehte sich, und er, das tödliche Phantom mit dem Spitznamen Boris, verlor in den Armen seiner Krankenschwester das Bewusstsein.

KAPITEL 2

ROSEGARDEN, ENGLAND

ANFANG APRIL

Das gemütliche Cottage duckte sich seit Tagen unter einem Aprilsturm, der die Steinmauern peitschte und jedes Leben im idyllischen Rosegarden erstarren ließ.

»Mama, niemand mag Klugscheißer! Lass dir das von deiner Tochter gesagt sein!«, rief ich aus dem Keller nach oben und wusste nicht, ob sie mich hören konnte. »Ruf Silas bloß nicht an! Der ist eh noch im Büro!«

Ich lehnte mich an die Kellerwand, graue Ziegel, die genauso schnell abgekühlt waren wie der altertümliche Heizkessel im Haus meiner Mutter, der seit dem Nachmittag jede Tätigkeit eingestellt hatte. In dem kleinen Haus war es inzwischen eiskalt.

Ich zog die Ärmel enger um meine fröstelnden Arme. Es roch feucht, nachdem die Heizung ihren Geist aufgegeben hatte.

Ich bedauerte sofort meine Attacke auf Silas. Mama mochte es nicht, wenn ich meinen älteren Bruder beleidigte. Ich war schließlich nicht hier, um einen Streit vom Zaun zu brechen.

»Reiß dich zusammen«, ermahnte ich mich.

Der Streit zwischen uns Geschwistern war eines der

wenigen Dinge, bei denen man spürte, dass unsere Mutter überhaupt emotional berührbar war. Dass sie hinter ihrer Fassade antrainierter Noblesse wenigstens irgendetwas fühlen konnte. Sie war eine Meisterin darin, ihr Seelenleben zu verbergen. Transparente, fleischlose und stets verbindliche Gefühllosigkeit. Sie gehörte hierher, nach England. Ich verstand immer mehr, warum sie nach dem Unglück in ihre Heimat zurückgekehrt war.

Ich starrte den blöden Kessel an. Der Heizungsmonteur hätte längst kommen sollen – und tauchte nicht auf.

Jetzt fehlte es gerade noch, dass Mama wegen des Heizungsausfalls meinen besserwisserischen Bruder in Berlin anrief. Der würde sich nur kaputtlachen. Vor allem, wenn er mich jetzt hier sehen könnte. Tagelange Sticheleien wären unweigerlich die Folge.

»Lernt man das beim BND nicht? Gibt's da keine Heizungen? Schlampiges Überlebenstraining!«, würde er höhnen.

Bei solch praktischen Dingen standen wir nicht wirklich in Konkurrenz zueinander. Wir machten uns nur einen Spaß daraus, vor unserer Mutter kleine Kinder zu spielen, auch wenn ich inzwischen vierunddreißig und er siebenunddreißig war. Lachhaft. Aber so war es. Und es half uns allen dreien, die wirklichen Konflikte nicht wie Erwachsene untereinander angehen zu müssen. Wir trugen unsere Gefühle voreinander in einer Kapsel mit uns herum. Insofern waren wir dysfunktional, ja, das stimmte wohl. So wie es viele Familien waren. Auf jeden Fall herrschte bei uns kein mediterranes Temperament, wir nahmen uns nicht in den Arm, warfen uns nichts an den Kopf und brauchten uns deshalb auch nie zu versöhnen. War es besser so?

Auf jeden Fall bequemer.

Man konnte sich so viele Jahre lang aus dem Weg gehen. Eigentlich war das armselig. Meine Familie war keine Glanzleistung, emotionale Sicherheit Fehlanzeige.

Die Kellerwand war zu kalt, also stieß ich mich wieder davon ab. Ich blies mir eine widerspenstige Locke aus dem Gesicht.

»Mistding«, schnauzte ich den Kessel an. »Warum gehst du immer am Freitagnachmittag kaputt?« Das unterdrückte Fluchen brachte meinen Tatendrang wieder zutage. Ich griff nach den schweren, ölverschmierten Schraubenschlüsseln.

Die Pumpe hatte ich ausgebaut. Ich ging in die Hocke und begutachtete das unförmige Eisending.

Einfach mal draufhauen?

Vielleicht klemmte sie ja nur. Einen Versuch war es wert.

Aber vorsichtig.

Ich holte aus und schlug drauf. Das scharfe »Klong« hallte von den Wänden.

Nichts. Nur eine Spinne machte sich eiligst aus dem Staub.

Also noch mal: Klong, klong, klong.

Wieder nichts.

So konnte es nicht weitergehen. Es wurde Zeit, dass etwas passierte.

Im Beruf stand ich meine Frau, jagte als verdeckt ermittelnde Spezialagentin die gefährlichsten Attentäter rund um den Globus und galt als unerbittlich, wenn ich mich mal in etwas verbissen hatte. So ein blöder Heizkessel würde mich nicht in die Knie zwingen!

Die Lage auf der Welt wurde immer verzweifelter. So wie es sich schon seit Jahren abgezeichnet hatte. Nur das Tempo nahm zu. Putin war durchgedreht und träumte als eingebunkerter Kriegstreiber von einem Sowjetreich 2.0. China lauerte lächelnd auf die Chance, sich durch schiere wirtschaftliche Größe endgültig die Welt untertan zu machen, und schielte eifersüchtig nach den billigen Energieressourcen östlich des Urals, die ihm von einem bankrotten Russland in den Schoß fallen könnten. Die NATO war im Kern amerikanisch und hatte sich zur gefürchtetsten Kampfkraft der Welt aufgeschwungen. Sie schob die hilflosen europäischen Demokratien vor sich her. Autokraten, Diktatoren, totalitäre Systeme – an allen Ecken des Planeten auf dem Vormarsch. Eine Minderheit lebte in lupenreinen demokratischen Strukturen. Es war ein Systemkampf im Gange, der sich schnell zuspitzte: vertikal – Arm gegen Reich – und horizontal – liberal gegen totalitär. Mit vielen Mischformen. Dazwischen die Geheimdienste, die versuchten, noch irgendwie eine Katastrophe in letzter Sekunde zu verhindern. Dabei war vieles an Sicherheitstechnik, an Informationstechnik, an Satellitenaufklärung und Kommunikation aus staatlicher Kontrolle in den privaten Sektor abgewandert. Es waren private Unternehmen, welche die neueste Technik zur Verfügung stellten. Und sich dafür bezahlen ließen. Nichts als Söldner. Ohne wahre Überzeugung oder eine Mission, an die sie glaubten, und das hüben wie drüben.

Sogar die wichtigsten Foren, in denen Strategien und Konzepte für das Überleben der Menschheit ausgetüftelt wurden, waren privat: das Weltwirtschaftsforum in Davos, die Münchner Sicherheitskonferenz, das St. Petersburger Wirtschaftsforum, der Asia Summit und viele andere. Alle privat organisiert. Und mittendrin die Armee im Schatten, jene Macht, die über ihre Erfolge nicht reden durfte: die Geheimdienste. Und ich war eine der deutschen Speerspitzen bei der Jagd auf politische Mörder, bei der Verhinderung politischer Attentate und Sabotage-Aktionen, die den Lauf der Welt gewaltsam ändern konnten. Ich kannte mich mit fast allen Giften aus, hatte meine vielen Tarnungen perfektioniert, konnte von einer Sekunde auf die andere spurlos abtauchen und zu einem digitalen weißen Fleck werden. Ich hantierte mit einem Dutzend Waffentypen wie ein Meister und trainierte meine Nahkampfkunst, meine Reflexe und meinen Körper jeden einzelnen Tag meines Lebens, seitdem ich im Dienst stand.

Ich habe Wichtigeres zu tun, als diesen blöden Heizkessel zu reparieren, schrie eine innere Stimme verzweifelt.

Er war immer noch frei. Abgetaucht. Spurlos verschwunden. Um ein Haar hätte ich ihn gehabt.

Boris. Das Schwein.

KAPITEL 3

EDENDERRY, IRLAND

Die Wolkendecke tauchte die Saint Marys Road im Zentrum von Edenderry in diffuses Licht. Es war kurz vor siebzehn Uhr an diesem Freitag. Ein unscheinbarer Miet-Ford rollte auf den Parkplatz des Sportgeländes schräg gegenüber der gedrungenen grauen Kirche mit den vier Zinnen auf dem Turm und hielt auf dem knirschenden Kies. Der Motor wurde abgeschaltet, und die Scheinwerfer erloschen. Der beige, frisch gewaschene Lack reflektierte das restliche Tageslicht.

Ein Baum auf dem Parkplatz wiegte sich leise im Wind und schickte Schattenspiele über das Autodach. Es war kühl, aber nicht kalt. Die Wolkendecke lag fest verankert in großer Höhe und schien so schnell nicht weichen zu wollen. Eine Polarfront hatte England weiter im Osten in eisigem Griff, aber hier, im Herzen Irlands, war von dem eiskalten Sturm nur ein kühles Lüftchen zu spüren.

Einige Minuten verstrichen.

Zwischen der Kirche von Edenderry und dem Sportgelände auf der anderen Straßenseite war ein Pub, wie man ihn zu Hunderten in der irischen Provinz fand. Das O'Leary aber bot – anders als die meisten typischen

Pubs auf der grünen Insel – einen besonderen Service für Durchreisende: Man konnte dort auch übernachten. Es gab drei düstere Räumlichkeiten im ersten Stock, in denen früher die Pächterfamilien gewohnt hatten. Heute waren die drei Zimmer eine diskrete Spielwiese für Erwachsene – und deshalb meist nur stundenweise angemietet. Richtige Übernachtungsgäste hatte das O'Leary sehr selten.

Im Auto rührte sich noch immer nichts.

Der Fahrer des unscheinbaren Miet-Fords hatte das O'Leary und seine Zimmer Tage zuvor sorgfältig ausgewählt: Über eine ächzende, steile Holztreppe am Ende eines engen Flurs mit eigenem Zugang, der vom eigentlichen Pub getrennt war, gelangte man nach oben, musste dann unter der Dachschräge scharf links abbiegen und erreichte nach drei weiteren ausgetretenen Stufen den schmalen, lichtlosen Flur mit seinen drei einfachen Holztüren, hinter denen die Zimmer lagen.

Das brauchte der Fahrer des Miet-Fords: abgelegene Räumlichkeiten, den Lärm des Pubs unten und einen separaten Eingang. Deshalb war er hier.

Mit seiner Begleitung.

O'Leary machte im Internet keine Werbung für diese Zimmer, denn die Pächterwohnung war nie renoviert worden, dafür vollgestopft mit Möbeln, die allesamt schon bessere Tage gesehen hatten. Der Extra-Service wurde allerdings gern von Kennern in Anspruch genommen, vor allem von solchen, die auf Diskretion Wert legten und denen die ranzige Einrichtung nichts ausmachte.

Der Motor des Miet-Fords knackte, als er auskühlte.

Die jetzt abgeschaltete Heizung bewirkte, dass die Scheiben zunehmend beschlugen. Die beiden Silhouetten auf den Vordersitzen waren kaum noch zu erkennen.

Edenderry war kein Eden, wie es vielleicht sein Name vermuten ließe. Edenderry war nur eine wie zufällig an einer Kreuzung zweier irischer Landstraßen hingewürfelte Pendler-Schlafstätte, wo die Miete billig und die Architektur bestenfalls zweckmäßig war. Es hatte nichts mit der für Irland so berühmten grünen, heimeligen Atmosphäre mit erleuchteten Fenstern in stämmigen Steinhäuschen gemein, die man auch hier vermuten würde.

Edenderry lag im Mittelpunkt des Kreuzes, das die Städtchen Kinnegad im Norden, Kildare im Süden, Kilbeggan im Westen und vor allem das große Dublin, rund sechzig Kilometer östlich von Edenderry, am Muir Éireann, der Irischen See, bildeten.

Strategisch war Edenderry aber von riesiger Bedeutung: Etwa fünfzehn Kilometer nördlich lag in einem flachen, rechteckigen Zweckbau das streng bewachte und von hohen Mauern wie eine Festung abgeschottete Labor eines Pharmariesen, in dem unter schärfsten Sicherheitsvorkehrungen eine winzige synthetische Substanz hergestellt wurde, die unter das Kriegswaffenkontrollgesetz fiel.

In milliardenfach verdünnter Version war dieses stärkste bekannte Gift zugleich das teuerste und beliebteste Schönheitsmittel quer durch alle Länder der Welt, unverzichtbar für viele Frauen wie auch für immer mehr eitle Männer. In diesem Labor in Edenderry wurde die Grundsubstanz hergestellt, und die hatte es in sich: Die

Menge, die einem Salzkorn dieser Substanz entsprach, konnte fünfhunderttausend Menschen töten. Hundert Gramm davon könnten die gesamte Menschheit auf dem Planeten umbringen.

Diese Substanz aus dem Labor in Kinnegad bescherte dem Pharmakonzern in diesem Sektor die Marktführerschaft und einen Jahresumsatz von vierzig Milliarden Dollar. Botox lautete ein gängiger Handelsname. Die medizinische Anwendungsmöglichkeit der Substanz – denn auch dafür diente sie – machte dagegen nur einen Bruchteil des Umsatzes aus: Botulinumtoxin.

Das stärkste Nervengift der Welt.

Epilepsie, Parkinson, viele Nervenleiden bis hin zu Inkontinenz konnte Botulinumtoxin lindern.

Zwei weitere, rein touristische Highlights aber hatte die Gegend von Edenderry neben dem vor der Öffentlichkeit verborgenen Labor dann doch noch zu bieten: die römisch-katholische St. Mary's Church an der namenlosen Ost-West-Trasse R402. Ein nachempfundener Backsteinbau, man hatte wohl eine ambitionierte Miniaturausgabe der St. Pauls Cathedral in London errichten wollen. Und gegenüber das O'Leary, schon von Weitem als Irish Public House an seinem gedrungenen, bemüht romantischen Äußeren zu erkennen, wobei die vor der Tür aufgetürmten stählernen Bierfässer weniger keltische Heldenabende versprachen als vielmehr die Verheißung auf hochprozentige Betäubung für die Pendler, die abends von der Arbeit kommend ins trostlose Edenderry zurückkehrten und sich stundenlang Mut antrinken mussten, bevor sie sich in ihre gesichtslosen

Wohnungen und belanglosen Reihenhäuser in den Siedlungen entlang der Hauptstraße schlichen. Diese lagen praktischerweise meist gleich um die Ecke. Nichts war weit in Edenderry.

Als die Glocken der St. Mary's Church nebenan die fünfte Stunde schlugen, öffnete sich die Fahrertür des Miet-Fords. Ein Mann unbestimmbaren Alters mit dünnem, schütterem Haar mühte sich heraus. Er trug ein kariertes, etwas zu eng gekauftes Jackett und dunkle Autofahrerhosen mit verstellbarem Bund. Seine Füße steckten in Ringelsocken, die aus den praktisch anmutenden Halbschuhen aus glänzendem Kunstleder hervorlugten. Er blickte kurz in die Umgebung, tauchte dann wieder vornübergebeugt ins Auto und zerrte umständlich eine ausgebeulte, handelsübliche Computertasche vom Rücksitz, die er sich routiniert um die Schulter hängte. Deutlich prangte der Name eines weltbekannten rezeptfreien Schmerzmittels auf der Lasche.

Als er einen weiteren raschen Blick über den Parkplatz und die nahe gelegenen Gebäude warf, registrierte er zwei ältere Frauen, die hinter der Mauer auf dem Friedhof vor der Kirche neben einem frisch aufgeschütteten Grabhügel stehen mochten. Sie steckten die Köpfe zusammen, als würden sie über den Insassen des noch frischen Grabes reden. Dem Mann entging nicht, dass die beiden ab und zu neugierig herüberschielten.

Ohne Eile umrundete er den Ford und trat neben die Beifahrertür. Er öffnete sie schwungvoll in einer fließenden, galanten Bewegung. Diese Geste stand in krassem Widerspruch zu seiner sonstigen Erscheinung, die ihn als ältlichen, reisenden Pharmavertreter tarnte. Um seine Lippen spielte ein schmeichelhaftes, erwartungsfrohes Grinsen.

Die zwei älteren Damen drüben auf dem Friedhof nahmen die Bewegung wahr und reckten die Hälse. Die Mauer und das Auto verdeckten ihnen jedoch die Sicht auf die beiden schlanken, seidenumhüllten Füße, die in schwarzen Stiletto-Heels mit extrem dünnem Absatz und rot lackierten Schuhsohlen steckten. Vorsichtig setzte die junge Frau auf der Beifahrerseite die Schuhe auf den Schotter des Parkplatzes. Ellenlange Beine wurden sichtbar, oben von einem kurzen Rock begrenzt.

Als die Frau aus dem Auto stieg, sahen die beiden älteren Damen, die einzigen Zeugen dieser Szene, von ihr nur die Bolerojacke mit wilden Mustern auf goldfarbenem Grund sowie wallende pechschwarze Haare. Die schlanke Gestalt türmte sich neben dem Wagen auf und hakte sich Hilfe suchend bei dem Vertreter unter. Er schloss die Beifahrertür, drückte die Fernbedienung und führte die schwankende junge Dame, die ihn in ihrem Ensemble um Haupteslänge überragte, über den Schotter des Parkplatzes. Mit vorsichtigen Schritten hielt das ungleiche Duo auf das O'Leary zu.

Die beiden älteren Damen sahen ihnen kurz nach, schüttelten missbilligend die Köpfe, klemmten ihre fast identischen grau-blauen Handtaschen fester unter die Arme und strebten auf das Kirchenportal zu. Man konnte den Kies unter ihren Stützschuhen knirschen hören.

Trippelnd überquerte die untergehakte Gestalt am

Arm des Vertreters die verkehrslose Straße und stakste auf dem Bürgersteig in Richtung des Pub-Eingangs. Dort hielt das Paar an und blieb unter dem weit überhängenden Dach kurz stehen. Der Vertreter wechselte ein paar Worte mit seiner Begleitung, rückte die Computertasche auf seiner Schulter umständlich zurecht, öffnete die Tür zum Pub und tauchte in den mit grobem Gelächter, diffuser Folkmusik und dem Klirren von robusten Gläsern angefüllten Gastraum ein.

Als er einen Blick zurückwarf, sah er, dass seine Begleitperson, die sich wohl unbeobachtet fühlte, ihre Mähne schüttelte, die Lippen schürzte und mit der Zunge in einer routinierten Bewegung über die schneeweißen Zähne fuhr, um eventuelle Lippenstiftreste abzulecken. Sodann sackten ihre Schultern herab, ihr Rücken krümmte sich in eine bequemere Körperhaltung, sie drehte die Knie nach außen und verlagerte ihr Gewicht in den Schuhen von der Spitze auf die Absätze, um ihren gepeinigten Füßen eine willkommene Pause zu gönnen.

In der beginnenden Dämmerung über Edenderry vor dem O'Leary stehend, wirkte sie wie eine junge, bunt gekleidete Giraffe, die aus einem Wanderzirkus ausgebrochen war und unschlüssig auf ihre Häscher wartete.

Sekundenbruchteile nachdem Boris in der breiigen Atmosphäre des Pubs für die anderen Gäste sichtbar geworden war, setzte er eine schuldbewusste Miene auf und suchte mit zögerndem Blick den Wirt hinter dem Tresen. Er sah ihn weiter hinten mit den messingfarbenen Zapfhähnen unter der niedrigen Balkendecke der

Bar hantieren. Als Vertreter wirkte er so unauffällig, dass er – um sich überhaupt bemerkbar zu machen – sich mehrfach entschuldigen musste, bis er sich durch die Menge gequetscht und den Tresen erreicht hatte. Er verschmolz mit der Beliebigkeit des Ortes und der Belanglosigkeit der Gäste wie ein hoch professioneller Schauspieler in einem perfekt gedrehten Film. Niemand nahm ihn wahr. Niemand erinnerte sich an ihn. Niemandem fiel er auf.

Boris' jahrelanges Training zahlte sich aus. Genau das wollte er erreichen.

Der Wirt, ein grober Ire mit wirrem Haar und listigen Augen, wurde schließlich auf ihn aufmerksam, nickte ihm erkennend zu und fischte einen Schlüssel aus der Tasche seiner Hose unter der ledernen Brauereischürze. Mit der fließenden, kaum sichtbaren Bewegung eines Taschenspielers ließ der Vertreter zwei Fünfzigpfundnoten in die Hand des Wirtes gleiten und nahm ihm gleichzeitig den Schlüssel ab.

Die Bewegung war so schnell, dass der Wirt ihn verdutzt und mit überrumpelter Miene anblickte, so wie man sich nach einem Taschendieb umsieht, von dem man weiß, dass er in der Menge direkt neben einem stehen muss. Dann aber spürte er wohl das Knistern der frischen, wie gebügelten Banknoten in seiner Hand, zwinkerte dem Vertreter frivol zu, zeigte mit dem Daumen nach oben und widmete sich wieder seinen Zapfhähnen.

Mit langsamen Bewegungen rückte der Vertreter durch die Menge Richtung Ausgang vor, entschuldigte sich reihum und verließ den Pub durch die Schwingtür.

Sobald er draußen war, passte er seinen Gesichtsausdruck wieder der Rolle eines sich die Lippen leckenden
Freiers an, der eine gehörige Lust auf Abenteuer ver-
spürte. Seine Begleitung straffte den Rücken und strahlte
ihn erwartungsvoll an, während er einen prüfenden Blick
über die Straße und auf die umliegenden Gebäude warf.
Einen Blick, den niemand als das deuten konnte, was er
in Wirklichkeit war: die sorgfältige Taxierung eines Tatorts, an dem gleich ein abscheulicher, extrem grausamer
Sexualmord stattfinden würde, der von der irischen Polizei nie aufgeklärt werden würde.

KAPITEL 4

ROSEGARDEN, ENGLAND

Noch immer schlug ich mich mit der kaputten Heizung meiner Mutter herum.

Aber ich konnte Mama nicht im Stich lassen.

Also weiter.

Ich hockte mich wieder hin, setzte einen der Schraubenschlüssel seitlich an dem großen Gewinde an und versuchte, die Pumpe manuell zum Drehen zu bringen. Mit aller Kraft zerrte ich an dem Ding herum, einen Fuß auf die Pumpe gestemmt. Ich spürte ein Rinnsal Schweiß, das mir zwischen den Schulterblättern in Richtung BH herablief. Wenigstens wurde mir hier unten warm.

Es rührte sich nichts. Gar nichts. Englische Schmiedekunst – bestimmt hundert Jahre alt. Mit meinem alten MG war das anders. Den Midget konnte ich mit verbundenen Augen auseinandernehmen und wieder zusammensetzen. Solide englische Technik aus Gusseisen. Der stand in München in meiner Garage und tropfte trotz aller Versuche, es ihm abzugewöhnen, gemütlich sein Öl unter sich auf den Garagenboden.

Apropos München: Das würde warten müssen. Als Erstes kam das Meeting in Brüssel, schoss es mir durch den Kopf. Ich sollte schon am Sonntagabend nach Berlin fliegen. Walter, mein Chef, hatte das bestimmt organisiert, so richtig wichtigtuerisch. Wie er auf seinem Posten hatte landen können, war in meinen Augen ein Rätsel. Und eines der Dinge, die sich nur mit der schieren Größe dieser gigantischen Behörde erklären ließen. Man glaubte immer, der BND sei eine Armee aus einsatzbereiten Spezialkämpfern, die rund um die Uhr die Welt retteten. Weit gefehlt! Der BND bestand zu 85 Prozent aus Verwaltung, Auswertung und Analyse in der Zentrale. Schreibtischarbeit. Büropersonal. Zehn Prozent aller Mitarbeiter besetzten die geheimdienstlichen Residenturen in den deutschen Botschaften rund um den Globus. Ausgerüstet mit diplomatischen Papieren spionierte es sich leichter. Und nur fünf Prozent aller BND-Mitarbeiter waren Spezialagenten, die – wie ich – wirkliche Kampferfahrung hatten, hinter Feindeslinien erfolgreich gegnerische Strukturen infiltrieren oder gefährliche Evakuierungsmaßnahmen durchführen konnten.

Bei Dienstreisen schöpfte Walter seine Privilegien immer gerne aus. Der alte Angeber!

Im BND-eigenen Jet fliegen, das gefiel ihm. Und sich großzügig zeigen, indem er seine Untergebenen – wie mich – gnädigerweise mitnahm. Na ja, das stand ihm aufgrund seines Dienstranges eben auch zu.

Ich ließ den schweren Schlüssel sinken.

Brüssel.

NATO-Besprechung der Nachrichtendienste. Vorbereitung auf die Davos-Tagung: Weltwirtschaftsforum.

Abgleichen der Bedrohungslage mit mindestens vierzig mehr oder weniger befreundeten Geheimdiensten, die ihre Eliten auf Teufel komm raus schützen wollten und sollten. Hinweise austauschen. Erkenntnisse teilen.

Dass ich nicht lache!

Ich versetzte der Pumpe einen Tritt.

Davos.

Das absolute Highlight des Jahres. Der wichtigste Termin im Kalender aller Staatslenker, aller Vorsitzenden systemrelevanter, gigantischer Konzerne, deren Umsatz das Bruttoinlandsprodukt mancher Länder übertraf, das ultimative Stelldichein aller politischen Strategen und mahnenden Wissenschaftler. Es ging in Davos um nichts weniger als um das Überleben der Menschheit auf einem zunehmend kaputten, zerstrittenen Planeten.

Das Wichtigste, die Balance zwischen Mensch und Natur, war längst zerrüttet. Die Natur hat begonnen, sich zu wehren. Die Menschen dachten, mit Geld die Schäden reparieren und den Klimawandel irgendwie aufhalten zu können, statt ehrlich zu sein und zu akzeptieren, dass es nur noch darum ging, wie wir uns den neuen klimatischen Bedingungen anpassen könnten. Etwas anderes, als Geld zu verteilen, fiel ihnen aber nicht ein.

Und dieses Geld – nicht nur Milliarden, sondern schon Billionen – war zunehmend wertlos geworden. Es war zu einem Spekulationsobjekt geworden und nicht mehr Ausdruck echter Werte, die irgendwann jemand wirklich würde einsetzen müssen. Zinsen und Zinseszinsen – und die Spekulation mit ihnen – untergruben so in atemberaubendem Tempo die Grundlage jeder Menschenklugheit.

Ende nächster Woche stand der jährliche Showdown der Weltelite in Davos an, wie schon in Pandemiezeiten in diesem Jahr in den April verlegt. Eine Riesenshow ohne Ergebnisse. Eine Placebo-Veranstaltung für die Natur, eine Beruhigungspille für die Menschheit. An der Substanz änderte sich nichts. Lösungen Fehlanzeige. Das globale Zocken ging ungestört weiter.

Und die Sicherheitsbehörden und Geheimdienste sollten kooperieren, damit in Davos nichts passierte. Damit Proteste im Keim erstickt wurden und unsichtbar blieben. Damit Aktivisten nicht durchkamen.

Damit die Ruhe der Elite nicht gestört und die Selbstbeweihräucherung nicht verhindert würde.

Aber niemand, wirklich niemand hatte im Moment einen guten Plan oder eine Vision, wie es weitergehen könnte und wohin die Menschheit sich entwickeln müsste, damit Fairness, Gerechtigkeit und Empathie wieder wertvoll würden und das Zusammenleben auf unserem Planeten eine neue Perspektive bekäme.

Nein, jeder kochte nach wie vor sein Süppchen, verfolgte eifersüchtig seine eigenen Interessen und ließ sich nicht in die Karten schauen.

Das spiegelte sich auch im Verhalten der Geheimdienste untereinander wider. Abschottung, Eifersucht, Misstrauen bis hin zu gegenseitiger offener Behinderung waren die Regel.

Ein Albtraum. Denn die Geheimdienste waren die Macht im Schatten. Eine geballte weltweite Intelligenz, zu der die fähigsten Menschen gehörten, die es auf dem Planeten gab. Und die wenig lukrative Jobs aus Überzeugung und unter Lebensgefahr erledigten. Wir könnten einen Unterschied machen – wenn man uns ließe. Aber letztlich waren wir jeweils nur exklusive Nachrichtenbeschaffer im Auftrag unserer eigenen Regierung.

Wir durften gar nicht an einem Strang ziehen, selbst wenn wir es wollten.

Ich spürte wieder die Kälte der Kellerwand im Rücken, an die ich mich gelehnt hatte. Davos ging mir nicht aus dem Kopf.

Das würde wieder ein zäher Auftritt werden. Außer mit den Israelis. Gut aussehende Typen. Die waren auch immer kooperativ. Offen. Effizient. Bei den meisten anderen verlor sich das Wesentliche in Eifersüchteleien und Kompetenzgerangel. Schade! Hatte ich alles für das Vorbereitungstreffen in Brüssel zusammen? Es war das erste Mal, dass ich in meiner neuen Funktion am Weltwirtschaftsforum teilnahm. Ich musste mich gut vorbereiten. Die Weltelite – die politische und die industrielle – versammelt in einem Bergdorf in der Schweiz, um die Zukunft der Menschheit zu besprechen, umgeben von Tälern und Wipfeln. Lauter Nadelöhre. Ein Albtraum für die Sicherheit. Fast alle Geheimdienste der Welt waren vertreten. Eingeladene und solche, die nicht erwünscht waren. Die tummelten sich auch herum – mehr oder weniger gut getarnt. Ein Heer von Vorkostern, Satellitenbildexperten, Kommunikationsprofis, Assistenten und Taschenträgern musste kontrolliert und im Auge behalten werden.

Und ich für Deutschland am Start.

Quellen für Gefahr gab es so viele wie noch nie zuvor: Rechtsextreme, Staatsleugner, Linksextreme, Reichsbürger, radikalisierte Klimaaktivisten bis hin zu Debt-for-peace, No-Globals oder Demokratiegegnern aus allen Teilen der Welt, Imperialismus-Nostalgiker, Despoten, Imperialisten, Systemkritiker und Millionen von Spinnern, die sich im Netz austobten, aufgestachelt von Oligarchen, mächtigen Familienclans und riesigen kriminellen Banden, legitimiert durch gewählte Volksvertreter und Präsidenten, die wie Kriegsherren die Macht an sich rissen. Religiöse Fundamentalisten noch gar nicht eingerechnet. Es war unmöglich einzuschätzen, wer wirklich gefährlich war, wer etwas durchziehen konnte und wer nur die Klappe aufriss.

Boris, schoss es mir durch den Kopf. Das Schwein. Der könnte, wenn er wollte. Ihm würde ich zutrauen, dass er alle Sicherheitsschleusen aushebelte.

Wenn wirklich etwas schiefginge und eine Bombe explodierte, wäre jedenfalls auf einen Schlag die gesamte Weltelite vernichtet: Wirtschaft, Wissenschaft, Politik und Forschung.

Rumms!

»Schätzchen, soll ich den Monteur noch mal anrufen?«, hörte ich meine Mutter rufen. »Oder kannst du selbst was ausrichten?«

»Mama! Geh weg von der Kellertreppe! Das ist gefährlich.«

»Ist ja gut. Reg dich ab!«

»Der Monteur sollte doch kommen. Warum ist er nicht aufgetaucht?!«

Jetzt war ihr Rollstuhl zu hören, der wieder in Richtung Küche ruckelte.

Noch ein Besuch bei Mama, der von versagender englischer Technik versaut wurde.

Ein Rollladen klapperte im Sturm, der seit Tagen um das Cottage tobte.

Englisches Wetter, dachte ich, schlechter als sein Ruf.

Ich starrte wieder auf das Pumpengehäuse vor mir auf dem Boden, aufwendig verziert. Schwarzes Öl schwappte heraus, wie um mich zu verhöhnen. Ich gab ihm noch einen wütenden Tritt. Mein Zeh schmerzte. Ich verdrehte die Augen, bis ich schielte, um mich abzulenken. Das machte meine Mutter immer wahnsinnig. »Kind, das wird dir bleiben! Hör auf damit!«, rief sie dann.

Meine Mutter war gleichermaßen demütigend und beruhigend. Es war immer ein Wechselbad der Gefühle. Demütigend, weil sie so kalt sein konnte, so unverbindlich. Als ginge nichts sie etwas an. Das war es, was sich hinter ihrer Transparenz verbarg. Kälte. Distanziertfreundlich gebrauchte sie Koseworte – auch für meinen Bruder. Aber wir wussten nie, ob sie die überhaupt so meinte. Beruhigend, weil sie einem immer das Gefühl gab, hinter einem zu stehen, da zu sein. Sich nie einzumischen, aber auch nicht wirklich interessiert zu sein. An unserem Leben.

Ich stemmte mich hoch, nahm die Reservehandpumpe aus ihrer Halterung an der Wand und versuchte, sie zum Drehen zu bringen. Das ging. Sie drehte sich. Na prima! Letzte Chance!

Die Franzosen hatten den besten Überblick über die Szene der Linksextremen in Europa.

Die Amerikaner, die Finnen und die kriegsgebeutelten

Ukrainer machten gemeinsame Sache, um Hackerangriffe auf Davos abzuwenden. Hoffentlich ging das gut!

Bei den Russen, die trotz Sanktionen und Reiseverboten zugelassen werden mussten, wusste man nie, wofür sie standen. Die schienen immer nur abzuwarten, was passierte. Was wussten sie? Das war die spannende Frage! Die Briten hatten sich ganz besonders auf sie eingeschossen.

Ich stopfte das Endrohr der Pumpe in den Zulauf des Brenners, balancierte das Gewicht auf meinem abgewinkelten Oberschenkel, drehte mit der einen Hand die Handpumpe und drückte gleichzeitig den klickenden Zündknopf des Brenners. Nichts.

Waren die Islamisten wegen Davos auf dem Plan? Die Taliban? Oder diese ganz neue Beduinenbewegung, die alle fundamentalistischen Radikalen gerade einsammelte wie ein Rattenfänger?

Mit einem Mal spürte ich, wie mir die zähe Flüssigkeit über den Oberschenkel lief und meine Jeans durchnässte. Ich machte einen Satz rückwärts. Mit lautem Krachen fiel die schwere Pumpe auf den Boden. Mein Bein war von oben bis unten mit schwarzem Öl getränkt.

»Fuck!«

»Schätzchen, komm wieder hoch. Wir rufen den Monteur doch noch mal an, okay? Du holst dir noch den Tod!«

Die größte Bedrohung durch Rechtsextreme, Reichsbürger, hysterische Klimaaktivisten und aus Impfgegnern hervorgegangene Demokratiefeinde kam aus Deutschland.

Das würde wohl mein Teil sein. Als könnten die irgendjemanden vergiften! Und womit sollten die aufmarschieren? Mit Karabinern aus dem Zweiten Weltkrieg? Davos würde von bestens getarnten und modernsten Anti-Air-Missile-Systemen geschützt werden …

Ich hasste es, wenn meine Mutter mich Schätzchen nannte. Sie war der einzige Mensch auf der Welt, der mich depressiv werden lassen konnte. Eine zierliche Person, drahtig, eigenartig transparent, manchmal war es so, als könnte man durch sie hindurchschauen. Als wäre sie gar nicht da. Auffällig war, dass sie fast überhaupt keine Handlinien hatte. Da war nichts, nur glatte Haut. Keine Lebenslinien, keine Kerben, kein Geflecht aus Falten und Linien, nichts, nur ebene, glatte Haut. Als hätte sie gar keine Persönlichkeit. So etwas hatte ich noch bei keinem anderen Menschen gesehen. Nur bei meiner Mutter. Eine Handleserin könnte aus ihrer Hand nichts erfahren: nur Glätte.

»Mama, das Ding stammt noch aus dem achtzehnten Jahrhundert. Es ist bald Abend, der Monteur sitzt bestimmt schon längst im Pub und singt mit seinen Kumpels traurige Lieder.«

Ich starrte den stummen Brenner an, zog mir die knielange Wolljacke enger um die Schultern und spürte, wie auch meine Pantoffeln sich langsam mit Öl tränkten. Ich sah hinab auf meine Füße, spielte mit den Zehen.

Dann gab es noch die Einzelirren auf der Welt. England? MI6?

»Die Pantoffeln kann ich wegwerfen«, murmelte ich in den Keller hinein.

Gott sei Dank war noch genug Holz da für die Feuerstelle in der Küche. Die wärmte zwar nur von vorne, aber immerhin. Man musste sich halt eine dicke Decke um die Nieren wickeln, damit man von hinten nicht auskühlte. Und den Flammen zusehen, wie sie sich wild tanzend umarmten, um im nächsten Augenblick zu verschwinden.

Mit dem Kamin ging es einigermaßen, nicht auf Dauer, aber es reichte, um diese Tage ohne Heizung zu überstehen.

Bis Sonntag musste ich noch aushalten. Würde schon irgendwie gehen. Ich würde für Mutter und mich ein provisorisches Bett herrichten, in der Stube neben der Küche. Wo war noch mal das Bettzeug?

Die Gesamtleitung würde wieder die CIA an sich reißen. Die Schweizer, die Hausherren, wären zwar da, hielten sich aber raus. Wie immer!

Ich ging hinauf. Der kaputte Brenner hatte erst mal gewonnen.

In frischen, warmen Kleidern stand ich mit hochgezogenen Schultern und vor der Brust verschränkten Armen vor dem Alkovenfenster im Cottage meiner Mutter und blickte in den Sturm hinaus. Ich sah, wie der eisige Nordwind den Regen gegen die Sprossenfenster peitschte, die Rosen im Garten schwanken und den Briefkastendeckel klappern ließ. Ich hörte, wie der Wind an den Giebeln rüttelte und um die soliden Steinmauern herumpfiff. Im Rücken spürte ich die Wärme, die aus dem Kamin kam.

Dieses Tosen draußen hatte etwas Meditatives, Beruhigendes.

Es zog mich hinaus.

Je konzentrierter ich hinsah, umso mehr entstand dieser Sog. So als löste ich mich von meinem Körper, könnte geradewegs in diese tobende Gischt eintreten und mit einem einzigen Schritt von hier aus in Südengland in jene eisigen Welten gelangen, aus denen dieser Sturm seine Kraft bezog, dort herumstapfen und mir ein Loch in das Eis hacken, um angeln zu gehen oder Robben ein Luftloch zu bohren.

Ich hörte ein gedämpftes Ächzen aus der Küche. Drehte mich um, sah gerade noch, wie Mutter in ihrem gefährlich schwankenden Rollstuhl ein Holzscheit in der Feuerstelle landen ließ. Funken stoben auf.

Ich stürzte zu ihrem Rollstuhl.

»Mama! Lass das, bitte!«

Ich griff nach dem Stuhl, hielt ihn fest, zog sie ein Stück weit von der alten englischen Feuerstelle in der Küche weg, hüfthoch angebracht, aus alten Schamottsteinen gemauert.

»Ich bin doch da, Mama«, sagte ich ein wenig zärtlicher.

Ich brachte den schmiedeeisernen Funkenschutz wieder in Position, zog mir einen Stuhl heran und wickelte Mutter und mich in eine warme Wolldecke ein.

»Soll ich uns Tee machen?«, fragte meine Mutter und sah mich dabei mit ihrem verbliebenen, tief liegenden Auge an.

»Ich mach das gleich, Mama, ruh dich ein wenig aus, bitte.«

»Danke, es ist schön, dass du da bist, Merry.«

»Bitte, Mama, ich komme gerne«, log ich, schälte mich aus der Wolldecke und griff nach dem Teekessel.

Schon lange keine Spur mehr von Boris. Wo steckt das Schwein bloß?, schoss es mir durch den Kopf.

KAPITEL 5

EDENDERRY, IRLAND

Behutsam half der Vertreter der auf ihren hohen Absätzen balancierenden Frau, die schmale Treppe zu erklimmen. Er trug ihre Handtasche, während sie vorsichtig eine Stufe nach der anderen nahm, ihn immer wieder entschuldigend anstrahlte und sich am groben Holzgeländer der Treppe festhielt, wobei kräftige Unterarmmuskeln sichtbar wurden. Die grün-beige gemusterte Tapete wies Schrammen und Flecken auf. Es roch nach einer Mischung aus ranzigem Fett, kaltem Rauch und den schalen Ausdünstungen alkoholisierter, ungewaschener und verschwitzter Menschen. Ungesunde Wärme.

Dumpf drang der Lärm aus dem Pub, dem Ursprung der Gerüche, durch die dünnen Wände. Die Schäbigkeit des Ortes, der üble Gestank und der Brei aus Geräuschen, die abgestumpfte Menschen machten, wenn sie tranken, hatten etwas Abstoßendes und zugleich enorm Erregendes. Etwas Verbotenes würde hier geschehen, weil dieses Verbotene an so einem Ort leichterfiel, ja überhaupt nur an so einem Ort möglich war.

Manche Dinge tat man einfach besser nicht zu Hause. Das war der Erfolg des O'Leary.

Zwei Seelen, so ungleich wie nur irgend möglich, würden sich in einem frivolen Spiel umschlingen und dabei den Tod in ihrer Mitte aufnehmen. Und genau für dieses Spiel war dieser Ort die perfekte Kulisse.

KAPITEL 6

KINNEGAD, IRLAND
EIN PAAR STUNDEN ZUVOR

»Wie viel Botox wird während eines Jahres abgefüllt?«, fragte einer der medizinischen Fach-Journalisten, die im Rahmen einer PR-Kampagne zu einer Tour vom Hersteller Dilercox nach Kinnegad eingeladen worden waren.

»Es sind nur 0,8 Gramm. Diese geringe Menge wird in dieser modernen Anlage auf sechs Millionen Fläschchen verteilt.«

»Weniger als ein Gramm? Im Jahr?«, hakte der Journalist ungläubig nach.

»Ja«, antwortete die Laborleiterin, »das deckt den weltweiten Bedarf des zurzeit wertvollsten Arzneimittels der Welt.«

Gerade war die große Tour durch die Abfüllanlage von Botox zu Ende gegangen. Hier arbeitete eine hoch professionelle Belegschaft von über tausend Leuten auf einer riesigen Fläche. Die Maschinen stammten zum größten Teil aus Deutschland. Es war so sauber wie in einem Science-Fiction-Film, die Reinheitsvorschriften wurden penibel eingehalten. In den Reinräumen wurde die Luft in einer Stunde zweihundertmal erneuert. Der Aufenthalt jedes einzelnen Fläschchens wurde genau dokumentiert,

obwohl pro Jahr über sechs Millionen Fläschchen hergestellt und verschickt wurden. Proben der Botox-Fläsch-
chen wurden über Jahre gelagert, um gegebenenfalls für
Analysen oder andere Untersuchungen auf sie zurück-
greifen zu können.

»Und diese 0,8 Gramm an Reinsubstanz für das Botox? Wo werden die hergestellt?«, wollte der Journalist
wissen.

»Das ist ein gesonderter, streng abgeschotteter Bereich hier auf dem Gelände. Botulinumtoxin wird heute
rein synthetisch hergestellt, vor allem für den medizinischen Bedarf.«

»Und wie viel von der Grundsubstanz stellen Sie dort
insgesamt her?«

»Das ist leider streng geheim. Darüber kann ich Ihnen
keine Auskunft geben.«

Mit einer einladenden Handbewegung forderte die
Laborleiterin die kleine Schar Journalisten auf, ihr zum
Ausgang zu folgen, wo im Vorraum des Labors eine Er-
frischung bereitgestellt worden war. Dort bekämen sie
auch alle ihre Smartphones wieder ausgehändigt, die sie
vor der Tour hatten abgeben müssen.

Boris ließ die anderen vorgehen und sah dabei auf seine
Uhr. In den vergangenen fünf Minuten hatte er bereits
auf den sorgfältig einstudierten Modus »Wie werde ich
unsichtbar« geschaltet. Gesten, Kopfhaltung, Körperspannung, seine gesamte Erscheinung schien in sich zu-
sammenzusacken, jede Auffälligkeit, die bei anderen in
der Gruppe einen Fluchtreflex oder aber den Wunsch,
sich anzunähern, unterdrückte. Boris hatte dieses Hand-

werkzeug von professionellen Theaterleuten in Russland erlernt. Schminken, Perücken, Bart, Körperhaltung, Gang – das waren die Techniken, mit denen die erfolgreichsten Agenten der Geschichte vor allem eins erreichen konnten: in ihrer Umgebung nicht aufzufallen. Schauspielunterricht gehörte an die Spitze der zu erlernenden Fähigkeiten aller Agenten. Das Ziel war es, mit der jeweiligen Umgebung so perfekt zu verschmelzen, dass sich niemand mehr an die Anwesenheit erinnern konnte. Die Rolle – auch etwas, was man im Schauspielunterricht von den Besten lernen konnte – musste perfekt verkörpert werden. Der Gang, die Kopfhaltung, der Blick, der ganze Ausdruck mussten eine zumindest flüchtige Illusion bewirken und machten aus den zufällig Anwesenden in der Szene ein Publikum wie in einem Theater. Man käme gar nicht auf die Idee, dass es sich um einen Fremdkörper handelte. Ein CIA-Agent auf einem Basar in Bagdad oder ein MI6-Agent am Strand auf Bali mussten in eine Rolle schlüpfen können, sodass alle Standbetreiber des Basars oder die Touristen auf den Strandliegen gar nicht auf die Idee kämen, es könne sich bei der betreffenden Person um einen Fremdkörper handeln. Das war die perfekte Tarnung und für Agenten überlebenswichtig.

14 Uhr, 29 Minuten und 32 Sekunden.

Noch 28 Sekunden, dann würde das geheime Labor nebenan, wo die Rohsubstanz von einem halben Dutzend Laborchemiker hergestellt wurde, für exakt eine halbe Minute verwaist sein. Nur zwei Wachleute würden sich dann dort aufhalten, um das Botox-Hauptquartier der Welt zu schützen.

Ob Sie in Hollywood, in Bollywood oder an der Wall-street arbeiten – Ihr Botox kommt zu 100 Prozent aus Kinnegad, Irland, verkündete ein stolzes Schild an der Laborwand. Genau darunter war eine Tür eingelassen.

Boris prüfte wieder seine Uhr.

Noch zwölf Sekunden.

Er stand neben der Tür und tat so, als würde er sich den Spruch einprägen. Seine Uhr hielt er vor das solide elektronische Zahlenschloss. Zahlen rasten über das winzige Display seiner als nostalgische Protona-Monske-Analoguhr getarnten Hightech-Smartwatch und wurden über Bluetooth in den Empfänger in der Tür übertragen. Snake hieß die Software, die das Türschloss zwang, seine eigenen Codes zu überschreiben. Ein fast unhörbares Klicken, und die Tür sprang auf.

Boris glitt hindurch.

Die Informationen waren korrekt. Das kleine Labor war leer bis auf die beiden Wachleute, die ihn ungläubig anstarrten.

Er hob entschuldigend die Hände. Und ging auf sie zu.

»Ich suche die Toilette«, sagte er und grinste verlegen.

Im Bruchteil einer Sekunde hatte er bei beiden Wachmännern die für ihn erreichbaren Vitalpunkte ermittelt. Dian Xue. Sechsunddreißig Punkte am Körper, an denen ein einziger Schlag tödlich enden konnte. Nasenspitze bei einem und erster Halswirbel beim anderen, entschied Boris' Unterbewusstsein.

Die beiden sanken mit einem leisen Stöhnen zu Boden. Noch bevor der letzte Herzschlag kam, schlug er beiden die Nasen blutig, damit sich möglichst viel Blut um sie herum verteilte. Mit drei Fingern, zu einem Amboss ge-formt, brach er einem der beiden zwei Rippen. Dem anderen trat er mit voller Wucht in die Weichteile. Hämatome würden auf eine Schlägerei zwischen den beiden hinweisen.

Dann scannte er den Raum. Er suchte den Ausgangs-stoff: Botulinum Neurotoxin Typ A. Ein Pulver. Sie mussten 100 Gramm davon vorrätig haben, um daraus mehr als 600 Millionen Dosen Botox zu strecken und die in der Medizin verwendeten Medikamente herzustellen.

Der Panzerschrank stand sperrangelweit offen. Darin lagen mehrere Päckchen. Im Geiste hatte Boris die Sekunden gezählt, seitdem er die Türe entriegelt hatte. Es waren noch zehn übrig, bevor die nächste Schicht durch die versiegelte Glastür am anderen Ende des Labors kommen würde.

Er griff in den Tresor, schob das Päckchen in seine Computertasche über der Schulter, die er bei Betreten der Anlage hatte ausleeren müssen, glitt zurück zur von außen elektronisch gesicherten Verbindungstür. Eine Sekunde später hatte er zu der kleinen Schar aufgeholt. Ein neugieriger Mann aus Venezuela, der als Letzter der Gruppe vor der schmalen Tür in den Vorraum mit den Erfrischungen wartete, musterte ihn. Boris nestelte am Reißverschluss seiner Hose herum und tat so, als zöge er ihn hoch. Dabei lächelte er errötend dem Venezolaner zu und bekam schamrote Flecken im Gesicht, einfach, weil er die Luft kurz anhielt. Auch dies war ein Teil seiner Ausbildung gewesen: Atemtechnik – und das Berechnen der Auswirkungen auf das Erscheinungsbild, um die Anwesenden zu täuschen.

***

Der Vertreter belohnte sich für den erfolgreichen Coup im Pharmalabor in Kinnegad und nahm Anlauf, um seine Energie für seinen bisher verheerendsten Anschlag zu sammeln. Das Töten der beiden Wachleute hatte ihm keinen Spaß gemacht. Es war mechanisch abgelaufen, sein Bewusstsein hatte es gar nicht mitbekommen. Nein, er brauchte etwas anderes. Komplizierteres. Bewussteres.

Er musste sich fokussieren, denn mit der erbeuteten Substanz in der Tasche konnte er endlich seinen nächsten Auftrag mit dem geheimen Plan kombinieren, den er und sein Bruder zeit ihres Lebens hatten umsetzen wollen, und so gleich mehrere Fliegen mit einer Klappe schlagen. Zigtausende würden sterben – und es wäre endlich die Zeit der großen Rache gekommen.

Genial!

Um alles so perfekt erledigen zu können, wie er das von sich selbst erwartete, musste er erst mal den bohrenden Stachel in seinem Fleisch loswerden. Eine Schwäche, ein Zwang, eine Obsession, die ihm seine verkorkste Psyche aufzwang und der er von Zeit zu Zeit Rechnung tragen musste. Spannend wäre es, herauszufinden, ob er nach der überstandenen Tortur am Weltraumbahnhof im fernen Sibirien schon wieder auf seinem alten Level war: Hatte er die Kraft und Reaktionsschnelle wiedererlangt, für die er berühmt war?

Er brauchte ein Opfer, das bei einer perversen Eskalation sterben würde. Ein Opfer, das ihm ganz allein gehörte – und wenn es nur für einen Moment war. Den Moment des Todes. Das war der Antrieb, der ihn funktionieren ließ. Er musste sich beweisen, dass er es noch

konnte. Nur dann wäre seine alte Überlegenheit wieder-
hergestellt.

Es waren die Ruhe und der innere Frieden danach, die
er brauchte, um sich vollends sammeln zu können und
sich der kommenden Aufgabe – einer Auftragsarbeit, die
mit ihm nichts zu tun hatte – hingeben zu können. Vor
allem jetzt, nach den monatelangen Strapazen, denen er
sich notgedrungen in Birobidschan hatte unterziehen
müssen, was er nichts anderem als seinem eigenen Stre-
ben nach Perfektionismus schuldete. Er war schließlich
der Beste der Welt. Und wollte es bleiben. Das hatte seinen Preis.

Oben angekommen, musste sie – die ahnungslose,
schwankende Prostituierte – sich bücken, um nicht mit
dem Kopf an die Decke unter der Dachschräge zu stoßen. Fast hätte der Vertreter ihr die Hand schützend
über den Kopf gelegt. Das war keine zärtliche Geste.
Eher der routinierte Griff eines Polizisten, der einem mit
Handschellen Gefesselten das Einsteigen in den Wagen
schadlos ermöglichte.

Er sah amüsiert, wie sie reflexartig ihre Fingernägel
kontrollierte, ob auch keiner bei ihrer Kletteraktion ab-
gebrochen war. Kein Detail konnte ihm entgehen. Er
fing ein schüchternes Lächeln ein.

Der Vertreter wandte sich auf dem Treppenabsatz
nach links und bedeutete ihr, ihm zu folgen. Er war nicht
zum ersten Mal hier. Sorgfältig hatte er den Ort ausgewählt, kannte sich aus, hatte sich jedes Detail eingeprägt.

Nach drei weiteren ausgetretenen Stufen hielt er vor
einer grün gestrichenen Tür an, steckte den Schlüssel ins

Schloss und ließ ihr den Vortritt. Mit einem breiten Lächeln unter ihren dichten Haarsträhnen tauchte sie unter dem niedrigen Türrahmen aus Holz hindurch.

Der Aufstieg war geschafft.

Er folgte ihr und schloss die Tür. Geräuschlos verriegelte er das Schloss von innen. Dabei beobachtete er, wie sie sich kurz teilnahmslos umsah, den Rock über ihrem sich abzeichnenden Hintern gerade zog. Er überreichte ihr die Handtasche, die er für sie getragen hatte.

Der Raum wirkte plötzlich zu klein für ihre Erscheinung. Die Tür zum Bad, eine winzige Nasszelle unter der Dachschräge mit den sichtbaren Balken, stand offen. Er wies ihr den Weg.

Zwei Handtücher lagen ordentlich gefaltet über dem Waschbecken. Ein halb blinder Spiegel über dem Becken und gebrochene Kacheln an der Wand wurden sichtbar. Mit einem affektierten Fingerzeig, begleitet von einem seitlichen Hüftknicks und einem frivolen Lächeln, deutete sie folgsam in Richtung Bad, klemmte sich ihre Handtasche unter die Achsel und stöckelte – die Tür hinter sich zuziehend – jetzt wieder souverän und provozierend mit dem Hintern wackelnd in die Nasszelle.

Er lauschte.

Als er das Gluckern und Rauschen des Wasserhahns aus dem Bad hörte, zog er blitzschnell seine Computertasche von den Schultern, wand sich aus dem karierten Jackett und streifte seine Schuhe und die Ringelsocken in einer einzigen fließenden Bewegung ab.

Dann entnahm er sehr sorgfältig und konzentriert einige Utensilien aus seiner Tasche: eine Angelschnur, eine

Rolle dünnes Nylonseil, eine Packung mit fünf Einweg-spritzen, mehrere Röhrchen, die eine klare Flüssigkeit enthielten, so wie eine chirurgische Zange aus blitzendem Edelstahl, ein Skalpell und zwei originalverpackte Klammern zum Aufhalten der Augenlider. Das Päckchen mit dem reinen Wirkstoff in Form verkapselter, hitze- und lichtresistenter Sporen lag harmlos und hermetisch verschlossen in einem verschraubten zylindrischen Metallbehälter.

Kurz sah er sich in dem kleinen Zimmer um. Er trat neben das Bett und schlug die Bettdecke zurück. Dann verteilte er die Gegenstände, die er entnommen hatte, auf dem Laken, das unter der Überdecke zum Vorschein kam. Sorgfältig drapierte er die Decke wieder so darüber, sodass man auf den ersten Blick nichts sah.

Als Nächstes holte er ein altes Büchlein aus der Tasche, positionierte es vorsichtig auf der Lehne des karierten Ohrensessels, in dem er Platz nehmen würde, streichelte mit einem versonnenen Lächeln über den strapazierten, mit Blumenranken verzierten Einband aus gestärktem Leinen, zog den Stuhl, der neben dem Bett stand, durch den Raum. Er platzierte ihn in zwei Metern Abstand vor dem Ohrensessel und richtete ihn genau gegenüber aus. Dabei überprüfte er, dass man sich, wenn man auf dem Stuhl saß, im Spiegel an der Wand gegenüber sehen konnte – oder musste, wie er sich mit einem feinen Lächeln korrigierte.

Dieser Aspekt war ihm wichtig.

Das Zimmer war perfekt.

Er hatte richtig gewählt.

Er erlaubte sich ein zufriedenes Grinsen.

Aus dem Pub unten drangen gedämpftes Gegröle und Musik nach oben.

Dann trat er mit lautlosen Schritten vor das kleine, von Holzsprossen durchbrochene Fenster, sah auf das Dach eines rostigen Vans hinab, der in einem vermüllten Innenhof stand, und zog die Vorhänge zu.

Mit einem schnellen Blick kontrollierte er sein Arrangement und horchte auf die Geräusche aus dem Bad. Er schloss für einen Augenblick die Augen und bereitete sich innerlich darauf vor, seine Begleitung zu überrumpeln, sobald sie im Bad fertig war und wieder ins Zimmer trat.

Er würde ihr jede Würde mit einem einzigen Streich seiner geübten Hand abstreifen. Er straffte die Schultern. Sein Nacken schwoll an. Ihm genügte nur dieser eine Augenblick des Innehaltens und der Konzentration.

Hinter seinen geschlossenen Augen vollzog sich eine erstaunliche innere Verwandlung. Es war, als könnte er den Vertreter, den er bis jetzt so perfekt imitiert hatte, mit einem einzigen tiefen Atemzug vollständig abschütteln. Als hätte ein ungeheurer Energieschub alle Attribute und Wesenszüge des Menschen, dessen Rolle er eben noch eingenommen hatte, weggesprengt. Sein ganzes Sein veränderte sich von diesem einen Augenblick auf den anderen.

Er wirkte jetzt fünfzehn Jahre jünger.

Sein schuldbewusster, schüchterner und auf frustrierte Weise unterwürfiger Blick wurde stahlhart und entschlossen.

Aggressiv.

Seine Miene wurde undurchdringlich.

Boris hatte seine Verpuppung als Vertreter abgeschüttelt.

Boris war Boris geworden.

Unter dem Hemd, das er jetzt offen trug, pumpten Muskeln, die man vorher nicht gesehen hatte. Sogar der Bauchansatz, der ihn behäbig wirken ließ, war verschwunden. Er stand jetzt ganz anders auf den Beinen, athletisch, der Rücken gerade und der Nacken vor Muskeln geschwollen. Er ballte die Hände zu Fäusten, und seine Schultern wurden breit. Sein Blick war jetzt stechend, sein Kiefer schob sich nach vorn, und er hätte die Perücke, die er auf dem Kopf trug und mit einer einzigen Handbewegung wegfegte, nicht einmal abnehmen müssen, um jene Gefährlichkeit und Skrupellosigkeit auszustrahlen, für die er weltberühmt war.

Aber dieses Arrangement hier war ja zur Abwechslung kein Auftrag, sondern sein rein privates, sein rein persönliches Vergnügen, dem er hin und wieder nachging. Ein nettes Vorspiel, sozusagen. Nellya, die gute Nellya, hatte er verschonen müssen. Wie gerne hätte er gerade sie, die ihn in seinen schwächsten Momenten gesehen hatte, als Dank für ihre Dienste genüsslich mit bloßen Händen erwürgt, mit einem Skalpell filetiert oder sich an ihrer Panik geweidet, während er sie ertränkt hätte. Aber sein Bruder hatte von ihm gefordert: »Rühr sie nicht an! Das ist ein Rückzugsort. Vermassle es nicht!«

Er brauchte das hier wie die Luft zum Atmen, um sich auf seine nächste Aufgabe konzentrieren zu können. Sein krankes und perverses Gehirn lechzte nach einer Entladung, bevor es losging. Er würde im Moment der sexuellen Ekstase Herr über den Tod werden. Dieses Gefühl erst entfesselte ihn und machte sein Gehirn vollkommen leer und bereit. Dieses Gefühl, Herr über Leben und Tod zu sein, spannte den Hahn an seiner Waffe.

Er freute sich, vor Erregung schauernd. Ein fratzenhaftes Grinsen machte sich auf seinem Gesicht breit. Schuld oder Skrupel, selbst der geringste Ansatz einer rationalen Erklärung waren so weit entfernt wie der Nordpol.

Boris war bereit.

Die Bestie war bereit.

Gespannt hörte er, wie der Wasserhahn im Bad endlich verstummte.

KAPITEL 7

ROSEGARDEN, ENGLAND

Ich stand in der Küche und goss den Tee für Mutter und mich in die Tassen.

Ich schubste mit dem Fuß einen kleinen Tisch zwischen die beiden Stühle vor dem Kamin, stellte die Tassen ab und setzte mich zu Mutter.

Ich mummelte mich wieder in die Decke ein, kontrollierte mit einem Seitenblick, dass Mutter an ihre Tasse herankam, und lehnte mich zurück. Praktische Dinge, die mich ablenken und mich ins Hier und Jetzt bringen sollten.

Das Feuer prasselte lebhaft vor sich hin und verströmte eine einschläfernde Wärme.

Jetzt war es gemütlich. Auch Mutter blickte versonnen in das Feuer, ließ sich hypnotisieren. Ihr Glasauge reflektierte das Kaminfeuer auf unnatürlich klare Weise. Ich sah mich um, wehrte mich gegen die Müdigkeit. Wie automatisch langte ich zu dem Kaminsims hinüber und strich mit dem Finger über die Aufnahmen von Vater und meinem kleinen Bruder kurz vor deren Tod. Und meine Gedanken schweiften ab zu den Träumen, die mich seitdem quälten.

Träume, die mich innerlich erbeben ließen, denn was vor meinen Augen im Schlaf ablief, hatte sich vor über zwanzig Jahren ereignet, als ich selbst erst zehn gewesen war. Es waren Szenen aus meinem aktuellen Leben, die ich mit Ereignissen von damals verwob, so als wäre irgendein Teil von mir in der Vergangenheit hängen geblieben. Ich lehnte mich zurück. Das Feuer prasselte. Mir wurde warm. Ich schloss die Augen.

Nur für einen Moment …

Ich sehe mich im Traum immer in derselben Haltung auf der Liege eines Arztes in einem anonymen Behandlungszimmer. Dort liege ich, die Hände auf meinem hochgewölbten Bauch gefaltet, wie eine Hochschwangere. Ein gütiger Hausarzt mit warmen Augen beugt sich über mich, und ich bin überzeugt davon, dass es an mir liegt, den kleinen Bruder wieder zu gebären, um den Tod, der ihn von mir weggerissen hat, in einem unmöglichen Triumph zu besiegen. Das neue Leben in mir ist immer mein kleiner Bruder, der sicher und geborgen in meinem Leib liegt.

Ich blicke in die warmen Augen des Hausarztes, der meinen straffen Unterleib betastet und schließlich ein schwarzes Skalpell hinter seinem Ohr hervorzaubert, damit neckisch vor meiner Nasenspitze herumfuchtelt und erklärt: »Wir müssen operieren, dein Blinddarm ist am Platzen!«

Ich fürchte mich überhaupt nicht, aber das gütige Antlitz des Arztes wühlt mich auf. Ich erbebe innerlich, denn was vor meinen Augen abläuft, hat sich vor zwanzig Jahren ereignet.

Wie kann es geschehen, dass ich zurück in die Zukunft reise? Vergangenheit, Gegenwart und Zukunft kommen durcheinander. Während ich auf dem Behandlungstisch liege, weiß ich, dass der Doktor ein Jahr später ums Leben kommen wird. Ein Schnellzug wird seinen alten Bentley zertrümmern, weil die Bahnschranken offen blieben.

Soll ich ihn warnen? Kann ich ihn überhaupt warnen?

Ich zögere, da steht plötzlich mein Großvater Traugott neben meinem Bett. Er hat mir die Handfertigkeit im Umgang mit Holz, Eisen und Werkzeugen vermittelt. Ich unterdrücke mühsam ein Schluchzen, als mir mit Schaudern einfällt, dass mein geliebter Opa nur ein paar Wochen nach meiner Blinddarmoperation in den Bergen tödlich verunglücken wird.

Auch das kann ich nicht verhindern.

Ich will ihm um den Hals fallen, doch mein Großvater väterlicherseits mit dem komischen Namen – Traugott – hebt besänftigend die kräftigen Arme und strahlt unerschütterliche Zuversicht aus.

»Schon gut, meine Liebe, alles wird gut.« Dann fragt er mich mit seiner sonderbaren metallischen Stimme: »Warum bist du nicht mit einem jüngeren, kräftigeren Mann zusammen? Warum nimmst du stattdessen einen mit einem dicken Bauch, gräulichem Haar und beginnender Glatze?«

Es ist eine Beschreibung meines derzeitigen Chefs beim BND, der mit sabbernder Hingabe versucht, mich ins Bett zu kriegen. Im Traum verteidige ich mich sogar:

»Großvater, er hat keinen großen Bauch, er …« Dann

fang ich an zu stottern: »Vielleicht, weil die heutige Generation Männer so langweilig und so leidenschaftslos ist. Siehst du, Männer in meinem Alter, also in den Dreißigern, legen sich entweder hin und wollen bedient werden, oder sie haben überhaupt kein interessantes Leben gehabt, das die Beziehung und den Sex spannend machen könnte.«

Großvater Traugott neigt sein schweres, dünn behaartes Haupt abwägend zu Seite, ein Lächeln verwandelt sein freundliches Gesicht in ein Relief aus Falten. Belustigte Äuglein flackern tief in ihren Höhlen unter den buschigen Brauen. Dieser rührende Anblick lässt mich erschrocken die Hand über den Mund legen, erschrocken über mich selbst, über meine Offenheit.

»Die Berechnung macht dich kalt und hart, das ist gut im Kampf gegen das Böse«, sagt Großvater sanft, »aber das ist nicht alles.«

Lachfältchen zeigen sich wie ein Strahlenkranz an seinen Augen.

»Ich muss überleben, Großpa, ich werde verfolgt, ich muss eiskalt reagieren, sonst …«

Großvater nickt verständnisvoll.

»Du bist eine junge, schöne Frau«, gibt er zu bedenken, »verschwende deine Kräfte nicht, du brauchst einen richtigen, wahrhaftigen Mann.«

»Ich weiß«, seufze ich, »ich sehne mich ja nach einem fantasievollen, zärtlichen Mann. Egal, wer er ist, wenn er nur stark und mutig das Unerwartete tut.«

Ein himmlisches Lächeln überzieht Traugotts verblassendes Gesicht, lässt es allmählich entrücken.

»Du suchst einen Helden«, höre ich ihn flüstern. »Gibt es ihn, den Helden, der dein Herz erobert? Ja, ich glaube, du musst ihn suchen, geh, such ihn …«

Ich schaue mich verdutzt um. Wo bleibt der Arzt? Das Bett steht plötzlich inmitten hoch aufragender tropischer Pflanzen auf einem ornamentreichen orientalischen Mosaikboden, und das herrlich frische und grüne Eiswasser aus dem Brunnen schwappt gefährlich nahe zu meinem Kissen.

Ein Körper beugt sich über mich, Grabeskühle lässt mich frösteln. Meine Mutter lächelt mich an. Ihre breiten Lippen öffnen sich halb, als wolle sie mir etwas zuflüstern. An der Stelle ihres rechten Auges klafft ein blutiges Loch, das große Stück Holz, das es durchbohrt hat, Holz aus dem explodierten Esstisch, schaut noch heraus. Die Hälfte der Schädeldecke ist blutüberströmt, ich sehe ihren Beinstumpf, von dem nur noch fleischige Lappen und Fetzen herabhängen.

Mein Herz schlägt auf einmal rasend schnell. Eine eiserne Hand legt sich um meinen Brustkorb und drückt mir die Luft ab. Meine Eingeweide brennen, als hätte ich glühende Kohlen verschluckt. Ich starre meine Mutter durch einen Tränenschleier an. Oder ist es Angstschweiß?

Sie bringt kein Wort über die Lippen.

Ich packe sie an der Schulter und rede ihr verzweifelt zu: »Sag es mir, Mama, sprich doch mit mir.«

Plötzlich sehe ich für den Bruchteil einer Sekunde eine hämisch grinsende Fratze über dem gemarterten Kopf meiner Mutter auftauchen. Ein Nussknackergesicht mit

Hakennase und vorstehendem Kinn, darüber glitschiges schwarzes, an den Schädel geklebtes Haar. Ein bekanntes Gesicht. Ich will es festhalten, da verschwindet es, ein Fahndungsbild.

Das Phantombild eines Attentäters.

Hinter mir ertönt die ruhige, vertrauensvolle Stimme meines Großvaters:

»Trau dem Kerl nicht, traue niemandem, denke an Papa.«

»Papa«, hauche ich. »Was ist mit Papa, wo ist er, Großpa?«

Das Wasser strömt jetzt aalglatt und schwarz an mir vorbei und unter meinem Bett hindurch, und unter der Oberfläche treibt ein leichenblasses Gesicht. Ist es Papa?

Jemand flüstert mir ins Ohr.

Ich verstehe nichts, weil die schwere Glocke der Tür läutet. Es läutet und läutet. Erst wie ein Geräusch unter Wasser, dann immer klarer …

»Merry! Hörst du? Es läutet an der Türe, Schätzchen. Bist du eingenickt, Merry-Schätzchen? Vielleicht ist es der Monteur!«

Ich wachte erschöpft auf. Meine Hände waren zu Fäusten geballt, die Knöchel kalkweiß. Mein Herz schlug schnell. Ich öffnete die Augen. Rieb mir die Tränen aus dem Blickfeld und sah mich um.

War ich wirklich eingeschlafen?

Wenn's der Monteur ist, kriegt er was zu hören!

* * *

»Wie viel würde es denn ungefähr kosten, eine komplett neue, moderne Anlage einzubauen?«, fragte ich den Monteur, der sich als Inhaber seiner Firma vorgestellt hatte.

Im nächsten Augenblick klingelte mein Handy.

»Augenblick, bitte, gehen Sie doch schon mal in den Keller. Der Brenner zündet nicht mehr, glaube ich, und mit der Pumpe stimmt auch was nicht«, sagte ich und wies dem Monteur den Weg zu der Tür, wo es in den Keller hinabging. Dann nahm ich das Telefon zur Hand, kontrollierte mit einem Seitenblick, wo Mama war, und sah auf dem Display die vertraute Berliner Nummer.

»Na, Schwesterherz, wie geht's euch denn so mitten im Polarsturm? Steht das Haus noch? Hahaha …? Hallo?«

Mein Bruder Silas schlug eher nach unserem Vater: korrekt, ein bisschen sperrig und immer ein wenig aufgesetzte Gemütlichkeit, die ihm am Revers klebte. Ständig war er bemüht, die Rolle des Familienoberhaupts zu übernehmen und unseren Vater zu ersetzen, was mich in den Wahnsinn treiben konnte. Beim Umbau des Hauses zu einem funktionierenden, behindertengerechten Domizil für unsere Mutter hatte er jedenfalls völlig versagt. Und ein Familienoberhaupt brauchte hier schon gleich gar niemand!

»Du hast mir gerade noch gefehlt! Mama sitzt hier ohne Heizung. Es ist eiskalt. Wir kauern vor dem Kamin. Gott sei Dank ist der Monteur gerade gekommen.«

»*Sie* wollte doch dahinziehen! Ich hab gesehen, dass ihr angerufen habt. Kann ich was tun? Soll ich euch vor den Eisbären retten? Hahaha!«

Ich lehnte mich mit verschränkten Armen an die Wand und versuche, mich zu beherrschen.

Was sollte das denn jetzt?

Die Explosion damals in Tunis hatte unser beider Leben grundlegend verändert. Ich dachte an Papa, der mit unserem kleinen Bruder Lukas auf dem Schoß an jenem Nachmittag in der amerikanischen Botschaft von Tunis gesessen hatte, viel zu dicht am Explosionsherd, um zu überleben. Ich hatte nicht nur meinen Vater und meinen kleinen Bruder bei dem Terroranschlag verloren, sondern schlagartig die Fähigkeit eingebüßt, Vertrauen in andere Menschen aufzubringen. Das galt für meinen großen Bruder ebenso wie für mich. In unserem Misstrauen waren wir vereint.

Silas war privat überheblich und übertrieben lustig, im Beruf trug er Titel vor sich her wie einen Schutzschild, und im Alltag war er unnahbar und arrogant. Das war sein Umgang mit dem Trauma.

Ich kam mir in meinem Innern manchmal, wenn die Trauer mich übermannte, so verloren vor wie auf einem fremden Kontinent. Einzig die Arbeit lenkte mich ab. Ich war gut darin, mich mit Haut und Haaren in jede Aufgabe zu stürzen.

Kopfüber.

Kompromisslos.

Alles andere ausblenden zu können, war mein Schutzschild. Mein Überlebensreflex. Das machte mich in den Augen anderer aber auch gnadenlos. Und das war mir nur recht. Denn indem ich die Harte, Gnadenlose spielte, konnte ich die seelischen Löcher in mir ganz gut verdecken. Das war ein wesentlicher Baustein meines beruflichen Fortkommens als Geheimagentin. Es gab Spezialaufträge, es galt, Anschläge zu verhindern und Attentäter zur Strecke zu bringen. Mein Vorteil lag darin, dass ich mich konzentrieren konnte wie wenige andere. Fast manisch. Und mein Bruder war in meinem Kosmos einfach da, nicht wegzudenken und nicht zu ignorieren, wie das Wetter oder ein Körpergeruch. Silas – als Erwachsener – war damit Teil meiner instinktiven Gefühlswelt geworden.

»Wir haben alles bestens im Griff, großer Bruder!«, sagte ich nicht ohne Ironie in der Stimme.

»Oh, bist du sauer? Auf mich?« Er hatte sehr feine Antennen, wie alle in der Familie.

Er schnallt's einfach nicht!

»Allein die Tatsache, dass Mutter hier alleine leben soll, ist irrwitzig. Das macht mich sauer. Das Haus ist zu viel für sie, vom Garten ganz zu schweigen. Es ist nicht immer schönes Wetter in England, weißt du?«

Wir redeten auf Deutsch. Während ich sprach, folgte ich dem Monteur hinab in den Keller. Ich hoffte, dass er die Sprache nicht verstand. Unten angekommen, kontrollierte ich kurz, wie hier der Empfang war. Das Telefon lief auf einer Spezialsoftware, die es fast unmöglich machte, es abzuhören. Im Amtshilfeverfahren zwischen den europäischen Diensten durfte ich hier die sichere englische Variante der geheimen NATO-Kommunikationstechnik nutzen. Direkt über ein Satellitennetzwerk, das ständig seine elektronischen Zerhackungscodes änderte. Ich spähte nach dem Monteur, der im Heizungskeller verschwunden war, und hörte, wie mein Bruder sich überschwänglich von jemandem in seiner Wohnung verabschiedete. Gläser klirrten im Hintergrund. Ich musste warten. Und wollte das Gespräch nicht abbrechen.

Partygockel!

Der Keller hier unten roch modrig und alt, aber nicht unangenehm. Wenn man den warmen Geruch des ausgelaufenen Öls ignorierte, roch er so, wie es unter der Erde riechen sollte: wie sauberes Moor. Der Keller atmete. Das Gewölbe trug die massiven Steinmauern, aus denen das Cottage errichtet wurde. Es würde noch tausend Jahre Wind und Sturm widerstehen, so solide war es gebaut. Umso kläglicher war die Dämmung: Überall zog es herein, und ohne Heizung hatte man fast das Gefühl, draußen in der Kälte zu sitzen.

Vor Generationen hatte die Familie meiner Mutter sich hier niedergelassen. Für sie wünschte ich mir jetzt allerdings den Komfort der Londoner Wohnung zurück, wo es auf Knopfdruck warm oder kühl wurde und hell oder dunkel.

Während ich auf Silas wartete, spähte ich nach dem Monteur, dessen Werkzeugkasten ein paar Schritte vor mir geöffnet auf dem Boden lag. Meine beruflichen Reflexe traten die Tür zu meinem Bewusstsein ein, und ich konnte nicht anders, als den Inhalt des Werkzeugkastens und auch die Arbeitsschuhe des Monteurs genauer zu mustern.

War das wirklich nur ein Heizungsmonteur?

Waren die Schuhe nicht zu neu?

War er geschickt worden?

Wie gut war seine Tarnung?

Gab es eine Fangfrage, die ich ihm stellen konnte? Wo war meine Waffe, die der britische Quartiermeister mir am Flughafen für die Dauer meines Aufenthalts in England gegeben hatte?

Hör auf, paranoid zu sein!

»Bist du noch da?«, fragte mein Bruder.

Ich drehte mich ab und sprach fast im Flüsterton in das Mikrofon.

»Ja, ich stehe im Keller und zwinge den Monteur mit vorgehaltener Waffe, die Heizung wieder zum Laufen zu bringen!«

»WAS?«

»Silas, das war ein Scherz.«

»Ach so, hahaha.« Er machte eine Pause und sagte dann: »Ich habe gerade den letzten Gast verabschiedet. Der Minister war vorher auch hier. Es war ein erfolgreiches Symposium.«

»Was soll bei Politikern denn schon erfolgreich sein? Außer Plattitüden von sich zu geben und Steuergelder zu verpulvern?«

»Ich war ja sozusagen der Gastgeber. Nun sei mal nicht so …«

Ich hörte, wie er weiter Gläser zusammensammelte. Wahrscheinlich trug er diese wichtigtuerischen Kopfhörer über den Ohren.

»Wir machen halt unser Business, wie alle. Aber du kennst ja meine wahre Meinung, Schwesterchen.«

Jetzt kommt's, dachte Merry.

»Ab politicae principium«, dozierte er durch den Hörer. »In der Politik liegt der Anfang. In ihr hat alles seinen Ursprung.«

»Amen!«, antwortete ich sarkastisch.

Ich schielte nach dem Monteur, der jetzt hinter der Tür im Heizungskeller werkelte, und ging ein Stück weit die Treppe hinauf, um mich auf die Stufen zu setzen.

»Ist das ein Original, oder hast du das abgewandelt?«

»Nicht ganz original. Aber es passt.«

»Und dein Minister, war er zufrieden mit dir?«

Ich konnte förmlich hören, wie mein Bruder geistig in einen anderen Modus schaltete. In einen Modus, in dem ich endlich auf Augenhöhe mit ihm reden konnte.

»Schau mal, Minister bilden nicht das Spitzengremium der Politik, sondern ein Gremium der Mittelmäßigkeit. Ein Minister soll verwalten, wie ein durchschnittlicher Vereinsvorstand, keine spektakuläre und starke Persönlichkeit sein, nicht auffallen und schon gar nicht führen.«

»Aber dein Minister ist doch populär.«

»Sicher, populär zu sein schadet nichts, nützt aber auch nichts. Außenminister sind immer die populärsten Minister jeder Regierung. Man sieht sie ja meistens nur aus weiter Ferne! Hahaha!«

Blödmann.

Sein Minister und die Chefdiplomaten beherbergten Leute von meinem Schlag in ihren Botschaften rund um den Globus. Bis zu achtzig Prozent der Botschaftsmitarbeiter arbeiteten in Wahrheit für den Geheimdienst.

»Mein Minister besitzt die Gabe, die Meinung der Bevölkerung aufzunehmen und zu artikulieren, aber die politische Klasse lässt das nicht gelten. Ich kenne keinen Minister, der kein Einzelgänger wäre und der nicht hinaus flüchten müsste, um die Nähe des Volkes zu suchen.«

Pause.

»Mein Minister ist dazu da, in den Beziehungen zum Ausland mit biedermännischem und solidem Auftreten Vertrauen für Deutschland zu schaffen, denn Deutschland wird in der Welt immer das tun, was es schon seit Jahrzehnten getan hat: davon profitieren, dass andere Länder streiten, dass es schwächere Währungen, Wirtschaftsräume und Zinsdifferenzen gibt, dass Flucht- und Schwarzgelder einen sicheren Hafen zum Waschen brauchen und dass Spitzentechnologie und Präzisionsindustrie nach wie vor gefragt sind. Was sollte also ein Minister Besseres tun können, als allen ein bisschen zu nützen und niemandem auf die Füße zu treten? Mit mir hat das nichts zu tun. Mit mir muss er nicht zufrieden sein. Das Einzige, was ihn schnell zu Fall bringen kann, wäre ein nicht korrekt bezahltes Parkticket!«

»Ich dachte immer, *du* willst unbedingt Minister werden. Ich dachte, deshalb seist du in die Politik gegangen. Auch Mama glaubt das.«

»Schwesterchen, wenn ich Minister werden wollte, wäre ich das schon längst.«

Kotzbrocken!

»Und außerdem wäre meine Karriere dann auch bald schon wieder zu Ende. Minister haben eine kurze Halbwertszeit. Sie zerfallen schnell unter dem Druck des Amtes.« Er machte eine Pause. »Und außerdem: Bitte wer

84

sollte dann weiter auf dich aufpassen, wenn ich nicht mehr in Amt und Würden wäre?«

Jetzt kommt wieder eins seiner Zitate.

»Ab igne ignem«, tönte es fröhlich aus dem Telefon.

Ich kenne ihn zu gut! Aber?

»Cicero, vom Feuer das Feuer. Von dem, was man hat, teilt man mit großer Selbstverständlichkeit mit anderen. Etwas ab- oder weitergeben. Wie ein Raucher sein Feuer mit einem anderen Raucher teilt. Verstehst du?«

»Ich brauch nichts von dir, Silas. Ich komme allein klar. Und rauchen tue ich auch nicht.«

»Jetzt vielleicht nicht.« Seine Stimme klang schlagartig anders. Ruhig, samtig, männlicher, nicht mehr aufgesetzt fröhlich und schrill. Mir stellten sich die Härchen auf den Unterarmen auf.

»Aber vergiss nie, ich bin immer da. Auch für dich.«

Das wollte ich hören. So sollte mein Bruder immer sein.

»Ich habe es mir hier gut eingerichtet, Merry, knapp unter dem Radar. Ich bin mächtiger als ein Minister, das weißt du«, sagte er sanft, ohne jede Arroganz – und so, als wären seine Worte nur für mich bestimmt.

Ich wusste, da kam noch was. Etwas, was mir Angst machen würde.

»Merry, es gibt gefährliche Allianzen, die sich bilden. Sehr gefährliche! Sei auf der Hut!«

KAPITEL 8

EDENDERRY, IRLAND

O ja, jetzt ist es so weit! Die Bestie war mit einem Satz bei der Badezimmertür, hinter der es endlich still geworden war. Er genoss diese Sekunden besonders, wenn seine Beute noch ahnungslos, aber der Altar, auf dem sie geopfert werden würde, schon bereitet war.

Es war ein ganz anderes Gefühl als bei den Anschlägen, die er sonst im Auftrag durchführte. Da ging es nicht um ihn, da ging es nur um die Opfer. Oder um die Auftraggeber und deren Ziele. Meist ging es um irgendwas, womit sein Bruder zu tun hatte. Das Einzige, was von seiner Familie übrig war.

Spektakulär sollte es sein, viele Opfer, möglichst Unschuldige. Oder gezielt einzelne Leute ausschalten, mundtot machen, Gegner eliminieren oder Freunde schützen.

Aber die Politik und die großen Zusammenhänge, welche auch immer die sein mochten, interessierten Boris im Grunde nicht. Menschengemachtes Brimborium, Mittelmaß, das sich anmaßte, zu wissen, wo es langging! Ändern konnte sich nichts. Es ging nur um Karrieren, Geld und Macht. *Politik ist nur die Unterhaltungsab-*

teilung des militärisch-industriellen Komplexes. Das sah er genauso wie Frank Zappa oder wer immer den Ausspruch getätigt hatte.

Er war ein scharfes Instrument, eine Waffe. Sein Geschäft waren der Terror, die Rache und der Kampf. Und er stand kurz vor dem verheerendsten Anschlag, den er je verüben sollte. Eine Million sollte sterben, mindestens. Eine ganze Großstadt! Dabei war es so simpel, dass er sich wunderte, dass noch niemand vor ihm auf diese Idee gekommen war.

Der Araber würde staunen.

Seine Augen rollten glücklich. Er war die unumstrittene Nummer eins auf dem Markt, und die wollte er bleiben. Unsichtbar, wie bei der Jacht mit dem abtrünnigen Oligarchen, von höchster tödlicher Effizienz wie in Haifa, als er dem Mossad eine lange Nase gedreht hatte, dabei zuverlässig wie ein Uhrwerk – er hatte schließlich noch keinen einzigen Auftrag verpatzt – und fantasiereicher als jeder lebende Kriminalbeamte oder Geheimdienstagent der Welt.

Und er wurde protegiert, geschützt, gefördert, er hatte unfassbare Mittel und technische Möglichkeiten im Rücken. Er war alt genug für sein Meisterwerk, für seine Krone, um den Pfad zu seiner eigenen Unsterblichkeit zu betreten. Er war jetzt schon ein lebender Mythos, aber bald würde er noch viel höhere Weihen erhalten.

Dafür muss er Kraft tanken, Energie laden und Motivation schöpfen. Er war ein starkes sexuelles Wesen, mehr als die meisten Menschen. Für ihn ging es ums Einswerden – ums Einswerden mit dem Opfer, ums Einswerden mit seiner Existenz und seiner Bestimmung. Um diesen kosmischen sexuellen Rausch, der sich nur in Gegenwart des Todes einstellen konnte und der ihn mit dieser ungeheuren Energie versorgte.

Er musste sich konzentrieren, ermahnte er sich.

Sie war wirklich ein Volltreffer! Genau sein Geschmack. Sie war seiner Aufmerksamkeit würdig. Sie würde ihren Teil dazu beitragen, ihn auf die höchsten Ebenen zu tragen.

Er hatte eine Methode zum Aufbau dieser berauschenden sexuellen Energie entwickelt, die höchste Konzentration, Kraft und Präzision erforderte. Jetzt musste er sich beweisen – nein, trainieren –, wie subtil und feinnervig er vorgehen und wie einfühlsam er dabei sein konnte. Er musste seine Methode nach der Zwangspause in Birobidschan weiter verfeinern.

Mit ihr könnte das klappen.

Sie war einfach perfekt!

Folter war ihm zuwider. Fingernägel ausreißen war etwas für brutale Stümper, die noch ohnmächtiger waren als ihre Opfer. Er brauchte nur eine Nadel und das bloßgelegte Zahnfleisch eines Menschen, um alles zu erfahren, was er wollte. Er verstand den Weg und die Wirkung des Schmerzes bei seinem Opfer auf ganz andere, intuitive Art. Diesen Weg galt es, zu erahnen und dann zu gehen. Er führte direkt in die Seele eines Menschen: Wie jemand mit Schmerzen umging, offenbarte sein wahres Ich.

Er hatte die Fähigkeit, mit seinem Opfer ganz zu verschmelzen, es in seiner Existenz mit seinen Grenzen und in seinem Rahmen zu verstehen, es psychologisch zu führen, auf seinem eigenen Pfad wandeln zu lassen und es schließlich dazu zu bringen, sich selbst den tödlichen Stoß in einem orgastischen Moment des höchsten Glücks zu versetzen – dem Moment, wenn ein Mensch sich selbst aufgibt und stirbt.

Dabei musste er die leisesten Regungen wie kleine Vibrationen wahrnehmen, wie ein Hai auf Kilometer einen Tropfen Blut roch – mit der Haut! Oder wie ein Wolf, der die Ausdauer, die Schwachstellen und die Verwundbarkeit, den Grad der Erschöpfung und die psychische Widerstandskraft seiner Beute kalkulieren, seine Angst riechen und gleichzeitig das Gelände analysieren und nach einem präzisen Plan vorgehen konnte, um sie dann endlich, wenn sie vollkommen wehrlos geworden war, zu schlagen.

Dafür baute er zu seinen Opfern eine unsichtbare Verbindung auf, von der sie allerdings erst etwas mitbekamen, wenn es schon zu spät war. Weil er genau dann zuschlug.

Weil er stärker war als alle anderen.

In ihrer Ohnmacht hatten die Behörden ihn bei ihrer weltweiten Fahndung Lupus getauft. Er gluckste. Er war viel mehr als das, viel mehr als nur ein blutrünstiges Raubtier.

Schwachköpfe!

Hinter der Tür hörte er Handtücher rascheln. Eine Handtasche schnappte zu. War sie jetzt endlich fertig? Konnte die Zeremonie beginnen? Gespannt wartete er im Halbdunkel des Zimmers. Eine Hand lag auf der Türklinke, bereit, sie aufzureißen. Er entspannte sich vollkommen, betrat den schwarzen Tunnel, aus dem es kein Entrinnen gab. Er wurde Reflex, nur noch Reflex, er war kein Wesen mehr, das von Gedanken und Vernunft gesteuert wurde. Die Erregung durchflutete seinen Körper in Wellen, die er bis in die Spitzen seiner Ohren spürte. Das Blut in seinen Adern wurde zu einem kalten Gift. Er hörte jetzt die Stimme im Schatten, die tief verborgen in ihm dröhnte.

Noch bevor er es sah, spürte er, dass die Türklinke sich bewegte. Er ballte die Fäuste, dann dehnte er die Finger zu Fächern, Fächern mit Stahlsaiten. Seine Augen wurden Schlitze und tiefschwarz.

***

BRÜSSEL, BELGIEN

In einem Serverraum des Sicherheitshauptquartiers der NATO lief genau in diesem Moment folgende verschlüsselte Botschaft auf:

Meldung: April2; FR; No. 212m490v318
Timecode: 0204FR16321701
Briefing: Paris, Sûreté nationale, Bureau Le Bourget, Com. Onan (NATO Strategic Defence Command); Classif. Prior.
Content: Unidentifizierbare verdächtige Person. SCS-PT (Surveillance Cam System Public Transport)
Target: Airport Roissy Dep Hall, level I to II; timecode: 1632, 1656 to 1701, Apr 2nd

Subject: Surveillance Cam 14 (back 1632), 23 (front 1656) and 76 (front 1701); Boarding Area

FR fail – Face recognition non-complete. Gesichtserken-nung nicht eindeutig zuzuordnen. Echter maltesischer Pass mit falschem Namen. Gate 67
Passenger Name used:
Bryan Lepinto, 30.7.1972, Valletta
Flight: Sunshine Air – Roissy – Dublin
Dublin Check Arrival!

Report End

KAPITEL 9

EDENDERRY, IRLAND

Die Klinke der Badezimmertür wurde von innen heruntergedrückt. Er hatte seine Wahrnehmung durch höchste Konzentration so weit geschärft, dass er die Bewegung wie in extremer Zeitlupe wahrnahm. Seinen ganzen Körper, die Sinne und auch die Steuerung seiner Muskeln und Sehnen hatte er auf das Lauern auf diese eine Bewegung gleichgeschaltet, so als hinge sein eigenes Überleben von der Intensität dieser Konzentration ab.

Es gab nichts, was ihn in diesem Augenblick in diesem Zimmer von dem hätte ablenken können, was gleich passieren würde. Er nahm nichts anderes wahr. Er sah, hörte, roch und fühlte nichts anderes. Er überbrückte durch reine Konzentration Zeit und Raum. Wurde zu einem alterslosen Wesen. Sein Ich löste sich auf, und er verlor jeden Bezug zum Hier und Jetzt.

Diese Fähigkeit zur höchsten Konzentration hatte ihm viele Male das Leben gerettet – und zahlreiche andere Menschen das Leben gekostet.

Er passte genau den Moment ab, in dem die Tür sich öffnete und er fühlen konnte, dass die Person hinter der Tür für einen winzigen Augenblick ihr Gewicht von innen auf die Klinke stützte, um in Richtung Zimmer zu gehen. Es war der Bruchteil der Sekunde, in dem sie einen Fuß vom Boden lösen und die Verteilung ihres Gewichts auf zwei Standbeine aufgeben musste, um den ersten Schritt zu tun. Dies war der Augenblick, in dem ihr Stand am fragilsten war: Ihre Muskulatur musste in einer komplexen diagonalen Kräfteverteilung zwischen ihrem Unterarm, der sich auf die Klinke stützen wollte, und der Schulter-, Rücken- und Beckenmuskulatur das plötzliche Ungleichgewicht wiederherstellen, indem sie auf komplizierte Weise eine genau berechnete Kraft auf die tragende Wirbelsäule ausübte.

In diesem Ablauf, den jeder Mensch bei jedem Schritt vollautomatisch und fließend steuerte, ruhte das Gewicht seines Opfers für den Bruchteil einer Sekunde auf einem Bein, genauer auf der Verbindung von Unterschenkel und Fußgelenk. Dramatisch erhöht wurde das Ausmaß dieses Ungleichgewichts noch dadurch, dass die Frau auf zwölf Zentimeter hohen Absätzen stand und wahrscheinlich schon völlig verkrümmte Zehen hatte. Diese präzisen Berechnungen, die er anstellte und die längst in seinen Instinkt übergegangen waren, machten den unbesiegbaren Kämpfer aus.

Die Badezimmertür war keinen Spaltbreit offen, da riss er das Türblatt mit einem Ruck vollends auf und ihr dabei die Klinke aus der Hand. Sie verlor sofort das Gleichgewicht, stürzte an ihm vorbei und fiel fast in den Raum. Er fing sie mühelos mit einer Hand vor ihrem Brustbein auf, bremste ihren Fall, packte das Handgelenk, das vor ihm auftauchte, wie mit einem Schraubstock, zog sie an sich und presste ihren Arm auf den Rücken. So hielt er sie fest, wie in einer etwas perverseren Form eines Tangos.

Er wartete, bis sie wieder fester auf beiden Beinen stand und er ihre Körperspannung spürte. Er sah ihren großen roten Mund, der sich direkt vor seinem Gesicht zu einem stummen Schrei geöffnet hatte. Ihr Blick schwankte zwischen Überraschung, Entschuldigung für ihr vermeintliches Missgeschick und Dankbarkeit, dass er sie nicht hatte fallen lassen. Vielleicht dachte sie auch, dass damit das Vorspiel bereits begonnen hatte.

Er sah sie mit starren Augen an – eine Ewigkeit lang, wie es ihm schien. Dann schoss seine zweite, jetzt freie Hand nach oben, hielt Millimeter vor ihrem Hals inne und drückte auf beiden Seiten ihres langen, zierlichen Nackens genau an den richtigen Punkten zu. Er beobachtete, wie sie fast augenblicklich die Augen nach hinten verdrehte und mit einem Seufzen ihre Körperspannung verlor. Wie ein schlafendes Riesenkind hielt er sie mühelos in den Armen.

Guter alter Karotissinusreflex, dachte er, Hunderte Male geübt an Gefangenen in russischen Lagern, die ihm zum Training zur Verfügung gestellt worden waren.

Er hob sie vom Boden hoch und trug sie behutsam zu dem Stuhl, den er für sie vorbereitet hatte.

Mit einer Hand hielt er sie in aufrechter Haltung auf dem Stuhl sitzend fest, während er mit seiner freien Hand die Utensilien unter der Bettdecke hervorholte.

Dann knöpfte er ihre Bluse auf. Zum Vorschein kamen zwei künstlich aufgepolsterte Brüste. Keine besonders

94

geglückte Operation. Mit einem Ruck zerriss er ihren Rock, zog ihn unter ihrem schlaffen Körper hervor und betrachtete ihren kleinen roten, ausgewölbten Slip. Valeria war in Wahrheit ein Valerian, wahrscheinlich aus Argentinien, vor einigen Jahren nach Europa gekommen, in ihrem Leben als Luxus-Callgirl falsch abgebogen, bis sie dort gelandet war, wo er sie aufgegabelt hatte: auf dem Straßenstrich im Hafen von Dublin.

Er machte sich ans Werk.

Eine Stunde später, als alles vollbracht war, hatte er es eilig. Er verlor keine Zeit. Valeria ließ er halb sitzend auf ihrem Stuhl zurück. Ihr Penis war im Tod zur Hälfte erigiert. Er eilte in das kleine Badezimmer. Vor dem halb blinden Spiegel legte er mit geübten Händen die Maske des anonymen Pharmavertreters wieder an und schminkte sich den hohlwangigen Frust des Gehalts- und Befehlsempfängers um die Augen. Im Geiste dankte er den professionellen Maskenbildnern des Moskauer Staatstheaters, die ihm genau das monatelang bis zur Perfektion beigebracht hatten. Dann kleidete er sich an und verließ den Raum.

Auf der knarzenden Treppe fing er an, leise und für andere unhörbar die irische Melodie der Musik aus dem Pub nachzupfeifen, hängte sich die Tasche über die Schulter und trat mit sicherem Schritt, aber gespielt unsicherem Blick aus dem Gebäude.

Das war seine größte Stärke: eine millimetergenaue Berechnung und perfekte Tarnung, die ihn für die Augen anderer unsichtbar machte. Er hatte jetzt eine Verkleidung gewählt, die vom Stil her ähnlich derjenigen war, in der er zuvor eingecheckt hatte, die aber im Detail grundsätzlich verschieden aussah. Er trug aufwendig genähte Wendekleidung im gleichen Stil, aber in anderen Farben. Es war, als hätte ein Mann am Nachmittag den Pub betreten, um das Zimmer zu mieten, und ein völlig anderer am Abend den Pub grußlos verlassen. Die angetrunkenen Gäste würden äußerst widersprüchliche Angaben zu seinem Äußeren, seiner Kleidung, seiner Augenfarbe und seiner Art, zu gehen oder zu sprechen, machen. Sie würden der Polizei nur ein Phantom beschreiben können, wie immer. Die Fünfzig-Pfund-Noten knisterten verheißungsvoll, aber Unheil bringend in der Hosentasche des Wirts.

Boris duckte sich vor dem aufgekommenen Wind, der vom Land her durch das Dorf fegte, und steuerte seinen kleinen Miet-Ford an, der auf dem Parkplatz des dörflichen Sportvereins stand. Die Tasche über seiner Schulter enthielt das Wertvollste, was er seit Langem erbeutet hatte, bevor er sich am frühen Abend den privaten Luxus mit Valeria gegönnt hatte: einhundert Gramm reines Botulinumtoxin als Trockensubstanz.

Sporen.

Hitzeresistent. Druck- und erschütterungsresistent. Stabil für jede Art von Transport. Nur feucht durften sie nicht werden. Dann würden sie in kürzester Zeit zum Leben erwachen.

Jetzt war er bereit und – dank Valeria – gestärkt für eine Mission. Diese würde seine größte Mission überhaupt werden. Eine ganze Metropole würde diesmal –

endlich – dran glauben müssen. Nakam – die große Rache.

Er setzte sich in den Kleinwagen, verließ damit seine vorübergehend analoge Identität, wurde wieder ein normaler, digitaler und vernetzter Mensch und startete den Wagen.

Im selben Augenblick blinkte auf einem Schirm einer Exportfirma im ostsibirischen Birobidshan, knapp tausend Kilometer nördlich von Wladiwostok, ein Punkt auf. Ein übermüdeter Hacker – einer von mehreren, vom russischen Geheimdienst abgestellten Reinigern, die in seinen Diensten standen – schob den faden Tee mit Wodka zur Seite, nahm die elektronische Spur von Boris auf und manipulierte die Datensätze so, dass, bevor er den Flughafen von Dublin erreicht hatte, die Aufzeichnung des Satellitentrackers im Auto, die Chipkarten in seinen Handys und in seinem Laptop eine völlig andere Tour durch Irland aufzeigten als diejenige, die Boris tatsächlich gefahren war. Der Hacker manipulierte die Daten der britischen Telefongesellschaften ebenso wie die Verkehrsleitsysteme der Straßenüberwachung. Seine echten Fingerabdrücke, die die Polizei finden würde, waren verwaschen und unbekannt und unter den vielen Dutzend in dem Hinterzimmer des Pubs von der örtlichen Polizei nicht eindeutig zuzuordnen. Ebenso wie seine DNA, die hinreichend verändert worden war.

Boris verließ Edenderry, drehte die Heizung voll auf und spulte die sechzig Kilometer zum Flughafen von Dublin auf den irischen Landstraßen ab, peinlich darauf bedacht, keine Verkehrsvorschrift zu verletzen. Er flog zunächst nach Amsterdam und hatte dort einen kleinen Zwischenstopp, währenddessen er einkaufte, einen Kaffee trank. Als Nächstes würde er in eine Maschine der KLM nach Malta steigen.

KAPITEL 10

EDENDERRY, IRLAND

DCI Jeremy O'Killirch von der Polizeistation Edenderry las noch einmal das Zeugenprotokoll, das ihm sein eifriger Assistent, Deputy Fynn David Brennan, überreicht hatte:

An diesem Nachmittag war ein männlicher Gast in Begleitung einer weiteren Person angekommen. Der unauffällig gekleidete Mann Mitte fünfzig trug eine Computertasche mit Aufdruck über der Schulter und führte eine etwas zu grell geschminkte, blutjunge Person in hohen Pumps an der Gaststube vorbei direkt nach oben. Niemand hatte sich nach dem Paar umgedreht. Man sah Männer wie ihn oft in der Nähe des O'Leary.

»Sir, zwei Zeuginnen haben die beiden wohl doch gesehen, unten warten zwei ältere Damen. Sehr aufgeregt«, versicherte Deputy Brennan komplizenhaft.

»Und?«

»Sie wollen nur mit Ihnen persönlich sprechen. Es geht um intime Details, die sie nur Ihnen erzählen wollen.«

»Schwachsinn! Vernehmen Sie die beiden, Brennan. Wenn Sie ein ordentlicher Polizist werden wollen, dann werden Sie auch das schaffen!«

O'Killirch war schlecht gelaunt. Nicht nur ging ihm sein Tennisball-großer Tumor – gutartig, Gott sei Dank – auf die Nerven, sondern auch die Tollpatschigkeit seines Deputys. So etwas konnte er jetzt gar nicht brauchen. Das hier war ein Kapitalverbrechen, keine Pubschlägerei. Seit vier Monaten drückte er sich schon vor der Operation. Seine beste Entschuldigung war, dass er die Polizeistation von Edenderry unmöglich mehrere Wochen in den Händen dieses Stümpers lassen konnte, der nur darauf gierte, wenigstens vorübergehend die erste Geige zu spielen. Jetzt hatten sie einen echten Ernstfall. Würde sein Tumor noch eine Weile Ruhe geben? Und nicht mit einem blutigen Knall explodieren?

Er blickte wieder auf das Protokoll.

»Was soll das heißen? Man sah ›Männer wie ihn oft in der Nähe des O'Leary‹?«, brummte er ungehalten vor sich hin.

Warum musste gerade er so einen wichtigtuerischen Schwätzer zum Assistenten haben?

Er knüllte das Protokoll verächtlich zusammen, stapfte schnaufend die Stiegen hoch, bog links ab, sah sich um und betrat den engen Flur. Drei Holztreppen lagen jetzt vor ihm, weiter oben ging die Tür zu dem Zimmer ab, das als eigentlicher Tatort zu gelten hatte – wie ihm sein Assistent berichtet hatte.

O'Killirch schnupperte. Er stammte aus einer irischen Musikerfamilie, aber bei ihm hatte sich aus einer Laune heraus das musische Talent in die Nase begeben. Er konnte keinen Ton treffen, aber er hatte einen fabelhaften Geruchsinn.

Mit halb geschlossenen Augen sog er die Luft ein und versuchte sich vorzustellen, wie der Täter und das Opfer gerochen hatten. Er konnte oft wahrnehmen, ob die beiden sich vorher gekannt hatten, ob Angst in Form von säuerlich dünstenden Molekülen in der Tapete hing. Oder ob zwei Menschen mit Sympathie aufeinander reagierten. Er war in der Lage, das zu erschnüffeln. Welche Aura umgab das Menschenwesen, das über diese ausgetretenen Stiegen seinen letzten Weg gegangen war, bevor es wie auf einem Altar geopfert worden war?

Sich vorzustellen, wie ein Opfer roch, erleichterte es ihm, zu rekonstruieren, was geschehen war. Er musste irgendwo einen Faden aufnehmen, und wenn es nur ein Geruch war, der seine Fantasie anregte und seinen Spürsinn weckte. Ein Geruch konnte für ihn der Auslöser dafür sein, einen Tathergang instinktiv zu erahnen. So wie andere Polizisten in Akten zwischen den Zeilen lesen konnten und Dinge entdeckten, die kein anderer sah.

Sein feiner Geruchsinn hatte ihm schon oft geholfen, einen Tathergang zu rekonstruieren. Nur der Coroner, welcher die Identität der Opfer bestätigte und eine Leichenschau vornahm, um die Todesursache zu bestimmen, musterte ihn immer misstrauisch, wenn er sich mit seiner von Äderchen übersäten Knollennase schnuppernd über die Leichen beugte.

O'Killirch betrat den Raum, in dem der Mord geschehen war. Unter der niedrigen und von schwarzen Holzbalken durchzogenen Decke stand ein Ohrensessel, auf dem wohl der Täter gesessen haben musste. Auf der zerschlissenen und abgewetzten Lehne lag ein kleines, sehr altes Büchlein, das einen abgenutzten Leinen-einband hatte.

Er kletterte über das Absperrband, das sein Assistent um den Sessel geschlungen hatte. Dann setzte er sich in den Sessel und nahm das Büchlein zur Hand.

Mit großer Ehrfurcht begann er zu blättern, während er das seltsame Arrangement in diesem halb legalen Hotelzimmer begutachtete: Ihm direkt gegenüber, an einen grob geschnitzten Stuhl fixiert, saß eine unbekleidete Leiche. Der Hals des Opfers war mit etwas, was aussah wie eine dicke Angelschnur, grotesk nach hinten gezerrt und mit einer Schlinge an der Rückenlehne festgebunden worden. Die Person war nackt, schlank, hatte große, hochstehende, aber ungleichmäßige Brüste und einen schrumpeligen Penis, der auf dem linken Oberschenkel lag.

O'Killirchs Blick wanderte zum Gesicht des Opfers. An den Augen saßen Apparate, wie man sie vom Augenarzt her kannte: Es waren Lidspreizer eingesetzt worden, das Opfer sah mit hervorquellenden, starren Augen nach vorne.

O'Killirch folgte seinem Blick.

Das Opfer schaute geradeaus in einen Spiegel, den der Täter so vor den Stuhl geschoben hatte, dass es sich während der Tortur selbst ansehen musste.

Er schüttelte ungläubig den Kopf, beugte sich vor und betrachtete diese toten, gespreizten Augen genauer. Er kannte den Anblick aus der Rechtsmedizin. Auf den Obduktionstischen trugen die Leichen manchmal solche Lidspreizer. Da sah er kleine stählerne Röhrchen, die ihm vorher nicht aufgefallen waren. Sie waren nicht Teil der Apparatur, mit der dem Opfer die Augen aufgerissen worden waren. Diese Röhrchen steckten in den Augen … nein, nicht direkt in den Augen, in den Augenwinkeln!

Er erhob sich und trat näher an das Opfer heran.

»Wirklich, da stecken Röhrchen in den Augenwinkeln. Sind da nicht die Tränenkanäle?« O'Killirch schnaubte. »Was für ein krankes Arschloch macht denn so was?«

Er setzte sich wieder hin und nahm das Büchlein zur Hand. Langsam hob er es an die Nase und schnupperte konzentriert. Er nahm einen feinen Geruch von altem Papier wahr – er schnupperte weiter – und Staub. Für einen Moment schloss er die Augen und führte das Büchlein vor seiner Nase auf und ab. Und da roch er es: die Reste der Aura eines komplizierten Parfüms, unter dem der solidere Duft einer sehr teuren Seife lag.

»Jedenfalls kein armer Schlucker«, brummte O'Killirch. Er sah sich kurz in dem schäbigen Zimmer um, blickte über den Buchrand auf das Opfer ihm gegenüber.

Die Augen im harmonischen, länglichen Antlitz waren weit aufgerissen, der volle Mund mit dem verschmierten Lippenstift leicht geöffnet. Eine falsche, extra lange Wimper musste während eines kurzen Gerangels zur Hälfte abgerissen worden sein und hatte die fette Tusche über die Wange geschmiert. Die langen, dichten Haare klebten vom Schweiß glatt am Kopf. Der nackte, schlanke Körper saß selbst im Tod irgendwie verkrampft auf dem Stuhl, fand O'Killirch, die Knie waren zusammengepresst und die Ellenbogen hinter dem Rücken zusammengebunden.

Eindeutig ein Sexualmord.

Oder doch etwas anderes?

Was hatte der Schlächter dem armen Ding noch angetan?

O'Killirch brummte vor sich hin, während er versuchte, seine Sinne zu schärfen. Seine Bemühungen wurden von den ranzigen, schweren Bettbezügen und dem von Flecken übersäten Teppich gedämpft. Eine Beleidigung für seine Nase.

Er zuckte zusammen, als sein Geschwür sich meldete. Kurz stöhnte er auf. Dann legte er die stämmigen Beine in einer vorsichtigen Bewegung übereinander. Der Schmerz ließ prompt nach. Er verharrte in dieser bequemeren Position.

So ungefähr musste der Täter dagesessen haben. Wahrscheinlich war er splitternackt gewesen. O'Killirch stellte sich vor, er würde in der Haut des Täters stecken und wäre ebenfalls splitternackt. Und dass sein eigener beschnittener Penis steil erigiert aus seinem Schoß ragte. Sein Blick wanderte über den zarten, gequälten Körper des Opfers. So musste es gewesen sein, er war sich sicher. Die Tortur musste Stunden gedauert haben.

Dem Geruch nach war es eindeutig ein Sexualmord gewesen. Aber das würde keinen Richter überzeugen. Gerüche hatten eine nur für den Einzelnen wahrnehmbare Qualität. Man konnte sie nicht niederschreiben, nachmessen, fotografieren. Er brauchte andere Beweise.

Die Vorhänge aus grünem Samt waren sorgfältig zugezogen, und von unten aus dem Pub stieg melancholische irische Folkmusik durch den Dielenboden herauf. Die Musik legte sich wie giftiger Nebel über das, was sich in dem Zimmer abgespielt hatte und was DCI O'Killirch jetzt vor seinem geistigen Auge sah.

Draußen wurde ein grauer, tiefer Himmel langsam dämmrig. Der Pub würde sich weiter füllen, je mehr das tägliche Ritual des Feierabends voranschritt.

Eine Transsexuelle, wahrscheinlich aus dem Hafenviertel von Dublin. Sie nannte sich Valeria, wie sein Assistent anhand der billigen Visitenkarten »ermittelt« hatte, die er in der Handtasche zu Dutzenden gefunden hatte. Valeria und eine Handynummer über einem auf jede Karte individuell aufgedrückten Kussmund.

Sie hatte einen perfekten, schlanken, haarlosen Körper und spitze, feste Brüste, offensichtlich das Ergebnis einer Operation. Eine war deutlich größer als die andere und hatte eine andere Form. An der Unterseite waren die Narben zu sehen.

Valeria, du warst schön, wunderschön, dachte O'Killirch, jetzt mit den Sinnen des Täters.

Nicht dass er selbst je besonders empfänglich für die Reize des dritten Geschlechts gewesen wäre, aber – so fand er ganz neutral – dem Körper der Toten wäre durchaus Tribut zu zollen gewesen.

O'Killirch registrierte sämtliche Details und versuchte sie einzuordnen. Die Angelschnur um den Hals musste Valeria bei jedem Versuch, den Kopf zu bewegen, das Zungenbein schmerzhaft nach innen gedrückt haben. Sie saß oberhalb des Kehlkopfs und schnitt tief in das Gewebe direkt unter dem Kinn ein. Die Lage der Schnur war vermutlich genau bemessen worden, um das Opfer gerade noch atmen zu lassen. Und um jeden Hilfeschrei unmöglich zu machen.

So etwas kriegten nicht viele hin.

O'Killirch blickte auf die Leiche.

Wer hatte dieses arme Geschöpf an diesem Nachmittag in das Hinterzimmer des O'Leary gebracht? Wer hatte Valeria, die im Leben wohl kaum eine andere Chance gehabt hatte, als sich ihr Geld durch Prostitution zu verdienen, so ausgenutzt?

Sein Geschwür meldete sich erneut schmerzhaft, als er sich ein Stück weit vorbeugte. O'Killirch lehnte sich wieder zurück. Theoretisch könnte es auch ein Mord aus der Szene sein, ein übler Racheakt eines Zuhälters. Aber der Gedanke fand keinen Widerhall in ihm. Allein schon die vage Beschreibung des Täters passte nicht dazu.

Er versuchte, in die Gedanken des Täters einzutreten. War Valeria nur ein Spielzeug für ihn gewesen? Ein Zeitvertreib? Oder hatte er seine verborgenen Triebe, seine Gewaltfantasien nicht länger unterdrücken können, sodass sie sich entladen hatten?

Die langjährige Erfahrung sagte ihm, dass ein Mann hier der Täter war. Wenn dieser vielleicht enttäuscht von seinem eigenen Leben war, gedemütigt, herabgewürdigt, dann könnte er solch ein grausames Blutbad angerichtet haben. Möglicherweise war ein starkes Bedürfnis nach Rache im Spiel.

O'Killirch sah sich die Leiche und das Zimmer noch einmal gründlich an. Aber wo waren dann die Anzeichen für das wiederhergestellte Ego des verschmähten Partners? Wo war der Fingerzeig? Wo war die Leuchtreklame für das schadenfrohe, triumphierende »Ich hab dich gewarnt«? Hier gab es nichts dergleichen.

Und wenn jemand einen Kick gesucht hatte? Dann führte das seiner bisherigen Erfahrung nach nicht so weit. Zumindest hatte er solch ein kompliziertes Arrangement aus kalkulierter Mordlust noch nie zuvor gesehen.

O'Killirch verschmolz mit der Szene.

Alle Anzeichen deuteten darauf hin, dass die Leiche sich prostituiert hatte. Das konnte seinem geschulten Polizistenblick nicht entgehen. Also ging er ein anderes Szenario durch.

»Dein letzter Freier, das war kein normaler Freier, nicht wahr? Und du hast sie nicht erkennen können, die Gefahr, die von ihm ausging. Auf den ersten Blick war es ein ganz gewöhnlicher Mann, oder? Verkleidet vielleicht?«

Sein Blick streifte wieder die Tote vor ihm auf dem Stuhl. O'Killirch hatte schon viele Leichen sehen müssen, übel zugerichtete Leichen oder Opfer von grausigen Unfällen. Aber das hier, das war etwas viel Subtileres. Hier war ein Meister der grausamen Inszenierung am Werk gewesen. Wieder nahm er das Büchlein zur Hand und begann zu lesen, in der Hoffnung, dass die Zeilen ihm weiteren Einblick in den Täter geben würden.

Sein eifriger Deputy, Fynn David Brennan, trat durch die Türe und überraschte den in seine Betrachtungen versunkenen Chef.

»Sir«, sagte er ohne Aufforderung, »was machen Sie

hier?« Er blickte irritiert auf seinen Vorgesetzten, der seelenruhig im gesicherten und abgesperrten Areal saß, mit einem Buch in der Hand.

»Und?«, brummte O'Killirch ungehalten zurück, ließ das Büchlein sinken und fragte: »Haben die beiden Damen geredet?«

»Sie haben gesagt, dass sie drüben vom Friedhof her eine leicht bekleidete Dame in Begleitung eines Mannes in mittlerem Alter gesehen haben.« Er konsultierte umständlich seinen Notizblock. »Sie sagten, es könnte sich unter Umständen um ein leichtes Mädchen gehandelt haben.«

»Ach nein!«, sagte O'Killirch sarkastisch. »Das haben sie tatsächlich gesehen? Und was wollten die beiden nur mir persönlich sagen?«

»Sie haben sich geschämt, die Kleidung der Dame zu beschreiben. Sie sagen«, der Deputy konsultierte wieder seine Aufzeichnungen, »die sei übertrieben kokett gewesen. Der Rock war so kurz, dass man von hinten fast – na ja, Sie wissen schon – gesehen hat. Dabei sind sie rot geworden. Alte Schule, Sir.« Er räusperte sich. »Sie haben sich geschämt und wollten nur mit einem Herrn ihres eigenen Alters darüber reden, Sir«, schloss er seinen Bericht und klappte entschlossen seinen Notizblock zu.

»Na danke! Sehr nett. Hoffentlich waren sie nach diesem schamlosen Anblick anschließend in der Kirche!«

O'Killirch blickte seinen Deputy missmutig an. Der stand ratlos und abwartend vor ihm, so als ob er nicht wüsste, ob er gleich einen neuen Auftrag erhielt oder ob sein Chef ihn jetzt in seine mysteriösen Ermittlungsmethoden einweihen wollte.

»Ich weiß nicht, ob Ihnen das etwas ausmacht, aber Sie stehen gerade mitten in einer riesigen Urinlache.« O'Killirch deutete auf die Schuhe des Deputys. »Da sind bestimmt mehr als zwei Liter Urin in den Teppich geflossen. So viel kann in ein paar Stunden auf normalem Weg nicht aus einem Menschen herauskommen.«

Der Deputy machte ein gequältes Gesicht, hob einen Schuh an und sah sich nach einem Stück trockenen Teppichs um.

»Sehen Sie die Einstichstellen am Unterbauch?« O'Killirch rutschte nach vorne, streckte den Arm aus und deutete auf die Stelle neben Valerias Nabel.

Der Deputy, auf einem Bein balancierend, mühte sich ab, etwas zu erkennen. O'Killirch beobachtete ihn und verzieh ihm, dass sein Blick wie gebannt von dem schlaffen Penis zu den Brüsten und wieder zurück wanderte.

»Wissen Sie, was Botulinum ist?«

Der Deputy überlegte.

»Ich weiß von Botox-Partys, Sir, da spritzen sich Hausfrauen das Zeug gegenseitig in die Stirn und unter die Augen, gegen Fältchen, Sir.«

O'Killirch zog die Augenbrauen hoch.

»So steht's in den Illustrierten, Sir«, rechtfertigte sich der Deputy.

»Ich sehe keine Einstiche an der Stirn und auch keine unter den Augen. Ich sehe Einstiche am Bauch. Wissen Sie, was dort liegt, in der Mitte des Unterbauchs?«, fragte O'Killirch.

Der immer noch einbeinig balancierende Deputy legte wieder die Stirn in Falten.

»Ich werde Ihnen helfen. Unter anderem liegt dort die Blase.«

Der Deputy sah an sich herab.

»Blase, Urin, große Menge? Können Sie damit was anfangen, Brennan?«

Ein Zeichen des Erkennens flackerte beim Deputy auf. O'Killirch war kurz davor, aufzugeben.

»Botulinum ist das stärkste Gift, das es auf der Welt gibt. Und ja, es ist auch das am weitesten verbreitete Schönheitsmittel. Es lähmt die Nerven und damit die Muskeln. Das, was auf den Partys herumgereicht wird, ist zigmilliardenfach verdünnt.«

O'Killirch wand sich in einem neuerlichen Schmerzanfall in seinem Sessel. Er setzte sich anders hin und wartete, dass der Druck nachließ. Es wurde immer unerträglicher! Er würde sich den Tumor doch noch herausoperieren lassen müssen. Nächste Woche würde er sich um einen baldigen Termin im Krankenhaus kümmern. Was wird dieser Tölpel in meiner Abwesenheit alles verpatzen?, dachte er mit Blick auf den Deputy.

»Wenn Sie Botulinum in die Blasenwand spritzen, dann ist es Ihnen unmöglich, Wasser zu lassen, hat uns auf der Polizeischule eine Rechtsmedizinerin erklärt. Anhand der Menge von Urin, die nach dem Eintritt des Todes aus der Leiche auslief, hat er ihr sehr viel Wasser eingeflößt und sie damit zu Tode gequält. Die Angelschnur unter dem Zungenbein und die gelähmte Blase ...«, O'Killirch hielt einen Moment inne und schüttelte bedächtig den Kopf, »das ist schon ungewöhnlich. Ich versuche gerade, herauszufinden, was den Mörder dazu gebracht hat. Mit normalen Motiven kommen wir da nicht weit. War das Abschneiden der Luftzufuhr nur ein Mittel, das Opfer ruhig zu halten?«

Die letzten Sätze hatte er mehr zu sich selbst gesagt und fast vergessen, dass sein Deputy immer noch neben ihm stand.

»Auf jeden Fall haben wir es mit einem lupenreinen Psychopathen zu tun, einem ganz besonderen Exemplar«, meinte er. »Es ist sicher kein Zufall, dass es eine transsexuelle Person war. Sie muss auf jeden Fall etwas gehabt haben, womit der Täter sich identifizieren konnte – oder wofür er sie bestrafen wollte. Irgendetwas muss ihn motiviert haben, ausgerechnet Valeria gefangen zu nehmen, gerade so, wie sie gefangen zwischen zwei Geschlechtern pendelte. Eine sehr komplizierte Projektion, ich kann mich auch irren. Die Frage wäre: Zwischen was pendelt der Täter hin und her?«

O'Killirch sah seinen hilflos wirkenden Deputy an. Er wollte ihn jetzt schnellstmöglich loswerden.

»Und jetzt hüpfen Sie mal da rüber, nehmen die Röhrchen und bestätigen Sie mir, dass da wirklich Botulinum drin war«, befahl er knapp. »Und passen Sie bitte auf, dass Sie die Spermaflecken nicht kontaminieren, er muss gewaltig ejakuliert haben, es ist bis auf die Bettdecke geschleudert worden.«

Sein Deputy war jetzt leichenblass. O'Killirch musste fast grinsen. Noch einmal schnupperte er mit geschlossenen Augen an dem Büchlein, das er nach wie vor in der

Hand hielt. Vorsichtig ließ er die Seiten über den Daumen schnippen, wie ein Daumenkino. Seife, Parfüm … da war noch etwas. Er begann von vorne.

Konzentrier dich, ermahnte er sich.

Weiter hinten war es deutlicher.

Er begann mit dem Daumenkino ab der zweiten Hälfte.

Da! Jetzt roch er es deutlicher.

Noch mal.

Tabak.

Ja, das war es!

Erdig, rau. Kein edler Tabak, auf jeden Fall nicht aromatisiert. Trocken. Staubtrocken.

Noch einmal.

Das gab es doch nicht! Wie hießen die noch?

Papirossy.

Das hatte er sich gemerkt.

Aber es war noch nicht der ganze Name. Was kam davor?

Ein blaues und beiges Päckchen. Das Geschenk eines russischen Kommissars, bei irgendeiner Tagung, einem Expertenaustausch oder dergleichen.

Er schnupperte ein weiteres Mal.

Papirossy, er war sich sicher. Ein Pappröhrchen, zu einem Drittel gefüllt mit gepresstem Tabak. Wer das einmal unter der Nase gehabt hatte, der vergaß es nicht. Vor allem nicht O'Killirch, dessen Geruchssinn durch seine momentan angeschlagene Gesundheit gerade noch viel intensiver war.

Er klappte sein Handy auf, ging ins Internet und tippte »Stalins Lieblingszigarette« ein.

Herzegowina Flor. Das war's!
Stalins Lieblingszigarette.
Herzegowina Flor Papirossy.
War der Täter vielleicht Russe?

KAPITEL 11

NEGEV, ISRAEL

Ben Shukir war nicht wohl. Er hatte versucht, diese kurze und gefährliche Reise hinauszuzögern, so lange es eben ging. Aber jetzt waren die politischen Voraussetzungen und die Kräfteverhältnisse in der Knesset, dem israelischen Parlament, durch die letzten Wahlen so verteilt, dass er sich fügen musste.

Es war Abend geworden in dem Streifen der Welt, in dem seit zweitausend Jahren nie richtig Frieden herrschen sollte. Jetzt durchschnitten drei dunkle Autos in kurzem Abstand die von der Hitze des Tages noch flirrende Abendluft und wirbelten Staub auf. Die heutigen, schweren Konflikte in diesem Teil der Welt waren spätestens mit den Grenzen gekommen, die irgendwann im letzten Jahrhundert an Verhandlungstischen in London und Paris plötzlich in den Sand gezogen worden waren. Jetzt wusste niemand mehr so recht, wer eigentlich wohin gehörte.

Und warum.

Denn da kam der neue Nachbar mit Anspruch auf ein eigenes Staatsgebiet: Israel. Dort, wo Jahrtausende lang Juden, Muslime und Christen nebeneinander gelebt haben.

Und damit wurden die Probleme unlösbar.

Die willkürlich erscheinenden, künstlichen Grenzen im Sand hatten aus den Bewohnern nicht viel mehr als Sklaven gemacht. Jahrtausendelang waren die Menschen den Jahreszeiten hier so harmonisch und natürlich gefolgt wie Seetang, der mit den Wellen hin und her wogte. Die Beduinen in diesem Teil der Welt richteten ihr Leben einst nach der Sonne und den Sternen, dem Regen und dem Wind, gingen frei und wild ihren Instinkten nach, fanden Wasser und grünes Futter für die Tiere und trotzten dadurch der Natur ein karges Leben ab. Bis diese neuen Grenzen die Menschen wie mit einem Schwerthieb spalteten: in Könige oder Untertanen, Präsidenten oder Wahl-Volk, Muslime oder Juden, Demokraten oder Autokraten. Und mit den Grenzen kam die Ausgrenzung. Die künstliche Aufteilung des Vorderen Orients, seit Urzeiten als fruchtbarer Halbmond bekannt, in moderne Staatswesen und Monarchien nach westlichem Vorbild, sorgte für einen permanent schwelenden Konfliktherd, in dem sich seither zahllose Generationen aufrieben. Man hatte am Verhandlungstisch Staaten geschaffen, aber den Stämmen und Volksgruppen ihre Heimat genommen. Und seitdem starrten die Menschen sich gegenseitig hasserfüllt über diese künstlichen Grenzen hinweg an.

Die Sonne stand tief und blutrot über dem Horizont und beleuchtete den aufgewirbelten Staub der Kolonne. Es sah aus, als zögen die Wagen drei mächtige rote Fahnen hinter sich her.

Bald würde es dunkel sein. Im Fond des mittleren der

drei Wagen saßen zwei der wichtigsten Männer Israels: Ben Shukir, hochdekorierter General und designierter Mossad-Chef, und der alte Rabbi Gur, der geistige Führer der fundamentalen Juden in der Knesset.

Ben Shukir, der Soldat, ließ Rabbi Gur, den Theologen und Religionsführer, nicht aus den Augen.

In den Autos vor und hinter ihnen saßen junge Soldaten mit schussbereiten Waffen auf dem Schoß. Es war gefährliches Terrain, durch das zwei der gefährdetsten Amtsträger Israels gefahren wurden.

Mit hoher Geschwindigkeit fegten die drei Wagen auf der halb von Sand bedeckten Piste ihrem Ziel entgegen. Ben Shukir drehte den Kopf weg vom markanten Profil seines Nachbarn und blickte mit seinen eisblauen, leicht nässenden Augen aus dem Fenster. Es waren Augen, die schon viele Kämpfe gesehen hatten: am Verhandlungstisch genauso wie im Kugelhagel.

Das restliche Tageslicht gab Ben Shukir noch einen letzten Eindruck von einem weiteren Tag, der nur deshalb als erfolgreich zu werten war, weil keine allzu großen Katastrophen geschehen waren. Die Bombe im Autobus in Tel Aviv am Nachmittag zählte nicht als Katastrophe.

So dachte man als Mossad-Chef.

Jeden Tag.

Musste so denken.

Das Leben in Israel, umzingelt von Todfeinden, war immer schon ein Leben in einem zerbrechlichen Scheinfrieden. Mal mehr, mal weniger bedrohlich. Aber stets zerbrechlich, fragil, instabil. Jederzeit konnte eine Bombe hochgehen oder eine Rakete einschlagen.

Die Feinde – selbst untereinander zerstritten – saßen überall, lauerten, warteten und schlugen hasserfüllt zu. Aus dem Hinterhalt. Auch das konnte jederzeit passieren.

Das war im Nahen Osten leider überall so. Nach dem Zweiten Weltkrieg wurde der Neuankömmling Israel mitten hinein gepflanzt und machte ein altes biblisches Recht auf Palästina wieder geltend. Jetzt trafen nicht mehr nur Stämme und Völker aufeinander, sondern zwei unterschiedliche Religionen. Seitdem bedrohten sie sich tagtäglich mit gegenseitiger Vernichtung.

Deshalb lebten Leute wie Ben Shukir und Rabbi Gur jede Minute des Tages in akuter Lebensgefahr: Jedes Geräusch wurde wie ein Alarm empfunden, jeder Geruch wurde nach tödlichen Substanzen gefiltert, das Essen und das Trinken wurden zu einem komplizierten Ritual, in dem Vorkoster und Chemielaboranten die Hauptrolle spielten. Und so lebte irgendwie auch ihr gesamtes Land: ständig in Alarmbereitschaft.

Die Schatten wurden länger und länger, und die ausgetrockneten Hügel, an denen die Wagenkolonne aus den drei identischen Limousinen vorbeifuhr, färbten sich langsam graublau. Es war ein wunderschöner Anblick, fand Ben Shukir, eine archaische Landschaft, die eine unantastbare Macht verkörperte. Ehrfurcht gebietend wie das Weltall, zeitlos wie die Gestirne. Optisch dem Mond näher als der Erde.

Den Blick durch die gepanzerte Autoscheibe auf die Wüste geheftet sagte er zu seinem Nachbarn: »Dass wir mit drinstecken, wird schlagartig alle Bündnisse und Verträge zwischen Israel, seinen Verbündeten und seinen Feinden in ihren Grundfesten erschüttern. Jede Nation wird ihre Haltung zu uns blitzartig neu finden müssen. Durch dieses biblische Gewitter wird die Welt von ihren künstlichen Fesseln befreit werden. Jeder wird endlich reine Luft atmen können, die nicht mehr durch künstliche Allianzen, Geldinteressen, Schuld und Hass verpestet sein wird. Alle werden erleichtert sein. Und es wird nur einen Sieger geben.«

Der alte Rabbi Gur, in einen Tallit gehüllt, den traditionellen Gebetsmantel, nickte bedächtig und mit versteinerter Miene. Es war Ben Shukir bewusst, dass heute, an einem Samstag, ein tief religiöser Mann wie Rabbi Gur auf keinen Fall einer Arbeit oder Tätigkeit nachgehen durfte. Trotzdem war es ihm gelungen, ihn die strenge Regel brechen zu lassen und ihn zu dieser Reise zu überreden.

»Heute ist Schabbat, Ben Shukir«, sagte der Rabbi auch prompt. »Verboten sind Land- und Seereisen, das Pflügen eigener oder fremder Felder, Feueranzünden, Reiten, Schlachten und Töten irgendeines Lebewesens, das Fasten und das Kriegführen. Und die Schabbatgrenze, die es nicht erlaubt, mehr als einen Kilometer außerhalb besiedelten Gebietes unterwegs zu sein. Für all diese Vergehen wird Gottes tötende Rache erbeten.«

»Gott wird Ihnen verzeihen, Rabbi«, sagte Ben Shukir. »Es gibt Aufgaben, die lassen sich nicht einfach aufschieben. Und schon gar nicht der Krieg, den wir gerade beginnen.« Er räusperte sich. »Außerdem ist dieser Tag für unsere Mission sehr gut gewählt, da fast alle unsere Landsleute mit Feiern und Beten beschäftigt sind. Und das bei sich zu Hause. Die Gefahr, dass man uns sieht, ist deshalb so gering wie an keinem anderen Tag.«

Ein feines Lächeln umspielte seinen Mund, als er den Blick wieder auf die Landschaft richtete.

Die letzten Strahlen der untergehenden Sonne ließen die Gipfel der Berge im Osten vor dem dunkel werdenden Himmel in majestätischem Rot erglühen. Die Straße wurde auf einmal besonders breit und erschien umso breiter, weil nichts die Sicht behinderte. Jeder Busch, jeder Baum und jedes Gebäude, die einst an ihrem Rand gestanden hatten, waren entfernt worden, um Terroristen und Steinewerfern die Deckung zu nehmen.

»Ich liebe dieses Land«, sagte Ben Shukir leise, versunken in den Anblick der vorbeiziehenden geschundenen und vernarbten Landschaft.

»Das sollten Sie auch, Ben Shukir. Es ist unser Land, das uns vom Allmächtigen gegeben wurde«, erwiderte Rabbi Gur.

Ben Shukir zeigte keine Regung. Der Rabbi fuhr fort:

»Ohne dieses Land können wir nicht leben. Es ist unser Herz und unsere Seele. Solange auch nur ein Funke Leben in uns ist, dürfen wir nicht einen Meter dieses Heiligen Landes preisgeben, auch nicht, wenn unsere Verbündeten es von uns verlangen.«

»Dafür sind Sie ja auch ins Gefängnis gegangen, Rabbi.«

Ben Shukir wandte den Blick von der fantastisch beleuchteten Landschaft ab und sah den Rabbi von der Seite an.

»Wie fühlt es sich an, wieder zu Hause zu sein?«, fragte er ihn.

»Zu Hause – Gefängnis«, murmelte der Rabbi und wiegte sein mächtiges Haupt. »Die Grundlagen unserer Existenz zu schützen – auch wenn man dafür ins Gefängnis muss –, ist jedes Opfer wert. Das ist nichts im Vergleich zu den zwei Jahrtausenden voller Leid und Verfolgung, die unser Volk erdulden musste.« Der Rabbi drehte den Kopf und lächelte Ben Shukir an. »Man hat mich sehr gut behandelt, aber das wissen Sie ja. Wir sind sehr viele. Gefängnismauern sind für uns kein Hindernis.«

Der Rabbi sah an Ben Shukir vorbei aus dem Fenster. Wir, damit meinte er die Fundamentalisten unter den Rabbis, welche das rund ein Drittel streng orthodoxer Juden in Israel anführten.

»Vergessen wir nie, dass unsere Verbündeten sich von uns abwenden, sobald es ihnen angebracht scheint. Wir sind für sie nur ein Schachzug unter anderen und werden es immer bleiben. Aber dieses Land dort draußen ist ein Teil dessen, was unseren Vorfahren von Gott verheißen wurde. Es gibt keinen Raum für Kompromisse!«

Ben Shukir wurde unruhig. Sein halbes Berufsleben hatte er an Verhandlungstischen verbracht, sich um Frieden bemüht. Er, der Mann, der das schärfste Schwert Israels in der Hand führte, brauchte keine Belehrung über die Rechtfertigung der Wehrhaftigkeit Israels von einem Geistlichen. Einem fundamentalistischen noch dazu. Sein Blick wurde stechend und suchte Rabbi Gurs Augen. Der erfahrene Soldat in ihm schaltete blitzschnell auf Angriff.

»Sie brauchen einem bereits Bekehrten keinen Vortrag zu halten, Rabbi«, sagte er mit schneidender Stimme« »Ich weiß Ihre Worte zu schätzen, aber jetzt ist – wie Sie sagen – die Zeit gekommen, um zu handeln. Ich hingegen spreche die Sprache unserer Feinde. Und das ist unmissverständliche Härte. Die einzige Möglichkeit, Rabbi, die Feinde um uns herum in Schach zu halten und unserer Gesellschaft Luft zum Atmen zu geben. Sie mögen die westlichen Nationen für verweichlicht und manipulierbar halten, aber glauben Sie mir, auch dort gibt es Kräfte, die genauso vehement den Gedanken der Freiheit und Liberalität mit Gewalt zu verteidigen bereit sind wie Sie mit religiösen Doktrinen.«

»Wir sind nur Gläubige«, ätzte der Rabbi, »Gläubige, die das Wort Gottes befolgen.« Er räusperte sich.

Der Rabbi war der einflussreichste geistige Führer der ultra-konservativen Elite. Er war die Speerspitze der neuen, wahren zionistischen Bewegung und hatte sein Leben und die Zukunft Israels in die geschickten Hände des neuen, bald schon offiziell zum Mossad-Chef ernannten Generals gelegt. Es war Zeit für radikale Schritte. Für sehr radikale Schritte, dachte Ben Shukir. Mit einem Paukenschlag musste man die Verhältnisse ändern. Darin waren sich die beiden Männer einig. Aber nur darin.

»Ja, und es ist wirklich Zeit«, murmelte der Rabbi nachdenklich und schwankte mit dem Kopf. »Wahrlich, die Zeit ist gekommen. Unsere Zeit. Endlich. Und es ist Zeit für die große Rache. Das wird alles in Bewegung bringen.«

Er lächelte.

Dann schwiegen die beiden Passagiere wie in einem Scheinfrieden – in einem künstlichen Waffenstillstand verhakt, der höchstens so lange dauern würde, bis ihre gefährliche, ja sogar völlig undenkbare Mission heute Nacht vorüber war.

Aber der Mann des Schwertes, der pragmatische, mächtige designierte Mossad-Chef, und der Rabbi, der fundamentalistische Mann des Glaubens, dessen überragender Wahlerfolg in den Augen von Ben Shukir nichts anderes als hochgefährlich für Israel war, waren gezwungen, an einem Strang zu ziehen.

Und dafür mussten sie einen Mann treffen, der von Natur aus ihr größter Feind war. Einer derjenigen, die beim bloßen Anblick von Juden eine hassverzerrte Grimasse zogen. Einer, der ihnen und ihresgleichen den Tod wünschte. Mit genau diesem Todfeind mussten sie eine Allianz schmieden, von der beide Seiten profitieren konnten. Mit dem Ziel, den Menschen in diesem Teil der Welt gemeinsam einen neuen Start zu ermöglichen. Die Fesseln endlich abwerfen zu können.

Dann würden sie wieder getrennte Wege gehen: der eine, Ben Shukir, in die – hoffentlich freie – Zukunft eines modernen Israels im Wertebund mit der westlichen Welt, während der andere mit seinen Anhängern tief in eine tröstliche, religiöse Vergangenheit würde eintauchen kön- nen. Dort würden sie in Träumen von einer besseren, gerechteren Welt in den schützenden Armen Gottes schwelgen. Und ihre Sehnsucht nach Frieden, nach Gesetz und Ordnung mit uralten Ritualen zu stillen versuchen.

Als sie die nächste Siedlung erreicht hatten, war es dunkel geworden. Die drei Wagen rasten durch das kleine, nur noch spärlich bewohnte Dorf und schreckten die Fahrer mehrerer Militärfahrzeuge auf, die langsam durch die engen Straßen fuhren, um die Einhaltung der Ausgangssperre zu überwachen. Der Ort lag unmittelbar im israelischen Grenzgebiet, war düster, und nur hier und da schimmerte das gelbe Licht einer Straßenlaterne, das jedoch kaum heller war als der bleiche Halbmond, der sich in den klaren Himmel schob. Der rauchige Geruch der Holzöfen drang selbst bis in die versiegelten, voll klimatisierten Wagen. Sie hatten Chazewa erreicht, eine kleine Siedlung, die dicht an Israels Grenze zu Jordanien lag. Sie fuhren nach Osten wieder aus dem Dorf heraus und hielten auf die Grenze zu. Flache Bauten, Schuppen und einige Behausungen reihten sich an der Straße entlang.

Dann wurden die Wagen abrupt langsamer, tasteten sich an einem niedrigen Gebäude entlang, bogen dahinter rechts in eine kleine Gasse und hielten an deren Ende vor einem Tor an, das aussah wie die etwas größere Garageneinfahrt eines Hauses. Es war in Wahrheit ein gut getarnter geheimer Grenzübergang, eingerichtet, um Spezialmissionen wie diese hier unbemerkt durchziehen zu können, ohne dass jemand davon erfuhr. Denn die israelischen Grenzsoldaten an den offiziellen Check-Points konnten genauso geschwätzig sein wie alle Grenzer auf der Welt.

Ein Wachposten, ein getarnter Mossad-Agent, der vor einem improvisierten Sicherheitstor stand, richtete den Strahl seiner Taschenlampe auf den Fahrer des ersten Wagens. Ein zweiter Posten, ebenfalls in Zivil, hielt einen schlanken Dobermann an der Leine und spähte mit wachem Blick in die Wagen. Der erste Posten richtete das Licht auf das Nummernschild und prüfte den Zettel auf dem Clipboard in seiner Hand.

»Es ist in Ordnung, mach das Tor auf!«, rief er einer unsichtbaren Person auf der anderen Seite des Tores zu.

Die drei Wagen setzten sich in Bewegung, rollten durch die Stacheldraht-bewehrte Absperrung und nahmen auf der anderen Seite wieder Fahrt auf.

Sie hatten jetzt israelisches Gebiet verlassen. Ihr Ziel war die Gegend um Khirbet en-Nahas, wo Spuren einer 3000 Jahre alten Kupfermine gefunden worden waren. Beduinenland.

Sie kamen weiterhin in schnellem Tempo voran, aber die Straße war hier, jenseits der Grenze, zu einer reinen Staubpiste geworden, sodass die drei Wagen größeren Abstand zueinander halten mussten, damit die Fahrer im Scheinwerferlicht nicht komplett blind waren.

Dann verlangsamte sich die Fahrt wieder, weil die Piste enger wurde und sich einen Hügel hinaufschraubte.

Links und rechts auf den Kuppen der Berge, die das Tal umschlossen, zeichneten sich vor dem Nachthimmel deutlich die scharfkantigen Militär-Bunker im Wechsel mit den kugelförmigen Radaranlagen des israelischen Abhördienstes ab.

Nach einer halben Stunde Fahrt durch eine dunkle

Landschaft aus Hügeln und Tälern auf den zunehmend holprigen Staubpisten tauchte vor ihnen plötzlich in der nächsten Senke der Schein eines Feuers auf, das in der Nacht wie ein Leuchtfeuer wirkte. Die Flammen erhellten flackernd eine aufgespannte Zeltplane.

Ben Shukir ließ die Wagen auf der Anhöhe anhalten. Er nahm das Fernglas mit Nachtsichtverstärker und blickte auf die Szene hinab. Etwa drei Dutzend schwer bewaffnete Männer in arabischer Tracht sicherten die Umgebung. Die Zeltplane verdeckte den Eingang zu einer Art Höhle, aus der ein schwacher Lichtschein drang.

Ben Shukir beobachte, wie ein uraltes limonenfarbiges Mercedes-Taxi mit libanesischem Kennzeichen schlingernd vor dem Zelt in einer Staubwolke zum Stehen kam. Die Leibwache öffnete die hintere Tür und zerrte einen kräftig gebauten Mann in Anzug und Krawatte und mit verbundenen Augen heraus. Stolpernd führten sie ihn in die Höhle.

»Arkida Berschikowskis Mann ist da«, murmelte Ben Shukir hinter dem Fernglas. »Damit ist auch das Geld da.«

Er folgte mit seinem Nachtsichtgerät dem Taxifahrer, der auf das Feuer zuhielt und einen Becher zur Hand nahm, aus dem er gierig trank.

»Ah, Berschikowski, aus Stalins Jerusalem«, sagte der Rabbi. »Stimmt es eigentlich, dass Berschikowski von dort kommt? Ich war noch nie in der Ecke.« Der Rabbi klang fast verschämt. »Waren Sie denn schon dort?«

»Ja, in Ostsibirien. Eine unwirtliche Gegend. Heute lebt Arkida Berschikowski in einem eigenen Palast unweit von Moskau. Da ist er nahe am Kreml.« Ben Shukir hatte die Stimme erhoben, wie um seiner Äußerung Nachdruck zu verleihen.

»Klingt nach mächtigen Feinden. Aber Sie haben die Spieler für dieses Spiel gewählt, General. Ich vertraue Ihnen.«

»Ich habe solche Spieler gewählt, denen es nur um Geld oder Macht geht, Rabbi. Gier macht berechenbar.«

Ben Shukir sprach leise, während er konzentriert die Umgebung weiter absuchte. Er zählte mindestens fünf nur notdürftig getarnte Stellungen in der Nähe. Die russischen Raketenwerfer waren sternförmig vom Zentrum des Geschehens in den Nachthimmel gerichtet. Deutlich erkannte Ben Shukir das Aufglühen von Zigaretten.

Der Rabbi neben ihm sah ruhig zu.

»Sind Sie bereit?«, fragte Ben Shukir.

»Ich kann es kaum erwarten«, sagte der Rabbi und blickte Ben Shukir an. Er rieb sich kaum merklich die Hände im Schoss. »Beginnen wir damit, nicht mehr nur zu verhandeln. Beginnen wir damit, uns zu nehmen, was uns zusteht, nicht mehr Autonomie gegen Frieden zu gewähren, und machen wir Schluss mit der Illusion, dass es Frieden um des Friedens willen geben kann. Ich hoffe nur, Ihr Plan wird aufgehen, General!«

»Es wird Krieg geben, Rabbi, den letzten Krieg, den wir je führen werden«, erwiderte Ben Shukir und ließ das Nachtsichtfernglas über die Szenerie wandern. »Ein Krieg, der mit Waffen geführt werden wird, die so unsichtbar wie tödlich sind.«

»Ist Al Ahram selbst jetzt schon dort unten? In der Höhle?«, fragte der Rabbi, wie um sich zu vergewissern, dass dieses verbotene, undenkbare Treffen wirklich stattfinden würde.

»Absolut! Er ist da. Ich erkenne Mitglieder seiner persönlichen Leibgarde.«

Ben Shukir ließ das Nachtsichtgerät wieder zu der Zeltplane wandern, die den Eingang zur Höhle verbarg. »Und er tritt nicht ganz so bescheiden auf wie sein Ziehvater, muss ich sagen. Osama bin Laden war ein Asket, Al Ahram lebt wie ein Sultan.«

Ben Shukir sah weiter durch das Nachtsichtgerät, ruhig, lauernd, kampferfahren. Ein Buchhalter des Krieges.

Dann nahm er das Fernglas herab und zwinkerte dem Rabbi zu. Mit dem Daumen zeigte er über die Schulter zu dem schwach erleuchteten Eingang der Höhle.

»Er will eine Art moderner, muslimischer Alexander der Große sein. Seine Masche ist der Kult turkmenischer Nomaden, mit dem ganzen romantischen Brimborium drum herum. Er hat eine Marke kreiert, der sogar die religionseifernden Dilettanten des IS oder die fanatischen Moslembrüder zu Hunderttausenden verfallen. Von Indonesien bis Ägypten. Von Tschetschenien bis in den Iran. Er will Sunniten und Schiiten einen, und es scheint ihm zu gelingen. Wenn der Westen nicht mehr in der Lage ist, den Keil, der die muslimische Welt teilt, als Spaltaxt einzusetzen, wird es nicht mehr möglich sein, fast zwei Milliarden Muslime in Schach zu halten. Das Antlitz der Welt wird sich verändern.«

Ben Shukir legte das Fernglas auf die Rückbank zwischen sich und den Rabbi und sah diesem fest in die Augen.

»Sie sind Zivilist, Rabbi. Das hier ist ein sehr gefährliches Spiel zwischen drei Mächten: Russen, Muslimen und uns Juden. Sie müssen wissen, dass, falls etwas schiefgeht, unsere Kampfhubschrauber in Minuten da sind und hier nur einen riesigen Krater zurücklassen. Wir haben dann keinerlei Chance, hier lebend rauszukommen. Sind Sie sich darüber im Klaren, Rabbi?«

»Nun denn, treffen wir den Teufel höchstpersönlich«, sagte der Rabbi fest und nickte dabei. »Treffen wir diesen selbst ernannten Suleiman. Besser, nur ein einziges Feindbild zu haben, als Hunderte.« Er tätschelte Ben Shukirs Schulter und nickte weiter beschwörend mit dem Kopf. »Ich bin bereit. Gott wird uns schützen. Gehen wir es an. Jede Rache hat ihren Preis. Und diese hier kann keinen zu hohen Preis haben.«

Ben Shukir gab dem Fahrer Anweisungen. Als die Kolonne sich talabwärts bewegte und genau auf den durch die Zeltplane geschützten Höhleneingang zuhielt, sagte er: »Hier, genau hier, auf diesem heiligen Boden, wird sich das Schicksal der Welt entscheiden. Wie schon zu Anbeginn der Zeit.«

KAPITEL 12

KILCOCK, IRLAND

O'Killirch war kein Kneipengänger, wie man es von einem gestandenen irischen Polizisten erwarten könnte. Und auch kein Kirchgänger, wie die meisten Iren. Er saß stattdessen an diesem Sonntagmorgen an seinem Schreibtisch und studierte die Akten, sortierte die Bilder, die vom Tatort in Edenderry gemacht worden waren und die jetzt vor ihm auf dem Tisch lagen.

Es war nicht sehr ergiebig, was er da sah. Die ganze vergangene Nacht waren die Eindrücke vom Tatort in seinem Kopf herumgespukt und hatten ihn nur kurz und unruhig schlafen lassen.

Und dann war da noch der zweite Fall, der fast untergegangen war: Zwei tote Wachleute an der Pforte des geheimnisumwitterten Labors in Kinnegad, wo er selbst nie gewesen war.

Er spielte mit seiner enormen Nase. Auf die hatte er sich noch immer verlassen können. Es war noch nie vorgekommen, dass seine Nase ihn im Stich gelassen hätte. Nur, beim Ansehen von Fotos half ihm seine Nase nicht viel. Da konnte sie noch so groß sein.

Immerhin hatte seine Nase in diesem Fall schon ein

Verdachtsmoment hervorgebracht: Er hatte die untrügliche Vermutung, bei dem Täter handele es sich um einen Menschen, der irgendwie mit Russland zu tun haben musste.

Er konzentrierte sich wieder auf die Fotos von grausig zugerichteten Leichen: eine nackte transsexuelle Prostituierte und zwei erschlagene Wachmänner. Das war die Bilanz dieses Wochenendes. Was die genauen Todesursachen anging, musste er notgedrungen auf den Anruf aus der Rechtsmedizin warten. Also widmete er sich Valeria. Das Leben seines Opfers – sein Lebensmodell zu verstehen – war für ihn mindestens genauso wichtig wie das Motiv des Täters, um diesen dingfest zu machen.

Er nahm sich die Fotos von Valeria vor. Studierte sie gründlich. Ihre weit aufgerissenen Augen – die Röhrchen, die darin steckten, sah man auf diesem Foto nicht, die waren nur auf den Nahaufnahmen zu erkennen.

Fast friedlich lag sie da. Wobei O'Killirch sich nicht sicher war, wie er sie korrekt bezeichnen sollte. War es nicht am besten, sie so zu nennen, wie sie sich gefühlt hatte? Als Frau?

O'Killirch war ein Mann von altem Schlag. Als Ordnungshüter, Kriminalkommissar und letztendlich Vertreter der Regierung ließ er niemals eine eigene, ideologisch gefärbte Meinung zu der Tatsache verlauten, dass es jetzt neben Frauen und Männern auch ganz selbstverständlich diverse oder non-binäre Personen gab. Er hatte – nicht ohne großes Erstaunen – auf seine alten Tage die wissenschaftliche Erkenntnis vernommen, dass Menschen mit genetisch nicht eindeutig definiertem Geschlecht zur Welt kamen. Die Rolle aber, die ihnen zugeteilt wurde, richtete sich nach den äußeren Geschlechtsmerkmalen. Also gab es Männer und Frauen, aber auch solche in falschen Körpern, und dann noch die Diversen. Dem sollte und musste man Rechnung tragen, davon war O'Killirch überzeugt. Die Welt drehte sich schließlich vorwärts, und wenn es neue Erkenntnisse gab, dann konnte man sich anpassen.

Aber den eigenen Körper aus Not verkaufen zu müssen, war in O'Killirchs Augen das Traurigste überhaupt. Egal, ob Männer, Frauen, Transsexuelle oder Diverse.

Er versuchte sich erneut auf Valerias Fotos zu konzentrieren. Wie hatte es sich wohl bei ihr verhalten? War es ihre Überzeugung gewesen, als Frau zu leben, oder war es eine aus der Not geborene Entwicklung, die ihr Leben in noch jungen Jahren genommen hatte? Die einzige Chance, aus dem Slum – wo auch immer der gewesen war – und dem Hunger herauszukommen? Wie traurig war es denn, dass Menschen, und auch noch so viele, keine andere Wahl hatten, als zu versuchen, ihre Genitalien zum Höchstpreis zu verkaufen, nur um zu überleben. Und das auch noch viele Tausend Kilometer von zu Hause entfernt, in einer verdreckten Hafengegend. Was war bloß mit der Menschheit los? Ein Leben und eine Menschenwürde so jämmerlich für ein paar Pfund wegzuwerfen.

O'Killirch schauderte. Er empfand tiefes Mitleid. Mit allen Valerias auf dieser Welt.

Er studierte ihr schmales, blasses Gesicht auf einer der Aufnahmen. Majestätisch sah sie aus, fand er. Würdevoll, nackt, geschunden und hilflos, das ja, aber die Stille des Todes hatte auch ihr eine gnadenvolle Würde wiedergegeben, die sie als Lebende und als Ausgebeutete wahrscheinlich niemals erlangt hätte. So wie allem, was der Welt einen letzten unwiederbringlichen Eindruck vermittelte, etwas Würdevolles anhaftete – ob es eine ausgestorbene Vogelart, ein toter Wal am Strand oder eine grausam zugerichtete Prostituiertenleiche war.

Aber war das gut?

War das ein Trost?

Und wer bekam es überhaupt mit, außer einem griesgrämigen Polizisten wie ihm?

Er hatte die Recherche nach Verwandten von Valeria in die Hände seines Sekretariats gegeben, die nun versuchen mussten, Familienangehörige ausfindig zu machen, um denen ihre Leiche – nach der Freigabe durch die Rechtsmedizin – aushändigen zu können. Aber sie wussten ja nicht einmal, woher Valeria stammte. Peru? Chile? Argentinien? Oder doch vielleicht von den Philippinen? Sie würden endlose Telefonate und lange Befragungen im Hafenmilieu machen, bei Kollegen und Kolleginnen von Valeria. Vielleicht wusste irgendjemand mehr über sie, wenigstens woher sie kam. Vielleicht hatte sie in einer schwachen Stunde, vom Heimweh übermannt, ein wenig erzählt. Von ihrer Familie, von zu Hause, von Freunden. Irgendetwas würden sie schon rauskriegen.

Freier oder Kunden würden sie niemals finden, das wusste er. Aber vielleicht hatte sie sich einem Menschen anvertraut, irgendjemandem etwas von sich preisgegeben. Sie war jung gewesen, allein, in der Fremde, da erzählte man etwas von sich, auch wenn es wahllose, wenig vertrauenswürdige Bekanntschaften waren. Hauptsache, man fühlte sich weniger einsam und verloren, dachte O'Killirch.

Schon komisch, grübelte er, eben stöckelte Valeria noch auf der Suche nach Glück und einem bisschen eingebildeter Liebe durch das Hafenviertel von Dublin – denn da musste sie aufgegabelt worden sein, dort musste die Bestie sie gefunden haben –, und jetzt war sie degradiert zu einer Sache, wie das in der Juristensprache hieß. Eine Leiche war eine Sache, ein Ding, kein Mensch mehr. Eine gewisse Anzahl Kilos aus Fleisch, sorgfältig statistisch erfasst, Gewebe und Knochen, mit einem Zettel am Zeh, der die wichtigsten Daten in drei kurzen Zeilen nüchtern zusammenfasste. So endete jedes Leben.

Hatte sie überhaupt noch Hoffnung gehabt, aus dem Hafenviertel herauszukommen? Oder hatte sie sich längst damit begnügt, nichts als ein Objekt für ein flüchtiges Abenteuer zu sein? Ein eingebildetes, zeitlich begrenztes und bezahltes Glücksgefühl bei ihren Freiern hervorzurufen?

Das war ja irgendwie auch keine völlig wertlose Rolle, nur musste man sie erst mal erkennen können und dann auch noch akzeptieren, sinnierte O'Killirch.

Und danach und damit leben.

Die menschliche Seele war ein Wunderding, sie konnte sich arrangieren, sie konnte sich anpassen, selbst an die schlimmsten Umstände.

War Valeria überhaupt bewusst gewesen, wie sehr sie gesellschaftlich geächtet war? Und war ihr das egal gewesen? Hatte sie trotzdem so etwas wie Glück oder zumindest Hoffnung auf ein fernes Glück – irgendwann – verspürt?

Er wusste es nicht. Und er würde es nie erfahren. Aber solche Gedanken waren ihm wichtig, sie halfen ihm zu verstehen, warum ein Verbrechen begangen worden war, und ließen manchmal Rückschlüsse darauf zu, wer es begangen hatte.

Die Spurensicherung hatte das ganze Haus gründlichst abgesucht. Die ersten Resultate waren ernüchternd. Ein Zimmer in einem Haus, das nur nachlässig gereinigt wurde – und das über viele Jahre hinweg –, wimmelte von Spuren menschlicher Hinterlassenschaften in Form von Fingerabdrücken und DNA. Speichel, Blut und Sperma, Genitalflüssigkeiten, Hautschuppen und Haare. Hunderte Fingerabdrücke. Tausende Spuren.

Es war hoffnungslos, am Tatort irgendetwas zu isolieren. Auch die Spermaspuren, die sie gestern gefunden hatten, ergaben weder bei der irischen noch der britischen Datenbank einen Treffer. Er würde die Ergebnisse in die Europol- und Interpol-Datenbanken einpflegen müssen, in der Hoffnung, dass sie auf diesem Weg weiterkämen.

Aber das würde dauern, schraubte er seine Hoffnung herunter.

Die Zeugenbefragung der Pub-Besucher, sofern sie diese identifizieren konnten, waren vom Alkoholnebel so ungenau und widersprüchlich, als wären es verschiedene Personen gewesen, die zur möglichen Tatzeit in der

Nähe des Pubs oder sogar darin gewesen waren – sofern sie sich überhaupt an einen ortsfremden Mann erinnerten, wie ihn die beiden älteren Damen geschildert hatten. Es blieb wohl nichts anderes übrig, seufzte O'Killirch, als einen Reihen-DNA-Test durchzuführen.

Alle, die an dem Nachmittag im Pub waren, mussten als mögliche Täter ausgeschlossen werden. Das würde eine neue Welle der Abneigung gegen die Polizei befeuern. Was er durchaus verstehen konnte. Wer, bitte schön, hatte schon Lust, seiner Ehefrau oder Familie zu erklären, warum er als potenzieller Mörder einer Prostituierten infrage käme und eine Speichelprobe abgeben musste?

Die Jungs vom Revier würden sich einiges anhören müssen, aber das gehörte nun mal dazu. Niemand sollte bei der Polizei arbeiten und dafür Dankbarkeit erwarten. Nein, Anfeindungen waren da schon ein wahrscheinlicheres Erbe, das man antrat. Ein weit zurückreichendes Erbe.

Mitten in seine philosophischen Betrachtungen platzte sein Deputy hinein.

»Chef«, polterte er los, »es könnte sein, dass unsere Tote und die beiden Wachleute zusammenhängen!« Er hatte vor Aufregung einen roten Kopf bekommen.

O'Killirch sah von den Fotos auf und blickte ihn fragend an.

»Warum? Wie kommen Sie darauf?«

»Na ja, es besteht eine vage Möglichkeit, dass der Ford, der von den beiden älteren Damen – Sie erinnern sich? Auf dem Friedhof? – beschrieben wurde, auch in der Nähe des anderen Tatorts gesehen wurde. Nämlich von einer Verkehrskamera.«

O'Killirch sah wieder auf seinen Schreibtisch.

»Ach ja? Und wie viele Fords in heller Farbe fahren auf der Insel herum?«

»Chef, wir hätten ein Kennzeichen, dank der Verkehrskamera. Es ist ein Mietwagen«, platzte es aus seinem Assistenten heraus.

»Hätten oder haben?«, fragte O'Killirch ungeduldig. »Und der ist irgendwo aufgefunden worden, richtig?«, fügte er hinzu.

»Ja, genau«, antwortete sein Assistent mit hochgezogenen Brauen. Wahrscheinlich fragte er sich, woher sein Chef das nun wieder wusste.

»Am Flughafen, Chef. Er wird bereits auseinandergenommen.«

O'Killirch schichtete die Akten und Fotos auf seinem Schreibtisch um und suchte die Aufnahmen vom zweiten Tatort. Es sah alles nach einer heftigen internen Schlägerei mit bösem Ausgang aus. Es wirkte so, als wäre es den beiden Kampfhähnen gelungen, sich gegenseitig tödliche Verletzungen zuzufügen. Typisch irisch, schmunzelte O'Killirch, die geben niemals auf.

Dann sah er sich den Report der Beamten, die den Vorfall aufgenommen hatten, genauer an. Die Vernehmung des Sicherheitschefs des Labors, die Zeugenaussage eines leitenden Angestellten, der eilig herbeigekommen war und alles daransetzte, dass kein Polizist das Gelände des Labors betrat, geschweige denn das Labor selbst, und die oberflächliche Schilderung des

Auffindens der beiden Leichen durch seine eigenen Beamten.

Er las die Berichte genauer. Seine Nase juckte ihn jetzt ganz eindeutig.

Er suchte den Bericht der Kriminaltechniker. Ah ja, hier unter der Teetasse. Er las. Und staunte.

Es gab nichts, absolut nichts. Keine einzige Fremdspur, außer den beiden Getöteten. Es sah ganz so aus, als wäre niemand sonst zur Tatzeit am Tatort gewesen. Wenn doch jemand da gewesen wäre, dann müsste es sich um ein Phantom handeln.

O'Killirch hasste Phantome.

Und dann blätterte er wieder in dem Polizeireport und fand einen flüchtigen, wie nebensächlichen Hinweis in dem Bericht, der alles in einem ganz anderen Licht erscheinen ließ.

»Sagen Sie«, fragte er seinen Deputy, »hier ist die Rede von einem Diebstahl. Was ist denn gestohlen worden? Und was genau stellen die da eigentlich her in diesem Labor?«

»Chef, das ist ein Chemielabor, also ein Labor von einem Pharmaunternehmen aus dem Ausland, Schweiz, glaube ich. Was genau die da machen, weiß ich nicht, aber es ist alles streng geheim. Sehr abgeschottet. Da arbeiten nicht viele, meistens Ausländer. Chemiker und so.«

»Militär?«, fragte O'Killirch und zog eine Augenbraue hoch.

»Nein, nein«, beeilte sich sein Deputy zu sagen, »das hat mit der Armee nichts zu tun. Ein rein ziviles Unternehmen. Mit eigenem Wachschutz. Privat.«

O'Killirchs Nase juckte jetzt stark. Er versank einen Augenblick in seiner eigenen Welt. Dann sah er auf. Langsam und sorgfältig formulierend sagte er:

»Dann machen Sie doch mal einen Termin dort, das will ich mir genauer ansehen.« Während sein Assistent sich eine Notiz machte, vergrub er seine berühmte Nase wieder in den spärlichen Akten – und den vielen traurig machenden Fotos von Valeria.

KAPITEL 13

LONDON HEATHROW AIRPORT, VEREINIGTES KÖNIGREICH

Ich betrat die Eingangshalle des größten Londoner Flughafens, der wie zu fast jeder Tageszeit und an jedem Wochentag auch jetzt, am Abend, von einer unüberschaubaren, umherwuselnden Masse Menschen aus aller Herren Länder bevölkert war. Hin und wieder durchbrach eine schnarrende Lautsprecheransage den lärmenden Brei, der zäh und undurchdringlich von den hohen Glaswänden und Sichtbetonpfeilern abprallte und gleichzeitig und von überallher zu kommen schien.

Es war ein idealer Ort für Geheimagenten, um nicht gesehen zu werden – um nicht bemerkt und von Passanten nicht registriert zu werden. Instinktiv passte ich meinen Schritt dem Tempo der vielen Reisenden um mich herum an – ohne Hast, irgendwohin strebend. Ich allein inmitten einer riesigen Menge Menschen.

Ich spürte beim Gehen das Gewicht der stumpfnasigen Waffe in meiner Handtasche, die gegen meine Hüfte schlug. Ich hatte sie schon aus dem Holster gezogen und zur Übergabe an den Quartiermeister des MI6 am Flughafen entladen und gesichert. Mit einer Hand schob ich meinen rumpelnden Trolley neben mir her.

Ich wusste, ich sah in meinem Kostüm und mit den hochgesteckten Haaren aus wie eine von Hunderten jungen Geschäftsfrauen, die zeitgleich am Flughafen unterwegs waren und Sonntagabend einen Flug zurück an ihren Dienstsitz nehmen mussten. Widerwillig die meisten, wenn sie etwa bei ihrem Lover gewesen waren, einige erleichtert darüber, dass ein zähes Wochenende in Gesellschaft der Familie endlich vorbei war. Meine Tarnung, meine Legende, wenn man so wollte, war die Identität einer Versicherungsdetektivin, die verschwundene, gestohlene oder sonst wie abhandengekommene Kunstgegenstände aufspürte. Weltweit. Da fielen meine vielen Reisen nicht auf.

Ich hatte Visitenkarten, elektronische Zutrittsbadges zu einer fiktiven Firmenzentrale mit meinem Foto, einen Parkberechtigungsausweis für den Firmenparkplatz, Bankkarten und Kreditkarten mit meinem Tarnnamen drauf, Broschüren, gefakte Versicherungsaktenvorgänge, erfundene Policen und Abbildungen von Kunstgegenständen in meinem Gepäck, die meine Tarnung unterstützten. Dazu einen falschen Pass, einen falschen Führerschein und einen falschen Personalausweis mit meinem Foto drauf. Alles sorgfältigstes Handwerk der Fälscherwerkstatt des BND und mit echten Dokumentenblankos aus verschiedenen Bundesdruckereien mit meinem Tarnnamen versehen. Erhalten hatte ich diese Tarnunterlagen vom Leiter unserer hauseigenen Technikabteilung. Ich hatte mehrere Sätze von gefälschten Identitäten mit unterschiedlichen Namen, Fotos mit unterschiedlicher Haarfarbe und unterschiedlichen Berufen.

Kurz orientierte ich mich, ohne meinen Schritt zu verlangsamen. Ich musste die Türe finden, die in einem kleinen Souvenirshop kurz vor dem Bereich der Sicherheitskontrolle nahezu unsichtbar in die Wand zwischen zwei Regalen eingelassen war.

Unsichtbar für alle anderen.

Dahinter lag ein kurzer, schmaler Korridor, nicht mehr als drei Meter lang und in gleißendes Licht getaucht. Ganze vier Kameras überwachten jeden Zentimeter dieser Schleuse. Dort musste ich hin.

Im Gehen, sorgfältig darauf bedacht, dass ich in der Bewegung der Massen um mich herum nicht auffiel, versuchte ich, mein vergangenes Wochenende abzuschütteln. Der Aufenthalt bei meiner Mutter steckte mir noch in den Knochen. Das war nichts Neues. Es war wie immer ein Wechselbad der Gefühle, aber es war in letzter Zeit schlimmer geworden: Hin- und hergerissen zwischen meinem Mitgefühl mit ihren echten und eingebildeten Sorgen, meinem eigenen nagenden schlechten Gewissen, sie allein zu lassen in der sauberen Armseligkeit ihres jetzigen Lebens, und dem flehenden Blick auf die Uhr, bis ich endlich wieder abreisen konnte.

Ich wollte mich davon frei machen und spürte mit jedem Schritt, mit dem ich energisch die Abflughalle durchquerte, dass es mir gelingen musste, mich wieder auf das zu konzentrieren, was vor mir lag.

Wie hieß es so schön: Die Eltern gehören den Kindern

lebenslang, aber die Kinder gehören den Eltern schnell nicht mehr.

Leb dein Leben, sagte ich mir und warf wie zur Bestätigung den Kopf selbstbewusst in den Nacken, um das Gefühl von Leere, Beschäftigungsdrang und Druck – der Stoff, aus dem Wut gemacht wurde – abzuschütteln, mit dem jedes Mal die Besuche bei meiner Mutter endeten.

Ich hatte das Ende der Halle fast erreicht und bog um eine Ecke in die nächste Halle ab. Diese hier war niedriger, weniger imposant als die Empfangshalle. Es gab kleine Shops an den Seiten. In unregelmäßigen Abständen waren große Pflanzkübel mit dekorativen Trockengewächsen aufgestellt. Werbebanner waren mitten in den Laufwegen postiert worden und priesen alles von Handys, Parfüms, Reisen bis Zeitschriften an, die man in den Shops kaufen konnte. Von der Decke hing ein breites Banner mit der Ankündigung, dass man auf keinen Fall den Duty-Free-Shop hinter der Security verpassen durfte.

Am Ende der Halle, in sechzig Metern Entfernung, sah ich die Absperrgurte, die vor der Batterie der Sicherheitskontrollen ein Labyrinth bildeten, in dem sich mehr oder weniger ungeduldige Passagiere Schritt für Schritt mit ihrem Gepäck voranschoben. Es waren Hunderte.

Ohne langsamer zu werden, ging ich schräg in einer flachen Diagonalen durch die Halle auf die Sicherheitskontrolle zu und näherte mich der linken Wand immer mehr an. Für einen Beobachter sah es aus, als steuerte ich einen der kleinen Shops an. Jetzt sah ich in der Auslage schon die Türme aus Shortbread Pure Butter Cookies, die in Blechboxen in unterschiedlichsten Größen aufgestapelt waren. Weinrot und mit Schottenkaromuster. Original English Breakfast Tea in knallroten, blechernen Doppeldeckerbussen. Plumpudding in Päckchen aus Silberpapier mit Karomusteraufklebern von Wilkins & Sons. Schiebermützen in schottischen Clanfarben. Kilts in Miniatur zum Aufhängen. Spielzeugdudelsäcke. Postkarten. Big Ben aus Schokolade. Übrig gebliebene Queen-Elizabeth-Figürchen als Winke-Katze. Und noch viel mehr wertlosen Krimskrams – fast alles made in China.

Ich betrat den Laden. Zwei Asiaten stöberten schwatzend in den Regalen, aufmerksam beäugt von der einzigen Angestellten hinter dem Tresen, der als Verkaufstheke diente. Ich suchte ihren Blick, nickte ihr zu und wurde im nächsten Moment fündig: Neben einem Regal mit kratzigen Pullovern mit Rollkragen aus gewachster Lammwolle sah ich die kaum auffallende freie Fläche an der Wand.

Privat, sagte ein Schild auf der Wandfläche.

Ich lehnte mich mit dem Rücken dagegen, passte einen Augenblick ab, in dem die beiden Asiaten die Köpfe über einem Fotoband mit einem Porträt der Royals auf dem Cover zusammensteckten, ließ die Tür mit einem Ruck meines Hinterns aufschnappen, zog meinen Trolley hinter mir her und war im nächsten Moment allein in dem kleinen Korridor. Eine rote Lampe über der eigentlichen Tür am Ende des Korridors ging an.

Ich war jetzt sozusagen auf Sendung. Gut sichtbar für die Kameras, die unter der Decke in den Ecken befestigt waren.

Ich trat vor die Tür am Ende des Gangs, tippte meinen Code in die Tastatur an der Wand, die dort hing wie die Bedienung einer Alarmanlage, und mit einem Summen schwang die Türe auf.

Ich war in der geheimen Schleuse, in der gefährdete Agenten zwischen zwei befreundeten Staaten ein- und auscheckten. Eine Schleuse, wie es sie auf fast allen Flughäfen gab.

KAPITEL 14

GRENZGEBIET ISRAEL–JORDANIEN
AM ABEND ZUVOR

Ben Shukir ließ das hochauflösende Fernglas sinken und legte es in das lederne Futteral zurück. Mit Einbruch der Nacht war die Luft sehr schnell abgekühlt.

Er schloss das Fenster und gab dem Fahrer die Anweisung, die Schotterpiste vorsichtig in das Tal hinabzufahren. Der Himmel verwandelte mit seinen Milliarden winziger Lichtpunkte, die von Minute zu Minute zahlreicher wurden, die Wüstenkulisse. Dort, wo eben noch gelber Sand zu sehen gewesen war, glänzte ein tiefblaues, zerklüftetes und erstarrtes Meer. Es war ein atemberaubender Anblick, die Essenz der Schönheit des Nahen Ostens.

Die Reifen knirschten auf Sand und Kies, als die drei Fahrzeuge sich in Bewegung setzten. Sie folgten dem Pfad, der von großen Felsbrocken gesäumt war, hinab in das Tal.

Tief in der Senke unter ihnen, geschützt von einer gezackten Felsformation, lag ihr Ziel: eines der – angeblich prunkvollen – unterirdischen Quartiere Al Ahrams, des neuen Beduinen-Sultans, die über das gesamte arabische Gebiet verstreut waren. Dorthin, in die Nähe der Grenze zu Israel, hatte Al Ahram, der schon Millionen Anhänger in der muslimischen Welt hatte, sie eingeladen.

Mit aufgeblendeten Scheinwerfern näherte sich die Kolonne wenige Minuten später langsam dem Vorplatz vor dem durch Feuer erleuchteten Höhleneingang. Misstrauisch und wachsam beäugten die Wachposten, die aus der Dunkelheit auftauchten, die drei Fahrzeuge, als sie vor dem Eingang hielten. Glühende Zigarettenstummel wurden achtlos beiseitegeschnippt, ihr Glimmen verlor sich außerhalb des Feuerscheins in der Nacht. Ein Dutzend funkelnder schwarzer Augenpaare unter kunstvoll gewickelten Turbanen registrierten jedes Detail. Es war Al Ahrams persönliche Leibwache, die Ben Shukir und Rabbi Gur mit stechenden Blicken sezierte.

Die Wagen hielten an, die beiden Männer stiegen aus. Sie waren sofort umzingelt von hochgewachsenen, schlanken Gestalten, die sie schweigend musterten.

Mit Gesten, die der den Beduinen eigenen Höflichkeit und Gastfreundschaft entsprachen, durchsuchten zwei der Wächter die beiden Männer konzentriert, aber respektvoll und nur oberflächlich, wie Ben Shukir registrierte, nach Waffen. Lediglich ihr Atem war während dieser Prozedur zu hören.

Mit einer stummen Verneigung und einem weisenden Arm wurde ihnen der Eingang gewährt. Die Begleiter in den Fahrzeugen rührten sich nicht und blieben in den Autos sitzen. Sie verharrten reglos und beobachteten angespannt, was mit ihren Schützlingen passierte, angestarrt vom kreisrunden schwarzen Loch des langen Laufs einer Haubitze, die keine vierzig Meter weit weg stand, genau auf sie zielte und wie ein übergroßes Insekt zwischen ihren beiden großen Rädern hockte.

Mit gemächlichen Schritten traten Ben Shukir und der Rabbi unter das von Stangen gehaltene Vorzelt und mussten sich dabei bücken. Dahinter tat sich ein langer, schmaler Gang auf. Auf dem Boden saßen ein rundes Dutzend weiterer Leibwächter, in der einen Hand jeweils einen Teebecher aus getriebenem Blech, in der anderen eine Maschinenpistole. An ihren Gürteln, die ihr lockeres wollenes Beduinengewand hielten, baumelten wie seit Jahrhunderten Furcht einflößende Krummsäbel, und bei den meisten blitzten die kabellosen Kopfhörer ihres Handys auf. Der Rabbi und Ben Shukir wurden auf ihrem Weg in die Höhle von allen Seiten aufmerksam gemustert.

Am Ende des Ganges tat sich ein Raum auf, zu dem vier niedrige, in den Sand gestampfte Stufen führten. Einige schlichte Möbelstücke aus Holz wurden sichtbar, der Boden war mit mehreren reich verzierten Teppichen mit arabischen Motiven ausgelegt, auf dem Kissen aus farbigem gestepptem Leder wahllos verstreut waren. Alles würde sich in Windeseile einpacken und abtransportieren lassen. Beduinenleben.

Beim Näherkommen erkannte Ben Shukir im Schein zweier schwacher Glühlampen, die ihren Strom wohl aus einem Generator irgendwo außerhalb erhielten, den Rücken und den wulstigen Nacken des Russen. Seine runde Glatze schimmerte verschwitzt. Er saß – sichtlich unbequem – auf einem Kissen und hielt mit seiner rechten Hand einen Diplomatenkoffer am Boden fest.

Ihm gegenüber hatte ein wahrhafter Sitzriese Platz genommen, gekleidet in ein wallendes weißes Gewand mit türkisfarbenem Turban auf dem Kopf. Er überragte den Russen um zwei Haupteslängen, saß kerzengerade mit gespreizten Knien und gekreuzten Füßen auf einem reich bestickten Kissen und erhob sich in einer einzigen fließenden Bewegung, als er die beiden Männer sah.

Ben Shukir trat auf ihn zu, legte im Vorbeigehen seine Hand auf die Schulter des Russen, wohl, um ihn am Aufstehen zu hindern und ihm zu so verstehen zu geben, dass er nur Statist bei diesem Treffen war, bei dem es um Bedeutenderes ging als um schnödes Geld, obwohl es sich um einen Deal handelte, der mit vierzig Millionen Dollar vergütet wurde.

Auch der Rabbi näherte sich neugierig Al Ahram. Schlank, fast hager, gut über zwei Meter groß, überragte er die beiden Ankömmlinge. Seine schnellen, klugen Augen in dem wettergegerbten, scharf geschnittenen Gesicht wanderten konzentriert zwischen Ben Shukir und dem Rabbi hin und her. Der Rabbi schien wie hypnotisiert von der Gestalt, und auch Ben Shukir rieb sich die feucht gewordenen Handflächen an der Hose ab.

»Willkommen bei den Beduinen – den Staatenlosen, denn das bedeutet das Wort *bidun* im Arabischen. Willkommen bei den einzig wahren Nachfahren des Nomaden Ismael«, Al Ahram machte eine kleine Pause, wandte den Kopf zu Rabbi Gur und fuhr fort: »… und damit Abrahams.« Dabei zwinkerte er kaum merklich dem Rabbi zu. Offenbar wollte er damit andeuten, mit dem orthodoxen Juden den Stammvater zu teilen. Mit einer einladenden Bewegung bat er die beiden neuen Gäste sodann, Platz zu nehmen, und glitt wieder auf sein eigenes Sitzkissen zurück.

Ben Shukir bemerkte, wie Rabbi Gur, von Rückenproblemen geplagt, sich leicht stöhnend hinabbeugte, mit einer Hand abstützte und sich dann umständlich niederließ. Er selbst setzte sich neben den Russen, sah ihm in die Augen und grüßte ihn sodann mit einem Nicken.

Der Rabbi streifte den Russen nur mit einem abschätzigen Blick und ignorierte ihn ansonsten. Damit waren die Rollen – und die Agenda dieses Treffens – gesetzt, ohne dass ein einziges Wort gesprochen worden war: Al Ahram und Rabbi Gur bildeten die eigentlichen Verhandlungsführer, Ben Shukir und der Russe sollten das, was die beiden geistlichen Führer für gut befanden, in die Tat umsetzen. Sie verkörperten die weltliche Seite des Treffens, sozusagen. Und damit die unbedeutendere, aber notwendige.

Ben Shukir fügte sich in seine Rolle und hörte erst mal zu.

»Staatenlose?«, hakte der Rabbi mit hochgezogenen Augenbrauen nach. »Warum nennen Sie sich Staatenlose? Heißt Ihre Bewegung so?«

»Wir sind staatenlos, aber nicht heimatlos«, bemerkte Al Ahram, zeigte mit dem Zeigefinger seiner rechten Hand zum Himmel und lächelte dabei.

Der Rabbi räusperte sich. »Wissen Sie, Al Ahram, was man sich Sagenhaftes über Ihre Behausung erzählt? Ein Palast soll sie sein, prunkvoll und strahlend, wie aus Tausendundeiner Nacht.«

Er neigte den Kopf und machte eine Handbewegung

in Richtung der kahlen Höhlenwände, der spärlichen Möbelstücke und der paar Teppiche auf dem Boden, um gegen Schluss seiner Runde mit einem listigen Ausdruck in den Augen die beiden funzeligen Lampen zu fixieren.

Al Ahram lachte laut auf.

»Ihr Juden, ich mag euch«, sagte er mit noch lächelnden Augen. »Wir Nomaden leben bescheiden, Rabbi, wie seit Anbeginn unserer Zeit. Daran hat sich im Laufe der Jahrtausende nichts geändert. Und so soll es wieder sein. Die Natur beschenkt uns reich mit ihrer Schönheit, die braucht man nicht mit Tand zu verschandeln. Eure größte Stärke hingegen ist es«, und dabei fuhr ein Furcht einflößend langer Zeigefinger aus seinem Ärmel senkrecht nach oben, »dass ihr gänzlich im Hier und Jetzt lebt.« Dabei fuhr der Zeigefinger wie ein Dolch nach unten und zeigte auf eine Stelle zu seinen Füßen. »Heute ist Schabbat, nicht wahr?«, fuhr er fort. »Und Sie haben die Reise hierher unternommen, was Sie eigentlich nicht dürfen. Sehen Sie, lieber Rabbi, solange Ihnen keiner den Beweis geliefert hat, dass auch im Jenseits die Banken geöffnet sein werden, solange kümmern Sie sich vehement um irdische Belange, wie den Zustand dieser Einrichtung hier, die Sie in ihrer Schlichtheit erstaunen mag. Das Leben im Hier und Jetzt, die Wertschätzung der Gegenwart, macht Sie so ungeheuer erfolgreich. Und deshalb beneiden Sie so viele.«

Schlagartig wurde er ernst. Sein Zeigefinger war wieder in den Falten seines Gewands verschwunden. Er neigte den majestätischen Kopf und bohrte seinen Blick in die Augen des Rabbi.

»Und dieser Neid, lieber Rabbi, ist die größte Gefahr, die Ihrem Volk droht.«

Das Gesicht des Rabbis war jetzt rot angelaufen.

Al Ahram fuhr fort: »Vor dem Allmächtigen zählt nicht der Schein, sondern nur das, was und wie jeder Einzelne vor Gott wirklich ist. Das sollte besonders auch für uns Beduinen gelten, die wir uns die Aufgabe gestellt haben, die muslimische Welt endlich wieder zu einen, ohne Könige und Präsidenten, ohne Länder und ohne künstlich geschaffene Grenzen, über die hinweg wir uns gegenseitig hasserfüllt anstarren.« Er wies auf den karg geschmückten Raum. »Aber es hilft, wenn die Liebe zu Allah – von dem es kein Bild gibt und geben darf – in dem Wunsch mündet, mich und mein Leben in einen prunkvollen Rahmen zu setzen. Ein Vorbild, zu dem die Gläubigen aufschauen können und das sie träumen lässt. Aber wie Sie sehen«, er machte eine ausladende Geste, mit der er den gesamten Raum umfasste, »die Wahrheit ist eine andere. Wir leben mit der Natur und respektieren sie. Es ist eine tiefe Gottessehnsucht nach Einfachheit, Reinheit und Gleichklang mit der Natur, die uns heute wieder zu einen vermag. Wie schon seit Tausenden von Jahren. So wollen wir in Zukunft leben.«

»Zweihunderttausend neue Anhänger pro Woche«, warf Ben Shukir ein, »das macht weit über eine Million pro Monat an neuer Gefolgschaft für euch. Das ist nicht mehr zu ignorieren.«

»Ja«, meinte Al Ahram, »und dadurch, dass wir uns auf Ismael berufen, den Sohn Abrahams, betonen wir den Ursprung unserer Identität in einer Zeit weit vor dem

Zerwürfnis der Schiiten und Sunniten und haben so die Chance, Arabien und den Islam wieder zu einer Einheit vor Gott und der Welt zu machen. So wie es immer gewesen ist. So wie es immer sein soll. Arabien.« Er bedachte seine Besucher mit einem freundlichen Lächeln. Die Falten um seine Augenpartie bildeten einen Strahlenkranz; die große Nase war nach unten gebogen, das längliche Gesicht von der Sonne und dem Wind dunkel gefärbt. Am eindrucksvollsten war sicher das ungewöhnliche Charisma, für das Al Ahram in der muslimischen Welt schon so berühmt war.

»Und sehen Sie«, fuhr er fort, »wir lebten Jahrtausende nur in Zelten, die wir alle paar Tage wieder abbauten, um weiterzuziehen. Ohne eigenes Land und ohne Pässe, ohne menschengemachte Gesetze oder Verfassungen, ohne Könige und Präsidenten. Unsere Heimat war Arabien, und heute ist unsere Heimat wieder Arabien. Untrennbar mit dem Islam verbunden. Wir lebten mit unseren Familien und unseren Ziegen und Kamelen, zogen umher auf uralten Pfaden. Und jeder Muslim, der beschnitten ist, ist ein Angehöriger des Volkes der Araber, ist ein Nachfahre des Ismael, des Gründers Arabiens, des Erbauers der Kaaba, des Boten des Allhörenden und Allwissenden. Ismael, der Sohn Abrahams, von diesem geopfert«, er holte tief Luft, »Ismael, der durch sein Opfer Gesandter des Allmächtigen wurde.«

Al Ahrams Stimme war in einem Crescendo durchdringend, tief und dröhnend geworden. Diese Stimme, der Mund, aus dem sie strömte, und die Ehrfurcht gebietende Gestalt verfehlten ihre Wirkung auf seine Zuhörer nicht. Zeit und Raum bildeten plötzlich einen Tunnel, in dem man meinte, Ismael selbst sei wieder auferstanden. Empfindsamere Seelen hätten geschworen, dass Al Ahram zu leuchten anfing.

Auch Rabbi Gur und Ben Shukir hatten den Atem angehalten. Nur der Russe, wahrscheinlich unempfänglich für diese Art biblischer Energie, kratzte sich verlegen am verschwitzten Kopf.

»Wenn ›Derdaoben‹«, sagte er mit einem nervösen Seitenblick zu den beiden Israelis, »jetzt so gnädig wäre, dass wir zum eigentlichen Zweck unseres Treffens kommen könnten?!«

Ben Shukir beobachtete aus dem Augenwinkel, wie Rabbi Gur sich umständlich mit einer Hand abstützte, um für seinen schmerzenden Rücken die fehlende Lehne des Sitzmöbels auszugleichen, und hörte ihn dann sagen:

»Wir danken für die Gelegenheit und die Bereitschaft, verehrter Al Ahram, die Waffen mit Ihnen zu einen. Es liegt in unserem Bestreben, die Dinge auf der Welt wieder so zu ordnen, wie es der Allmächtige vorgesehen hat. Das Schicksal der Menschheit wurde und wird immer hier, auf diesem uns beiden heiligen Boden, entschieden werden. Die Schmach, Al Ahram, die euch und uns wie ein Stachel ins Fleisch sticht, die rücksichtslose und gottlose Gier und Prunksucht, mit der der Westen uns immer und immer wieder demütigt und viele von uns kompromittiert, können wir mit einem einzigen Schlag – und mithilfe unseres Verbündeten hier«, er zeigte auf den Russen, ohne ihn anzusehen, »endlich tilgen und eine neue Zeitenwende beginnen lassen. Sie,

Al Ahram, blicken in die Zukunft – wir, das starke Volk der Juden, müssen auch in die Vergangenheit blicken. Sechs Millionen Juden wurden von den deutschen Nazis ausgelöscht, sechs Millionen Deutsche werden als Vergeltung sterben müssen. Sie, Al Ahram, nutzen das geplante Ereignis, um den Zweiflern in der muslimischen Welt zu beweisen, dass Sie bei Weitem die bisher stärkste und gläubigste Bewegung eines neuen, zeitgemäßen Islam sind, der durch den reinen Glauben an Allah die arabische Welt wieder zu vereinen mag. Sie verstehen, Al Ahram, dass wir als Juden verständlicherweise keine offizielle Kenntnis haben dürfen, keine Verantwortung übernehmen können und keine Sühne dafür leisten wollen. Aber es wird die Seele des Judentums heilen, wenn wir für uns in unseren Herzen wissen, dass der Völkermord durch die deutschen Nazis endlich gerächt werden kann. Und«, er zeigte wieder auf den Russen, »Sie müssen sich um nichts kümmern. Es ist alles bereits arrangiert. Unser Freund hier wird Ihnen den Zeitpunkt der Rache für uns und den Anbeginn der neuen Ära für Sie rechtzeitig mitteilen. Aber da ja nun leider unsere Verbündeten nicht nur von der Liebe zu Gott und seiner allfälligen Unfehlbarkeit gelenkt werden und da Sie selbst ja neue irdische Kraft für Ihren Kampf brauchen, hat unser Freund Ihnen ein Gastgeschenk unterbreitet.«

Der Russe hatte kapiert, dass er an der Reihe war. Er wischte sich über sein fleischiges Gesicht mit den wulstigen Lippen und den hohen Wangenknochen, griff neben sich und legte den Diplomatenkoffer auf die Knie. Er ließ die Schlösser aufspringen und zog einen kleinen, handlichen Tabletcomputer hervor, den er mit einem Code entsperrte. Dann sah er fragend zu Ben Shukir, der zum Einverständnis nickte.

»Dieser Computer ist eine elektronische Bank. Er enthält nichts außer einem virtuellen Portemonnaie. In diesem Portemonnaie befindet sich der Gegenwert von 50 Millionen Dollar in Schofar.«

Al Ahram zog die Augenbrauen hoch und sah Ben Shukir fragend an.

»Was meint er damit? Schofar, das Horn eines Widders?«

»Es ist eine eigens für uns geschaffene Kryptowährung, Al Ahram, für die wir einen besonderen Namen in Anlehnung an die Sage Satans gewählt haben«, erklärte Ben Shukir. »Satans Wissen bleibt nicht erhalten, weil das Blasen des Schofars am Rosch ha-Shana, dem jüdischen Neujahrstag, Satans Wirken stört. Das Wort Satan bedeutet 364 – in Zahlen ausgedrückt. Also wirkt Satan an 364 Tagen mit seinen Angriffen gegen Israel. Aber am darauffolgenden Tag, dem Tag 365, dem jährlichen Versöhnungstag, den wir Jom Kipur nennen, ist Satan wirkungslos. Alles Böse soll an diesem Tag von der Menschheit weichen.«

Al Ahram nickte verständnisvoll, ein leichtes Lächeln zuckte um seine Mundwinkel.

»Kryptowährung? Wie passend. Wie viel sind 50 Millionen Schofar?«

»Ja«, meldete sich der Russe wieder zu Wort, »wir haben eigens für diese Operation eine Währung geschaffen. Sie rangiert bereits an vierhundertster Stelle der digitalen

Währungen, die bis jetzt rund eintausend verschiedene alternative Zahlungsmittel ausmacht. Ein Schritt in die Zukunft, Al Ahram. Wir selbst nutzen sie für allerlei Geschäfte, bei denen wir darauf erpicht sind, dass sich nicht zurückverfolgen lässt, wer bezahlt und wer empfangen hat. Alle zwei Minuten schiebt sich der Algorithmus von allein weiter und generiert dabei eine neue Kontonummer. Das macht jede Identifizierung unmöglich. Es sind 40 Millionen Dollar.«

»Aus der Zahl 364 ergibt sich eine Formel, deren Schlüssel ich – wenn wir uns einig sind – Ihnen geben werde und mit dem Sie jederzeit Ihr Konto wiederfinden und darüber verfügen können«, ergänzte Ben Shukir.

Der Russe bat mit einem Blick und einer Geste um die Erlaubnis, aufzustehen. Sofort regten sich drei Leibwächter Al Ahrams und beobachteten den Russen.

»Wem soll ich den Schlüssel geben?«, fragte der Russe Ben Shukir, sobald er sich erhoben hatte.

Auf ein Zeichen Al Ahrams tauchte ein junger bärtiger Mann im bodenlangen Gewand der Beduinen auf. Auch er trug eine Kopfbedeckung, die nur seine Augen frei ließ.

»Abid wird sich darum kümmern«, sagte Al Ahram.

Der junge Mann verneigte sich kurz vor dem Russen und streckte neugierig die Hand nach dem Tablet aus.

Ben Shukir nickte, und der Russe händigte ihm den kleinen, flachen Computer aus.

»Und hier der Schlüssel, ohne den Sie den Algorithmus nicht dekodieren können«, sagte Ben Shukir und langte in die Brusttasche seines Hemdes. Er fischte einen

handbeschriebenen Zettel heraus, auf dem eine Zahlen-
kombination stand.

»Hier, generieren Sie den Zugang mit dieser Zahl,
dann weist Ihnen Schofar den Weg zu den 40 Millionen
Dollar«, sagte Ben Shukir und reichte ihm den Zettel.

Abid verneigte sich kurz und verschwand so plötzlich,
wie er gekommen war.

»Zufrieden?«, fragte der Rabbi.

»Ja, genau, wie es abgesprochen war. Abid wird gleich
wieder hier sein, dann sehen wir, ob alles so funktioniert.« Er setzte sich aufrechter hin, fixierte den Rabbi
und fragte:

»Und wann soll der 365. Tag sein, an dem das Horn
des Widders ertönt und alles Böse von der Menschheit
genommen wird? Wann ist der Zeitpunkt gekommen,
der gleichzeitig der Tag eurer Rache und der Tag des
Aufleuchtens des neuen Islam unter der Ägide der Bedun
ist?« Bei diesen Worten erhob er sich, stand turmhoch
über seinen Gästen und beschrieb mit der Handfläche
nach oben eine Geste, die von seinem Hals ausging, sich
über seine Brust senkte, den Boden unter seinen Füßen
berührte und von dort über die Köpfe seiner Gäste hinaus in die ewigen Weiten des Universums zu reichen
schien. Eine Geste, die bei ihm so vollkommen natürlich wirkte, dass selbst Ben Shukir, der für seine zynische
Ader bekannt war, ihm abnahm, der neue Anführer der
islamischen Welt werden zu können. Ein auf Beduinen-
Romantik gestütztes Narrativ für eine Erneuerung des
Islam, dessen Fokus auf der Einheit von Religion und
Arabien in Arabien lag, ohne Grenzen, Nationen und

sonstige Zugehörigkeiten, eine Bewegung, die bereits zahllose Imams erfasst hatte und die den Islam bald als größte Religion der Welt mit einer neuen Keimzelle neu starten konnte, um die heillosen Streitereien im Nahen Osten zu beenden und die Interessen des Westens außen vor zu lassen.

»Bald, Al Ahram, sehr bald«, antwortete Rabbi Gur. »Sehr, sehr bald.«

Abid erschien wieder, näherte sich Al Ahram, nachdem er mit einem Blick um Erlaubnis für die Unterbrechung gebeten hatte, und zeigte dem Beduinen den Bildschirm des Tablets. Seine Finger flogen über die Tastatur.

Al Ahram legte eine Hand auf den Kopf seines jungen IT-Experten und verabschiedete ihn mit einem anerkennenden Lächeln aus der Runde.

»So sei es«, verkündete Al Ahram und faltete die Hände vor dem Bauch.

Ben Shukir und Rabbi Gur erhoben sich, der Russe schloss seinen Diplomatenkoffer und stand ebenfalls auf.

Das Honorar für die Übernahme der Verantwortung für den blutigsten Anschlag in der Geschichte der Menschheit war hiermit im Voraus bezahlt und mit dieser Geste quittiert worden. Ein Anschlag, den Al Ahram den radikal-fundamentalistischen Islamisten in die Schuhe schieben würde, um seine »friedliche Mission« der Einung des Islam voranzutreiben. Und um von zweihunderttausend neuen Anhängern pro Woche auf zwei Millionen neue Gefolgsleute pro Woche zu kommen. Irgendwann bald würden die erst siebzig Jahre alten, künstlichen Grenzen in Nahost fallen, und eine neue Ära des friedlichen Zusammenlebens mit den Juden würde beginnen, mit denen sie denselben Urvater teilten.

Schweigend saßen Ben Shukir und der Rabbi kurze Zeit später wieder im Fond der Limousine, die sie aus dem Tal zurück auf die Staubpiste und nach Jerusalem brachte. Das limonengrüne Mercedes-Taxi hatte den Russen abgeholt und machte sich auf den langen Weg durch die Wüste zurück in den Libanon.

»Gut gemacht«, murmelte der Rabbi und legte eine Hand auf den Arm Ben Shukirs.

»Wenn mich nicht alles täuscht, werden wir Al Ahram in naher Zukunft vor der berühmten dunkelgrünen Marmorwand eine Rede halten sehen, jener Wand, vor der schon Yassir Arafat und Shimon Peres geredet haben. Der Wand, von der aus zur Vollversammlung der Vereinten Nationen gesprochen wird.«

Ben Shukir stutzte, überlegte kurz. Und nickte.

»Möglich«, grummelte er. »Jetzt wird alles möglich.«

KAPITEL 15

VALLETTA, MALTA

Meldung: April5; SA; No. 221m591v310
Timecode: 0504SA16335681
Briefing: Valletta, Immigration Office, INTAIRVAL, Com.
Onan (NATO Strategic Defence Command); Classif. Prior.
Content: Unidentifizierbare verdächtige Person. SCS –
PT (Surveillance Cam System Public Transport/FA-
CERGTN)
Target: Airport Malta Arr Hall, level 0; timecode: 1938,
1656 to 1701, Apr 5th.
Subject: Surveillance Cam 28 (back, 1934), 82 (front 1933)
and 83 (front 1934); Luggage Area
FR fail; Face recognition non complete. Gesichtserken-
nung nicht eindeutig zuzuordnen. Echter maltesischer
Pass mit falschem Namen. ArrGate 6.
Passenger Name used:
Bryan Lepinto, 30.7.1972, Valletta
Flight: KLM Amsterdam – Malta
Malta Check Arrival!

Report End

***

Boris durchquerte die hell beleuchtete Empfangshalle. Er hielt sich unauffällig in der Mitte des Pulks der anderen Passagiere und strebte in zügigem Tempo auf die Zollkontrolle zu. Es gab ein rotes und ein grünes Gate, davor niedrige Metalltische und zwei Zollbeamte in Uniform, welche die Passagiere mit geübtem Blick musterten.

Rechts beim roten Gate standen zwei Beamte in ziviler Kleidung mit breiten Gürteln, an denen die Pistolen in den Halftern gut sichtbar waren. Sie wirkten gelangweilt, einer kaute Kaugummi. Boris fixierte den Rücken des vor ihm gehenden Pärchens, ein Ehepaar Mitte siebzig, das sich an der Hand hielt. Sie strebten dem grünen Gate zu, dessen Milchglasscheibe sich öffnete und wieder schloss, als die ersten Fluggäste hindurchgingen. Boris hatte eine Computertasche über der Schulter und trug eine altmodisch wirkende Weekender-Ledertasche mit langen Schlaufen. Auf dem Kopf saß eine Mütze mit schmalem Rand – wie sie englische Touristen gerne trugen.

Jetzt war er gleich auf der Höhe der Zollbeamten angekommen. Er ließ einen unschuldig wirkenden Augenaufschlag zu dem Älteren huschen, gepaart mit einem kurzen Lächeln. Dabei registrierte er die Kameras, die unter der Decke hingen. Aber der Beamte würdigte ihn keines Blickes. Das Instantkaffeeglas in seiner Tasche war in ein Handtuch eingewickelt und hätte jeder Überprüfung und Geruchsprobe standgehalten. Der Beamte hätte den Deckel abschrauben und hineinriechen können. Es war echter Instantkaffee. Das, was darunter eingebettet war, hätte er nur bei einer genaueren Inspektion feststellen können.

Zehn Sekunden später schloss sich die grüne Zoll-schleuse hinter Boris, und er betrat maltesischen Boden. Er eilte über den breiten Bordstein und hielt auf die Taxischlange zu. Eine kurze Verständigung mit dem Fahrer des ersten Wagens, und Boris ließ sich – wie ein leicht übergewichtiger Rentner – ächzend auf den Rück-sitz plumpsen.

Jetzt waren es nur noch wenige Minuten Fahrt, und er wäre in seinem nächsten Safe House, dem Hotel in Sliema. Neben ihm auf dem Rücksitz lag seine Tasche.

Boris trug einen hellen, bequemen Reiseanzug über einem karierten Hemd. Er nannte sich laut Pass Bryan Lepinto, stammte aus Bishop's Stortford nordöstlich von London und lebte auf seine Pensionierung hin. Vor sei-ner Brust baumelte ein Plastiketui mit dem Aufdruck eines der großen britischen Reisebüros für Massentou-rismus, mit seinen angeblichen Reiseunterlagen, Hotel-Vouchers und anderen Gutscheinen.

Boris' Erscheinung war stets so unauffällig, dass Mit-reisende ihn nur sehr oberflächlich wahrnahmen, auch, weil in einem Flughafen niemand einen direkten Be-zug zu anderen Passagieren einging. Familienangehö-rige, Fahrer, Kollegen, von denen man sich gleich ver-abschiedete, waren die Einzigen, auf die Passagiere sich konzentrierten.

Boris wusste, dass sich das änderte, sobald Fluggäste auf ihrem Hinflug durch die Sicherheitskontrolle getre-ten waren. Aus den vollkommen Unbekannten in der

Halle wurden schlagartig Schicksalsgenossen, mit denen man sich gleich zusammen in eine Metallröhre setzen würde, auf Gedeih und Verderb der Technik des Fliegers und der Erfahrung eines völlig unbekannten Piloten ausgesetzt. Das angstgetriebene Unterbewusstsein registrierte automatisch, wer demselben Schicksal entgegenstrebte. Es brauchte eine gehörige Willenskraft, um das Szenario zu durchbrechen, das jeder Flugpassagier unbewusst durchspielte und das eigentlich unweigerlich einen Fluchtinstinkt auslösen müsste: Bloß nicht einsteigen in den Flieger, denn er könnte ja abstürzen.

Bei fast allen Menschen äußerte sich dieser innere Kampf zwischen Überlebensinstinkt und »Wird schon nichts passieren, weil Fliegen ist ja sicher« in einer ausdruckslosen, gelangweilten Miene. Diese Miene war nur gespielt, wusste Boris. In Wahrheit zwang das Unterbewusstsein jeden Menschen zu einer genaueren Beobachtung der Mit-Passagiere: Details der Kleidung, des Haarschnitts, der Körpergröße und des mitgeführten Gepäcks landeten in einem sogenannten Alarmspeicher des Gehirns. Man sah sich die Mitpassagiere genauer an, merkte sich Feinheiten anders als noch eben im Flughafengebäude. So wie die erfahrenen Flugbegleiter sich gern diejenigen Passagiere herauspickten, die einen kräftigen, besonnenen und ruhigen Eindruck vermittelten, um sie auf den Plätzen neben den Notausgängen zu platzieren. Boris hatte nicht ein einziges Mal an so einem Platz gesessen. Überzeugend gespielte Hilflosigkeit war sein bester Schutz.

Um jeder möglichen Wiedererkennung zu begegnen,

änderte er bei jedem Flug seine Rolle, seinen Gang und seinen Gesichtsausdruck so oft wie nötig, ohne dass jemand, von dem er merkte, dass er ihn registriert hatte, irritiert wurde. Und er betrat niemals ein öffentliches Gebäude ohne Kopfbedeckung. Mit leicht gebücktem Gang gelang es ihm so, die Überwachungskameras und die immer öfter dahinter laufenden Gesichtserkennungsprogramme auszutricksen.

Kein einziger Passagier würde Boris als Zeuge auch nur im Entferntesten identifizieren können, denn es reisten gleich drei unterschiedliche Boris pro Flug. Das war aufwendig, aber er war ein Perfektionist, der nichts dem Zufall überließ.

Auf den Knien im Taxi hielt er einen Prospekt eines einfachen Hotels in Sliema, in dem er las: eine Minute vom Strand, Terrasse auf dem Dach, Free WiFi.

Perfekt.

Der Boris, der in Malta mit suchendem Blick aus dem Flughafen schlenderte, war in die Rolle eines schon ältlichen englischen Büroangestellten geschlüpft, der in Malta auf der Suche nach einer Bleibe für seinen Ruhestand war. Er wollte sich in dem Hotel einmieten und sich dann von da aus zu Fuß nach einer kleinen Wohnung umsehen, die er mieten könne, um dort jedes Jahr den Winter zu verbringen. Das war seine sorgfältig zurechtgelegte Legende, sollte jemand ihn in ein Gespräch verwickeln. Auf nach Malta, das lag auf der Hand, hatte doch das südlichste Land Europas als Amtssprache neben Maltesisch auch Englisch. Viele Tausende Rentner aus Großbritannien überwinterten auf der Insel. Es war fast ganzjährig warm, es gab ein traumhaftes Meer, eine wunderschöne, kleinteilige Architektur, eine mediterrane Lebensart – und was Boris vor allem interessierte: verschwiegene Banken, eine durch und durch korrupte Administration, bestechliche Leute auf entscheidenden Posten und dichte Netzwerke diskreter krimineller Organisationen, die von professioneller Geldwäsche lebten, den Transport heißer Waren organisierten, gefälschte Dokumente besorgen konnten, mit jeder Art von Drogen sowie mit Mikrochips, Halbleitern, Telefonen, Hightech-Produkten, Waffen und in großem Stil mit geschmuggeltem Tabak dealten. Abgewickelt wurden diese schwunghaften Dienstleistungen von Tausenden Import-Export-Firmen, Schein-Agenturen und Fassadenbüros. Betreut wurde alles von einem Heer von Anwälten nach lokalem und EU-Recht, die ihre Anweisungen aus London, Moskau, den USA oder Buenos Aires bekamen. Viele der Firmen brauchten so noch nicht einmal einen Briefkasten. Malta war auch einer der Hauptumschlagplätze für die Mafia, ein Tresor für Oligarchen und dazu das größte notarielle Archiv des europäischen Kontinents für alle Besitzurkunden, die nie gefunden werden sollen. Superjachten, französische Weingüter, libanesische Privatbanken, zypriotische Reedereien, kasachische Transportriesen – wenn man ein wenig grub, fand man alles auf Malta. Und fand doch nichts. Zumindest nichts, was sich beschlagnahmen ließe. Malta war das Panama Europas. Mit EU-Recht.

Dazu gab es eine unübersichtliche, zerklüftete Küste,

eines der größten Schiffsregister auf der Welt und damit korrupte Hafenbeamte, einen bestechlichen Zoll und Tausende halbseidene Kapitäne, die mit jeder Art von illegal erworbenen Booten Dienste jeglicher Art anboten. Bis zum Öltanker unter maltesischer Flagge, der russisches Öl oder Embargo-Öl aus dem Iran transportierte. Für eine Million Euro bekam man einen sogenannten goldenen Pass, einen maltesischen EU-Pass. Ein Paradies!

Malta stellte für jemanden wie Boris auch aus einem weiteren strategischen Grund eine ideale Rückzugsmöglichkeit dar: die Nähe zur Nordküste Afrikas. Wenn es mal schnell gehen musste, konnte er sich mit einem Speedboot zu jeder Tages- und Nachtzeit über das Meer nach Nordafrika bringen lassen und von dort untertauchen oder mit etwas Bargeld leicht und diskret zurück nach Russland gelangen.

Noch schneller ging es natürlich nach Sizilien, von dort aus mit der Fähre aufs Festland und über Land nach Europa.

Nachdem er in dem sauberen, einfach eingerichteten Hotel eingecheckt hatte, entledigte er sich der Verkleidung und setzte sich aufs Bett. Er verband sein kleines, leistungsgesteigertes Tablet über eine russische Satellitenverbindung mit einem Server, der von einer Firma aus Karaganda in Kasachstan betrieben wurde.

Die Firma gehörte Arkida, seinem Bruder.

Vom Server dieser Firma wurde er automatisch weitergeleitet auf die Seite CIA.onion. Eine Darkwebsite der Central Intelligence Agency.

Er musste nur zum Bereich »Logistics« scrollen, drauf-klicken und warten. Sein Tablet erstellte in wenigen Sekunden auf dem Server der kasachischen Firma ein Protokoll, mit dem er sich auswies.

Dann war er drin.

In der CIA.

Genauer: im Chatroom des Darkwebs der CIA.

Die sicherste und technisch aufwendigste Plattform der Welt. Es gab nichts Besseres auf dem gesamten Globus, hatten ihm die Techniker erklärt.

Boris lud die Nachrichten in seinem Postfach herunter, schloss den Browser und ließ sein Tablet die Dechiffrierung vornehmen.

Ohne Emotion nahm er zur Kenntnis, dass sein Auftrag bestätigt worden war. Anscheinend war irgendein wichtiges Treffen an den langen Tischen der Firmenzentrale seines Bruders mit gewissen Vertretern der Sicherheitsbehörden zur Zufriedenheit verlaufen.

Jetzt war er dran.

Der nächste Schritt war Kroatien.

Er musste einen Trupp Einbruchsspezialisten anheuern.

Auf seinem Satellitentelefon wählte er eine spezielle Nummer, die zu einem ehemaligen Offizier des SWR führte, des zivilen russischen Geheimdienstes.

Vorher musste er den präparierten Behälter mit dem Kaffee in ein sicheres Versteck bringen: in eine der beiden Wohnungen in der Altstadt von Valletta, die ihm gehörten und in denen er vom russischen Auslandsnachrichtendienst abgestellte, unauffällige Housesitter-

Pärchen mit ihren vermeintlichen Kindern untergebracht hatte. Dort würde er die einhundert Gramm reines Botulinumtoxin in Form von Sporen zwischenlagern. In Nährflüssigkeit angesetzt, würden sie ausreichen, um die gesamte Menschheit auszulöschen.

KAPITEL 16

BERLIN, DEUTSCHLAND
SONNTAGABEND

»Sie war eine Göttin, besser gesagt, *die* Göttin schlechthin, die große Mutter, das Licht der Welt, die am längs-
ten und leidenschaftlichsten verehrte Gottheit in der Geschichte der Menschheit.« Nach einer Pause ergänzte sie
mit fast schriller Stimme, nach der sich einige Flugpassa-
giere, ich eingeschlossen, umwandten: »Astarte!« Dann
raffte die Frau mit dem praktischen Kurzhaarschnitt
vom Typ »Lehrstuhl für Sozialpädagogik« ihr Laptop-
case unter den Arm, zurrte ihren Schal um den Hals und
kam so richtig in Fahrt.

»Ihre Heiligtümer datierten zurück bis in die Stein-
zeit, und es gab nicht eine indoeuropäische Kultur, die
es versäumte, den Staub von ihren sternenbestückten
Pantoffeln zu küssen – um in euren schwülstigen Bildern
zu bleiben. Im Vergleich zu ihr war Gott bloß ein Epi-
gone«, sie hielt kurz inne und suchte nach Verstehen in
den Augen des verdutzten Priesters, »ein Imitator ohne
eigene Ideen, der nie ihre enorme Popularität erreichte.
Ihr Gott ist ein Plagiat!«, zischte sie.

»Aber …«, hob der als Priester erkennbare Mann an,
kam aber nicht weit.

Ich schielte nach vorne, ob es im Flieger endlich vorwärts in Richtung Ausgang ging, doch die Tür war wohl noch zu.

»Nix aber«, giftete die Mitpassagierin in meinem Rücken, »das Einzige, was ihr Patriarchen ihr durchgehen ließet, war ihre lebensspendende und nährende Macht. Sie herrschte aber zugleich auch über die Vernichtung des Lebens, sie bildete den Abgrund und die Entstehung des Lebens, den Anfang und Ursprung allen Daseins«, erklärte sie ausschweifend und leidenschaftlich. Dann wurde sie noch leidenschaftlicher: »Vor viertausend Jahren landeten rachsüchtige Priester eines Nomadenstamms einen Coup gegen sie – und ein Großteil dessen, was wir als westliche Zivilisation bezeichnen, ist das Resultat.« Sie holte Luft. Dann zischte sie: »Männer! Angst, nichts als Angst vor dem weiblichen Schoß, das ist es, was ihr habt!«

Die Frau nestelte, wie ich aus dem Augenwinkel sah, an ihrem Mantel herum und zog eine Karte aus ihrer Tasche.

»Den einzigen Platz, den ihr Astarte in euren schlauen Überlieferungen übrig gelassen habt, war der von Eva und der von Jungfrau Maria, einmal als arglistige Verführerin, einmal als leidenschaftsloses, passives Vehikel. Bei Johannes gab es noch die Hure von Babylon, und da wurde sie dann als schamlose Bestie identifiziert. Und damit hier nicht der falsche Eindruck entsteht: Ihr wurde als Göttin stets in heiligen Hainen und Wäldern gehuldigt, verstehen Sie? Da ist es verständlich, dass ihr Patriarchen damals wie heute zum Abholzen neigt.«

Das saß. Der Priester, der jetzt fast auf meiner Höhe stand, den Kopf unter dem Gepäckfach geneigt, versuchte sich mit einem Lächeln zu wehren, was aber gründlich misslang.

»Hier«, blaffte sie ihn an und nagelte ihm mit einem spitzen Fingernagel die Visitenkarte an die Brust. »Wenn Sie noch mehr Informationen brauchen, rufen Sie mich an! Aber erst, wenn Sie Ihre Angst vor der Kraft und der Magie des weiblichen Schoßes überwunden haben.«

Sie sah ihn spöttisch von oben bis unten an und wäre, wenn der Gang nicht so vollgestopft gewesen wäre, an ihm vorbeigerauscht, um ihn grußlos und mit rotem Kopf stehen zu lassen. So schubste sie ihn nur unsanft beiseite und drängelte sich nach vorne, wo sich die Tür endlich geöffnet hatte.

Ausgerechnet Astarte, dachte ich, wer hatte sich das bei uns im BND ausgedacht? Astarte hieß, und dabei schielte ich nach meinem Telefon, die Spezialsoftware des BND, die wir alle benutzten und die auf sämtlichen elektronischen Apparaten wie Computern, Laptops, Tablets und Telefonen der Mitarbeitenden zur Kommunikation lief. Abhörsicher, nicht zu hacken, unfehlbar. Das sicherste Netz der Welt. Gab es eine militante Feministin in den Reihen unseres Kompetenzzentrums für Cybersicherheit, die auf den Namen gekommen war? Ich hätte eher an Sankt Georg oder seinen Drachen gedacht, den Schutzpatron des Bundesnachrichtendienstes.

Mit einem Lächeln ließ ich dem Geistlichen, der verlegen die Achseln zuckte, den Vortritt und trottete hinter ihm her Richtung Ausgang.

»Willkommen in Berlin!«, sagte ich in seinen Rücken. Das konnte ich mir nicht verkneifen.

Mein erstes Ziel war »Sissy«, unsere Quartiermeisterin am Flughafen in Berlin, um wieder auf vertrautem Terrain einzuchecken. Zu Hause. In Deutschland. Die Schleuse hier war weniger James-Bond-haft, weniger verspielt als in London. Vor der Passkontrolle gab es eine ganz offizielle Tür, auf der in mehreren Sprachen »Nur für Personal« stand. Neben der Tür war ein Kartenleser in die Wand eingelassen, durch den ich meinen Ausweis zog. Es hätte genauso gut die Tür zu einem Lager für die Reinigungswagen der Putzkolonnen sein können. Praktisch. Schnörkellos. Deutsch.

Es summte, die Tür sprang auf, und ich stand in einem hell erleuchteten Raum mit Tischen, Stühlen, Regalen und einem Sideboard mit einer Maschine für Filterkaffee drauf. Es sah aus wie ein Büro in jeder x-beliebigen deutschen Behörde.

Den Weg in den Raum versperrte eine Art Empfangstheke, hinter der mich ein junger Beamter in Strickjacke neugierig durch eine Nerd-Brille musterte. Alles wirkte bieder, nüchtern, zweckmäßig. Zu Beginn meiner Zeit beim BND, in München, war das noch anders. Da gab es am Flughafen eine Tapetentür, hinter der sich das Reich von Sissy erstreckte. Sissy hatte es tatsächlich gegeben, eigentlich Elisabeth; jetzt war die sagenumwobene BND-Residentin, zuständig für den Check-in und Check-out der Agenten, wenn sie mit dem Flugzeug reisten, längst pensioniert. Sie war berühmt. So berühmt, dass deutsche Agenten auf der ganzen Welt früher oft »Sissy« statt München sagten, wenn sie die Zentrale des BND in der bayerischen Landeshauptstadt meinten. Oder jetzt eben den Flughafenbereich Berlin. Wie ein gemütliches Wohnzimmer, oder wie man heute sagen würde: eine Lounge, hatte sich das in alten Tagen angefühlt, was vor allem an Sissy selbst gelegen hatte und weniger an der Einrichtung. Es waren Zeiten damals, zu denen die Geheimdienstarbeit noch viel persönlicher war, gefährlicher für den Einzelnen, weil man weit mehr auf die menschlichen Quellen setzen, Agenten führen und Überläufer motivieren musste. Das spielte auch heute noch eine Rolle, aber im Ganzen war alles technischer, anonymer, fast roboterhaft geworden. Geheimdienstarbeit lief inzwischen überwiegend auf Monitoren ab. Sissy hatte mit ihrer barocken Figur auf ihrem Platz gethront, die Haare zu einem Dutt geknotet. Damals reichte sie Fernschreiben weiter, schloss Waffen weg oder händigte sie wieder aus, ließ Formulare abzeichnen, schwatzte teilnahmsvoll mit allen und jedem, wusste, wer wohin unterwegs war, und mehr oder weniger, warum und wer mit wem eine Affäre hatte. Sie war diskret, verschwiegen, vertrauensvoll – ein Kummerkasten genauso wie eine strenge Gouvernante. Für viele Agenten war sie die Herbergsmutter des Bundesnachrichtendienstes: geachtet, geliebt und gefürchtet. Nicht wenigen folgte ihr besorgter, freundlicher Blick in die teils haarsträubenden Abenteuer, in die sie sich im Feindesland begeben mussten. Für einige Agenten war Sissy das Letzte, was sie vom BND, von Deutschland und vom Leben selbst sahen, wenn sie im Kampf fielen oder in Gefangenschaft und Folter gerieten. Und das Erste, was sie erblickten, wenn ihnen die Flucht gelungen war und sie per Flugzeug nach Hause kamen.

Ursprünglich hatte Sissy die Aufgabe, die Schusswaffen, die Agenten nicht mit in die Flugzeuge nehmen durften, aufzubewahren. Es gab Absprachen mit fast allen Diensten in der befreundeten Welt, dass sie bei der Ankunft – bei Bedarf – eine Waffe durch den lokalen Dienst vor Ort zur Verfügung gestellt bekamen. Die Botschaften Deutschlands waren zu 80 Prozent mit Geheimagenten besetzt, als Mitarbeiter im diplomatischen Dienst getarnt und mit furchtbar wichtigen Titeln und Visitenkarten ausgerüstet. Sie bildeten und bilden die Residenturen des BND. Nur die ranghöchsten Hauptabteilungsleiter, der Vizepräsident und der Präsident samt ihrer Leibwache durften nach einem Sonderabkommen ihre Waffen mit an Bord nehmen, wo der Pilot sie für die Dauer des Fluges in einem abschließbaren Safe hinter dem Cockpit verwahrte.

Für mich gab es oft Ausnahmen von dieser Regelung, je nach Bedrohungslage. Das lag an der Art meiner Arbeit. Ich war nicht Teil des Heeres von Analysten, Beobachtern und Auswertern vor den Bildschirmen, die zu Tausenden die Hauptzentrale in Berlin als Büro nutzten, oder von jungen Diplomaten – Kulturattachés, Wirtschaftsförderer, Referatsleiter für bilaterale Beziehungen und ähnliche zahllose Tarnidentitäten –, die zu Hunderten die Augen und Ohren im Auftrag der Bundesregierung offen hielten. Es war notwendig, in allen Teilen der Welt die Finger am Puls zu haben, um rechtzeitig Strömungen und Bestrebungen identifizieren zu können, die in der nahen und weiteren Zukunft eine Rolle spielen würden. Denn alles hing längst zusammen. Und auch wenn die Welt in einem sich zuspitzenden Kampf um die Vorherrschaft zwischen Demokratien und totalitären Staatssystemen auf einen auch militärischen Konflikt zuzutreiben schien, gab es doch Nähte, die nie platzen durften. Und gerade weil die als lupenrein zu bezeichnenden Demokratien zahlenmäßig auf dem Rückzug waren, fiel eine Mission wie die meine nicht in allen Teilen der Welt auf den gewünschten fruchtbaren Boden. Die Konfliktmasse waren Bodenschätze, Energie, Konsum und Finanzen. Die Ziele waren Einfluss, Macht und Geld. Die Mittel waren Propaganda, Subversion und Sabotage. Die musste von uns abgewehrt und bekämpft werden. Darüber hinaus galt es, solange es in vielen Ländern einsatzbereite Atomwaffen gab, zu verhindern, dass irgendwo eine Naht platzte. Diese Lage permanent zu beobachten, war Behörden vom Schlage des BND vorbehalten. Die konkreten Sabotage-, Attentats- und Anschlagsversuche auf konkrete Personen und Gruppen zuzuordnen und rechtzeitig zu verhindern, war Aufgabe meiner Abteilung, der operativen Einsatztruppe. Der Action-Abteilung. Allem und jedem gegenüber. Das galt auch für meinen eigenen Chef. Die Arbeit für einen Geheimdienst barg viele Risiken. Und Gefahren. Aber die größte Gefahr konnte auch aus den eigenen Reihen kommen. Immerhin war unglaublich viel Geld im Spiel.

»Willkommen zurück«, sagte der Mann an der Theke

und hielt mir seine Hand entgegen, nicht um sie zu schütteln, sondern um mein Dokument einzufordern.

Er scannte meinen Ausweis, hielt mir ein Formular hin und kramte in einer Schublade nach dem großen Schlüsselbund für die Waffenkammer.

Minuten später streifte ich meinen Halfter über die Schulter, checkte das Magazin, kontrollierte den Lauf und steckte die knapp drei Zentimeter breite, 16,5 Zentimeter lange und 654 Gramm leichte Glock 43X unter die Achsel. Meine Dienstwaffe, mit Neun-Millimeter-Luger-Kugeln in einem Zehn-Schuss-Magazin. Ich konnte sie unbemerkt unter fast jeder Kleidung tragen.

Dann schnappte ich mir ein paar trockene Kekse vom Büfett, trank ein Glas künstlich schmeckenden Orangensaft, verabschiedete mich von dem Beamten und steuerte den Ausgang an. Nach einem langen Flur kam ich an eine Tür mit elektronischem Schloss. Ich checkte in dem Spiegel, der neben der Tür hing, meine Erscheinung, zog meine Karte durch den Schlitz und verschmolz mit dem Strom der Passagiere, die nach der Gepäck- und Zollkontrolle in die Wartehalle Richtung Ausgang strömten. Eine als Versicherungsdetektivin getarnte Geheimagentin – das erklärte lange Abwesenheiten und eine gewisse Schweigepflicht –, die am Sonntagabend schnell nach Hause wollte.

Als ich den Ausgang erreicht hatte, hielt ich mich rechts, wo es zu den Parkhäusern ging. Wachsam hörte ich über das Klappern meiner eigenen Absätze hinweg auf verdächtige Geräusche hinter und neben mir. Meine Augen scannten die vor mir liegende, raue Betonpiste.

Ich achtete auf Säulen, Türen, Nischen und verdächtige Schatten hinter größeren Autos, wo sich jemand verstecken könnte, um mir aufzulauern. Dann näherte ich mich meinem Wagen, der auf einem vierundzwanzig Stunden bewachten Areal des Parkhauses auf mich wartete.

Ich prüfte den Innenraum auf Drähte, die auf Sprengfallen hindeuten könnten, auf Miniaturantennen und Sender. Mein Smartphone hatte einen effektiven Sender-Scanner, der Mikrowellen und Funksignale erfassen konnte. Alles stand auf Grün. Mein Wagen war nicht verwanzt. Ich schleuderte meinen Koffer auf die Rückbank, bückte mich kurz unter den Wagen, checkte die Reifen nach sichtbarer Sabotage, etwa einen Nagel oder andere scharfkantige Gegenstände, die einen schleichenden Platten verursachen könnten, und klemmte mich sodann hinter das Steuer. Den Anlasser gedrückt, ließ ich den Motor zum Leben erwachen. Als Nächstes testete ich die Bremsen, indem ich sie im Stand ein paarmal fest durchtrat, um mich zu vergewissern, dass sie keinen Druckverlust hatten. Ich koppelte mein Handy mit dem Wagen und aktivierte Astarte, unsere geheime Software.

Als das Symbol, ein geflügelter Engel, erschien, musste ich unweigerlich lächeln, weil mir die bizarre Konversation im Flieger wieder einfiel. Ich sah genauer hin und versuchte herauszufinden, ob es auch eine Göttin sein könnte. Nein, nur ein Engel, dachte ich fast enttäuscht. Ein Engel, der seine schützenden Flügel über uns breiten sollte. Immerhin.

Der Bordcomputer meines unauffälligen dunkelgrauen Volvo-Kombis war von den Jungs der Cyber-sicherheit so manipuliert worden, dass er nichts aufzeichnete und auf digitalem Weg nicht verfolgbar war. Dafür hatten sie ein Elektronikpaket installiert, mit dem ich über die Satellitenverbindung telefonieren und Daten empfangen und senden konnte – alles absolut abhörsicher. Unter der Haube lief ein Fünfzylinder mit geschlossenem Steuerungssystem, der auf eine absurde Leistung getrimmt war. Geschlossen deshalb, damit er von außen nicht lahmzulegen war. Selbst militärische Jammer-Störsender drangen nicht durch. Noch dazu gab es Vierradantrieb, härtere Federn, kugelsichere Reifen und verstärkte Bleche in den Türen, die einem Beschuss standhalten sollten, einen kugelsicheren Tank und eine Bodenplatte, die eine mittlere Explosion aushalten sollte.

Ich hatte es nie ausprobiert.

Die Fenster waren doppelglasig und mit einer Spezialfolie versehen, die Kugeln auffangen konnten.

Ich liebte das Auto.

Es war meine Burg.

Hinten in den Rückfenstern klebte von innen ein Garfield-Plüsch-Kater, auf der Heckklappe war ein Aufkleber mit »Jonas-an-Bord«-Schriftzug, und auf dem Rücksitz thronte ein Kinderschalensitz, in dessen Sitzfläche eine kompakte Maschinenpistole versteckt war, eine MP7 A2 von Heckler & Koch mit einem neuen Hochleistungskaliber. Niemand würde vermuten, dass es sich um das Spezialfahrzeug einer Geheimdienstmitarbeiterin handelte. Auch nicht bei einem genaueren Blick.

Als ich das Parkhaus verließ, dachte ich wieder an meinen Chef. Und wie jedes Mal beschlich mich ein ungutes Gefühl. Seit er zu uns versetzt worden war und sich uns vorgestellt hatte, kam mir einiges komisch vor. Einen Verdacht gab es zwar immer, aber bei ihm war es mehr als nur das.

Darauf war ich schließlich trainiert worden: Misstrauen.

Dreimal hatte ich heimlich seine Personalakte, seine Kontaktliste und seinen Time-Motion-Action-Plan auf verdächtige Koinzidenzen analysiert – ohne einen Hinweis zu finden.

Mein Chef, ein unangenehmer Patron.

Er war aalglatt, auf unappetitliche Weise feist und in meiner Gegenwart übertrieben schmeichelnd. Ich hatte ihm nachgeschnüffelt, seinen Schreibtisch mehrmals hastig und heimlich durchsucht – ohne schlechtes Gewissen, aber auch ohne Ergebnis. Irgendetwas störte mich trotz alledem an ihm. Es waren nur Nuancen in seinem Verhalten, die ich mit meinen feinen Antennen registrierte, Winzigkeiten in seinen Gesten, die mir auffielen und die nicht zusammenpassten. In unserer Abteilung herrschte im Umgang untereinander eine gewisse militärische Zackigkeit, ein auf Präzision getrimmter Umgangston. Für Larifari war kein Platz, für Speichelleckerei schon gar nicht, und plumpe Annäherungsversuche und Machogehabe brachten mich zur Weißglut.

Ich verließ das Parkhaus und durchlief die vergangenen Wochen noch einmal vor meinen Augen, während ich im vorgeschriebenen Tempo über die nächtliche Stadtautobahn Richtung Innenstadt fuhr. Tag für Tag,

Meeting für Meeting, ging ich die letzten Begegnungen durch. Irgendetwas war mir aufgefallen, daran erinnerte ich mich deutlich. Ich weiß noch, dass ich in dem Moment nicht reagieren konnte, um bei meinen Nachstellungen nicht aufzufliegen. Es war irgendein Detail, Unterlagen, die nicht dort sein sollten, wo sie waren.

Was war es gewesen, was hatte meinen Verdacht geweckt? Wieso war ich misstrauisch geworden? Unterlagen in seinen Händen, die nicht komplett waren, fehlerhaft, zu oft kopiert …

Ich konzentrierte mich. Kopien!, dachte ich. Irgendetwas stimmte nicht mit den Kopien von Unterlagen, die ich bei ihm gesehen hatte. Es war neulich in Amsterdam gewesen, eine Lagebesprechung mit den Sicherheitsdiensten der Benelux-Staaten. Sie waren in Schiphol mit einem BND-Jet gelandet, dann wie schon öfter zu einem Treffen in einer Tarnfirma für Sanitärbedarf im Besitz des niederländischen Geheimdienstes gefahren. Vergangenen Mittwoch war das gewesen, jetzt erinnerte ich mich. Ein Routinetreffen. Es ging um die Maßnahmen, mit denen die Sicherheitsbehörden die Menschen in Europa vor groß angelegten Anschlägen auf die Infrastruktur und die Grundversorgung zu schützen versuchen. Lebensmittel. Strom. Gas. Benzin. Internet. Trinkwasser! Trinkwasser?

Amsterdam! Trinkwasser! Jetzt fiel es mir wieder siedend heiß ein. Bei ihm, meinem Chef, hatte ich einen winzigen Augenblick lang eine Kopie der Pläne der Wasserversorgung der Stadt München erkannt, als er andere Unterlagen aus seiner Tasche hervorgekramt hatte. Das war's! Es waren hochsensible, sicherheitsrelevante Pläne. Und es fehlte der Stempel! Der Stempel, der mit einem digitalen Wasserzeichen jede Kopie, die auf den registrierten und offiziellen Geräten angefertigt und gedruckt wurde, versah und archivierte. Dieser Stempel, ein kleines, gedrucktes Hologramm oben links, ein auslesbarer Chip, hatte gefehlt. Die Kopien waren nicht offiziell gewesen. Sie waren nicht registriert worden. Es durfte sie gar nicht geben. Wenn sie in die falschen Hände gerieten, könnten sie unter Umständen als Wegweiser für einen Terroranschlag mit biologischen Waffen dienen. Es war hochsensibles Material. Vor allem unter den Vorkommnissen der jüngsten Vergangenheit.

Ich konzentrierte mich erneut und sah die Szene vor mir. Nach dem Treffen fuhren wir zurück zum Amsterdamer Flughafen, eskortiert von den holländischen Kollegen. Wir passierten ein Gate, das für die Passagiere für Privatflugzeuge reserviert war und wo unser Flugzeug wartete. Mein Chef war vor dem Abflug zur Toilette gegangen. Das war noch im öffentlichen Bereich gewesen.

Hatte er bei der Gelegenheit dort etwas deponiert?

In einem geheimen Versteck?

In einem Spülkasten oder hinter losen Kacheln in der Wand?

Gab es dort einen altmodischen toten Briefkasten?

Die Möglichkeit hätte er jedenfalls gehabt, sinnierte ich, immer noch durch die Windschutzscheibe starrend, während die Lichtkegel der Autobahnbeleuchtung wie ein langsames Morsezeichen das Armaturenbrett aufleuchten ließen, sobald ich sie passierte. Bevor ich ihm auf den Leib rückte und diese Pläne bei ihm suchte, musste ich herausfinden, ob er sie wieder mit nach Berlin genommen hatte oder nicht.

Ich würde die Ermittlungen aufnehmen. Jetzt musste ich Gewissheit haben. Ich würde mich mit meinem Prioritätsstatus versuchen einzuloggen. Und ich musste die holländischen Kollegen unter einem Vorwand bitten, auch die Flughafentoilette abzusuchen und zu kontrollieren. Die Überwachungskameras checken lassen. Ich musste nachsehen lassen, ob es irgendeinen Hinweis auf ein Versteck gab, ein Kreidezeichen, ein Graffito oder einen Strich auf dem Spiegel mit einem Filzstift. Ganz die alte Schule. Irgendeinen Hinweis, dass die Toilette zu mehr diente als nur für das, wofür sie eigentlich vorgesehen war. Ich musste einen Vorwand erfinden, damit sie die Waschräume gründlich kontrollierten. Mein berüchtigter Spürsinn war jetzt hellwach.

Ich muss der Sache nachgehen!

Minuten später bog ich auf den Parkplatz hinter einem vierstöckigen Betongebäude ein, parkte meinen Wagen unter der getarnten Überwachungskamera und sah die Fassade hoch. Alles war dunkel. Mehrere Firmen waren neben dem Eingang aufgelistet – meist fantasievolle Namen, die auf Agenturen oder Kanzleien hindeuteten.

Es waren alles Geisterfirmen mit Geistermitarbeitern.

Tarnfirmen.

Im Besitz des BND.

Dort – und in verschiedenen anderen Objekten, Wohnungen, Lagerhallen und Werkstätten – arbeitete ich im Wechsel. Hier, in diesem Gebäude, war mein eigentliches

Büro mit abhörsicherem Besprechungsraum, Panzerglas, Sicherheitsschleusen und diskreter Kameraüberwachung. Und am Ende des Büroflurs gab es eine gesicherte Türe, hinter der eine meiner Wohnungen lag, die auf den Hof hinausging. Ein Safe House mit dem höchstmöglichen Sicherheitsstandard. So etwas wie mein erstes Zuhause.

Ich stellte den Motor ab. War ich müde genug? War ich hungrig? Unentschlossen und beunruhigt trommelte ich einen Moment auf dem Lenkrad herum.

Und dann traf ich eine Entscheidung. Ich würde meinen Koffer hochbringen, mich umziehen und noch heute Abend rüber zum Prenzlauer Berg in unser behördeneigenes Studio fahren, in dessen Keller es einen Schießstand für uns gab. Ich wollte trainieren. Nach diesem Wochenende musste ich mich erst einmal austoben.

Aber mehr noch als die Pistolen interessierte mich eine andere Waffe: Ich bin eine Onna Bugeisha. Eine Expertin im Nahkampf mit dem kurzen und langen Schwert. Ich beherrsche die Kunst des Tantojutsu, die Naginata ist meine Waffe. Ein einschneidiger, kurzer Dolch an einer langen Führungsstange. Wenige wissen, dass lange bevor die Samurai eine eigene Kaste bildeten, die japanischen Frauen der noblen Klasse in dieser tödlichen Kunst der Messerkampfsysteme ausgebildet worden waren.

Und ich bin richtig gut darin.

KAPITEL 17

KILCOCK, IRLAND

O'Killirch stieg aus dem Wagen. Er rieb sich den Nacken. Es dämmerte schon, und die Straßenbeleuchtung
tauchte alles in ein diffuses Licht. Er sah die Straße hinab
und rieb sich die Nase. Sie juckte schon seit dem Nachmittag. Seine Nase hatte ihn noch nie im Stich gelassen.
Es war nicht sein Tag.

Lag etwas in der Luft?

Er sah auf die Uhr. Es war noch früh, ein paar Minuten nach neun. Er beugte sich in sein Auto und wuchtete die Tüte mit seinen Einkäufen heraus. Dann schloss
er den Wagen ab und wollte in Richtung seines Apart-
ments marschieren.

Im nächsten Moment trat ein Mann aus dem Schein
der Laternen und kam auf ihn zu.

O'Killirch sah den Mann zunächst nur aus dem Augenwinkel, hielt aber an und drehte sich dann nach ihm
um, während der Fremde rasch auf ihn zusteuerte. Einen
Augenblick lang hatte er geglaubt, ihm noch zuvorkom-
men zu können; er hatte auch kurz daran gedacht, den
Kerl mit seiner wuchtigen Pranke brutal niederzuschla-
gen. Aber O'Killirch trug eine Tasche mit Lebensmit-

teln, und er hatte nicht die Absicht, die Flasche Burgunder, den Pflaumensaft und die Spaghetti-Sauce fallen zu lassen. Selbst dann nicht, als der Kerl vor ihm zum Stehen kam, seine Pistole auf ihn richtete, O'Killirch mit zusammengebissenen Zähnen einen Scheißtyp nannte und seine Brieftasche mit allem Geld forderte.

Der Kerl, schätzte O'Killirch anhand der stecknadelgroßen Pupillen, war mit Speed vollgepumpt. Seiner Erscheinung nach zu urteilen, war er seinem Schicksal bis jetzt immer hinterhergelaufen – dazu ausersehen, zu stürzen oder im Gefängnis zu sterben. O'Killirch kannte solche Typen. Also machte er einen Versuch, ihn hinzuhalten.

»Siehst du meinen Wagen«, sagte er, »den einfachen Standard Vauxhall, der nicht mal Radkappen hat?« Es war ein hellgrauer. »Meinst du, ich würde mir so ein Auto kaufen?«

Der Kerl war irgendwie weggetreten oder hörte nicht zu. O'Killirch musste deutlicher werden.

»Das ist ein Polizeiauto, du Idiot! Gib mir deine Waffe und lehn dich dagegen.«

Vielleicht wäre es klüger, dachte er, die Tasche mit den Lebensmitteln abzustellen und dem Kerl einfach seine Brieftasche zu geben.

»Runter auf den Boden! SOFORT!«, schrie er stattdessen. »Sonst bist du so gut wie tot! Runter auf den Boden! JETZT!«

Aber der Kerl dachte gar nicht daran, sich an ein Polizeiauto zu lehnen.

Dann ging alles blitzschnell: Ein Schuss krachte, und

bevor O'Killirch den Knall hören konnte, schoss ein Schmerz durch seine Hüfte. Ungläubig sah er an sich herunter. Seine Gesäßtasche war zerfetzt und sein Portemonnaie platschte auf die Straße, die siebzehn Pfund Inhalt flatterten zu seinen Füßen, und die Pistole, die er im Hosenbund getragen hatte, schlitterte über den Asphalt.

O'Killirch stellte wie in Zeitlupe fest, dass er getroffen worden war.

Die zweite Kugel, die auf ihn abgefeuert wurde, zertrümmerte die Flasche Burgunder und ging zwischen O'Killirchs rechtem Arm und seinem Brustkorb hindurch. Erst jetzt ließ er die Lebensmitteltüte fallen, um reflexartig nach seiner Waffe zu langen.

Der Kerl wirbelte herum und wollte flüchten.

»Bleib stehen!«, krächzte O'Killirch.

Der Kerl blieb tatsächlich stehen, drehte sich halb um und feuerte erneut. O'Killirch ging zu Boden. Zwischen den Glassplittern und den Weinlachen fischte er nach seiner neun Millimeter Halbautomatik. Er fand sie, hob sie an und schoss, viermal, wie er glaubte. Drei der vier Kugeln rissen das Hemd des Mannes auf, dicht unter dem rechten Arm, dort, wo der rechte Lungenflügel lag.

Dann wurde es schwarz vor O'Killirchs Augen. Er wurde ohnmächtig. Weder hörte er die Sirene des Notarztwagens noch die hysterischen Schreie der Passanten.

Wie durch einen roten Nebel erlangte er wieder das Bewusstsein. Jemand beugte sich über ihn. Dann noch ein weiteres Gesicht. Er lag irgendwo. Auf einer Trage. Eine kahle Decke war über ihm. Grelles Licht blendete ihn. Jemand zerschnitt gerade sein Hemd mit einer Schere.

»Vorsicht!«, mahnte der Arzt über ihm. »Sieht so aus, als hätte er ein Loch in der Brust.«

Hektisches Geschnipsel. Er wollte etwas sagen. Es kam nur ein Stöhnen.

»Ist das Blut?«, hörte er den Arzt sagen. Dann beugte der sich dicht über ihn. Schnupperte.

»Mein Gott, es ist Wein! Kein Blut!«

O'Killirch verdrehte die Augen. Mehr konnte er nicht tun. Dann glitt er wieder in die Ohnmacht.

Er bekam kaum mit, wie sie ihn röntgten, ihn von den Glassplittern säuberten, die Austrittswunde desinfizierten und verbanden, ihn an ein paar Plastikschläuche anschlossen und noch mal gründlich seine Hände nach Glassplittern absuchten.

Er verbrachte die Nacht im Dämmerzustand auf der Intensivstation, wohl weil er ein besonderer Patient war, und wurde am Montagmorgen noch halb schlafend in ein Privatzimmer verlegt. Eine resolut wirkende, freundlich-bestimmt auftretende Schwester mit hochgesteckten Haaren, laut dem Schild an ihrem Kittel hieß sie Ginny, trat ein und sagte gut gelaunt: »Sie sehen ja schon wieder ganz gesund aus!«

O'Killirch bedankte sich und erklärte, dass er sich gut fühle. Bis auf den schrecklichen Schmerz da unten.

Sie fuhr sein Bett etwas hoch und rieb ihm den Rücken und die Schultern mit einer Lotion ein und beruhigte den wunden Gesäßmuskel in seiner rechten Pobacke. Vor dreißig Jahren hätte er vielleicht den Mut gehabt, ihr zu sagen, dass es auch vorne wehtat, da, wo das Bein in den Rumpf überging, und sich an ihrem verschmitzten Lächeln erfreut.

So aber fragte er sie nicht ohne eine leise Spur Wehmut in seiner sonoren Stimme: »Wissen Sie, wo meine Sachen hingekommen sind?«

»Oh, die haben wir alle ihrem Deputy übergeben. Er hat die ganze Nacht gewartet, aber vor ein paar Minuten ist er in die Kantine gegangen, um sich einen Kaffee zu holen. Fühlen Sie sich kräftig genug, dass ich ihn nachher reinlassen kann? Wollen Sie ihn sehen?«

»Von Wollen kann keine Rede sein«, brummte O'Killirch. »Aber klar, schicken Sie ihn bitte rein, wenn er wieder zurückkommt.«

Seine Hand schoss unter der Decke hervor, er griff nach ihrem Arm, sah ihr in die Augen und sagte: »Danke, Ginny.« Wenigstens so viel muss sein, dachte er, schloss erschöpft und von den Schmerzmitteln benebelt die Augen und träumte kurz weiter: Vor dreißig Jahren, liebe Ginny, wäre ich mit dir nach Puerto Rico durchgebrannt, und als verliebtes Paar könnten wir dann glücklich dort leben, in den heißen Gefilden – du eine strahlende Schönheit und ich als dein wilder Krüppel.

Stattdessen baute sich sein Deputy mit verlegenem Lächeln neben ihm auf, wie O'Killirch mit Bedauern registrieren musste, nachdem er die Augen geöffnet hatte. Es kam ihm so vor, als starrte der ihn an, um herauszufinden, ob sein Chef noch zurechnungsfähig war – oder es wieder werden würde. Er trug eine Tüte und einen Krankenhausbeutel, in dem O'Killirch seine zerschnittenen Kleider vermutete.

»Haben Sie mein Notizbuch gefunden?«, schnaubte O'Killirch und deutete mit der Nase auf den Beutel. »Ich hab mir Notizen gemacht zu dem Überfall mit den beiden toten Wachmännern.«

Der Deputy warf einen Blick in die Tüte, besah den Stapel Stoff, der von O'Killirchs Kleidern noch übrig war, und zuckte mit den Schultern.

»Nein, Sir, das wurde mir nicht ausgehändigt. Es gab wohl eine Menge Glassplitter, und alles war voller Wein. Vielleicht ist es aufgeweicht gewesen, und jemand hat es weggeschmissen.«

»Da waren die Zeugenaussagen des Sicherheitschefs dieser zugeknöpften Pharmafirma drin.« O'Killirch stöhnte kurz auf. »Ein komischer Laden, sage ich Ihnen. Da ist was oberfaul. Auf jeden Fall sind sie ganz schön aus dem Häuschen, trauen sich das nur nicht zu sagen. Na ja«, er griff nach dem Galgen über seinem Bett, um sich in eine sitzende Position hochzuziehen, und schrie vor Schmerz auf. Als er wieder zu Atem kam, musterte er den erschrockenen Deputy und sagte: »Muss ich dann wohl alles aus dem Gedächtnis rekonstruieren.«

»Chef, jetzt werden Sie erst mal wieder gesund. Das hat doch Zeit. Der Diebstahl ist ja jetzt auch nicht mehr rückgängig zu machen. Und die beiden Männer werden nicht wieder lebendig wegen der paar Tage, die der Bericht jetzt länger braucht.«

»Ich muss …«, setzte O'Killirch stöhnend an, »den Bericht aber absetzen. Zu Europol. Da ist irgendwas geklaut worden, was wichtig ist.«

»Chef, ganz ruhig«, versuchte sein hilfloser Deputy ihn zu beruhigen. Er war blass geworden.

»Nehmen Sie was zu schreiben. Ich diktiere es Ihnen.«

Mühsam erinnerte er sich an die Befragung, die er durchgeführt hatte. »Also. Eine Firma aus Israel hat einen angeblichen Medizin-Fachjournalisten zu einer der seltenen Führungen geschickt.« Er verzog das Gesicht, kniff die Augen zusammen. Er konnte den Schmerz nicht ausblenden.

»Weiter: dunkler, ausgebeulter Anzug ohne Krawatte, so ein Typ Vertreter.«

Seine Stimme krächzte. Er atmete tief.

»Sie haben den Leuten Zutritt gewährt zur Abfüllstation, was sie sonst nicht tun. Aber irgendwie brauchten sie die PR, eine halb öffentliche Veranstaltung, das ist schließlich eine Aktiengesellschaft, Sie verstehen schon.« Fast flehentlich sah er den Deputy an. Er musste sich quälen, um weiterzusprechen.

»Als die Gruppe dann auf dem Gelände war, ist es passiert.« O'Killirch konzentrierte sich auf seine Erinnerung und kniff die Augen zusammen. Mit einer Hand hielt er noch den Galgen, mit der anderen fasste er sich an seine große Nase. Im nächsten Moment nahm er neuen Schwung. Ganz vorsichtig rutschte er ein wenig nach links, vielleicht ließ der Schmerz dann etwas nach.

»Klingeln Sie nach der Schwester«, sagte er mit zusammengebissenen Zähnen, »ich brauch noch was von den Schmerzmitteln. Das hält ja kein Mensch aus!«

Kurz schloss er die Augen.

»Eigentlich alles Routine«, murmelte er weiter, »aber auf einmal wurde der Sicherheitschef von seinem Büro direkt gegenüber alarmiert, dass zwei Wachleute auf einmal einfach umgefallen wären. Zumindest haben die Labortechniker aus einem hochsensiblen Bereich das so geschildert. Schichtwechsel oder so was. Bis er sich davon überzeugt hatte, war die Gruppe wohl schon aus dem Labor draußen und auf und davon. Dann haben sie die beiden Wachleute gefunden. Auf den ersten Blick sah es so aus, als hätten sie sich geprügelt und wären aufeinander losgegangen.«

»Langsam, Chef«, mahnte sein Deputy, während er bemüht war, die Informationen mitzuschreiben.

»Haben Sie das?«, bellte O'Killirch jetzt ungeduldig und versuchte auf den Zettel zu schielen, den sein Deputy in der Hand hielt. »Jetzt kommt's nämlich, das Wichtigste«, kündigte er an. Dabei ließ er den Griff am Galgen über seinem Bett los, und sein beachtliches Gewicht sackte urplötzlich auf seinen vom Schusskanal durchbohrten Gesäßmuskel.

Er brüllte vor Schmerzen auf.

Der Deputy erschrak zu Tode und lief aus dem Zimmer, um Ginny zu suchen.

Der Bericht musste warten.

KAPITEL 18

SLIEMA, MALTA

Boris lief rastlos im Zimmer auf und ab, während er die Planung minutiös im Kopf durchging. Was ihn vor allem störte, war die Tatsache, dass er bei diesem Auftrag auf fremde Hilfe angewiesen war. Etwas, was er bis jetzt immer vermieden hatte. Er hasste es geradezu, sich von anderen abhängig machen zu müssen.

Er setzte sich auf den Korbstuhl, der Teil der zweckmäßigen und schmucklosen Einrichtung des Hotelzimmers war, von wo er seine nächsten Schritte planen wollte. Er hatte nur noch wenige Tage. Die Zeit drängte. Er musste sich zur Ruhe zwingen, konzentrieren.

Die Vorhänge waren zugezogen, die gleißende mediterrane Sonne tauchte das Zimmer in gedämpftes Licht. Er hatte die Schuhe abgestreift, die Füße auf das Bettende gelegt und die Hände auf dem Bauch gefaltet. Er schloss die Augen. Zeit für eine kleine, private Meditation, ein Sich-fallen-Lassen und ein Leeren des Kopfes, was ihn in den Zustand höchster Konzentration für die Planung seiner nächsten Schritte versetzen sollte.

Szenen von früher huschten durch sein gereiztes Gehirn. Es waren Erinnerungsfetzen aus seiner Jugend.

Nein, noch früher. Er öffnete sein Empfinden, ließ es zu, kehrte zurück in seine Kindheit. Eine Zeit, von bitterer Armut geprägt, in der es wenig anderes als Brot, Wasser und in ranzigem Fett schwimmende verwelkte Gemüsereste für ihn und seinen Bruder gegeben hatte. Er sah wieder vor sich, wie Arkida und er ihren Großvater begleiteten. Noch vor Sonnenaufgang brachen sie auf. Mit ihren löchrigen kurzen Hosen, den nackten, ausgezehrten Oberkörpern und ohne Schuhe marschierten sie an der Seite ihres Großvaters durch die Felder in den staubigen Sommern Ostsibiriens.

Boris glitt in seinem Korbstuhl in einen Traummodus, wehrte sich nicht mehr gegen die Erinnerung. Alles wurde plastischer, er roch den Staub, hörte das Hacken der groben Feldharken auf den verdorrten Feldern. Boris und Arkida machten an jedem Brunnen, an dem sie vorbeikamen, halt. Sie tranken so viel, bis das Wasser in ihren hungrigen Mägen schwappte. Um die Brunnen herum blühten kleine rosa und blaue Blumen. Daneben mähte oft ein Bauer mit seiner Sense das Gras. Boris machte es Spaß, zuzusehen, wie bei jedem Sichelhieb das fallende Gras den nebenstehenden Halmen eine Vibration mitteilte, die wie eine Vorankündigung ihres eigenen Todes war. Er sah die Halme vor sich, Tausende Halme, Millionen Halme, wie sie vom schwachen Wind gefächelt wurden, hübsch anzusehen und todgeweiht, und nichts anderes tun konnten, als auf das Fallbeil in Form der scharfen Sense zu warten. Sie konnten nicht weglaufen, mussten sich in das Schicksal fügen. Unausweichlich.

So wie Valeria.

Eine Heldin. Ja, sie war seine Heldin gewesen, die er gezwungen hatte, sich selbst beim Sterben zuzusehen. Heldenhaftes sich Wehren, wie es auch weniger junge und unreife Menschen oft an den Tag legten, ging einher mit dem Unwissen, dass der größte Heroismus gewöhnlich aus einer kleinen Angst heraus entstand, dass eine Heldentat nur ein Schleichweg war, um einem wahren Mutbeweis auszuweichen, und dass es keine Helden gäbe, wenn die Welt voller mutiger Menschen wäre. Sich kopfüber, mit geschlossenen Augen, ins Ungewisse zu stürzen, war immer nur eine Flucht, auch wenn ihr Ziel die Gefahr war. Sie verband zwei Feigheiten: die Flucht und das Schließen der Augen, um nicht zu sehen. Valeria hatte alles gesehen, hatte sich gesehen. Dafür hatte er gesorgt. Boris lächelte hinter seinen geschlossenen Augenlidern.

Er roch wieder den Staub, rieb sich die blauen Flecken auf seinen dürren Armen, auf die sein Großvater ihn fast jeden Tag mit dem Stock schlug, schmeckte die Tränen, die aus seinen Augen liefen, weil er zu lange in die Sonne gesehen hatte, er fühlte hinten im Hosenbund, den er mit einem Strick zusammengebunden hatte, die Scheibe Brot mit der harten Rinde an seiner Haut kratzen, die ihm die Großmutter heimlich zugesteckt hatte, und war wieder ein kleiner Junge.

Er ließ sich fallen, konzentrierte sich auf seinen Atem, fand den Rhythmus, den er brauchte, um seinen Geist zu zwingen, abzuschalten, und schlief schlagartig ein.

Minuten später war er wieder wach. Er schlug die Augen auf, sah sich im Zimmer um und fühlte sich stark und bereit, sich voll auf die vor ihm liegende Aufgabe zu konzentrieren. Die Gespenster der Vergangenheit waren verschwunden.

Jetzt begann die schwierigste Phase vor dem Anschlag, bei der er alle Details durchspielen, Alternativen planen und vor allem mit dem Versagen Dritter kalkulieren musste. Diese Phase trotzte ihm die höchste Fokussierung ab. Er durfte sich keinen noch so winzigen Fehler erlauben. Jeder Fehler, der bei der Durchführung passierte, begann genau jetzt: bei der Planung.

Er pfiff durch die Zähne. Ein Ritual, mit dem er alles andere um sich herum ausblendete. Dann zog er die Füße vom Bett und stellte sich aufrecht hin. Seine Schultergelenke knackten, als er die Ellenbogen nach hinten durchdrückte.

Er würde viel lieber allein arbeiten. Ganz allein. Nur er und das Ziel, nur er und das jeweilige Opfer. So wäre es ihm am liebsten.

Aber bei einem so großen Anschlag ging das nicht. Es mussten in zu kurzer Zeit zu viele Dinge gleichzeitig geschehen, und selbst er konnte nicht an zehn verschiedenen Orten zugleich sein.

Boris nahm aus dem doppelten Boden seiner kunstledernen Reisetasche einen Plan der Stadt München, glättete ihn auf der Bettdecke und setzte sich davor.

Timing war alles. Es musste genau zum richtigen Zeitpunkt geschehen. Früh morgens. Sehr früh. Bevor die Menschen in der Stadt aufwachten, verschlafen ins Bad tappten, sich Wasser ins Gesicht spritzten, um wach zu werden, sich die Zähne putzten und dabei die Dusche schon mal aufdrehten, damit das Wasser warm wurde. Das war der Moment, in dem aus den Wasserleitungen in Zehntausenden Haushalten das tödliche Gift durch Nase, Mund und Augen über die Schleimhäute in die Blutbahn gelangen sollte. Am perfidesten war das Einatmen des vergifteten Wasserdampfs unter der Dusche. Fast augenblicklich trat eine Atemlähmung ein. Auch die zu Hilfe eilenden Familienmitglieder würde es erwischen.

Mit dem Finger markierte er die zehn Stellen in München, an denen seine Truppe zuschlagen würde. Sie befanden sich in drei verschiedenen Stadtteilen. In jedem der drei Stadtteile, in denen noch alte, vom Krieg verschonte Häuser standen, lagen die Ziele relativ nah beieinander. Gut so. Das vereinfachte die Organisation des Transports. Es mussten nur drei Stadtviertel angefahren werden, von da würden die Trupps ausschwärmen und ihre Einsatzorte zu Fuß bequem und schnell erreichen.

So konnte es funktionieren.

Er nahm einen Ausdruck aus dem Internet hervor und prägte sich die Statistik des Wasserverbrauchs der Großstadt ein. Die erste Verbrauchsspitze – und zugleich der größte simultane Wasserbedarf in den Wohnungen und Häusern – war ein Zeitraum zwischen fünf Uhr fünfundvierzig und sieben Uhr dreißig, und das jeweils von Montag bis Freitag. An den Wochenenden gab es diese Konzentration nicht.

Also musste es an einem Wochentag passieren, und zwar in den sehr frühen Morgenstunden. Er berechnete,

wie lange das Gift brauchte, bis es sich von den Überlauf-
ventilen von Haus zu Haus, von Block zu Block und von
Straße zu Straße verteilte. Bei einem Druck von sieben
Bar benötigte das Wasser keine fünfzehn Minuten, bis es
sich über weite Teile der Stadt ausgebreitet hatte und jeder, der einen Wasserhahn in seiner Wohnung aufdrehte,
mit dem tödlichsten Gift der Welt in Berührung käme.
Atemlähmung, Herzstillstand, multiples Organversagen.
Das Gift unterbrach die Weitergabe der Nervenimpulse
innerhalb des Organismus. Synapsen stellten fast schlagartig ihre Tätigkeit ein: Atemmuskulatur, Herzmuskeln,
das Öffnen und Schließen der Augenlider, die hochkom-
plexe Steuerung des Darms, der Schließmuskel – nichts
funktionierte mehr. Das vegetative Nervensystem schaltete noch den Alarm ein, war aber machtlos. Es löste
den Ausstoß gigantischer Mengen Adrenalins und der
Glückshormone Dopamin, Serotonin, Noradrenalin
und Oxytocin aus den Nebennieren und unterschiedlichen Drüsen aus. Biochemische Botenstoffe, die Er-
trinkende und Erfrierende in einen gnadenvollen, absoluten Glückszustand versetzten, bevor das Licht für
immer ausging.

Ein Nirwana im Hormonrausch.

Der Tod wird sehr früh kommen, dachte Boris und
sortierte die Pläne der Stadt München auf dem Bett vor
sich.

Dann ging er die technische Planung an. Wie genau
funktionierte die Wasserversorgung einer Großstadt,
und wo saßen die Hydranten, die eine gleichmäßige Verteilung des Giftes ermöglichten?

Boris entnahm dem doppelten Boden seiner Tasche ein spezielles Tablet, das auf den Gepäckscannern der Flughafen-Sicherheitskontrollen keine Signatur hinterließ. Es war die neueste Technologie aus einem militärischen Entwicklungslabor in Karaganda, Kasachstan, von dem die russischen Geheimdienste und das Militär alles beziehen konnten, was durch Sanktionen und Embargos in Russland nicht mehr herzustellen war. Eine Firma, die seinem Bruder gehörte. Wie praktisch.

Von außen sah das fünfundzwanzig mal fünfzehn Zentimeter große und nur fünf Millimeter hohe, rechteckige Gebilde wie ein Bilderrahmen aus. Die Sichtbarkeit auf dem Röntgenbild bei der Durchleuchtung an den meisten Flughäfen war durch die Verwendung spezieller Materialien eingeschränkt: Der Rahmen bestand aus einem High-Tech-Kunststoff mit einer Keramikbeschichtung, der eine höhere Dichte hatte als das Innenleben. Das lenkte die Strahlen auf den Rahmen und ließ vermuten, dass es sich nur um einen Bilderrahmen handelte. Sollte ein Kontrolleur der Security Boris auffordern, seinen Koffer zu öffnen, würde er einen Bilderrahmen herausziehen, auf dem das Foto einer Familie unter dem Weihnachtsbaum zu sehen war. Boris' Antlitz war hineinretuschiert worden. Es war eine perfekte Fälschung. Der Bilderrahmen hatte den gleichen matten, metallischen Glanz wie ein handelsüblicher Rahmen aus Aluminium. Und er fühlte sich auch so an. Die Technologie im Inneren, die Chips, Drähte, Verbindungen und Speichermedien, das Modem und die Antennen bestanden aus demselben Material wie die Hitzeschilder an den Space-Shuttles: Sie waren alle ohne Metall hergestellt worden.

Boris drückte in einem Morse-Rhythmus, den er selbst eingestellt hatte, auf die im Hintergrund des Fotos sichtbare Wanduhr: lang, kurz, kurz – kurz, kurz – lang, kurz. Din war ein männlicher Vorname, der Recht und Gesetz bedeutete. Der Morsecode schützte vor einer versehentlichen Aktivierung durch einen Zollbeamten, der zufällig einen Finger auf die Uhr legte.

Das Foto verschwand und machte einer Benutzeroberfläche Platz. Boris tippte auf den mit einem Briefumschlag markierten Button. Eine Abwandlung der Outlook-Software unter Verwendung der originalen Source-Codes öffnete sich, und Boris fand sofort, was er suchte: den Bericht, den ihm ein korrupter, in Geldschwierigkeiten steckender hoher deutscher Beamter geschickt hatte.

Er las: »Das *Hydranten-Verzeichnis* ist wie ein Stadtplan, in dem alle Hydranten, offene Gewässer und unterirdische Reservoirs eingetragen sind. Diese Pläne unterliegen strenger Geheimhaltung, denn sie betreffen einen sensiblen Teil der kritischen Infrastruktur. Rettungskräfte und Feuerwehren brauchen diese Pläne zum raschen Auffinden von Wasser, sie liegen unter Verschluss in den Mannschaftsräumen und Einsatzfahrzeugen.«

Boris tippte auf die markierte Stelle im Text, die der Informant ihm zugespielt hatte:

»Es gibt in München noch eine gewisse Anzahl alter Kippmantelhydranten aus dem letzten Jahrhundert, ›Alter Münchner‹ werden diese genannt. Für die Bedienung dieser alten Hydranten braucht man einen speziellen Hydranten-Schlüssel, mit dem man das linksschließende Ventil bedienen kann.«

Boris las die Stelle noch einmal. Er war hellwach. Da waren sie, die Schwachstellen in der Wasserversorgung. Sein Informant hatte den wunden Punkt gefunden. Denn genau auf diese »Alten Münchner« kam es an, nur an ihnen existierten die für sein Vorhaben wichtigen, offen zugänglichen Rücklaufventile, die sich unter Druck öffneten oder das Wasser zum nächsten Keller weiterleiteten.

Über sie gelangte man direkt an die Wasserhähne in den Küchen, Bädern und Balkonen der Wohnungen. Und in den Körper der Menschen, die mit dem Wasser in Berührung kamen.

Boris recherchierte im Netz. Wenig war – aus verständlichen Gründen – frei verfügbar. Er klickte sich durch Werbe-Websites, Artikel und sah sich Schnipsel von Dokumentationen an. Wichtig war der konstante Wasserdruck, und der wurde durch ein komplexes System von Ventilen, Schiebern und Pumpen reguliert. Drei bis sieben Bar, las Boris, sollte der Druck permanent haben, damit aus jedem Wasserhahn in München genügend Wasser herausfloss.

Insgesamt handelte es sich um ein Netz von fast dreieinhalbtausend Kilometern an Wasserleitungen in der ganzen Stadt. Miteinander verbunden und ohne die Möglichkeit, eine Pumpe oder Schleuse zu schließen, um das Wasser zentral abzustellen. Eine weitere Schwachstelle!

Boris schnalzte mit der Zunge und konzentrierte sich auf den Mechanismus. Es war die Nutzung des natürlichen Gefälles zwischen den Stadtteilen mit unterschiedlicher Höhenlage, die für ihn arbeitete und eine komplette Unterbrechung der Wasserversorgung im Grunde unmöglich machte. Sie müssten dafür 27 000 Hydranten per Hand abdrehen. Ein Ding der Unmöglichkeit.

In einem weiteren Anhang der Mail fand Boris das, was ihn am meisten interessierte: die genaue Lage der Einfallstore in die Wasserversorgung Münchens, durch die er ungehindert und fast risikolos das tödliche Gift in die Trinkwasserversorgung einspeisen würde.

Er lehnte sich zurück.

Vor Tau und Tag würde der Tod kommen.

Hunderttausendfach.

Vielleicht millionenfach?

Wie effizient.

Und dann lächelte er.

Vor Tau und Tag.

Wie poetisch!

Er übertrug die Standorte der infrage kommenden Hydranten auf einen Stadtplan aus Papier und codierte die Adressen am Rand der Karte mit seinem Verschlüsselungssystem. Es sah aus, als hätte sich ein pedantischer Tourist die schönsten Sehenswürdigkeiten auf einer Stadtkarte markiert.

Dann nahm er eine Schere. Er schnitt in den drei Stadtvierteln sorgfältig zehn gleich große Quadrate aus den Plänen, in deren Mitte jeweils ein bestimmtes Haus mit einer bestimmten Adresse lag. Es waren Mietshäuser, Wohnkomplexe und öffentliche Gebäude darunter. Er markierte sie so, dass man die Lage samt Hausnummer genau erkennen konnte.

Zur Sicherheit lud er den handelsüblichen Stadtplan digital auf sein Tablet und markierte darauf den Standort der zehn Hydranten.

Dann schloss er das Mailprogramm, drückte den Button, und Millisekunden später sah sein Tablet wieder wie ein Bilderrahmen aus.

Dann legte er die zehn Kartenausschnitte zu einem ordentlichen Stapel zusammen, begradigte mit der Schere die überstehenden Ränder und formte so ein kompaktes, wenige Millimeter hohes Gebilde aus Papier.

Die Wegweiser für seinen Anschlag.

Selbst die größten Idioten könnten das nicht verbocken, dachte er.

Mit einem Lineal begann er, den Stapel durch Falten zu verkleinern, bis er einen handlichen Würfel gebildet hatte.

Dann schraubte er einen bauchigen Salzstreuer auf, schüttete das Salz auf den Tisch, fixierte den Papierwürfel mit einem weißen Gummiband, bemalte die Ränder mit schnell trocknendem Tipp-Ex, stopfte den jetzt von allen Seiten weißen Würfel in den Salzstreuer und füllte das Salz wieder ein.

Kritisch begutachtete er sein Werk.

Es war nichts zu sehen.

Außer Salz.

Er schüttelte den Streuer. Es wirkte vollkommen natürlich.

Als Nächstes kontrollierte er den Picknickkorb, in den er zwei hart gekochte Eier, Brot, einen gleich großen, haushaltsüblichen Pfefferstreuer, ebenfalls aus geriffeltem Glas, ein paar Tomaten, ein Stück maltesischen Käse für neugierige Hundenasen und etwas Obst einpacken würde. Obendrauf noch eine Banane. So würde er jede Grenzkontrolle passieren.

Damit war dieser Teil der Planung abgeschlossen.

Als Nächstes würde er einen genauen Zeitplan erarbeiten.

Er schloss die Augen. Ließ sich wieder fallen. Stellte sich alles genau vor.

Er musste drei zentrale Absetzpunkte vereinbaren. Von dort würden sie ausschwärmen und ihr Ziel erreichen. Um möglichst exakt zu errechnen, wie viel Zeit die einzelnen Trupps brauchten, um an ihr jeweiliges Ziel zu gelangen.

Mit öffentlichen Verkehrsmitteln? Mit Fahrrädern? Mit Autos?

Wir werden sehen, dachte er. Und stellte infrage, ob es wichtig war, dass die Trupps zeitgleich zuschlugen, wenn das Wasser sowieso nicht zentral abgedreht werden konnte. Ja, war es. Aber nur für ihn.

Mit geschlossenen Augen versuchte er sich vorzustellen, was passieren würde, sobald das Gift seine Wirkung entfaltete. Was taten Leute als Erstes, wenn sie feststellten, dass ein Familienmitglied zusammengebrochen war?

Sie riefen den Notarzt. Mit ihrem Handy. Eine zentrale Nummer.

Die könnte man einige Minuten bevor es losging,

lahmlegen. Mit einem Angriff auf das Telefonsystem aus den Tiefen des russischen Ostens heraus. Ein Klacks. Das würde ihm mehr Zeit verschaffen.

Was würden die Leute als Nächstes probieren?

Die Polizei.

Wenn die Notarzt-Hotline nicht erreichbar wäre und alle die Polizei rufen würden, im Morgengrauen, dann würde sich das Problem von allein erledigen. Wie viele Diensthabende gab es in München um fünf Uhr morgens bei den Polizeiwachen, die für die eingehenden Notrufe abgestellt waren? Zwanzig? Fünfzig? Hundert?

Das spielt keine Rolle, überlegte er mit geschlossenen Augen. Das System würde in kürzester Zeit von allein zusammenbrechen. Nach einhundert Anrufen und entsprechend vielen Versuchen, den aufgeregten Anrufern Informationen aus der Nase zu ziehen, wäre spätestens Schluss. Und es würden Zigtausende anrufen.

Dabei dauerte die Aktion selbst nur wenige Minuten. Bis dem ersten Hinweis nachgegangen werden konnte, jemand ein Muster erkannte und den Weg nachvollzog, wie er es angestellt hatte, die ganze Stadt zu vergiften, vergingen jedoch Stunden. Dann wäre es sowieso schon zu spät. Ein sicherer Plan, mit minimalen Mitteln und größtmöglichen Auswirkungen.

Die Gleichzeitigkeit der einzelnen Aktionen spielte für seine Planung tatsächlich keine Rolle.

Schade.

Ihm hätte militärische Präzision besser gefallen. Aber das verringerte natürlich das Risiko. Es ließ Handlungsspielraum, wenn die einzelnen Trupps nicht unter Zeitdruck standen. Wenn sie den geeigneten Moment abwarten konnten. Wenn sie die Straßen beobachten, die Bewegungen im Haus nachvollziehen konnten. Feststellen konnten, wo die Fahrradkeller lagen, damit sie nicht von einem Frühaufsteher überrascht wurden. Solche Details. Aber daran waren Einbrecher gewöhnt. Und diese Truppe ganz besonders.

Wie seine Helfer aus München wieder herauskämen, war nicht seine Sache. Die konnten schon auf sich selbst aufpassen. Und wenn sie geschnappt würden, wäre es nicht sein Problem. Er säße dann schon längst wieder in Malta. Oder Moskau. Oder Birobidshan. Er würde sie kalt lächelnd ihrem Schicksal überlassen. Verraten konnten sie ihn nicht – sie wussten nicht, wer er war, nicht einmal, wie er in Wirklichkeit aussah.

Was noch fehlte, war, diese speziellen Hydranten zu beschreiben. Boris fertigte eine Skizze an, damit seine Leute diese in den Kellern erkennen konnten, und erklärte genau, wie sie am einfachsten zu öffnen waren. Dafür brauchte man einen besonderen Achtkantschlüssel, ein Werkzeug, dessen Abmessungen ihm von seinem Kontaktmann besorgt worden waren.

Sein Satellitenhandy klingelte. Es hatte einen Ton wie ein altmodisches Telefon: Es klingelte richtig.

»Igor«, meldete er sich.

Es knackte. Boris ging näher ans Fenster.

»Hörst du mich?«, drang es aus dem Handy.

»Igor hier«, wiederholte er. Und wartete.

Es rauschte kurz. Die Verschlüsselungssoftware änderte sich alle zwei Minuten. Dann war die Leitung wieder klar. Sie mussten genau den Frequenzsprung erwischt haben.

»Wladimirowitsch«, klang es aus dem Lautsprecher.

»Wie ist das Wetter?«

»Wo?«

»In Slano.«

»Danke, gut.«

Boris legte auf.

Er schloss die Augen. Konzentrierte sich.

Nach dem denkbar einfachen Verschlüsselungssystem des russischen Auslandsgeheimdienstes SWR spielte es eine Rolle, an welchem Wochentag der Empfänger eine Nachricht erhielt.

Heute war Montag. Dafür stand die Zahl eins.

Boris öffnete auf seinem Tablet ein Programm, das auf dem Bildschirm eine abgewandelte Form eines Abakus zeigte. Er zog den ersten Stein unten links. Eins. Daran hängte die Rechen- und Verschlüsselungshilfe auf dem Bildschirm eine Dezimalstelle an. Zehn. Indem er auf die Schaltfläche oben rechts tippte, wurden in den Kugeln Buchstaben sichtbar.

Buchstabe »K« war der zehnte Buchstabe des Alphabets.

Erneut konzentrierte er sich.

Beim zweiten Buchstaben wurde wieder um zehn Stellen nach vorne gezählt, wie beim ersten, und dadurch, dass es sich um den zweiten Buchstaben handelte, noch mal um zwanzig weitere Stellen nach vorne. Dann addierte die Maschine eine zwei für den zweiten Buchstaben dazu. Das ergab – einmal das Alphabet durchlaufend – zweiunddreißig Stellen. »R«.

Dann kam ein Vokal. Der zählte nicht. Nur die Anzahl der Vokale spielte am Ende eine Rolle. Das ergab einen weiteren Faktor, um den man die Abfolge des Alphabets durchzählen musste.

Alte Handwerkskunst des KGB, seit dem Zweiten Weltkrieg, als es noch richtige Spione gab – jetzt allerdings digital aufgepeppt. Und es funktionierte immer nur dann, wenn man den ursprünglichen Grund-Code wusste. Dieser war früher beim Treffen vom Verbindungsoffizier an den Agenten weitergegeben worden und änderte sich laufend.

Außerdem spielte die Zeit des Anrufs eine Rolle. Minuten später hatte er drei Konsonanten ermittelt – K, R und C. Er spielte mit ihnen, probierte verschiedene Vokale aus, bis er auf »Krucia« kam. Er tippte auf seinem normalen maltesischen Handy herum, das über einen verschlüsselten Server auf Malta lief, der in einer befreundeten Rechtsanwaltskanzlei im Zentrum von Valletta stand.

Slano, das war der Ort, nach dem der Anrufer gefragt hatte: »Wie ist das Wetter in Slano?« Den Ort gab es tatsächlich. Aber das war die Finte.

Slano lag in Kroatien.

Und unter Krucia fand Boris auf Maps ein winziges Dorf namens Krucika, und das lag auch in Kroatien, nur etwas weiter nördlich. Wenn in dem Ortsnamen zweimal der gleiche Konsonant vorkam, wurde das in dem Verschlüsselungssystem nicht berücksichtigt.

Seine Reise würde nach Kroatien gehen. Und das, sobald er reisefertig wäre. Er hatte jetzt ein Zeitfenster von fünf Tagen. An jedem der folgenden Tage würde er am belebtesten Punkt des angegebenen Ortes einen Hinweis finden, der ihm das genaue Ziel in Krucika beschrieb. Dazu musste er persönlich dort auftauchen, weil nur er den Hinweis finden würde. Wie und wo das wäre, würde sich ergeben, wenn er vor Ort wäre. Die Nachricht würde dort auf ihn warten, und er würde in der Lage sein, sie zu finden.

Wie immer. Er kannte die Methodik der Nachfolger des KGB sehr gut. Es waren ja immer noch die gleichen Leute.

Wladimirowitsch. Der alte, ehemalige KGB- und SWR-Oberst in Jugoslawien hatte ihn also nach Kroatien gelotst. Was gab es dort? Den serbokroatischen Clan, mit dem der Oberst schon in der Vergangenheit gearbeitet hatte? Zweihundert Familienmitglieder, spezialisiert auf Einbrüche in Villen und Wohnungen in Deutschland, Österreich, Italien und der Schweiz. Das könnte die Reise wert sein.

Er würde sich, getarnt als Tourist, noch heute Vormittag auf den Weg nach Sizilien machen. Dort würde ihn ein Speedboot, das ihm der örtliche Resident des russischen Dienstes organisierte, direkt nach Krucika bringen und später nach Ancona, wo der Fiat aus seiner hiesigen Garage auf ihn wartete. Der Picknickkorb würde die lange Fahrt über seinen Platz neben ihm haben.

KAPITEL 19

KILCOCK, IRLAND

O'Killirch hatte sich selbst aus dem Krankenhaus entlassen. Entgegen dem Rat seiner Ärzte humpelte er auf Krücken gestützt aus seinem Zimmer, verabschiedete sich dankend von der Krankenschwester Ginny, die ihn ermahnte, vorsichtig zu sein.

Sein Deputy wartete in der verwaisten Eingangshalle des Krankenhauses und lief durch die Drehtür voraus, um seinem Chef die Wagentür aufzuhalten. O'Killirchs Kleidung, die er bei dem Überfall getragen hatte, war von den Notärzten zerschnitten und weggeworfen worden. Sein Deputy hatte ihm in einem Kaufhaus nebenan notdürftig Ersatz besorgt. Allerdings war sein verletztes Bein bis hinunter zum Fuß derart geschwollen, dass er Frotteeschlappen trug.

Ächzend ließ er sich auf dem Beifahrersitz des grauen Standard Vauxhall nieder, suchte eine einigermaßen bequeme Position und knallte seinem Deputy, der das Manöver bestürzt, aber hilflos beobachtet hatte, die Autotür fast vor das Schienbein.

Als sie die Main Street erreicht hatten, wies er seinen Deputy an, bei der Apotheke zu halten, und trug ihm auf, die stärksten Schmerzmittel zu besorgen, die ohne Rezept erhältlich waren und die ihn nicht völlig ausknockten wie der Krankenhauskram. Er wollte so schnell wie möglich wieder aufs Polizeirevier, war aber noch extrem wackelig auf den Beinen.

Aber es geht schon, dachte er.

Er musste nur etwas gegen die Schmerzen tun.

Auf dem Revier angekommen, verschanzte er sich in seinem Büro und schaltete als Erstes seinen Computer an. Während er wartete, dass die Software lud, nestelte er an der Packung Schmerzmittel herum, bekam zwei längliche gelbe Tabletten zu fassen und schluckte sie herunter. Dann loggte er sich mit seinem Passwort ein.

In seinem Postfach fand er eine Nachricht des Rechtsmediziners und einen Anhang vor, den dieser ihm geschickt hatte.

Der Bericht drehte sich um Botulinumtoxin. O'Killirch kniff die Augen zusammen und vertiefte sich in den Text, von dem er nur die Hälfte verstand, wenn überhaupt.

Das Einzige, was sich ihm einprägte, war, dass anscheinend das Protein der Klasse A für den Menschen am giftigsten war. Absolut tödlich. In winzigsten Mengen.

»Heiliger Strohsack«, entfuhr es ihm.

Weiter erfuhr er, dass Botulinumtoxin in der Medizin bei einer ganzen Reihe von Anwendungen zum Einsatz kam.

»Hmmm«, machte O'Killirch und scrollte weiter.

Dann drückte er auf den Button, mit dem er Siri aktivierte, die sofort begann vorzulesen:

Botulinumtoxin ist wie alle Proteinverbindungen schlecht hitzeverträglich. Deshalb wird das Gift in Form von Sporen als gefriergetrocknete Substanz transportiert. In dieser Pulverform ist es hitzebeständig, sogar mehrere Stunden bei über 100 Grad Celsius verändern seine Struktur nicht, es ist erschütterungsresistent und erträgt Temperaturen bis minus 45 Grad Celsius. Außerdem ist es extrem leicht. Diese Sporen sind für den Körper ungefährlich. Erst deren Umwandlung in toxisches Botulinumtoxin verursacht die Vergiftung.

Um die Sporen zu reanimieren, wird das Pulver einige Stunden in physiologisches Wasser gegeben …

Was? O'Killirch stoppte Siri. Dann öffnete er den Behördenbrowser für den Internetzugang und schaute nach.

»Aha, Kochsalzlösung. Wie bei Kontaktlinsen.«

Dem physiologischem Wasser wird eine bakteriostatische Substanz beigemengt, las er weiter

»Was ist das jetzt schon wieder?«, schimpfte O'Killirch.

Dann hatte er auch das bei Google gefunden.

Antibiotika. Tetracycline.

Das kannte er. Er drückte die Siri-Taste.

Botulintoxin kann auch in einer einfachen Nährflüssigkeit vom trockenen (Sporen-)Zustand zum aktiven semi-flüssigen Gift transformiert werden.

»Hmmmm«, machte O'Killirch und warf noch eine Schmerztablette in ein Glas Wasser. Rein präventiv.

Was macht jemand mit einhundert Gramm reinem Botulinumtoxin, die, wie ihm der Sicherheitchef des

Labors mitgeteilt hatte, gestohlen worden waren, überlegte er.

Weiter unten auf der Seite stieß er auf die dringenden
Warnhinweise:

*Da Botulinumtoxin in extrem kleinen Mengen töd-
lich wirkt – es genügen theoretisch fünf Gramm, um die
Menschheit zu töten –, fällt Botulinumtoxin unter das
Kriegswaffen-Kontrollgesetz.*

*Die Herstellung und der Vertrieb sind streng reglemen-
tiert und stehen in der EU und den USA unter lückenloser
Aufsicht der Arzneimittelbehörden.*

O'Killirch war alarmiert. Er lehnte sich zurück, und
sein Gehirn malte sich prompt ein Schreckensszenario
aus. Wenn man hundert Gramm mit Milch und Zucker
und etwas Wasser zu einem Gift anmischen konnte – das
in wenigen Stunden einsatzbereit wäre – und lediglich
fünf Gramm davon reichten, um die Menschheit zu vernichten … Tokio, Mexico City, New York – London!

Hastig fuhr er hoch, doch er hatte seine Wunde vergessen.

Ein Schrei entfuhr ihm, doch er zwang sich zur Konzentration. Seine Gedanken rasten.

Was sollte er mit seinem Wissen zu tun? Wen musste
er davon in Kenntnis setzen?

Es war Abend geworden.

Hatte das Labor selbst Alarm geschlagen? Und wenn
ja, bei wem?

Ging da noch jemand ans Telefon?

Er hatte keine Ahnung.

Eine Gewissheit aber kroch über seinen geschundenen

Rücken, streifte seinen Haaransatz im Nacken und bohrte sich in sein von Schmerzmitteln benebeltes Bewusstsein. Es würde ihn nicht mehr loslassen: Er musste auch handeln.

Das Kriegswaffenkontrollgesetz – damit hatte er noch nie zu tun gehabt. Raufereien, Diebstähle, Drogen, das ja, damit kannte er sich aus. Aber Kriegswaffenkontrollgesetz, hämmerte es in seinem Kopf, das klang nach Gefahr. Nach Gefahr für die nationale Sicherheit.

Mindestens!

Grübelnd stand er auf, trat vor Schmerz stöhnend vor sein Bücherregal und würdigte die in neun Bänden zusammengefassten allgemeinen und erweiterten Dienstverordnungen der Polizei Irlands zum ersten Mal in seinem langen Berufsleben eines näheren, jetzt Hilfe suchenden Blickes.

Es geht sicher schneller, wenn ich telefoniere, entschied er, nachdem er auch im dritten Band sein Problem keinem der im Inhaltsverzeichnis vermerkten Begriffe hatte zuordnen können. Er erreichte einen ehemaligen Kollegen, mit dem er sich immer ganz gut verstanden hatte, einen pensionierten Staatsanwalt in Dublin, der ihm den Rat gab, sich sofort an den Verbindungsmann von Europol zu wenden.

»Warum Europol und nicht Interpol?«, wollte O'Killirch wissen.

»Weil bei Europol in Den Haag nur Mitglieder aus den europäischen Staaten vertreten sind, die Behörde ist kleiner, und als Mitgliedsland der Europäischen Union trifft man dort eher auf Kollegen, die dem eigenen Wertesystem verbunden sind als bei Interpol.«

»Aha«, machte O'Killirch, »Den Haag also. Nicht Lyon.«

»Sie können auch den EU Situation Room beim European Crisis Management and Response Team anrufen. Die sind rund um die Uhr besetzt.«

O'Killirch schwieg.

»Aber das kann die oberste Polizeibehörde doch für Sie machen. Dafür sind die da. Die haben sicher jemanden, der weiß, wie man sich da durchhangelt.«

O'Killirch dankte dem Staatsanwalt und machte sich seine eigenen, querköpfigen Gedanken.

Er beschloss, es selbst zu versuchen.

Nach neun ergebnislosen Telefonaten gab er auf. Aber er wäre nicht O'Killirch gewesen, hätte er den einmal eingeschlagenen Weg verlassen. Wutentbrannt ließ er sich von einer jungen Kollegin, die mit dem Internet gut umgehen konnte, die Mailadressen des europäischen Zentralbüros von Europol und des Europäischen Sicherheitsbüros in Brüssel heraussuchen.

Dann fasste er das, was er wusste, zusammen, schrieb es auf, erwähnte die beiden Toten gesondert und schickte seinen Warnhinweis in die unsichtbaren Netze des elektronischen Nachrichtenverkehrs, indem er auf Senden drückte.

Ebenso hätte er einen handschriftlich verfassten Entwurf seines Schreibens gleich in der Toilette herunterspülen können, dachte er und starrte seinen Computer an, der keinen Mucks von sich gab.

Dann machte es Kling, und er erhielt eine von einem

Bot gesendete automatische Antwort mit der Bestätigung, dass seine E-Mail empfangen worden sei.

Und von wem?, fragte sich O'Killirch. Was passierte jetzt?

Er kratzte sich die Bartstoppeln.

»Hoffentlich ist das alles noch rechtzeitig«, grummelte er vor sich hin. »Wäre ich nicht angeschossen worden, hätte ich gleich Alarm schlagen können.«

Ein kleiner Anflug von schlechtem Gewissen regte sich in seinem Kopf.

Sollte er zur Sicherheit noch mal seiner Mail hinterhertelefonieren?

KAPITEL 20

BRÜSSEL, BELGIEN

Um halb acht machte ich mich fertig. Brüssel. Strategisches Meeting der Sicherheitsbehörden vieler Länder, um einen Anschlag auf das Davoser Weltwirtschaftsforum zu verhindern.

Ich war ausgewählt, im Team der deutschen Sicherheitsbehörden den BND zu vertreten. Ich würde zusammen mit meinem Chef dorthin reisen. Für das Meeting und die Operation war eigens ein neues Komitee erfunden worden: das Davos Security Council, DSC. Einzige Aufgabe: das Weltwirtschaftsforum in Davos zu schützen. Das Budget belief sich auf sechzig Millionen Dollar.

Die russische Delegation, überhaupt russische Vertreter, waren wegen des Angriffs auf die Ukraine ausgeladen, was die Lage nicht einfacher machte: Im Gegenteil, die russischen und belarussischen Geheimdienste konnten gerade deshalb mit Vehemenz versuchen, ihre bestehenden Verbindungen zu Terroristen und ihre Unterstützung für radikale Gruppierungen – extrem rechts und extrem links – auszunutzen, um diese zu einem Angriff auf das Epizentrum der westlichen Welt zu provozieren. So müssten sie selbst gar nicht aktiv werden, sondern nur im Hintergrund die Kräfte mobilisieren, Geld und Waffen, Pässe und Logistik zur Verfügung stellen, ohne sich die Hände schmutzig machen zu müssen.

Die neue Doktrin Moskaus nach der internationalen Isolation rechtfertigte inzwischen Sabotageaktionen bis hin zum Einsatz chemischer Kampfmittel, auch gegen rein zivile Treffen der »Gegenseite«, also alle Einrichtungen, die von den NATO-Staaten dominiert wurden. Selbst schmutzige Bomben waren für die russischen Geheimdienste nicht mehr tabu, wie Überläufer und Dissidenten in jüngster Zeit bestätigt hatten.

Die NATO wurde von Moskau längst als aggressive Macht empfunden, gegen die sich die Russische Föderation verteidigen musste. Die neue Einigkeit der NATO-Mitgliedstaaten untereinander wurde von Moskau als schwere Demütigung erlebt. Im Chor der Weltmächte spielte das Land nur noch die Rolle einer regionalen Macht. Russland war keine Weltmacht mehr, wie es die Sowjetunion gewesen war.

Nichts war gefährlicher als ein verwundetes Tier. Oder ein gedemütigter Despot. Darin waren wir uns alle einig.

Auch China durfte man nicht außer Acht lassen. Peking war an einer Schwächung des Westens interessiert, hingen doch das Potenzial der chinesischen Wirtschaft und das Versprechen, den Wohlstand von Chinas Bürgern jährlich zu verbessern und damit die unanfechtbare Macht des Zentralkomitees der Kommunistischen Partei zu erhalten, vor allem am erfolgreichen Handel mit dem reichen Westen.

Die USA, das unangefochten schwerste militärische

und wirtschaftliche Gewicht in der Welt, hatte sich zur Zielscheibe sowohl der Russischen Föderation als auch Chinas gemacht. Den USA wurde unterstellt, sich überall einzumischen und die Welt mit ihren Vorstellungen von Demokratie beherrschen zu wollen. Vor dem Hintergrund dieser neuen Feindstellung sollte nun in Davos das Weltwirtschaftsforum abgehalten werden, auf dem es im Wesentlichen darum ging, die Überlegenheit der freiheitlich demokratischen Länder als neue Führer der Welt zu demonstrieren und die diktatorischen, despotisch geführten Autokratien und zentralistisch geführten Kleptokratien zu ächten und zu schwächen.

Ich schloss die Augen. Und ein Gedanke schoss mir durch den Kopf: Ächten und Schwächen – das war gleichbedeutend mit Demütigen. Wie sollte das glimpflich ausgehen?

Die vielen Schwellenländer, grob ein Drittel der Weltbevölkerung, hatten dabei kaum eine andere Chance, als sich für die eine oder andere Seite zu entscheiden, um vorwärtszukommen. Klimawandel, internationale Geldpolitik, horrende Staatsverschuldungen, die Globalisierung und die Künstliche Intelligenz – damit kamen die meisten Länder aus eigener Kraft gar nicht mehr klar. Nur feierliche Folklore, das war der einzige Bereich, wo es noch eine friedliche Entwicklung gab.

Die Lage auf der Welt spitzte sich immer schneller zu. Und die beiden größten zu lösenden Probleme der Menschheit, der Klimawandel und die Überbevölkerung, gerieten angesichts der bestehenden Bedrohungslage aus dem Fokus.

Obwohl schon etliche russische Agenten ausgewiesen worden waren, durfte man die zivilen Netzwerke, die von Moskau abhängig waren, und die zahllosen Gruppierungen, die eine ideologische Moskau-Treue an den Tag legten, nicht unterschätzen.

Neben dem durften aber auch die fundamental-islamistischen Extremisten nicht aus dem Auge gelassen werden, die zunehmend den afrikanischen Kontinent im Würgegriff zu haben schienen. Und dann gab es noch eine neue, aufstrebende und sehr schnell wachsende Bewegung, die in einem Rekordtempo Anhänger an sich band: die von Al Ahram proklamierte neue Beduinen-Bewegung, die Staatsgebilde, Verfassungen, Ländergrenzen und Nationalitäten ablehnte.

Ich las mir die vorläufige, streng geheime Einschätzung der Gefährdung in Davos durch, die unser Team von Analytikern ausgearbeitet hatte. Möglichen Angriffe wurden in verschiedene Szenarien klassifiziert und aufgrund ihrer Wahrscheinlichkeit, ihrer Abwehrmöglichkeit und ihres Schadenspotenzials in unterschiedliche Prioritätsstufen eingeteilt.

Unterste Stufe: Sabotage durch Cyberangriffe: Wahrscheinlichkeit sehr hoch. Schaden: gering. Abwehr: leicht.

Mittlere Stufe: Sabotage durch das Einbringen von Sprengstoff: Wahrscheinlichkeit hoch. Schaden: hoch. Abwehr: leicht.

Sabotage durch Drohnenangriffe aus der Luft: Wahrscheinlichkeit hoch. Schaden: niedrig. Abwehr: leicht.

Hohe Stufe: paramilitärische physische Angriffe: Wahrscheinlichkeit niedrig. Schaden: hoch. Abwehr: leicht.

Höchste Stufe: Schaden durch Angriff mittels chemisch-biologischer Kampfstoffe: Wahrscheinlichkeit sehr niedrig. Schaden: sehr hoch. Abwehr: schwer.

Das alles wusste ich auswendig. Machte es wirklich Sinn, unter solchen Sicherheitsrisiken eine Konferenz mit physischer Anwesenheit abzuhalten? Ging das heute nicht auch anders?

Es war relativ leicht, mithilfe von Flugverbotszonen, Satelliten, Hochfrequenzradar oder militärischen Störsendern die zivile Kommunikation zu unterbinden und so eine besondere Sicherheitszone in der kleinen Stadt in den Schweizer Alpen zu errichten. Auch das GPS konnte abgeschaltet werden. Die Teilnehmer könnten durch Nadelöhre geschleust werden, wo sie an den Checkpoints von einer geringen Anzahl an Geheimdienstspezialisten, Sicherheitsleuten und mithilfe des Militärs kontrolliert würden. Die Cybersicherheit konnte durch geschlossene IT-Systeme, Handyverbote, das Schaffen einer sterilen Funkblase über Davos und angrenzende Gebiete und durch verschiedene mobile Serverparks, über welche jegliche Kommunikation zu laufen hatte, hergestellt werden. Es durfte nicht passieren, dass Kellner und Köche per WhatsApp und andere Social-Media-Kanäle kommunizierten oder gar Fotos rausschickten. Das musste unbedingt unterbunden werden. Die Lösung: kein freier Internetzugang, dazu eine strenge Hierarchie bei der Passwortvergabe, die den Zugang zur Kommunikation erst ermöglichte. Die Staatsoberhäupter würden von ihrer jeweiligen eigenen Sicherheitsarchitektur abgeschirmt. Konzernlenker, zivile Teilnehmer und die Beraterstäbe dürften während ihrer Anwesenheit in Davos weder E-Mails verschicken noch Handys noch andere mitgebrachte elektronische Geräte verwenden.

Zulieferer wie Catering, Hotelpersonal, Techniker, Fahrer oder Reinigungskräfte mussten einem gnadenlosen Sicherheitscheck unterzogen werden und dürften sich nur innerhalb eines ihnen zugewiesenen und mittels Chipkarten zugänglichen Schleusensystems bewegen, das einem Labyrinth glich.

Hinzu kamen die Vorkoster mit ihren mobilen Schnelllaboren, die penibel alles überprüften, was seinen Weg in die Küchen und auf die Teller und in die Körper der Teilnehmer fände.

Ein Problem aber blieb:

Aufgrund massiver Proteste der Bevölkerung und der Gründung mehrerer Bürgerinitiativen wurde von der Schweizer Kantonsregierung folgende Entscheidung getroffen: Die Wasserversorgung von Davos würde aus Rücksicht auf die Bevölkerung nicht unterbrochen werden.

Eine unübersichtliche Gemengelage, fürwahr. Wo sollte man da anfangen?, überlegte ich. Man konnte im Grunde nur die auf der Hand liegenden Sicherheitskontrollen einrichten und hoffen, dass nichts passierte. Im Übrigen musste man darauf vertrauen, dass die einzelnen Staaten ihre Leute noch zusätzlich schützen würden, und ansonsten darauf hoffen, dass alle Informationen, die relevant für die Sicherheitslage in Davos wären, unter den Diensten schnell und unbürokratisch ausgetauscht werden würden.

Wird das endlich mal klappen?, fragte ich mich, während ich mich auf den Weg in den nüchternen Konferenzraum des kleinen Flughafens nicht weit vom Flughafen Brüssel-Zaventem machte. Alle brachten sich in Position, jeder fühlte sich unverzichtbar, es war das übliche Gebaren bei solchen Zusammenkünften. Es ging sofort los mit dem Imponiergehabe. Ich duckte mich weg und beobachtete. Und konnte mich des Gefühls nicht verwehren, dass wir alle etwas übersahen.

KAPITEL 21

KILCOCK, IRLAND

»Verdammt noch mal!«, brummte O'Killirch vor sich hin. Noch immer hatte er weder einen Rückruf noch eine Antwortmail von Europol erhalten. Das war wieder mal einer dieser Momente, in denen er sich weniger Laissez-faire bei seinen in- und ausländischen Kollegen wünschte.

Ich muss sichergehen, dass meine Nachricht angekommen ist und ernst genommen wird. Aber wie?, dachte er.

O'Killirch nahm eine weitere Schmerztablette. Auch zwei Tage nach seiner Verletzung plagte ihn die Schusswunde. Er schwitzte stark, die Wunde pochte.

Was sollte er bloß tun? Er wollte verhindern, dass es mit dem gestohlenen Stoff zu einer Katastrophe käme. Doch sein Vorhaben glich mehr und mehr dem Kampf gegen Windmühlen. Sein Bauchgefühl sagte ihm, dass Irland und Großbritannien nicht in Gefahr waren, aber vielleicht war es auch bloß eine Hoffnung. Wer wusste das schon.

Ein Russe hatte sich das Gift angeeignet – oder jemand, der Verbindungen zu Russland hatte, die so regelmäßig waren, dass er im Westen nicht erhältliche

Zigaretten rauchte. Im Zuge des Diebstahls waren zwei Wachleute zu Tode gekommen. Und dann noch Valeria, wenn es sich tatsächlich um ein und denselben Täter handelte.

O'Killirch grübelte er vor sich hin. So kam er nicht weiter. Er beschloss, sich abzulenken, das hatte sich schon öfter bewährt, wenn er gedanklich feststeckte. Er griff nach dem *Irish Chronicle*. Auf der ersten Seite war ein Verweis auf den großen exklusiven Bericht im Inneren des Blattes: »Das Weltwirtschaftsforum in Davos. Russland erneut gedemütigt. Eine neue Weltordnung?«

Er schlug die Zeitung auf. Er überflog den ellenlangen Bericht, in einem Kästchen unten rechts standen die erstaunlichen statistischen Fakten zu dem Treffen in den Schweizer Alpen: 3000 Gäste, darunter 60 Staatschefs, insgesamt 6500 Mitarbeiter als Entourage, 10 000 Mann Sicherheitspersonal, Tausende für Catering, Reinigung – und sogar das Schweizer Bundesheer mit vielen Hundert Soldaten würde vor Ort sein.

O'Killirch wurde schwindelig.

Das war es.

»Russland gedemütigt«, stand auf der ersten Seite.

Rache! Sie nahmen Rache!

Die Russen würden den ganzen Ort vergiften und die westliche Elite auf einen Schlag auslöschen!

»Das muss es sein!«, rief O'Killirch in sein leeres Büro.

Ächzend lehnte er sich zurück, sorgfältig darauf bedacht, seinen geschundenen Hintern nicht zu belasten. Dieses Arschloch!, dachte er. Schießt mir ein Loch in den Hintern! Das hatte ihm gerade noch gefehlt.

Er starrte sein Telefon an. Dann seinen Computer, auf dem das Logo der irischen Polizei, der Garda Síochána, das an ein keltisches Kirchenfenster erinnerte, als Bildschirmschoner hin und her wanderte.

Dieses Stochern im Nebel, dieses Warten und Nichtstun-Können waren nichts für sein Gemüt.

»Denen werde ich die Suppe versalzen!«, schnaubte er grimmig. »Die glauben, sie können hier bei mir dieses Gift klauen und damit Tausende Menschen umbringen! Und die Welt damit in einen Abgrund schubsen! Nicht mit mir!«

Er brauchte einen Ansprechpartner. Sein von den Schmerzmitteln vernebeltes Gehirn würde besser funktionieren, wenn er mit jemandem reden könnte. Nach ein paar Versuchen hatte er die Nummer seines alten Freundes Michael gewählt. Sie kannten sich noch von der Polizeischule, und Michael stand auf der obersten Ebene der Garda. Vom Präsidium in Dublin aus hat Mickey ganz sicher die Drähte zur Verfügung, die ihm selbst fehlten.

Er umklammerte den Hörer, während es klingelte. Zweimal im Jahr telefonierten sie: an seinem und an Mickeys Geburtstag. Und immer schworen sie sich, dass sie das jetzt häufiger machen würden – das Telefonieren und endlich auch mal wieder ein Treffen. Doch der Alltag hatte beide im Griff.

»Ja?«, kam es aus dem Hörer.

»Hallo, Mickey, hier ist O'Killirch. Entschuldige, wenn ich störe …«

»O'Killirch? Jamie? Seit wann redest du von dir in der

dritten Person? Hahahaha!«, kam es gut gelaunt aus dem Lautsprecher. »Was gibt's, alter Freund?«

»Hier brennt was an, und ich komme gleich zur Sache.« O'Killirch erzählte Mickey von dem Diebstahl der Substanz, von insgesamt bisher drei toten Personen und von seinen Befürchtungen. Auch, dass er das Weltwirtschaftsforum in Davos damit in Verbindung brachte. Und dass er zwar schon eine Mail verschickt hatte, diesem Weg aber nicht traute.

»Ich mache zwei Anrufe, zu denen kommst du leider selbst gar nicht durch. Die melden sich bei dir. Das wird schnell gehen, versprochen.«

»Gut. Ich wusste, bei dir bin ich richtig«, sagte O'Killirch.

»Und – Jamie, wir waren schon lange nicht mehr in dem Pub am Hafen. Demnächst gehen wir mal wieder auf zwei gute Guinness und einen zwölfjährigen Redbreast. Was meinst du? Aber jetzt machen wir erst mal unseren Job.«

»Gute Idee, Mickey, das machen wir. Bis bald und danke.« O'Killirch legte den Hörer auf, lehnte sich zurück und schloss die Augen.

Ein paar Minuten später klingelte das Handy. Er rieb sich die Augen und ging ran.

»Chief Jeremy O'Killirch?«, fragte eine freundliche Frauenstimme.

»Ja, das bin ich.«

»Einen Moment bitte, ich verbinde«, antwortete die Dame.

»Chief O'Killirch, ich bin Sheila Hunt, diensthabende Leiterin für Terrorabwehr bei Europol. Da habt ihr ja ein heftiges Ding laufen bei euch. Ein bisschen was habe ich schon erfahren. Erzählen Sie doch bitte mal, was der aktuelle Stand ist.«

Der Stimme nach zu urteilen, schätzte O'Killirch die diensthabende Leiterin auf um die vierzig. Und sie strahlte Kompetenz aus. Das gefiel ihm. Jemand, der nicht schwafelte, sondern gleich zur Sache kam.

Er begann zu erzählen, und Sheila Hunt hörte zu. Sie stellte Fragen, die Sinn ergaben. Und die O'Killirch teilweise noch gar nicht beantworten konnte.

»Gibt es schon Unterlagen und Dateien, die Sie mir schicken können?«, wollte sie wissen.

Mist, dachte O'Killirch.

»Nein, nicht wirklich. Den Bericht habe ich noch nicht fertig«, antwortete er. Von seinem Krankenhausaufenthalt und seinen Schmerzen erzählte er nichts. Er war ein alter Mann, sie eine junge Frau. Alte Männer erzählten jungen Frauen nicht, dass es ihnen nicht gut ging. Das tat andererseits aber auch nichts zur Sache.

»Können Sie mir schnellstmöglich alles schicken, was Sie haben?« O'Killirch wusste, dass das keine höfliche Frage war, aber auch das gefiel ihm. Die Frau ist gut, sagte er sich.

»Noch etwas, Chief, legen Sie sich hin, sobald Sie fertig sind. Schusswunden sind ekelhaft.«

Was zum Teufel? O'Killirch war völlig überrascht.

Michael, diese Quatschbase!

»Ich bereite alles auf und schicke es Ihnen dann gleich zu. Wohin soll das gehen?«, fragte er.

»Den Direktlink für unsere Abteilung kriegen Sie gleich. Übrigens, guter Job, O'Killirch.«

Was für ein Telefonat, resümierte er für sich, nachdem sie aufgelegt hatten. Da begegneten sich unterschiedliche Welten und Generationen der Kriminalistik, und doch ging alles reibungslos. Von dieser Frau könnte sogar er noch etwas lernen. Und wie recht er gehabt hatte, Mickey einzuschalten. Ohne Brimborium hatte er in Windeseile sein Problem gelöst.

Mit einem Klick der Maus verscheuchte er das Logo der Garda und öffnete die Maske für den Polizeibericht. Während sich das Formular auf dem Bildschirm aufbaute, legte er gedanklich schon einmal den Ablauf fest, nach dem er jetzt die einzelnen Punkte abarbeiten würde.

Sein Blick schweifte zu dem Tatortfoto von Valeria an seiner Pinnwand, die er von seinem Platz aus gut überblicken konnte. Es war eine falsch belichtete Totale, die Valeria tot und mit friedlichem Gesichtsausdruck gefesselt auf dem Stuhl zeigte, auf dem der perverse Mörder sie gequält und umgebracht hatte. Der Hintergrund lag im Schatten, man sah, dass der Raum eng war, sah die geblümten Tapeten im dunklen Hintergrund, davor stach der schneeweiße Leichnam Valerias umso mehr heraus, was dem Foto einen fast künstlerischen Anspruch gab. Wie jedes Mal spürte er einen Stich im Herzen und wusste nicht, warum. Als Ermittler, Polizist und Kommissar in Personalunion in der irischen Provinz hatte er sich noch nie Gefühle für seine Opfer erlaubt, geschweige denn für die Täter. Aber bei Valeria war das anders. Es fühlte sich an, als wäre er der armen Kreatur etwas schuldig. Als hätte er auf sie aufpassen müssen. Er schüttelte den schweren Kopf. Valeria musste warten.

O'Killirch konzentrierte sich wieder auf das Formular auf dem Schirm seines Computers.

Das Ding muss ins Rollen kommen, dachte er und legte los.

KAPITEL 22

BRÜSSEL, BELGIEN

Ich verbarg meine Ungeduld und versuchte mich auf die Besprechung zu konzentrieren. Die islamistisch motivierten Terroristen waren das erklärte Spezialgebiet der Franzosen. Da ließen sie sich auch nicht reinreden. Ein schneidiger Ex-General, der jetzt für den Geheimdienst auftrat, kannte sich bestens aus bei mit vom Staat unterstütztem Terrorismus, bei dem Verbindungen der Geheimdienste Moskaus in die arabische Welt nicht außer Acht zu lassen waren. Die Selbstradikalisierung kleiner Zellen bis hinunter zu Einzeltätern, deren technische Möglichkeiten naturgemäß sehr begrenzt waren, spielte er herunter. Er warnte mit eiserner Miene vor Sabotageakten, für die es eine komplizierte, aufwendige Logistik brauchte.

Gut, dachte ich. Wenn er recht hatte, blieb nur zu hoffen, dass die Franzosen unter seiner Beratung die Drähte angewärmt hatten, um vorzeitig solche groß angelegten Sabotageakte enttarnen zu können. Leider sagte er darüber nichts.

Aufmunternd schielte ich zu meinem Chef, der aber nur gut gelaunt seine läppischen Französischkenntnisse zum Besten gab: »Deux baguettes, s'il vous plâit«, »Voulez-vous coucher avec moi?«, gefolgt von dröhnendem Gelächter über seinen eigenen Pennälerwitz und begleitet vom schmallippigen Lächeln des Franzosen.

Wie peinlich!

Was stimmte mit ihm nicht? Er war sonst nie so aufgekratzt. Jetzt hampelte er auf seinem Stuhl herum. Was sollte das? Er vertrat den BND, einen der größten Geheimdienste der Welt. War das Arroganz? Unvermögen? Oder steckte doch was anderes dahinter? Ich behielt ihn im Auge.

Es folgte der quälende Teil, traditionell vom gastgebenden Land, in diesem Fall von Belgien, vorgetragen: Die internationalen Geheimdienste, Interpol und Europol, Frontex, die zentralen Polizeieinheiten und Ermittlungsbehörden vieler Länder, die Terrorabwehreinheiten der halben Welt und nicht zuletzt die Schweizer Polizei glichen im Stakkato ihre Meldungen zur aktuellen Bedrohungslage ab. Sie konzentrierten sich auf französische Gelbwesten genauso wie auf militante Ökoterroristen, radikale Last-Generation-Gruppen, Islamisten verschiedener Erdteile, Waffenschieber mit Verbindungen nach Nordkorea, rechtsextreme Gruppierungen, deutsche Reichsbürger, fanatische Globalisierungsgegner und die Aktivitäten bekannter Cyberkrimineller und Hackergruppen auf dem ganzen Globus. Die Nasa und Space X, Google, Apple, aber auch Amazon und Alibaba, mussten ihre eigenen Satellitenstrukturen der NSA und der CISA, der Cybersecurity and Infrastructure Security Agency, zugängig machen, oder sie wurden still geschaltet, wie die amerikanischen Vertreter unmissverständlich ausführten. Wenn die nationale Sicherheit der USA in Gefahr sein konnte, fackelte die CIA nicht lange.

Das alles war Routine, auch wenn bei dem Treffen jetzt das Brennglas auf einen konkreten Ort zu einem konkreten Zeitpunkt gelegt wurde: Davos. Aber im Ergebnis war nichts dabei, was ich nicht schon vorher wusste – es ging wahrscheinlich allen Teilnehmenden so. Die Belgier schickten sich an, sich bei allen Anwesenden für ihr Kommen zu bedanken.

Ich räumte meinen Platz auf, den ich so verlassen wollte, wie ich ihn vorgefunden hatte.

Als ich die paar Krümel zusammenwischte und aufsah, stand mein Chef urplötzlich vor mir.

Er schielte auf meine Knie und sagte: »Hör mal, wir haben die militärische Abstimmung des DSC, des Davos Security Councils, ganz kurzfristig nach Amsterdam verlegt. Die Amerikaner sind schon da, die Schweizer auch. Wir nehmen noch ein paar Mann vom Alliance Base auf, und dann geht's gleich weiter nach Amsterdam.«

Es war nichts Ungewöhnliches, dass Treffen sehr kurzfristig anberaumt wurden. Die Geheimdienste verfügten über die Logistik, Flugzeuge, Tarnfirmen und Transportmöglichkeiten, und manchmal kam es zu ungeplanten Verabredungen, auch um die Geheimhaltung gewährleisten zu können. Also nichts, was mich überraschen könnte.

Aber warum ausgerechnet Amsterdam?

Eine halbe Stunde später eilten wir durch den Empfangsbereich des Flughafens, wo die BND-Maschine, eine Falcon 900X mit fast 10 000 Kilometern Reichweite, schon startbereit wartete.

Die Maschine füllte sich. Insgesamt gab es fünfundzwanzig Plätze, von denen jetzt die Hälfte besetzt war. Es waren immer Teams aus zwei Leuten, diesmal ungewöhnlich viele Frauen. Die NATO wurde weiblicher. Bei der militärischen Abstimmung des Security Councils ging es darum, die Reaktion der von der NATO geführten Streitkräfte auf einen groß angelegten Anschlag zu planen. Die Schweiz war zwar kein NATO-Mitglied, aber bei der »Partnerschaft für den Frieden«-Initiative der NATO sehr wohl dabei.

Als die Maschine abhob, vergrub ich mich, verbindlich in die Runde lächelnd, wieder in meinen Aufzeichnungen. Ein Bericht über Kowalek, einen Auftragsattentäter der Direktion zur Infiltration krimineller Organisationen des russischen Inlandsgeheimdienstes FSB. Kowalek hatte drei Eigenschaften, die ihn für den FSB nützlich machten: Er erforschte alle nur erdenklichen Tötungsarten mit offenbar unersättlicher Neugier und nie versiegendem Interesse. Zu diesem Zweck bildete er sich ständig durch Lektüre und die Befragung von Fachleuten auf allen möglichen Gebieten von Chemie bis Pathologie fort.

Außerdem betrachtete er in der Einschätzung des Berichts das Leben als ständigen Krieg. Wie Mao war er der Überzeugung, dass Krieg keinen Augenblick von der Politik getrennt werden könne. Politik war unblutiger Krieg, Krieg war die Politik des Blutvergießens.

Und, was vielleicht am wichtigsten war, er hatte kein Verständnis für falsche Sentimentalität angesichts des

Todes. In jeder Stunde starben viele Tausend Menschen. Morde in Friedenszeiten waren lediglich eine Fortsetzung – in weit geringerer Größenordnung – dessen, was im Krieg als gerechtfertigt galt: Dutzende im Vergleich zu Millionen.

»Noch eine Minute«, warnte der Pilot über die Bordlautsprecher. Ich stopfte den Bericht über Kowalek in meine Tasche und stemmte die Füße instinktiv in den Boden.

Kowalek ging mir nicht aus dem Sinn. Es hieß, er stamme aus dem fernen Osten Russlands und sei jüdischer Abstammung. Und er sollte einen Bruder haben, der sich in der Machtblase befand, die um den Kreml waberte, und in der dortigen Hierarchie weit oben stand.

Warum waren so viele Informationen zu Kowaleks Gefühlslage, seinem Seelenleben und seinem methodischen Vorgehen im Umlauf? Ein Ablenkungsmanöver? Sollte der Bericht als Deckung dienen?

Auf dem Flughafen Schiphol waren zwei Polizeigruppen im Einsatz. Die Marechaussee nahm die Passkontrollen vor und patrouillierte auf dem Flughafengelände. Und die Staatspolizei, die dem Justizminister unterstellt war, war für die Personenkontrollen zuständig. Wir wurden direkt an der Maschine, die in einem versteckten Winkel des Flughafens parkte, von Vertretern beider Polizei-Einheiten in Empfang genommen, in komfortable Vans verfrachtet und in ein Lagerhaus in der Nähe gefahren, wo der DSC tagen sollte.

Eine halbe Stunde später saß ich in Amsterdam in der Besprechung und hörte dem routinierten Brei aus Berichten, Codes und Lage-Einschätzungen zu. Die meisten bei der NATO schienen ehrlich besorgt zu sein. Die geopolitische Lage, die sich aus dem Überfall Russlands auf die Ukraine und dem Krieg im Nahen Osten entwickelte, hatte erhebliche Auswirkungen auf die Hemmschwelle der hier versammelten Sicherheitsexperten, Analysten und Militärs. Sie waren zu allem bereit, um die Konferenz in Davos zu schützen. Noch nie hatte ich eine solche Entschlossenheit gesehen, es dem »neuen Gegner«, Russland, und seinen verbliebenen Verbündeten heimzuzahlen. Wirklich neue Informationen und Interessantes gab es allerdings für mich nicht. Die Berichte der Lageanalysten hatten sich als vortrefflich und umfassend erwiesen. Immerhin. Deshalb schweiften meine Gedanken immer wieder zu dem vergangenen Wochenende zurück. Wo war die Stolperfalle? Wo war der Hinweis, der mich seit meiner Abreise aus London beschäftigte und den ich trotz aller Anstrengungen nicht in mein Bewusstsein holen konnte?

Es hatte mit meinem Chef zu tun. Das wusste ich. Aber was war es?

In Gedanken war ich wieder in Rosegarden.

Weite Teile des Samstags und auch des frühen Sonntags hatte ich mit Engelszungen auf Mutter eingeredet, wieder nach London zu ziehen. Der Sturm war zu einem schwächer werdenden Tiefausläufer geworden. Mutter hörte mir höflich zu, interessierte sich aber nur für die gerupften Rosenbeete in ihrem Garten, die sie immer wieder mit bedauernder Miene durch die Scheiben hindurch ansah.

Englands grünste Hügel! Mit einem Bein und einem Auge, muss man da unbedingt in die ländliche Idylle ziehen?

Eine Autostunde von Heathrow Airport entfernt. Zu weit für ein Taxi. Zu weit draußen für eine kurze Stippvisite. Ich musste jetzt selbst immer ein ganzes Wochenende einplanen, wenn ich Mutter besuchen wollte.

Der Monteur hatte die Heizung wieder zum Laufen gebracht. Langsam verdrängten die glühenden Heizkörper die Kühle aus den alten Steinwänden. Aber Mama blieb unbeirrbar.

Ein Gefühl lächerlicher Ohnmacht überkam mich wie schon so oft. Musste erst wieder etwas passieren, bevor sie einlenkte?

Ich versuchte die Gedanken abzuschütteln. Es war an der Zeit, in meine eigene Welt zurückzufinden, eine Welt voller Gefahren für Leib und Leben. Zurück in das Milieu, in dem die wahrhaftige, brutale Macht des Staates völlig unsichtbar ausgeübt wurde und wo der Staat all das durfte, was ihm sonst offiziell durch die Verfassung nicht erlaubt war. Ich war ein Arm in dem Teil des Staates, in dem die Bürger dem Willen und der fast grenzenlos scheinenden Macht desselben Staates ausgeliefert waren. Eines Staates, der das Monopol besaß, seine ureigensten Interessen durchzusetzen. Eben um die Bürger vor Schaden von außen und innen zu schützen.

Dieses faszinierende Milieu zog Heerscharen von aufdringlich undurchsichtigen Wichtigtuern, Spitzeln, Informanten, Geheimnisträgern, Verschwörern, Hasardeuren, Gedungenen und Erpressten an, denen die

Intrige und das Geheimnis physische Lust bereiteten. Auf dieser Lust gediehen wohlgemeintes patriotisches Getue ebenso wie Mord, Fanatismus und revolutionäre Träume.

So hatte ich es in meiner langen Ausbildung gelernt. Ich war eine Jägerin, wie es in amerikanischen Filmen schwungvoll hieß. Aber das wusste Mutter nicht bis ins letzte Detail.

Dass es Spionage überhaupt gab, ließ doch erkennen, dass auch Verrat, mangelnde Treue oder fehlende Loyalität zu den Grundeigenschaften des Menschen gehörten.

Spionage, so verstand ich es immer, war daher eher eine technische Bezeichnung menschlicher Neigungen. Nachrichtendienste spielten gern mit dem Begriff des Geheimen oder des Geheimnisses, und der Agent sollte mit seiner geheimen Tätigkeit auch die Sehnsucht nach mehr Geltung verwirklichen können. Seine geheime Rolle – verbunden mit finanziellen Vorteilen – sollte dem Spion wichtiger sein als das, was er offiziell darstellte, im Beruf wie in der Familie. Darum ging es den Nachrichtendiensten auch. Die psychischen Bedingungen, unter welchen ein Agent seinen Auftrag erfüllen musste, ließen C. G. Jungs Schatten des Menschen sichtbar werden. Das hatten wir in der Ausbildung von dem Psychologen gehört. Und solche Schatten in den eigenen Reihen des BND dingfest zu machen, ein Gespür zu haben für die vielen negativen Züge menschlicher Natur und die Tragik menschlicher Existenz hinter dem bunten, spannenden Maskenball, den das Milieu der Spionage aufführte, war mein persönliches Spezialgebiet geworden. Bis ich an einem schicksalhaften Morgen aus reinem Zufall auf Boris' Spur kam und das Phantom enttarnt wurde. Zur Belohnung durchlief ich die nächste Ausbildung. Sechs harte Monate lang. Und damit war meine offizielle Arbeit für den BND beendet. Ab da war ich undercover. Lebte in wechselnden Wohnungen, in wechselnden Identitäten, in wechselnden Leben, wie es mir vorkam. Nie mehr außer Dienst, Tag und Nacht.

Der Mensch war immer ambivalent, immer bereit, eine weitere, höhere Rolle zu spielen. Diese Macht, die Geheimdienste besaßen, musste vor Schaden bewahrt werden. Gerade vor Schaden aus den eigenen Reihen. Womit ich wieder bei meinem Chef gelandet war.

Dabei wollte ich lieber raus, wo es Action gab. Selbst Agenten führen, Einfluss nehmen auf politische und gesellschaftliche Entwicklungen in anderen Teilen der Welt, Loyalitäten brechen und Sabotage anstiften, die dunklen Seiten an Menschen aufdecken und ausnutzen, der wirklich spannende Teil der Arbeit der Geheimdienste. Ich fühlte, dass meine ungewöhnlichen Instinkte noch viel effizienter zum Tragen kommen konnten, wenn ich Leute observieren, Pläne schmieden und mich auf feindlichen Territorien durchschlagen musste. Nur – man hatte mich bis jetzt nicht gelassen! Noch nicht! Ich wollte dahin, wo es zählte, wo es Gefahr gab! Das schon. Und davon hatte ich jetzt weiß Gott genug. Als hätte eine unsichtbare Hand ihre Finger im Spiel gehabt.

Wie viele Verräter habe ich zur Strecke gebracht? Wie viele Katastrophen habe ich verhindert? Wie viele korrupte

Doppelagenten habe ich aufgespürt? Ich muss ständig sogar meinem eigenen Chef misstrauen!

Ich hing meinen Gedanken nach und starrte aus dem Fenster. Sobald das Meeting hier in Amsterdam beendet wäre, ging es für mich erst mal nach Davos.

KAPITEL 23

DEN HAAG, NIEDERLANDE

Sheila Hunt, die diensthabende Leiterin im Situation Room der Terrorismusabwehr, hatte nach ihrem Tagesgeschäft mit der Verarbeitung der Informationen O'Killirchs begonnen. Schnell tippte sie einen vorläufigen Bericht in dem abgedunkelten Büro, in dem gut zwei Dutzend riesige Monitore permanent Informationen anzeigten. Es waren zwölf Analysten anwesend, die an großen Glastischen arbeiteten und die Informationen kategorisierten, auswerteten und weiterleiteten. Hier lief die gesamte übergeordnete Sicherheitsarchitektur der Europäischen Union zusammen. Rund um die Uhr trafen Meldungen aller Sicherheitsbehörden und Geheimdienste der Mitgliedsstaaten ein, die relevante Informationen zu ihren »Schützlingen« einspeisten: angefangen bei militanten Tierschützern über Salafistenzentren, Drogenkartelle, gewalttätige Clans, unter Beobachtung stehende rechtsextreme Parteien, die teilweise in Landes- und Bundesparlamenten saßen, bis hin zu paramilitären Gruppen, die im Wald Krieg spielten.

An Sheilas Sorgfalt und ihren Reflexen lag es, dass keine relevante Meldung verloren ging und die betroffenen Stellen der örtlichen Polizei und Sicherheitsorgane informiert wurden. Sie war ausgeruht, konzentriert und wie immer sehr zuverlässig in ihrem Job. Um sich ein Bild von O'Killirch machen zu können, hatte sie in der Datenbank nach einem Bild von ihm gesucht. Aber da war nicht viel. Ein Foto von einer Betriebsfeier, einer Medaillenverleihung oder Ähnliches, ein Amateurfoto in einer weitläufigen Amtsstube. Das war schon Jahre her. Nichtssagend. O'Killirchs Name stand unter einem griesgrämig dreinschauenden Bären von einem Mann, dessen Uniform jeden Moment zu platzen drohte.

Sie war dabei, die Unterlagen, die sie von ihm bekommen hatte, ein wenig professioneller aufzubereiten, damit sie etwas Vernünftiges zum Präsentieren hatte, wenn sie ihre Kollegen aus aller Welt einspannte. Sie verlor keine Zeit, um schnellstmöglich die beteiligten Stellen zu informieren. Selbst wenn die Puzzleteile noch zusammengefügt werden mussten, war trotzdem klar, dass sich da etwas Fürchterliches zusammenbrauen könnte.

Eines war aber auch klar: Irland war betroffen, und Irland war EU-Mitglied. Europol als Strafverfolgungsbehörde der EU war damit erst mal die richtige Stelle. Aber O'Killirch hatte etwas von einer möglichen Bedrohung des Weltwirtschaftsforums in Davos gesagt.

War das nur seine persönliche Meinung oder Einschätzung gewesen? Oder könnte etwas dran sein?

Seit Wochen sprach das Sicherheitsbüro der Europäischen Union von nichts anderem als vom bevorstehenden Treffen in Davos. Selbst die G20-Gipfel wiesen keine so hohe Konzentration von Regierungschefs, Bankern,

Konzernlenkern und Wissenschaftlern auf wie das Treffen in der Schweiz. Ein sicherheitstechnischer Albtraum.

Wenn O'Killirchs Einschätzung tatsächlich zutraf, und wie Sheila fand, lag das durchaus im Bereich des Möglichen, dann wäre die Zuständigkeit der Europol überschritten, denn die Schweiz gehörte nicht zur EU. Was hieß: Interpol musste informiert werden.

Sheilas Finger rasten über die Tastatur. Der Diebstahl einer bedeutenden Menge extrem gefährlichen Giftes so kurz vor dem Gipfel war eine Nachricht, die alle Behörden sofort erreichen sollte. Sie konnte zwar keinen konkreten Alarm schlagen, aber die Liste mit den möglichen Bedrohungen des Gipfels war in ihren Augen damit um einen Punkt länger geworden.

Minuten später war die Nachricht an die Zentrale Terrorbekämpfung bei Interpol raus, Sheila hatte sie mit höchster Dringlichkeit klassifiziert.

Wenn O'Killirch und auch sie richtiglagen und nur eine einzige Stelle in diesem gesamten Mechanismus nicht rechtzeitig reagierte, dann könnte etwas Furchtbares für die Menschheit passieren. Das galt es zu verhindern.

KAPITEL 24

KRUCIKA, KROATIEN

Endlich war Boris am Ziel. Krucika war ein kleines Nest in einer hügelumstandenen Bucht. Er parkte den Leihwagen dort, wo die Bucht einen natürlichen Hafen bildete, in dem sich gelegentlich Touristen mit Segelbooten aufhielten, um Wasser, Lebensmittel oder Benzin zu bunkern. Zu sehen gab es in dem Ort nicht viel, außer, wie überall an der kroatischen Küste, ein strahlend blaues Meer, sattgrüne Hügel und viel Sonne.

Boris, der englische Tourist in Kroatien, blickte sich um. Mit hinter dem Rücken verschränkten Händen, auf dem Kopf einen hellen Sommerhut und vor den Augen eine billige Brille, flanierte er wie ein Genießer an der Mole entlang, betrachtete die wenigen Fischer- und kleinen Sportboote, die dort festgemacht waren, und setzte sich auf eine Bank.

Was fällt dir auf?, überlegte er. Wo musste er hinsehen, um den entscheidenden Hinweis zu finden?

Sein Blick streifte an den wenigen Häusern entlang, die mit ihren geschlossenen bunten Läden im Rund der Bucht in der Sonne vor sich hin dösten.

Was gab es hier Besonderes, wo war das Epizentrum,

wo lief alles zusammen an diesem einsamen, malerischen, im Moment Gott verlassenen Ort?

Kleine Sportboote aus Kunststoff, in roter, grüner und blauer Farbe gestrichen, mit älteren Außenbordmotoren versehen und zu einer Traube aneinandergekettet, lagen im Wasser. Ein verwittertes Schild auf Kroatisch und Englisch verkündete, dass man sie mieten könne. Die Telefonnummer war mehrfach überpinselt und erneuert worden.

Boris steckte sich ein Zigarillo an und paffte in die warme Luft. Weit und breit war kein Mensch zu sehen. Von den Hügeln her wurde der gedämpfte Lärm eines Rasenmähers hörbar. Es war absolut windstill.

An der schmalen Betonmole weiter weg von der Bank, auf der er saß, sah er eine verwaiste Bootstankstelle, nicht mehr als zwei alte Zapfsäulen, die aus dem Beton ragten, dicht am Wasser. Auch hier war kein Mensch zu sehen. Boris stellte sich vor, wie im Hochsommer ein ständiges Aufgebot von Segeljachten und Motorbooten diesen Ort in ein quirliges Nest verwandelte. Jetzt, im April, war kein Mensch zu sehen.

Der einzige Fingerzeig für ihn, den Fremden, war die Telefonnummer des Bootsverleihs.

Boris zückte sein Handy und wählte die Nummer.

Er bereitete sich darauf vor, sein Touristenenglisch anzuwenden, Old Oxford Style, das er perfekt beherrschte.

Es klingelte.

Dann ein Knacken in der Leitung. Ein Rauschen war zu hören.

»Hello?«, fragte er mit verstellter Stimme in die Leitung.

Dann hört er zwei sägende, hochtourige Motorrad-motoren in den Hügeln hinter ihm, drehte sich um und versuchte sie zu lokalisieren. Die Staubfahne riss abrupt ab, wahrscheinlich, weil sie einen asphaltierten Bereich erreicht hatten. Das kreischende Geräusch schraubte sich höher und wurde lauter.

»Wir holen Sie ab. Bleiben Sie sitzen, bis sie bei Ihnen sind. Sie bringen Sie zu uns. Willkommen in Krucika. Es sind nur ein paar Minuten. Wir erwarten Sie.«

Dann wurde aufgelegt.

Boris ließ das Handy in seiner Tasche verschwinden, nahm die Sonnenbrille ab und wartete. Wenig später tauchten zwei Motocross-Bikes am Ende der Mole auf, gaben noch einmal richtig Gas und hielten genau auf ihn zu.

Er spannte jeden Muskel. Und lächelte ihnen erkennend entgegen.

Zwei kräftige junge Männer, einer nicht älter als sechzehn Jahre, der andere vielleicht neunzehn, mit flaumigen Bärtchen auf den Oberlippen, hielten neben ihm. Beide trugen keinen Helm, dafür Sonnenbrillen. Und angeberische T-Shirts mit einem an Versace erinnernden Muster. Provozierend ließen sie die Motoren aufkreischen, gaben ihm auf Kroatisch zu verstehen, dass sie vor ihm herfahren würden. Als Boris nicht reagierte, versuchte es der ältere auf Englisch mit starkem Akzent und deutete auf den Leihwagen.

Boris nickte, entspannte sich, stand auf und ging die Mole entlang zu seinem Wagen. Die beiden Cross-Maschinen wendeten und schossen voraus.

Minuten später hatten sie den kleinen Ort über die asphaltierte Straße verlassen und fuhren in einem Geflecht von zumeist zwischen Mauern verlaufenden, stetig steigenden Feldwegen einen der Hügel hinauf, die die Küste gleichsam einzukreisen wie zu isolieren schienen. Über Serpentinen und an Felsformationen vorbei ging es nach dem ersten Gipfel wieder ein Stück abwärts. Das Meer war von hier aus nicht mehr zu sehen. In einer lang gezogenen Senke war der Asphalt dann endgültig zu Ende, und Boris musste die Geschwindigkeit drosseln, weil der Wagen zu holpern anfing. Er wollte um jeden Preis eine Panne verhindern. Das würde ihn nur unnötig aufhalten.

Die beiden jungen Motorradfahrer schienen richtig Spaß zu haben. Sie veranstalteten ein Wettrennen auf dem Schotter, und Steine und Staub prasselten auf Boris' Wagen. Er fuhr noch langsamer, um Abstand zu gewinnen.

Nach ein paar ansteigenden Kurven tauchte eine winzige Kapelle auf. Die Straße war hier festgestampfter Staub, kein umherfliegender Schotter mehr. Sobald Boris die Kapelle umrundet hatte, tat sich linker Hand ein atemberaubender Blick über das Meer und eine wie von Riesenhand verstreute Ansammlung von Inseln darin auf. Boris pfiff durch die Zähne.

Dann sah er die beiden Motorradfahrer, die ein Stück voraus auf ihn warteten. Sie winkten ihm zu und gestikulierten, er solle auf den ansteigenden Weg abbiegen und dann immer geradeaus fahren. Schon gaben sie Gas und verschwanden in einer Staubwolke.

Boris folgte dem Weg bergan, umrundete dichte Wacholderbüsche, Pinien und Korkeichen, bis er auf einer Art Plateau ankam, auf dem die Straße in einem kleinen Platz endete. Das einzige Haus, das dort stand, war eine verspielt gebaute, in dieser schönen Natur absurd anmutende Villa mit Türmchen, Veranden und Vordächern, die auf knallroten Ziegelsäulen ruhten. Sie war in Pastelltönen gestrichen und riesengroß.

Auf einem Campingstuhl vor dem Haus saß ein untersetzter Mann in der Sonne, eine Base-Cap auf dem Kopf, in kurzen Hosen und einem T-Shirt, auf dem sich die Essensreste von zwei Tagen tummelten. Er trug eine Maschinenpistole an einem Gurt um die Schulter.

Boris war richtig.

Es war der Sitz des serbokroatischen Clanoberhaupts, dessen rund zweihundert Mitglieder spezialisiert auf Einbrüche in Privatwohnhäuser in Mittel- und Westeuropa waren. Von den zweihundert Mitgliedern des Clans saß ein Viertel gerade irgendwo im Gefängnis. Das gehörte zum Geschäft. Von hier verwaltete das Oberhaupt die Geschäfte und steuerte mit der Beute umfangreiche Investitionen, um das Geld zu waschen. Wenn man Hilfe bei einem Einbruch brauchte, gab es in Europa keine bessere Adresse. Es würde nur eine Stange Geld kosten. Aber das war Boris egal.

KAPITEL 25

LYON, FRANKREICH

Die Nachricht von einer hochgiftigen Substanz, die aus einem Labor in Irland verschwunden war und in Verbindung mit bisher drei toten Menschen gebracht wurde, wirbelte das Geschehen in der Zentrale von Interpol im französischen Lyon schlagartig auf. Mit vielem hatte man gerechnet und entsprechende Vorkehrungen getroffen: Sprengstoff, Bomben, ein Lastkraftwagen, der in ein Gebäude oder eine Menschenmenge raste und explodierte, ein Attentäter, der sich irgendwo irgendwie einschleuste und einen oder mehrere Minister ermordete, eine Geiselnahme, ein von außen provozierter Blackout, massive Cyberangriffe, Selbstmorddrohnen, vollgepackt mit Sprengstoff und Granaten, die sich, aus allen Richtungen kommend wie ein Hornissenschwarm, auf Davos stürzten, Selbstmordattentäter, Flugzeugentführer, die das Flugzeug über einer Stadt zum Absturz zu bringen drohten, Erpressungen aller Art und vieles mehr. Auf solche Anschläge waren die Teams optimal vorbereitet, hatten ihre Hausaufgaben gemacht. Auch wenn nichts unmöglich war, so glaubte man zumindest, dass man rasch und routiniert eine Antwort auf alle eventuellen Angriffe finden könnte.

Der zuständige Beamte, der die Nachricht von Europol empfangen hatte, hatte seinen Bereichsleiter informiert. Und schlagartig war die Maschinerie angelaufen.

Zwei Analysen waren wichtig: Wie könnte man mit einer Substanz, die eine solch gravierende Wirkung hatte, einen Anschlag begehen? Was war technisch gesehen nötig, um mit einem Schlag Hunderttausende Menschen zu vernichten? Wo, gegen wen und wie setzte man diese Substanz technisch ein?

Die zweite Analyse betraf Davos selbst: In Kenntnis der technischen Voraussetzungen im Umgang mit dem Gift galt es zu klären, wo die Schwachstellen für solch einen Angriff im Ort lagen und wie man die bereits getroffenen Vorbereitungen und Sicherheitsschleusen erweitern müsste.

Der höchste Alarmmodus für Interpol wurde aktiviert. Gehirne ratterten, Handys klingelten, Notrufsignale bei den Mitarbeitern der Terrorabwehr von Interpol wurden ausgelöst. Damit war die Nacht für einige Mitarbeiter der Sicherheitsbehörden vorbei.

Sollte tatsächlich jemand versuchen, in diesem Mekka der Weltelite einen verheerenden Anschlag durchzuführen? Gab es konkrete Hinweise, dass Davos das Ziel sein könnte? Eine Flut von Anfragen unter dem Stichwort Davos wurde in die Welt der Sicherheitsbehörden geschickt. Hatte irgendjemand einen konkreten Hinweis? Oder war das Ganze doch nur das Hirngespinst eines irischen Kommissars?

Die Auswirkungen wären gravierend und würden die Welt von einem Moment auf den anderen verändern.

Der zeitliche Zusammenhang dieser Geschehnisse in Irland, das verschwundene, hochgefährliche Nervengift Botulinumtoxin, der bevorstehende Gipfel in Davos, das alles passte nach Ansicht der Sicherheitsbehörden nur allzu gut in ein Raster.

Der Alarm weitete sich aus. Rund um den Globus wurden Informationen ausgetauscht, Experten befragt und – was fast am wichtigsten war – Codes erfunden: So eine Nachricht, im falschen Moment an den richtigen Journalisten durchgestochen, konnte Panik auslösen. Der Gipfel wäre in Gefahr, viele Teilnehmer würden absagen. Und noch etwas: Sie würden den Sicherheitsbehörden den Schwarzen Peter zuschieben.

Auch die Geheimdienste rund um den Globus wurden informiert. Noch nie in der Geschichte der internationalen Terrorbekämpfung wurde so rasend schnell eine Operation in dieser Größenordnung angeleiert.

Zwei Stunden nach dem geheimen Auslösen des weltweiten Alarms schickte der diensthabende Verbindungsmann vom Mossad, dem israelischen Geheimdienst, eine codierte Nachricht an Interpol. Und das, was er mitteilte, verhieß nichts Gutes: Es untermauerte die bestehenden Befürchtungen. Agenten des Mossad hatten einen brisanten Link aufgestöbert: Eine aufständische, über die vergangenen Monate rasend schnell wachsende neue Beduinenbewegung teilte ein Video im Darknet, dass ein Ereignis bevorstehe, das die Welt auf sehr radikale Art verändern würde.

Man war sich einig: Die Behörden in Davos, die Kantonspolizei, der Nachrichtendienst des Bundes und die Armee mussten unverzüglich informiert werden und natürlich die Geheimdienste, die die staatlichen Delegationen schützten. Ganz vorne mit dabei war der deutsche Bundesnachrichtendienst.

Erfahrungsgemäß schwierig und schwerfällig lief es bei den Amerikanern, bei denen es immer ein Kompetenzgerangel zwischen CIA und FBI gab. Wenigstens hatte sich der amerikanische Präsident angemeldet, somit war auch der Secret Service involviert, der – zum Glück für die meisten Geheimdienste – das Konkurrenzgebaren neutralisieren konnte. Wenn der Präsident in Gefahr war, gab es keine anderen Prioritäten mehr.

Kaum eine halbe Stunde nachdem die Informationen rausgegangen waren, kamen auch schon die ersten Anfragen: Gab es verifizierte Bedrohungen? Welche Strategien zum Schutz der Teilnehmer waren vorgesehen? Aus der EU-Kommission kam sogar der Vorschlag, das Forum abzusagen. Das hätte weitreichende Folgen, die kaum absehbar wären. Informationen würden durchsickern, ein nahezu panisches Verhalten in der Bevölkerung könnte sich ausbreiten. Wollte man das in Kauf nehmen?

In den nächsten Stunden ging es drunter und drüber. Ideen wurden gesammelt und Vorschläge herausgearbeitet. Dazwischen kam das Machtwort aus dem Direktorium des Veranstalters von Davos als Antwort auf den Vorschlag der EU-Bürokraten: »Nichts wird abgesagt. Das diesjährige Weltwirtschaftsforum in Davos findet statt. Die Sicherheitsbehörden machen ihre Arbeit und

sorgen für einen reibungslosen Ablauf. Die Herausfor-
derungen sind mannigfaltig, wie bei jedem Großereig-
nis dieser Art. Wir wissen indes, dass alle Behörden mit
Hochdruck daran arbeiten, allen möglichen und denk-
baren Bedrohungen mit Besonnenheit und Professio-
nalität zu begegnen. Rufe nach einer Absage des Gipfels würde den vielen Protagonisten aus den aktuellen
Brandherden auf der Welt einen Triumph ermöglichen.
Gerade die Elite der freien Welt muss vereint und geschlossen gegen Einschüchterungsversuche, Spaltung
und Hass vorgehen.«

Die Aufgabenstellung war damit klar. Es waren noch
ein paar wenige Tage. Ein viel zu kurzer Zeitraum für
all die Maßnahmen, die anstanden. Es mussten die wahr-
scheinlichen Bedrohungsszenarien herausgearbeitet werden, musste versucht werden, sich vorzustellen, wie ein
oder mehrere Täter auf welchem Weg ein tödliches Gift
an den Veranstaltungsort schmuggeln und wie sie es verbreiten könnten. Denn nur, wenn man wusste, was passieren könnte, wäre man in der Lage, etwas dagegen zu
unternehmen. Dabei gingen die vereinten Sicherheitsbehörden in ihre eigene Falle: Endlich mit einem konkreten, neuen Szenario konfrontiert, fokussierten sie sich in
einer Art self-fulfilling prophecy auf das Gift, das in Irland gestohlen worden war.

KAPITEL 26

ANCONA–BRENNERO, ITALIEN

Boris hatte Ancona hinter sich gelassen. Der nachmittägliche Berufsverkehr in der umtriebigen und lebendigen Hafenmetropole mit ihren 100 000 Einwohnern hatte offensichtlich noch nicht so richtig begonnen. Die Italiener ließen die Arbeit an diesem frühen Morgen entspannt anlaufen.

Und so hatte Boris die E55, eine der gut ausgebauten Europastraßen, die sich über das gesamte europäische Straßennetz spannten, ohne Verzögerungen erreicht. Das war sein Plan. Nicht unnötig aufhalten lassen. Das Ziel war München, heute noch. Punkt!

Die Morgensonne, die auf dem Weg nach Norden von rechts kam, knallte auf die Beifahrerseite. Es war warm im Frühling Mittelitaliens. Der Innenraum des Autos war runtergekühlt, die Klimaanlage machte ihren Job. Eine sehr angenehme Erfindung, dachte Boris, ganz besonders in den südlichen Ländern.

Die erste Mautstelle hatte er bald passiert. Ticket ziehen, fertig, weiterfahren. Trotzdem, dessen war sich Boris sicher, waren diese Mautstellen ein gewisser Risikofaktor. Die installierten Kameras waren aufmerksam und registrieren alles, was durch die Schranke fuhr, die sich nach dem Ziehen des Tickets öffnete.

Aber seine ausgeklügelte Legende, die mit höchster Präzision erstellt worden war, schützte ihn. Nicht einmal die Zöllner in den Ländern, die er bisher durchquert hatte, waren skeptisch. Allerdings waren die heutigen Kameras und die feinen, sensiblen Gesichtserkennungssysteme eine staatliche und kriminalistische Überwachung in Perfektion. Sie waren nicht zu täuschen. Sie maßen Augenabstände, Nasengrößen, Lippenformen und Knochenstrukturen anhand der Bezugspunkte innerhalb von Sekundenbruchteilen. In den Gesichtern von Menschen speicherten sich Personenmerkmale, die nur operativ verändert werden konnten. Ein Aufwand, den der normale Kriminelle mied. Schauspielerische Fähigkeiten verpufften beim Auftreffen dieser Merkmale auf die Linse.

Selbst die dunkle Sonnenbrille, mit der er sich beim Autofahren vor den hellen und blendenden Sonnenstrahlen schützte, war hier nicht mehr als ein Gimmick.

Defensiv fahren war das Motto, und das war viel wichtiger. Nicht auffallen. Damit schraubte er die Gefahr eines Unfalls in einen Bereich, den zumindest er kalkulieren konnte. Auch wenn die Erkenntnis schmerzte, aber ein bisschen Glück gehörte immer dazu. Selbst für einen wie ihn, der sich auf seine Aufgaben akribisch vorbereitete und perfekte Planungsstrategien verinnerlicht hatte. Zufälle gehörten nicht zu seinem Repertoire, aber zu den Werkzeugen, die das Leben im Portfolio hatte.

Sein unauffälliger Fiat glitt die gut instand gehaltene Straße entlang. Er hielt ein gleichmäßiges Tempo, knapp unter der vorgeschriebenen Höchstgeschwindigkeit. Die rechte Spur war eine einzige Wand aus Lkw, an denen er sich kontinuierlich vorbeischob. Bloß nicht auffallen. Die großen Autobahnen Europas waren gepflegt und übersichtlich. Das liebte er auf diesem Kontinent. Auch deshalb nutzte er die internationalen Überlandstraßen und ließ sich nicht auf die kleinen Nebenstrecken ein. Die waren zwar nicht mit Kameras versehen, boten aber andere Gefahren, die weniger kalkulierbar waren.

Selbst beim Fahren arbeitete Boris' Gehirn auf Hochtouren. Er durchdachte seine Strategie des Treffens mit den Kroaten. Die Gruppe, auf die er in München treffen würde, kannte er noch nicht. Es würden zehn Paare sein, zehn Frauen und Männer, die jeweils eine Partnerschaft simulieren sollten. Denn wer unterstellte schon einem Liebespaar böse Absichten. Dieser Deckmantel war perfekt.

Ein zweiter, wesentlich unterbewusster Teil seines Gehirns arbeitete indes ebenfalls auf Hochtouren: Es war der Verkehr um ihn herum. In Sekundenbruchteilen scannte er die Fahrzeuge und deren Insassen. Familien und sehr junge Leute waren unauffällig. Frauen und Männer, einzeln oder in Gruppen, waren grundsätzlich verdächtig. Beobachteten sie ihn, oder waren sie mit sich selbst beschäftigt? Überholten sie ihn, um vorbeizukommen, oder setzten sie sich vor ihn? Verhielten sie sich sonst auf eine Art, die ihm auffiel? Er vertraute seinem Bauchgefühl bei einer solchen Einschätzung, denn oft genug hatte er selbst Strategien angewendet, auf die er jetzt ganz besonders achtete.

Links von ihm, im Landesinneren, lag San Marino. Rechts von ihm, am Meer, sah er die Hotelbauten von Rimini. Dann kam ein Stück schnurgerader Autobahn bis Bologna. Es war Zeit für eine kurze Pause. Seit drei Stunden war er unterwegs, inzwischen auf der E45, die ihn am Gardasee entlang über den Brennerpass bis nach München bringen würde.

Kurz nachdem er auf die Brennerautobahn bei Modena fuhr, setzte er den Blinker und beobachtete die Fahrzeuge hinter ihm. Der schwarze BMW war immer noch in seiner Nähe. Bereits kurz nach der Mautstelle war er Boris aufgefallen. Wenn das Kennzeichen stimmte, war das Fahrzeug in Mailand zugelassen, die beiden Buchstaben »MI« im rechten blauen Feld auf dem Schild wiesen darauf hin. Die Windschutzscheibe des BMW war mit einem Sonnenschutz leicht abgedunkelt, noch dunkler waren die anderen Scheiben.

Etwas stimmte nicht. Boris war alarmiert. Von all den Tausenden Fahrzeugen, die er passiert hatte, war dieses bisher das einzige verdächtige. Er nahm seine Sonnenbrille ab. Die Bügel waren von seinem Schweiß feucht. Das hatte er gar nicht gemerkt. Sein Herz schlug auch einen Tick schneller, wie er jetzt feststellte.

Auf der zurückgelegten Strecke hatte ihn der BMW einmal überholt, war dann aber so langsam geworden, dass Boris wieder an ihm hatte vorbeifahren müssen. Zur Strategie, nicht aufzufallen, gehörten auch solche Manöver, obwohl er viel lieber hinter ihm geblieben wäre. Auf den letzten Kilometern waren immer ein paar Fahrzeuge zwischen den beiden gewesen. Diese hatte der

BMW kurz vor der Ausfahrt der Raststätte überholt und war dann ohne Blinken hinter seinem Fiat wieder eingeschert. Boris kniff die Augen zusammen, um einen Blick auf die Insassen zu bekommen. Aber das war unmöglich. Er atmete einmal tief ein, hielt die Luft an, atmete langsam aus, dann noch mal tief ein, wieder aus und das Ganze noch einmal. Dann war sein Puls gesunken.

Mailand. Um dorthin zu kommen, hätte der BMW am letzten Autobahnkreuz anders fahren können.

Gut, ganz ruhig weiterfahren, dachte Boris, schauen wir doch mal, wie es weitergeht. Er bog auf den Parkplatz der Rastanlage ab, seine Augen beobachteten das Geschehen hinter ihm im Rückspiegel. Der BMW blieb dran.

Boris parkte seinen Fiat, der BMW fuhr vorbei, machte aber einen kleinen Schlenker und stellte sich etwa fünfzig Meter entfernt in eine Parkbucht.

Sie standen so, dass sie sich gegenseitig beobachten konnten. Ein paar Minuten vergingen, im BMW tat sich nichts. Jetzt spürte Boris, dass sich sein Puls wieder leicht beschleunigte. Das Adrenalin war schuld. Es half, in Stressmomenten schnell und effektiv zu reagieren. Das galt auch für Profis wie ihn. Nur wussten Profis damit umzugehen und konnten die Wirkung des Stresshormons kanalisieren. Im Gegensatz zu ganz normalen Durchschnittsbürgern, die im Stress schon mal skurrile Dinge taten.

»Okay, let the games begin«, sagte sich Boris und stieg aus. Von dem BMW, mochte er auch noch so verdächtig sein, ließ er sich nicht abbringen, zur Toilette zu gehen und sich einen Kaffee zu holen. Denn wenn etwas schräg sein sollte an dem oder den Insassen des Wagens, würden diese auch nachher noch da sein.

Er lief mit etwas Abstand am BMW vorbei, direkt auf das Gebäude der Rastanlage zu, zu dem er noch etwa achtzig Meter zurücklegen musste. Mist! Noch immer war nicht zu erkennen, wer in dem Fahrzeug saß. Boris versuchte aus dem Augenwinkel heraus etwas zu identifizieren. Nur nicht draufstarren, das würde die anderen in einen Alarmzustand versetzen. Seine Sonnenbrille half ihm, den direkten Blickkontakt zu kaschieren.

Als Nebeneffekt registrierte er, wie die Hitzeeinstrahlung der Sonne den Asphaltboden inzwischen zu einem Schauspiel von flirrenden Luftwirbeln gemacht hatte. Hitze konnte man nicht nur spüren, man konnte sie auch sehen. Das eröffnete ihm eine Möglichkeit, denn verschwitzt war Boris.

Er näherte sich dem Rastgebäude und hörte plötzlich, wie eine Autotür geöffnet wurde. Das war die Gelegenheit! Wollte er nicht sowieso ein frisches T-Shirt aus seinem Fiat mitnehmen, um sich auf der Toilette kurz ein neues Oberteil anzuziehen? Völlig unvermittelt drehte er sich um in der Absicht, zu seinem Fiat zurückzugehen.

Treffer!

Junge, mich kannst du nicht austricksen, dachte er. Die Autotür war die vom BMW gewesen. Ein Mann kam in seine Richtung. Boris vermutete, dass er der Fahrer war. Er drückte soeben die Fernbedienung, um sein Fahrzeug zu verriegeln. Offenbar war er allein.

Das alles musste jedoch noch gar nichts bedeuten. Es

konnte ein völlig banaler Ablauf sein, wie er Tausende Male im Leben passierte. Es konnte aber auch sein, dass etwas dahintersteckte.

Der Mann war ein bisschen kleiner als er, Boris schätzte ihn auf etwa eins achtzig. Sportlich und durchtrainiert sah er aus. Das eng anliegende schwarze T-Shirt gestattete einen Blick auf eine ausgeprägte Oberkörpermuskulatur, unter den kurzen Ärmeln zeigten sich muskulös geformte Arme. Im ersten Augenblick erschien es Boris, als hätte er einen Schreckmoment in den Augen des Mannes gesehen. Eine Reaktion, die man kaum kontrollieren kann. Mikroexpression. Boris hatte den Mann offensichtlich überrascht. Eins zu null für ihn.

Gut so. Phase zwei des Spiels konnte beginnen. Sie gingen sich entgegen. Boris nahm die Sonnenbrille ab, lächelte den Mann an, zog kurz die Schultern nach oben, verdrehte etwas schelmisch die Augen und sprach ihn an: »I left something in my car.«

Es waren diese Bruchteile von Sekunden, in denen man sich ein Bild von seinem Gegenüber machte. Auch der Mann lächelte, nickte kurz und schien Boris verstanden zu haben. Boris schätzte ihn auf Ende dreißig, Anfang vierzig. Beide gingen weiter.

Alarmierend war für Boris der Blick des Mannes. Das Lächeln hatte nicht dazu gepasst. Unstimmige Emotionsmomente, das Verhalten sagte etwas anderes aus als die Körpersignale. So verrieten sich Menschen.

Während Boris weiterging zu seinem Auto, skizzierte er gedanklich die Situation.

Szenario 1: Der Typ war völlig unbescholten, hatte

vielleicht Familie, zwei kleine Kinder und war tatsächlich unterwegs nach Mailand zu seinen Lieben. Wahrscheinlichkeit: gering!

Szenario 2: Der Typ war auf ihn angesetzt. Nicht von einer staatlichen Sicherheitsbehörde, sonst wären sie zu zweit. Es gab aber auch ausreichend private Auftraggeber, die Boris gern beseitigt hätten. Für die Einschätzung dieses Szenarios sprach die Summe der Geschehnisse. Seit etwa 250 Kilometern blieb er anscheinend an Boris dran. Fuhr auf die Raststätte mit ihm und erschrak, als Boris ihn mit seiner Kehrtwende zum Auto zurück überraschte. Wenn es Szenario 2 war, brauchte es eine Lösung!

Und falls Boris sich irrte und mit der finalen Lösung einen Fehler beging? Dann war es ein Kollateralschaden. Es wäre nicht der erste. Darüber machte er sich aber nie weitere Gedanken.

Sagt mal, Leute, dachte Boris, als er den Schlüssel aus der Tasche zog, um den Fiat zu öffnen. Wollt ihr nicht endlich einmal Profis auf mich ansetzen? Das wäre mal eine Herausforderung. Aber so ist das doch Kinderkram.

Ein kurzer Blick nach hinten zeigte Boris, dass der Typ aus dem BMW sich vor dem Autogrill eine Zigarette angezündet hatte. Okay, er stand also noch da. Wartete eventuell auf das, was als Nächstes geschah. Boris holte ein frisches T-Shirt aus dem Auto, denn das war keine Finte. Körperhygiene war sogar für den weltweit meistgesuchten Auftragskiller eine Annehmlichkeit. Nachdem er das Shirt über den Oberkörper gestreift hatte, glitt seine Hand unauffällig in die rechte vordere Tasche seiner Jeans. Er kontrollierte, ob es an seinem Platz war: ein Feuerzeug, ein handelsübliches Wegwerffeuerzeug aus knallrotem Plastik. Neben dem Auslöser, der das Gas ausströmen ließ, wenn man gleichzeitig den Feuerstein mit dem kleinen Rädchen Funken sprühen ließ, gab es noch einen versteckten Druckknopf, der den Inhalt einer zweiten Innenkammer nach außen schießen ließ, direkt in die Nase des Gegenübers, dem man scheinbar nur harmlos Feuer anbot. In dieser zweiten Kammer schlummerte eine absolut tödliche gasförmige Substanz: Carfentanyl. Eine synthetische Droge aus einem der Labore seines Bruders in Kasachstan, von Dealern weltweit dem Heroin beigemischt. Fünftausendmal stärker als Morphium. Ein Hauch davon in die Nase führte in Sekunden zu Ohnmacht und Atemlähmung. Ob sie hier zum Einsatz käme, würde sich in den nächsten Minuten ergeben.

Boris ging zurück zum Rastgebäude, langsam und gemächlich. Obwohl er heute noch in München eintreffen wollte, ließ er keine Eile aufkommen. Wenn du in Hektik bist, wirst du unkonzentriert, machst Fehler. Und außerdem war es ein wunderschöner sonniger Tag.

Das frische T-Shirt fühlte sich gut an, das Feuerzeug war einsatzbereit, fehlte nur noch das Päckchen Zigaretten, das die Tarnung perfekt machte. Seit er auf den Rastplatz eingefahren war, hatte er die Umgebung abgesucht nach installierten Kameras. Rastplätze waren meist gut überwacht. Die Bereiche der Tankstellen waren lückenlos abgedeckt, ebenso der Innenbereich und die direkte Umgebung des Rastgebäudes. Nur auf den

Parkplätzen gab es eventuell tote Winkel, die nicht eingesehen werden konnten. Vielleicht würde er einen dieser toten Winkel noch nutzen müssen, das würde sich in den nächsten Minuten ebenfalls zeigen.

Boris musste an dem Mann vorbei, wenn auch in einem gewissen Abstand. Menschenkenntnis war eine Illusion, das wusste er. Seit vielen Jahrzehnten versagten bestens ausgebildete Psychologen bei der Herausforderung, in die innere Gedankenwelt von Menschen vorzudringen. Aber Boris traute sich zu, einzuschätzen, ob einer in der Branche tätig war, aus der er selbst kam. Diese Erfahrung und dieses Wissen würde er jetzt einsetzen. Denn das war seine Lebensversicherung.

Er würde an dem Typen vorbeigehen und ihn noch einmal in Sekundenbruchteilen abscannen. Dann würde er die Toilette aufsuchen, sich frisch machen, einen Kaffee bestellen und sich danach wieder nach draußen begeben. Das war allerdings nur die grobe Struktur dessen, was in den nächsten Minuten passieren würde. Die Feinheiten der Momente würden ausschlaggebend sein.

Als Boris in etwa fünf Metern Entfernung an dem Mann vorbeilief, schaute er ihn an. Wie reagierte der andere auf den Blick, versuchte er, etwas zu verbergen, versteckte er eine gewisse Aggressivität?

»Did you change your shirt?« Der Mann lächelte ihn an und deutete mit der rechten Hand auf das frische T-Shirt, das Boris trug und auf dem deutlich die Bügelfalten zu sehen waren. Zum ersten Mal hörte er dessen Stimme. Sie war angenehm, eine tiefere Tonlage mit einem starken italienischen Akzent. Die Stimme passte zu dem sportlichen Erscheinungsbild. Und das Lächeln passte zur Situation. Boris war überrascht.

»Yes, I did«, antwortete Boris und blieb stehen. Wo er denn herkomme, fragte er den Mann. Er komme aus dem Süden, aus Apulien, und habe sich dort ein paar Wochen Urlaub gegönnt, antwortete dieser mit einer klaren, freundlichen Stimme. Dem prüfenden Blick von Boris widerstand er auf eine sehr positive Art. Nein, zu verbergen hatte dieser Mann nichts.

Die Situation entwickelte sich völlig anders, als Boris gedacht hatte. Der Typ stellt sich als Pietro vor. Er schien Redebedarf zu haben und Boris in seiner Tarnung als britischer Tourist zu vertrauen. Boris empfand eine gewisse Sympathie für ihn. Für den Mann, dessen irdisches Ende er sich bereits gedanklich ausgemalt hatte.

Pietro erzählte, dass seine Frau ihn verlassen habe, ganz plötzlich, und er damit völlig überfordert sei. Deshalb brauchte er Abstand zu seiner ursprünglichen Heimat Apulien. Seine Frau hatte er beim Studium in Mailand kennengelernt. Wahrscheinlich würde er jetzt aber wieder in seine alte Heimat in die Nähe von Bari ziehen. Jetzt aber wollte er zuerst wieder nach Mailand und zuvor noch einen Abstecher an den Lago di Garda machen. Dort hatten er und seine Ex-Frau ein Ferienhäuschen, die Gegend kannte er gut.

All das erfuhr Boris in ein paar wenigen Sätzen. Pietro wollte reden, wollte sich mitteilen und war froh, dass er jemandem von seinem Leben erzählen konnte. Und Boris war der Empfänger dieser Informationen. Er hörte sie sich an und verstand Pietro. Aber er achtete genau auf jedes Detail, das Pietro preisgab: Mimik, Mund, Blick, Körperspannung. Es konnte alles eine Finte sein. Oder auch nicht.

Alles, was Boris diesem Mann unterstellt hatte, die Absichten, die Strategie hinter dessen Verhalten auf der Fahrt bis hierher, war einfach eine Verkettung von zufälligen Momenten. Einem anderen Menschen wäre das gar nicht aufgefallen, und wahrscheinlich waren solche Dinge Alltag eines jeden Fahrers, der auf den Autobahnen dieser Welt unterwegs war.

Boris selbst empfand diese Situation als skurril. Da war er, der weltweit meistgesuchte Auftragskiller, gejagt von einem Heer von internationalen Sicherheitsbehörden und Geheimdiensten, auf einem Parkplatz in Norditalien und hörte sich die Sorgen eines fremden Mannes an. Er, Boris, der Wolf, wie er von den Behörden genannt wurde, die ihn zu fassen kriegen wollten. Eine Bezeichnung, die inzwischen international Einzug gefunden hatte in die Welt der einsam agierenden Attentäter.

Boris stellte fest, dass Pietro einen Trigger in ihm gefunden und diesen völlig unbewusst ausgelöst hatte. So etwas war ihm noch nie passiert. Ein Anfall von Empathie gegenüber einem Mann, den seine Frau verlassen hatte. Oder spielte Pietro doch nur eine Rolle? Spielte ihm sein Unterbewusstsein einen Streich? War das eine Auswirkung seiner monatelangen Tortur im Simulator für Schwerelosigkeit? Hatte das nicht nur seine DNA verändert, sondern auch sein Gefühlsleben?

Boris muss raus aus dieser Situation. Darauf konnte er sich an diesem Tag nicht einlassen. Jetzt, wo er doch gerade dabei war, den verheerendsten Anschlag durchzuführen, den die Welt bis dahin gesehen hat. Einen vernichtenden Anschlag auf Menschen, unter denen es Tausende wie Pietro geben würde.

Er lächelte den Mann an und verabschiedete sich von ihm. Er wünschte ihm alles Gute. Auch das war nahezu unglaublich. Die ganze Szene hatte nur ein paar Minuten gedauert. Boris ging direkt auf die Toilette, machte sich frisch, holte sich einen hervorragenden Kaffee in einem dieser Pappbecher, den er während der Fahrt trinken würde. Auf dem Weg zurück zum Auto kam er noch mal an Pietro vorbei. Ein kurzer Blick, er hob leicht die Hand. »Goodbye!«

Bis nach München waren es etwa 450 Kilometer. Vier bis fünf Stunden Fahrt lagen noch vor ihm. Die Hitze des Tages hatte den Innenraum seines Fiats zum Brutofen gemacht, die Klimaanlage blies jetzt aus allen Düsen. Die Abkühlung im Fiat war spürbar. Um konzentriert Auto zu fahren, brauchte er keine Hitze.

Was war das jetzt eigentlich?, dachte sich Boris. Er ließ die paar Minuten, die er mit Pietro verbracht hatte, Revue passieren. Bisher waren seine Nachbetrachtungen immer darauf ausgerichtet gewesen, ob er bei der Ausführung seines Jobs alles optimal erledigt hatte. Diese Gedanken waren wichtig, um zu filtern, ob er Fehler gemacht hatte. Die gab es bisher nicht, denn wenn es die gäbe, wäre er nicht der Beste in der Branche. Nun aber dachte er darüber nach, dass er beinahe einen absolut unbescholtenen Mann beseitigt hätte. Es waren häufig Unschuldige mit betroffen, wenn er seinen Job machte, das wusste er natürlich. Aber noch nie war er so nah an einer Person dran.

»Okay, jetzt ist es aber gut! Das reicht!«, forderte Boris sich selbst auf. Er konzentrierte sich auf München. Nach seiner Ankunft dort würde er den Tag auslaufen lassen. Und morgen würde er Kontakt aufnehmen zu der Gruppe von Kroaten, um alles Weitere zu besprechen. Dann würde sich zeigen, ob die Leute wirklich so effektiv und zuverlässig arbeiteten, wie es der Clan-Chef zugesagt hatte.

Boris war zurück in der Spur. Spulte Kilometer für Kilometer runter, vorbei am Gardasee in Richtung Bozen und Innsbruck. Es war nicht viel los auf der Autobahn, die meisten Fahrzeuge waren Lkw und Lieferwagen in jeglicher Größe. Die Berge um ihn herum begeisterten Boris. Berge hatten etwas Dominantes, Beherrschendes und Bedrohliches. Und die Alpen, dieser faszinierende Gebirgszug, der Südeuropa vom Rest des Kontinents trennte, war ein ganz besonderes Naturspektakel. Wenn der Auftrag in München erledigt wäre, würde er ein paar Tage frei machen, wohin auch immer es ihn dann verschlüge. Eines nach dem anderen.

Boris näherte sich dem Brennerpass. Pietro war nicht mehr zu sehen. Der Kontrast zwischen dem pastellfarbenen Himmel und den zahlreichen schroffen Bergspitzen, die zum Teil noch schneebedeckt waren, war atemberaubend.

Als er den Brenner hinter sich gelassen hatte, arrangierte er die Übernachtung in München. Die Adresse kannte er. Die Villa in Grünwald gehörte Sergej, einem der größten Profiteure der wirtschaftlichen Öffnung nach der Auflösung der damaligen Sowjetunion. Ein Vasall und Statthalter seines Bruders. Sie kannten sich schon seit fast drei Jahrzehnten, und wenn Boris eine Bleibe in München und Umgebung brauchte, war Sergej seine erste Adresse.

Boris nahm sein Telefon und wählte dessen Festnetznummer, weil diese von den Behörden nicht mehr abgehört werden konnte. Es war eine uralte, analoge Telefonleitung, gekoppelt mit einem veralteten elektronischen Zerhacker.

»Da? Ja?«, fragte eine Frauenstimme, kurz und knapp, unfreundlich. Gut, sie hatte zum jetzigen Zeitpunkt auch keinen Grund, freundlich zu sein.

»Sergej, das bist nicht du! Kann ich ihn sprechen?«, erwiderte Boris.

»Worum geht es?«, fragte die Dame.

»Das sage ich ihm selbst.« Auch Boris hatte gerade keinen Grund, freundlich zu sein. Er hörte Stimmen im Hintergrund, die Frau sprach zu einer anderen Person, die ebenfalls etwas unwirsch reagierte.

»Wer sind Sie?«, fragte sie Boris.

»Boris«, sagte er.

Sie gab den Namen weiter an die andere Person, ein kurzes Gespräch in russischer Sprache, dann meldete sich eine männliche Stimme.

»Boris, mein Freund, schön, dich zu hören. Wie geht es dir?«

Ja, das war Sergej.

»Alles klar bei mir, Sergej. Hör mal, ich brauche eine Übernachtung für heute. Geht das?«

»Klar geht das. Du bist immer willkommen, Boris. Irina richtet dir ein Zimmer her. Wann wirst du da sein?«

»Ich denke, so in zwei, drei Stunden. Ich freu mich, dich zu sehen. Bis nachher.«

»Ja, bis nachher«, antwortete Sergej und beendete das Gespräch.

Boris startete den Motor seines treuen, zuverlässigen Fiats, mit dem er ganz Italien durchquert hatte. Einige Hundert Kilometer würde er noch zurücklegen müssen, dann würde das Auto in einer Metallpresse in Rumänien verschwinden.

Während der restlichen Fahrt dachte Boris über das Training in seiner Anfangszeit als sogenannter Trouble-shooter nach, als Problemlöser, der in der exilrussischen Gemeinde allen möglichen krummen Geschäften nach-gegangen war. Damals hatte er auch Sergej kennenge-lernt. In den Neunzigerjahren, nach der Öffnung der Grenzen in den Westen Europas, gab es so etwas wie eine Goldgräberstimmung dieser Shooting Stars, die den Grundstock der russischen Mafia bildeten und sich da-mals das Kapital für Drogenhandel, Glücksspiel, Pros-titution und Schutzgelderpressungen aufbauten. Der Marktplatz dafür waren die Sonntagsausgaben der über-regionalen Zeitungen unter der Rubrik »Geschäftsver-bindungen«. Auch Boris hatte dort inseriert: »Ich löse Ihre Probleme! Mit Diskretion!« Mehr als diese zwei Sätze und eine Chiffre waren nicht nötig. Für Boris war es der Einstieg in die Branche der Freischaffenden.

Sergej war einer seiner ersten Auftraggeber. Meist ging es darum, Gelder zurückzuholen, mit denen sich die raffgierigen Leute verzockt hatten, weil sie dubiosen Anlagespezialisten die zwanzig Prozent Verzinsung geglaubt hatten. Boris wurde zu privaten Häusern, in Büros, in Lagerhallen geschickt. Dort lernte er sein Handwerk testen und perfektionieren. Er kam nie mit leeren Händen zurück.

Und Sergej hatte schon damals sehr viel Geld. Nach der Perestroika wurden unzählige staatliche Aufgaben in der Sowjetunion privatisiert. Und wer die richtigen Leute kannte, in Sergejs Fall Boris' Bruder, Akira, konnte die Hand auf große Kapitalströme legen. Nachdem Sergej sich bewährt hatte, erhielt er die Kontrolle über einen Teil der Telefonnetze Russlands, was die Grundlage seines märchenhaften Reichtums wurde.

Nach seinen ersten erfolgreichen Aufträgen war Boris fest im Geschäft, die Aufträge wurden anspruchsvoller, seine Honorare immer höher. Geld spielte in diesen Kreisen schon damals schlicht keine Rolle. Die Auftraggeber wollten nur, dass ihre windigen Geschäfte erledigt wurden. Es war für Boris ein gutes Training gewesen, und es hatte ihn zu dem gemacht, was er heute war: der Top-Mann für echte Problemlösungen auf der ganzen Welt. Er musste sich nicht länger mit Kinderkram und verprellten Kapitalanlegern abgeben.

KAPITEL 27

DAVOS, SCHWEIZ

»Sie müssen sofort nach Davos. Ein Hubschrauber holt Sie ab!« Das war unmissverständlich.

Mir war schon klar, dass sich Situationen blitzschnell ändern konnten, als ich das Angebot bekam, als Undercover-Agentin für den BND tätig zu sein. Geregelte Arbeitszeiten, normaler Urlaub, Sonn- und Feiertage – all das waren nur noch Floskeln für mich.

Aber, hey, ich wollte es so. Dafür hatte ich den vielseitigsten und interessantesten Job der Welt. Und irgendwie fühlte ich mich auch gebauchpinselt vom Bundesnachrichtendienst. Die wollten mich, ausdrücklich mich!

Weil ich gut war und perfekt ausgebildet. Mal ehrlich, wer wollte nicht so einen Job haben? Ich wollte ihn!

All diese Gedanken kamen mir in den Sinn, als ich mein Zeug zusammenpackte für die Abreise nach Davos. Inzwischen redeten alle Sicherheitsbehörden über einen möglichen Anschlag, der das Weltwirtschaftsforum treffen sollte. Also genau die Veranstaltung, für die ich den BND vertretend im Davos Security Council saß.

Der TTH90, der von der NATO eingesetzte Taktische Transport Hubschrauber der Bundeswehr, stand gerade greifbar im Hauptquartier der NATO. Perfekt für mich und meine sehr abrupte Abreise aus Brüssel, wohin wir nach unserer Besprechung in Amsterdam zurückgekehrt waren. Die Medien redeten zwar immer von Gerätschaften der Bundeswehr, die nicht funktionierten, aber dieser Hubschrauber war erste Sahne. Einer der schnellsten und vielseitigsten in der Zehn-Tonnen-Klasse weltweit.

Der Flug war angenehm, gut zweieinhalb Stunden brauchten wir für die Strecke über Luxemburg und Strasbourg. Und ich konnte mir noch einmal Gedanken machen über die Sachlage. Die Informationen von diesem irischen Polizisten O'Killirch hatten mich in Brüssel erreicht.

Ein perverses Verbrechen an einer jungen Frau, zwei tote Wachleute in einem Labor in Irland und der Diebstahl einer hochgradig tödlichen Substanz. Einer Substanz, die allen erdenklichen physikalischen Widrigkeiten trotzte, nach kurzer Berührung mit wasserbasierter Nährlösung aber ihre verheerende Wirkung erzielte.

Ich musste wieder an meinen Chef denken. An diese Kopien, die auf seinem Tisch gelegen beziehungsweise mit denen er hantiert hatte. Die Skizzen von Wasserversorgungsnetzen in großen Metropolen gezeigt hatten. Davos hatte nicht dazugehört.

Aber was zum Teufel wollte er mit den Plänen der Wasserversorgung von München in Amsterdam?

Ich musste der Sache nachgehen!

»Guten Tag, Sie werden schon erwartet, bitte folgen Sie mir einfach.« Der Polizist, der mich mit einem stark schweizerisch angehauchten Akzent begrüßte, lächelte, drehte sich dann aber weg und ging voran.

Wir waren auf einem provisorischen Landeplatz neben der Sporthalle in Davos runtergegangen.

Die Sonne strahlte herab. Was für ein Himmel hier in Davos, das ruhig und beschaulich inmitten der Schweizer Alpen lag. Der Anflug über die Bergwelt war atemberaubend gewesen. Auf den Gipfeln lag noch der Schnee des vergangenen Winters. Der Kontrast der Farben des Himmels, der Berge und des Schnees war ein visueller Genuss. Davos, 1560 Meter über dem Meer gelegen und damit die höchste Stadt Europas, hatte schon ein ganz besonderes Flair.

Der Polizist führte mich direkt in einen Nebenraum in der Sporthalle. Hier also befand sich das Lagezentrum des Security Councils.

»Guten Tag, meine Herren und die beiden Damen«, begrüßte ich die anwesenden Personen. Leider waren Frauen im operativen Bereich immer noch die Ausnahme. Dabei konnten sie genauso gut kämpfen wie Männer, waren besonnener, vorsichtiger und – wenn es drauf ankam – gnadenloser. Aber noch immer war dies eine von Männern dominierte Gemeinschaft. Ich war wohl eine der großen Ausnahmen. Allein der Mossad verfügte über ein annäherndes Gleichgewicht zwischen Frauen und Männern im militärischen operativen Einsatz. Frauen wurden eher als Lockvögel, als Verführerinnen und für den internen Schreibtischdienst eingesetzt.

Schade!

Es schienen alle da zu sein, über den Daumen gepeilt, ein paar davon kannte ich.

Natürlich wurde man in einer solchen, von Männern dominierten Runde auch immer beäugt. Das gehörte dazu und war unvermeidbar. Für eine attraktive Frau sowieso. Mir war das bewusst, in gewissem Maße genoss ich es, aber hier wurde gearbeitet.

Der Raum war hell erleuchtet, die Rollläden waren geschlossen, für das Licht sorgten große Lampen an der Decke. In der Mitte des Raumes waren mehrere Tische zu einer einzigen Fläche zusammengestellt worden. Auch das war ein Provisorium, aber es schien brauchbar zu sein. Ein paar Laptops standen auf den Tischen, an der Wand rechts war ein großer Bildschirm angebracht, der im Moment noch kein Bild zeigte. Ansonsten sah es recht spartanisch aus, und auch die Stühle hatten sicher schon bessere Zeiten gesehen. Aber gut, für den Zweck reichte es.

Der amerikanische National Security Branch war dabei. Ronny, den zuständigen Agenten, kannte ich. Gut sogar.

Unsere Blicke trafen sich kurz, und jeder andere im Raum bemerkte das natürlich. Agenten waren aufmerksam. Und auch wenn wir nichts nach außen trugen, wusste vermutlich jeder hier von unserer kleinen Affäre. Oder sollte ich sagen: von unserem fantastischen Sexkontakt.

Im vergangenen Jahr waren wir gemeinsam auf der Jagd nach einer Terroristengruppe in Podgorica gewesen, der Hauptstadt von Montenegro. Abgesehen davon,

273

dass wir den Auftrag erfolgreich erledigt hatten, hatten wir auch viel Spaß miteinander. Ronny hatte einen hoch ästhetischen Körper und wie kaum ein anderer alle Muskeln in der richtigen Größe und Form. Und ich meine alle Muskeln. Ich bin mir sicher, dass das tatsächlich der beste Sex war, den ich je hatte. Und für ihn sicherlich auch. Wir beide waren fest davon überzeugt, dass es mal wieder zu solch einem kulturellen Austausch zwischen unseren Ländern kommen sollte. Wir waren uns auch einig, erinnerte ich mich mit einem Schmunzeln, dass wir unseren Anteil an der Völkerverständigung unserer Staaten leisten mussten. Und da gehörte natürlich auch ausgiebiger und intensiver sexueller Austausch dazu. Zumindest sahen wir das so.

Nach den Anschlägen auf das World Trade Center im Jahr 2001, die bis dahin eine der schlimmsten Terroraktionen auf Zivilisten waren, wurde der NSB 2005 ins Leben gerufen. Er war genau für solche Dinge zuständig wie diesen drohenden Terrorakt auf Davos – zu dem es zum jetzigen Zeitpunkt aber mehr Fragen als Antworten gab.

Die Jungs vom britischen Secret Intelligence Service und vom israelischen Mossad waren auch vertreten, natürlich Agenten von Interpol und noch ein paar andere. Vor allem die Franzosen zeigten sich besorgt.

»Und wer sind Sie?«, fragte ich eine der beiden einzigen Damen in der Runde, die an einer Ecke des großen Mitteltisches konzentriert auf ihr Tablet starrte.

Sie blickte auf.

»Mein Name ist Sheila Hunt«, antwortete sie, »ich bin

von Europol und hatte Kontakt mit diesem irischen Polizisten, der mir die Geschichte von der geklauten Substanz und den Morden erzählt hat.«

Das war also Sheila. Natürlich hatte ich schon von ihr gehört – und sie von mir. Wir hatten sogar mal Nachrichten getauscht. Sie war eine durch und durch attraktive Frau um die fünfzig. Ein kurzer blonder Bob, dezent geschminkt, mit einem erfrischenden Lachen um die Augen. Offensichtlich machte sie auch nichts gegen die Fältchen. Gut so, dachte ich. Dann wurde ihr Blick ernst.

»Okay, wo beginnen wir, und was ist der Stand?«, fragte ich in die Runde.

KAPITEL 28

GRÜNWALD, DEUTSCHLAND

Boris näherte sich Grünwald mit seinen atemberaubenden Villen. Hier, in der Nähe der Bavaria Filmstudios, wurden Wohnträume gelebt. Das war ein anderes Kaliber als Birobidschan. Eine Villa stand neben der anderen, bei vielen sah er von der Straße aus gar nicht die Gebäude, die von großzügigen Grundstücken umgeben waren. Schnörkeliger Jugendstil und pompöse Gründerzeit, aber auch hochmoderne Stadthäuser prägten den Architekturstil der Gegend, in der Sergejs Anwesen stand. Oft war das die beste Tarnung: mittendrin im Protz der anderen.

Die Einfahrt zu Sergejs Villa war von einem riesigen schmiedeeisernen Tor versperrt. Der Kunstschmied, der daran gearbeitet hatte, musste sich eine goldene Nase verdient haben.

Boris blieb im Auto sitzen. Kameras scannten das Fahrzeug und ihn. Zwei Handzeichen, der von Zeigefinger und Daumen geformte Ring, gefolgt vom V-Zeichen mit Zeige- und Mittelfinger, zeigten dem Mensch hinter der Kamera, dass der Fahrer den Code kannte.

Eine tiefe männliche Stimme drang aus dem Lautsprecher: »Ja, wer sind Sie?«

»Boris, Sergej weiß Bescheid«, antwortete Boris.

Einige Sekunden vergingen. Langsam öffnete sich das Tor. Bis sich diese Masse in Bewegung setzte, dauerte es eben. Die geschwungene Straße zum Haus war frisch asphaltiert. Die Rasenflächen mit den Blumenbeeten von Rosen und Tulpen waren gepflegt, auch hier waren Profis am Werk. Boris fuhr an der Pergola vorbei, unter der er und Sergej schon unzählige Stunden bei Wein und Wodka miteinander verbracht hatten. Gespräche, die ins Innere gingen, hatte er jedoch nie mit Sergej gehabt. Man redete über Aufträge, über schöne Erlebnisse und den Spaß, den man hatte. Man sprach nicht über Dinge, die einen wirklich beschäftigten. Boris fragte sich, ob Sergej sein Freund war. Nein, wohl nicht! Sergej würde ihn fallen lassen wie eine heiße Kartoffel, wenn er einen Nutzen davon hätte. Andererseits, auch Boris würde mit ihm so verfahren. Und mit Arkida im Rücken saß er am längeren Hebel. Das war auch Sergej bewusst.

Vor dem Haus stellte er den Fiat ab, und da stand Sergej vor dem Eingangsportal aus massiver Eiche. Sergej war ein kleiner, pummeliger Typ, der Hals war zu kurz geraten beziehungsweise von einer etwas zu dicken Fettschicht umhüllt. Er trug einen Hausmantel, fast bodenlang. Ein rot-gold-grüner Brokatstoff mit einem wilden Blumenmuster, das an Dolce & Gabbana erinnerte. Der kahl geschorene, halslose Kopf sah massig aus, die Augen etwas verquollen, das fahle Gesicht mit der klumpigen Nase und den wulstigen Lippen passten irgendwie zum Rest: feist, verwöhnt, verweichlicht. Der Typ sollte mal mehr an die frische Luft, dachte sich Boris. Zu viel Wodka und Wein taten keinem Körper gut.

»Tolles Auto«, scherzte Sergej, als Boris aus dem Auto stieg. »Willkommen, mein Freund.« Ein fleischiger Händedruck einer viel zu winzigen, weichen Hand, vor allem bei der übrigen Körpermasse. Sergej konnte noch nie einen festen Händedruck bieten. Jedes Mal dachte Boris, dass er Sergej mit einem Ruck die Hand brechen könnte. Gut, Bedarf dazu bestand nicht.

»Schön, dass ich kommen durfte, Sergej. Danke, dass ich mich auf dich verlassen kann«, schleimte Boris. Beide wussten, dass sie eine Zweckverbindung pflegten, und solange die funktionierte, war alles okay.

Hinter Sergej tauchte eine schlanke, hübsche, viel zu stark geschminkte Frau mit aufgespritzten Lippen im Türrahmen auf. Auch die Brüste unter dem engen gelben Oberteil schienen nicht ganz echt zu sein.

»Das ist Irina, meine Sekretärin.«

Soso, Sekretärin, dachte Boris und wusste, dass sich Sergej regelmäßig Frauen ins Haus holte, die nur sein Bestes wollten.

»Irina zeigt dir dein Zimmer, und anschließend treffen wir uns unten im Saal beim Abendessen. Und dann erzählst du mir, was du die letzten Monate so getrieben hast«, sagte Sergej und schickte einen lauten Lacher hinterher.

Sie traten in das Innere der Villa, die schwere dunkle Eichentür schloss sich automatisch.

Irina ging voraus, die Treppe nach oben in das Obergeschoss. Die weißen Marmorfliesen waren bedeckt mit einem roten Teppich, der an den Rändern von goldfarbenen Metallschienen fixiert war. Obwohl Boris schon viel Vergleichbares gesehen hatte, war er immer noch beeindruckt von dem üppigen, vulgären Pomp, den sich Sergej ganz offen gönnte. Der gesamte mittlere Bereich des Hauses gehörte dem Eingang und dem Treppenaufgang und wurde nach oben hin von einem Gewölbe geschlossen. Links und rechts davon ging es zu den einzelnen Räumen, wobei oben typischerweise auch in diesem Haus die Schlafzimmer waren.

An den weiß gestrichenen Wänden hingen Fotografien und Gemälde russischer Künstler, ganz offensichtlich als Reminiszenz an längst vergangene Sowjetzeiten. Arbeiterszenen, sowjetische Bauernmotive, grobe monumentale Ästhetik. Bilder wie ein Faustschlag. Mittendrin ein riesiges Bild von Josef Stalin. Sergej schien politisch in der Vergangenheit der alten Sowjetunion stehen geblieben zu sein. Boris konzentrierte sich wieder auf die eng anliegenden Leggings, in denen Irina ein paar Stufen vor ihm nach oben storchte. Das Ding ist aber auch aufgepolstert, dachte er beim Betrachten ihres Hinterns. Und dass sie in den hohen Schuhen überhaupt laufen konnte, dass Frauen allgemein in solchen Schuhen laufen konnten, würde ihm und der restlichen Männerwelt wohl immer ein Mysterium bleiben.

Nach einem Rechtsschwung der Treppe kamen sie oben an. »Habe ich dasselbe Zimmer wie beim letzten Mal?«, fragte er Irina.

»Ich weiß nicht, welches Zimmer Sie hatten, Boris«, antwortete sie, noch immer ein wenig schnippisch.

Na gut, die wird schon noch auftauen, dachte sich Boris. Und wenn nicht, dann war es auch egal.

Es war nicht dasselbe Zimmer, denn beim letzten Mal ging es nach rechts. Irina bog aber nach links ab und lief schnurgerade auf eine dunkelbraune Holztür zu. Schwere, stabile Eiche auch hier, das passte zu Sergej und dessen Ansprüchen. Irina öffnete die Tür und schaltete das Licht ein.

»Bis wann soll ich das Abendessen für Sie fertig machen, Boris?«, fragte sie.

»Ich geh kurz unter die Dusche und komme dann in einer halben Stunde runter«, antwortete er.

Irina stand ihm direkt gegenüber und schaute ihm in die Augen, zum ersten Mal, seit er angekommen war. Mit ihrer linken Hand griff sie seine rechte und übergab ihm den elektronischen Schalter, der für mehrere Funktionen in der Hauselektronik zuständig war. Boris erwiderte den Blick, umfasste jetzt ihr Handgelenk und verstärkte den Druck. Irina lächelte ein wenig, es war ein echtes, beinahe herzliches Lächeln. Für wenige Sekunden verharrten sie beide.

Dir scheint das zu gefallen, dachte Boris. Du willst spielen, okay, spielen wir.

Boris beendete die nonverbale Anmache, gab ihr Handgelenk frei und wandte sich ab. Irina verließ den Raum, mit einem Druck auf den Schalter schloss Boris die Tür.

Was für ein Raum! Boris überschlug die Größe und

schätzte die Grundfläche auf 40 bis 50 Quadratmeter. Durch zwei große Doppelfenster ging sein Blick auf der einen Seite auf die Einfahrt und den vorderen Bereich des riesigen, gepflegten Gartens hinaus. Auf der linken Seite befanden sich ebenfalls zwei große Doppelfenster, eine verglaste Balkontür führte nach außen. Sicherheits-verglasung, mit üblichen Schusswaffen nicht zu knacken, dazu brauchte man die Artillerie.

Boris legt seine Tasche ab, nahm frische Unterwäsche, Hose und Hemd raus und ging direkt ins Badezimmer. Auch hier hatte sich Sergej nicht bescheiden gezeigt. Das hätte Boris auch überrascht.

Das warme Wasser auf dem Körper, das feste Prasseln der unzähligen Wasserstrahlen auf Kopf und Schultern – das tat gut und war ein Wohlfühlgenuss in Reinkultur. Boris entschied sich für ein Duschgel mit einem dezen-ten Geruch von Sandelholz, die anderen parfümierten Noten, die Sergej seinen Gästen zur Auswahl stellte, wa-ren ihm einfach zu heftig.

Während das Wasser auf ihn niederprasselte, dachte er an Irina, Sergejs »Sekretärin«. Außer an seinem Geld hatte sie garantiert keinerlei Interesse an Sergej. Wenn da überhaupt etwas lief, dann nur, weil er gut bezahlte. Aber Lust hatte sie keine dabei. Die hatte sie auf ihn, auf Boris. Er wusste um seine Wirkung auf Frauen, zumin-dest auf solche, die auf Typen wie ihn standen. Andere Frauen interessierten ihn auch nicht.

Er und Sergej würden sich nachher noch ein wenig austauschen, Geschichten erzählen, teuren Wein und Wodka trinken und Spaß haben. Irina würde sich im

Hintergrund halten, aber kleine Gelegenheiten nutzen, um ihm, Boris, ihr Interesse zu signalisieren.

Das Handtuch lag bereit. Es war angenehm warm durch den Heizkörper, über dem es hing. Wegen überflüssiger Dinge wie Haareföhnen musste Boris sich keine Gedanken machen. Der Drei-Millimeter-Haarschnitt gab solche Überlegungen nicht her.

Die hellgraue Stoffhose, dazu das schwarze Langarmhemd in XL, leicht tailliert. Fein gewobenes Leinen. Boris schätzte Qualität ohne Schnickschnack. Irina würde es gefallen. Aber ihr würde heute Abend alles gefallen, das Boris trug beziehungsweise nicht trug.

Er verließ sein Zimmer. Der Flurbereich war dezent beleuchtet durch die LED-Schienen, die auf den einzelnen Stufen der Treppe angebracht waren. Die Tür zum Saal, wie Sergej diesen Raum bezeichnete, stand offen. Ein mächtiger Kronleuchter flutete den Saal mit viel zu grellem Licht.

»Ganz schön hell hier, Sergej«, sagte Boris. Sergej machte eine Handbewegung in Richtung Irina, die das Licht sofort dimmte und einen Blick auf Boris warf. Blicke sprachen Bände.

»Boris, mein Freund, setz dich her.« Sergej deutete auf einen Stuhl ihm gegenüber am anderen Ende des langen Tisches. Boris folgte seiner Aufforderung.

Irina schenkte ihm Rotwein ein, schaute ihm in die Augen und blähte leicht die Nasenflügel. »Haben Sie geduscht, Boris?«, fragte sie lächelnd, wohl wissend, dass diese Frage überflüssig war.

»Irina, Boris ist mein Freund. Ihr könnt euch duzen.

Meine Freunde sind deine Freunde«, meldete sich Sergej.

Boris genoss den Augenblick und schwieg. Er fasste das gefüllte Weinglas am Stiel und hob es an. Sergej tat es ihm gleich und meinte: »Lass uns trinken auf unsere Freundschaft und unsere Zusammenarbeit, mein Freund.« Sie schauten sich an, ein prüfender Blick, verbunden mit der gedachten Frage, was der andere zu verbergen hatte. »Saint-Émilion Grand Cru 2001. Ich weiß, dass du den magst«, merkte Sergej an.

»Danke, mein Guter, schön, dass ich hier sein kann. Ja, lass uns trinken auf die Zusammenarbeit und unsere Freundschaft.«

Damit waren die Formalitäten erledigt. Irina kam aus der Küche, in jeder Hand einen Teller. Auch da hatte sich Sergej nicht lumpen lassen. Ein feines Steak mit ein wenig Gemüse und zwei kleinen Kartoffeln.

»Das sieht klasse aus, Sergej. Du weißt eben, was gut ist.« Boris meinte es ernst mit dieser Aussage.

Inzwischen hatte sich Irina ebenfalls einen Teller aus der Küche geholt, setzte sich zu den beiden an den Tisch und nahm ihr Besteck in die Hand. In den nächsten Minuten genossen sie das Essen und übten sich in Small Talk. Weder Boris noch seinem Gastgeber blieb das offensichtliche Interesse von Irina an ihm verborgen.

Als Nächstes kam der Teil mit dem Wodka. Es waren die immer gleichen Rituale, wenn sich Boris mit Sergej traf. Und damit der passende Zeitpunkt für Boris, sein Anliegen zu formulieren.

»Hör mal, Sergej, ich habe ein Treffen mit ein paar

Leuten, mit denen ich etwas besprechen muss. Kann ich eine deiner Locations nutzen?«

»Wann ist das Treffen, und wie viele Leute sind dabei?«, wollte Sergej wissen.

»Es werden zwanzig Leute sein und ich. Den genauen Termin kann ich dir morgen sagen, da kläre ich die Details. Ist das okay für dich?« Boris wusste, dass das okay war, die Frage war lediglich eine Höflichkeitsfloskel.

»Zwanzig Leute, da brauchst du die Fabrik. Das müsste gehen. Gib mir Bescheid, sobald du den Termin weißt. Üblicher Tarif.«

»Natürlich, das versteht sich von selbst. Sergej, es ist ein gutes Gefühl, einen solchen Freund und Geschäftspartner wie dich zu haben. Lass uns darauf anstoßen.«

Die Fabrik war ein verlassenes Industriegelände in Autobahnnähe im Westen von München, das Sergej vor einigen Jahren gekauft hatte. Allerdings schien er keine weiteren Absichten damit zu verfolgen. Nur ein paar Bereiche des Hauptgebäudes waren mit dem Nötigsten ausgebaut, um beispielsweise solche Treffen abzuhalten.

Nachdem Boris und Sergej sich wie üblich Geschichten aus der Vergangenheit erzählt hatten, die Mal für Mal mehr von ihrer Urform abwichen, neigte sich der Abend dem Ende zu. Irina hatte sich damit begnügt, die Männer zu beobachten. Dabei hatte sie keine Gelegenheit ausgelassen, das zu zeigen, sei es durch eine kurze Bemerkung, ein Lächeln oder gar eine zufällig anmutende Berührung.

Boris beschloss, den offiziellen Teil des Abends zu beenden. »Sergej, ich gehe nach oben in mein Zimmer. Danke für das Essen und den kurzweiligen Abend«, sagte er und hob sein Glas zu einem letzten Gruß. »Irina kommt noch mit nach oben.«

Mit dieser selbstverständlichen Offenheit hatte anscheinend auch Irina nicht gerechnet, doch ihr schien es zu imponieren.

»Boris, mein Freund, das ist kein Puff hier«, sagte Sergej, verband seine Worte aber mit einem Lächeln. Er wusste, dass er es nicht verhindern konnte, und er wusste auch, weshalb Irina bei ihm war.

»Schon klar, Sergej, ich bezahle ja auch nicht dafür«, sagte Boris und grinste.

Sergej hob lediglich die Brauen und wandte sich an Irina. »Mein Schatz, räumst du noch den Tisch ab? Und dann wünsche ich euch viel Spaß.«

Irina warf Boris einen kurzen Blick zu. Er nickte kaum merklich, stand auf, verließ den Saal und ging nach oben.

Bis Irina kam, richtete er noch ein paar Dinge, die er – je nachdem, wie sich die Situation entwickelte – für nachher benötigen würde. Die Tagesdecke auf dem Bett räumte er weg, ein paar Kondome legte er auf den Nachttisch und den Schreibtisch.

Es klopfte an der Tür. Boris bediente den Schalter, die Tür öffnete sich. Er saß zurückgelehnt im schwarzen Ledersessel, das linke Bein über das rechte geschlagen, sein linker Ellbogen lag auf der Lehne, die rechte Hand auf dem Oberschenkel.

Irina hatte sich umgezogen, die schwarze Bluse war tailliert, passte sich ihrem Körper hautnah an. Ihre Brüste zeichneten sich unter dem Stoff ab, ihre Nippel waren erigiert, wie Boris schmunzelnd zur Kenntnis nahm.

»Ist dir kalt, Irina?«, fragte er sarkastisch und so leise, dass sie es nicht hören konnte.

Sie trat ein, die Tür schloss sich. Boris hob die rechte Hand und bedeutete Irina, stehen zu bleiben.

Fantastisch sah sie aus. Der dunkelblaue, hoch geschlitzte Midi-Rock, den sie trug, betonte ihre weibliche Figur. Sie schien aufgeregt zu sein, atmete tief ein. Boris verzog keine Miene, aber er musterte sie wie ein Raubtier seine Beute. Sein Blick wanderte ruhig an ihr entlang, von oben nach unten und zurück.

»Ist die Fleischbeschau jetzt beendet?«, fragte sie mit einem Lächeln.

Boris verzog keine Miene. Er starrte sie weiter an, ohne Regung auf ihren Kommentar.

Das Licht im Raum war gedimmt, aus der Musikanlage tönte Carl Orffs *Carmina Burana*, bombastisch, aber nicht zu laut.

Boris erhob sich jetzt aus seinem Sessel und machte einen Schritt nach vorne. Er blieb stehen und streckte die Hand nach Irina aus. Sie wusste, dass sie ihm entgegengehen sollte. Doch sie zögerte, denn Sergej hatte sie mit Sicherheit gewarnt. Sie kannte seinen Ruf. Er war ein eiskalter Killer. Ein brutaler Sadist.

Genau das erregte sie: die Gefahr, die von ihm ausging. Als sie langsam zu ihm trat, bohrte sich ihr Blick in seinen

Boris horchte kurz in sich hinein. Kam die Wallung in Form der blutroten Nebel, kam der eiserne Griff aus seinem Inneren, der ihn zur Gewalt zwang? Kam die Lust auf ein Blutbad, die er so gut kannte? Stand vor ihm eine weitere Valeria, die er gleich in Stücke reißen würde?

Nein, es war nur das normale Verlangen, die Lust, die in jedem Mann im Angesicht einer schönen Frau, die gerade sein Zimmer betreten hatte, entstehen konnte. Er schmunzelte wieder. Fast harmlos kam er sich vor. Das gefiel ihm. Der Dämon schlief heute Abend.

Wie in Zeitlupe hob er erneut die Hand.

Boris war einen Kopf größer als sie. Jetzt, da sie direkt voreinander standen, erschien ihm dieser Unterschied riesig. Er sah zu ihr hinab.

Ohne ein weiteres Wort berührte er ihr Dekolleté. Mit der Hand zeichnete er die Form ihrer Brüste nach, strich über ihre bedeckten Nippel. Mit Zeigefinger und Daumen drückte er einen der Nippel zusammen, erst sanft, dann steigerte er den Druck und zog daran. Irina atmete tief ein, ein Seufzer, sie schloss die Augen. Sie genoss es. Als Boris den Druck lockerte, schoss Blut zurück in den Nippel. Irina öffnete die Augen, als wäre sie erschrocken. Boris berührte mit der Spitze seines Daumens ihre Unterlippe, strich an ihr entlang. Sie antwortete, indem sie die Zunge nach vorne schob.

»Nein!« Nur ganz leise kam das Wort über Boris' Lippen und bedeutete: Ich sage, wo es lang geht. Die Initiative liegt bei mir, nicht bei dir.

Mit einer blitzschnellen Bewegung packte er ihre Handgelenke, drückte sie auf ihren Rücken, seine linke Hand hielt sie dort fest zusammen. Irinas Oberkörper bäumte sich auf, ihre Brüste schienen kurz davor, die Knöpfe der Bluse zu sprengen. Sie warf den Kopf hoch, schaute ihn mit großen Augen an. Sie deutete an, sich zu wehren, dem Griff, der ihre Hände hinter ihrem Rücken hielt, entkommen zu wollen. Sie wand sich. Doch sie hatte keine Chance gegen seine pure, stählerne Kraft.

Sie spielt gut, dachte Boris. Ein Profi. Sie ließ sich führen.

Und wieder eine abrupte Bewegung, mit der Boris Irina um ihre eigene Achse drehte. Jetzt stand sie mit dem Rücken zu ihm. Noch immer hielt er ihre Hände fest. Mit der Rechten öffnete er ihre Bluse. Ihre Brüste drängten nach draußen, fest fühlten sie sich an. Boris nahm erst die eine, dann die andere in die Hand. Er drückte sie. Sein Druck erzeugte Gegendruck, Irina bäumte sich dagegen auf, simulierte noch immer ein Sich-Wehren, einen Widerstand. Sie will widerspenstig sein, dachte Boris, und versucht mich zu lenken. Sie seufzte, atmete tief, er sollte wohl glauben, dass er sie jetzt da hatte, wo er sie haben wollte. Wo sie meinte, dass er sie haben wollte. Und Boris hatte sie genau da. In einem Tanz um Macht, nicht mehr nur in einem Spiel um Sex.

Er lockerte den Druck auf ihre Brüste und fuhr mit der Hand an ihrem freigelegten Oberkörper entlang. Umkreiste mit seinen Fingern ihre Brüste, streichelte ihren Bauch und drückte leicht auf ihren Unterleib. Sie vibrierte unter seinen Berührungen. Jetzt hielt er abrupt inne, umfasste sie fast sanft, aber dennoch unnachgiebig mit seinem muskulösen rechten Arm.

Ein leises »Schschtt« zischte in ihr Ohr, es zeigte Irina, dass die erste Runde vorbei war. Er ließ ihre Handgelenke los, führte ihre Arme nach vorne.

Boris stand noch immer hinter ihr, umschlang sie jetzt mit beiden Armen, wie ein echter Liebhaber. Er entspannte sich, auch Irina atmete tief aus und drehte den Kopf leicht auf die Seite, als wollte sie ihn anschauen. Sofort festigte sich sein Griff um ihre Taille, und sie legte den Kopf nach hinten auf seine Brust.

So vergingen Sekunden. Boris öffnete allmählich seine Umarmung, ließ sie langsam los. Irina wollte sich zu ihm umdrehen, doch Boris deutete an, dass sie so bleiben sollte. Seine rechte Hand ging nach unten zu ihrem Schritt. Der Rock war noch geschlossen, er suchte das obere Ende des seitlichen Schlitzes, zog den Saum nach oben und näherte sich mit seiner Hand ihrer Körpermitte.

Jetzt drehte er Irina mit einer kraftvollen Bewegung so, dass er sie anschauen konnte. Was für ein Blick. Ihre Iris war schwarz. Boris kannte diesen tiefen Blick der Erregung. Es konnten nur Nuancen bis zu einem Orgasmus sein. Sie war Wachs in seinen Händen. Aber noch war es nicht so weit. Der Spaß hatte gerade erst begonnen.

War ihre Lust echt?, fragte sich Boris. Oder war sie eine wirklich gute Schauspielerin?

Er wollte sie auf die Probe stellen.

Boris führte ihre Hände an den Bund seiner Hose. »Aufmachen«, sagte er. Sie sollte seine Erregung spüren. Es war wie das Herunterklappen eines Visiers. Wie reagierte sie darauf? Professionell, mit geschickten Händen und fließenden Bewegungen? Darauf bedacht, dass ihre Fingernägel mit dem aufwendigen Lack nicht zu Schaden kamen? Oder war sie diese kleine Nuance zu hektisch, zu eifrig? Das würde er als Beweis nehmen, dass sie wirklich in einem eigenen Strudel der Lust taumelte und ihn wollte.

Er spürte, wie sie den Knopf der Hose und den Reißverschluss öffnete. Sie kicherte kurz. Der Reißverschluss hatte sich verhakt. Boris grinste zufrieden.

Dann drückte er sie nach unten auf die Knie. »Du weißt, was zu tun ist«, befahl er.

Irina war erfahren, so viel war klar. Das Zusammenspiel von Zunge und Lippen war neugierig, tastend, ohne langweilige Routine. Ihre freie Hand wanderte an ihrem eigenen Körper hinab und zwischen ihre Beine. Sie begann sich zu stimulieren, während sie sein Glied in ihrem Mund hatte.

Boris gab sich ihr hin, ließ zu, dass sie ihn in der Hand hatte, dass sie am Hebel saß und das Spiel dirigierte. Er ließ sie gewähren. Nur selten hatte er eine Frau getroffen, die ihn so mit Haut und Haar verschlingen wollte. Und Irina kannte das Spiel mit den Feinheiten. Versuchte, die Macht der Blicke einzusetzen, und es spielte eine Rolle bei Boris. Er war empfänglich dafür, denn er nutzte dieses Mittel ebenso. Sehnsucht strahlte aus ihren Augen und in dieser Situation sogar eine gewisse Dominanz, der Part, den üblicherweise Boris spielte. Sie ging nur auf seine Befehle ein, um ihm überlegen zu sein. Auch jetzt noch, aber Irina war eine würdige Gegenspielerin: auf Augenhöhe. Zumindest im Moment.

Plötzlich intensivierte sie ihre Berührungen. Sie spielte, liebkoste, kitzelte, ihre Zunge drehte Eskapaden, ihre Lippen umschlossen Boris mit einem Druck, den sie bisher noch nicht erreicht hatte. Gleich war er da, jetzt fehlte nur noch diese eine Bewegung, sie machte sie, ihre Schultern bebten. Ihre Hand verstärkte den Druck und pumpte ein wenig nach. Jetzt war es Boris, der seufzte. Dann stieg aus seiner Kehle ein tiefes Röhren auf. Sie hatte ihn. Schlagartig nahm sie ihn aus dem Mund, der Ansatz passierte ihre Lippen.

Boris explodierte, schleuderte sich über ihr Gesicht, sie drehte den Kopf zur Seite. Offensichtlich liebte sie es nicht übermäßig, Sperma zu schlucken. Boris pumpte mehr und mehr seines Samens aus der Spitze seines Glieds. Es dauerte, bis die Wellen in seinen Lenden sich allmählich abschwächten, eine Ewigkeit, glaubte er. Er spürte der Lust nach, die langsam aus seinem Innern entwich. Er schloss die Augen, tastete mit beiden Händen nach ihrem Kopf, sein breiter Rücken krümmte sich nach vorn, er griff in ihr Haar. Er wollte sie hochziehen, sie küssen.

Dann wurde explosionsartig alles rot vor seinen Augen. Er spürte einen stechenden Schmerz, als sie die spitze Ahle aus ihrem Haar zog und in seinen Daumen bohrte. Schlagartig stieg Wut in ihm auf. Er fühlte nichts mehr, war nur noch Reflex. Überleben. Wollte sie ihm die Ahle ins Herz rammen? Dieses hinterhältige Biest?

KAPITEL 29

DAVOS, SCHWEIZ

»Zeit für ein Update«, begann Sheila Hunt und hob die Stimme. »O'Killirch hat mir sämtliche Dateien und Unterlagen zu dem Diebstahl zukommen lassen. Meines Wissens haben Sie die alle?« Sie warf einen Blick in die Runde.

Ich nickte und packte meinen Laptop aus, eine stoß-, wasser- und bis zu einer gewissen Temperatur auch feuerfeste Hightech-Maschine in einer soliden, klobigen Schutzhülle. Militärausrüstung.

»Kommen wir zu dem im Darknet kursierenden Video.« Sheila Hunt nickte einem Agenten vom Mossad zu, glatt rasiert, mit Allerweltsgesicht.

»Unsere Agenten haben Nachrichten von einem gewissen Al Ahram abgefangen. Er ist der Anführer der Beduinenbewegung und sammelt Anhänger in Massen um sich. Es sieht so aus, als planten sie einen gewaltigen Anschlag und würden sich auch dazu bekennen. Nach den Informationen, die wir empfangen und ausgewertet haben, soll dieser Anschlag dazu dienen, die Welt in ihrer jetzigen Prägung mit der Frontstellung der westlichen liberalen Länder gegen China und von China abhängigen

Drittstaaten – dazu zähle ich auch Russland nach dem verlustreichen Krieg in der Ukraine – vollständig zu ändern. Nämlich hin zu einer multipolaren Welt, in welcher der Islam vereint auftritt und seine Spaltung in Schiiten und Sunniten überwindet, sich von Staatsformen und Ländergrenzen verabschiedet und frei über den Nahen Osten und den nordafrikanischen Kontinent wandert. Wie die Beduinen es Jahrtausende getan haben. Da will er wieder hin. Was zunächst wie eine romantische Idee anmutet, hat einen konkreten historischen Bezug. Ein Erbe nämlich, auf das Al Ahram sich beruft. Der Mann ist äußerst charismatisch. Wie erfolgreich er ist, wird davon abhängen, ob es ihm gelingt, korrupte, gewalttätige Regierungen, die fest im Sattel sitzen, zu Fall zu bringen. Zu dem geplanten Anschlag haben wir nicht viel Konkretes, was daran liegt, dass uns in Sachen Observierung Zurückhaltung auferlegt wurde. Was ich gelinde gesagt merkwürdig finde. Auch wenn wir bisher nur spekulative Informationen haben. Aber bei allem ist klar: Wir halten Al Ahram nicht für einen Spinner. Seine Anhängerschar wächst stündlich.«

»Vermuten Sie eine unklare Interessenlage in den eigenen Reihen? Gibt es jemanden, der Al Ahrams Bewegung befürworten könnte?«, fragte ich ihn offen.

»Das lässt sich nicht so klar beantworten. Wir haben eine neue Regierungskoalition, unser Ministerpräsident kann nicht ohne rechtsnationale, orthodox religiöse Kräfte regieren. Die Rabbis aber lassen sich nicht in die Karten blicken, auch von uns nicht. Das ist schwierig.«

Sorgenfalten zeichneten sich auf seinem Gesicht ab.

So offen hatte noch nie ein Mossad-Agent vor versammelter Mannschaft gesprochen. Die Gespräche waren während seines Redeschwalls verstummt, alle hörten ihm zu. Geheimdienste funktionierten wie die meisten Organisationen nach dem Prinzip: Teile und herrsche. Niemand wusste immer alles. Heikle Informationen, neue Ausrichtungen und die Einschätzung von Ereignissen standen nur wenigen gleichzeitig zur Verfügung. Es galt das Prinzip: Kenntnis nur wenn nötig.

Ich schickte einen bohrenden Blick in seine sorgenvollen Augen und startete einen Versuchsballon:

»Erwarten Sie, dass Ben Shukir hier auftaucht?«

Meine Frage nach dem designierten Chef des Mossad elektrisierte ihn.

»Nicht, dass ich wüsste. Aber man weiß ja nie?«, stammelte er fast.

Damit war mir eines klar: Es musste ein Problem beim Mossad geben, ein ernstes Problem. Denn bei aller Geheimniskrämerei, die Geheimdienste untereinander veranstalteten: Spätestens beim Thema Terror zogen alle unmissverständlich an einem Strang. Wenn der Dienst, das Land oder die Regierung in Gefahr waren, öffneten sie ihre Visiere und gaben ihr Bestes, um die Gefahr abzuwenden. Ben Shukir, der pragmatische General mit der Nähe zu fundamentalreligiösen Kräften in Israel, würde es sich niemals erlauben, in Deckung zu bleiben, wenn der Erzfeind Israels, die muslimische Welt, sich neu zu formieren drohte.

»Ich wollte eigentlich nur noch mal nachhaken, wen wir noch zu erwarten haben«, wiegelte ich ab und fing einen fast Hilfe suchenden Blick des Mossad-Agenten ein. Das war eine ganz neue Qualität. Diejenigen, die der Mossad zu solchen Treffen schickte, waren Teil der knallharten, weltberühmten Elite: kampferprobt, loyal, geschickt und unverfroren. So verunsichert – und gleichzeitig so offen – hatte ich noch nie jemanden aus ihren Reihen erlebt.

»Wir warten auf eine Videoschalte mit O'Killirch«, meldete sich Sheila wieder zu Wort. »Die sollte eigentlich schon stehen, aber er scheint nicht sehr technikaffin zu sein …«

In dem Moment knisterte es auf dem großen Bildschirm. Mein Blick fiel auf einen chaotischen Schreibtisch, hinter dem eine kopflose Person in Uniformhemd saß. Ja, genau so hatte ich mir O'Killirch vorgestellt.

Ein hörbares Grinsen ging durch den Raum, die internationalen Terrorbekämpfer, die hier zusammensaßen, schienen solche Szenen zu kennen.

Jeder hatte ein Mikrofon vor sich, damit Fragen gestellt werden konnten. Ein Lautsprecher stand neben dem Bildschirm. Auch aus dem kam ein Knistern.

»Einen Moment noch«, tönte plötzlich eine männliche Stimme aus dem Lautsprecher. Nun bewegte sich das Bild, die Kamera zoomte ran und schwenkte nach oben. Ein älterer Mann mit einem etwas aufgedunsenen Gesicht erschien auf dem Bildschirm. Eine eindrucksvolle Erscheinung. Ein Marlon Brando aus der irischen Provinz. Ja, auch so hatte ich ihn mir vorgestellt. Es war schon interessant, wie man Stimmen und Situationen mit den Menschen dahinter verband.

»Jetzt sehe ich mich, Brennan«, sagte die männliche Stimme.

»Ja, Boss, gleich geht es los, wir haben die Verbindung.« Offenbar gehörte die Stimme diesem Brennan, seinem Assistenten, für den Videoschaltungen auch nicht zum täglichen Gebrauch zählten, so lange, wie das Ganze dauerte.

Ein paar Momente später stand die Schalte. Rechts im Bildschirm sah man O'Killirch, links unseren Raum in der Totalen.

»Hallo, Chief O'Killirch, schön, dass die Verbindung jetzt funktioniert«, begrüßte ihn Daniel von Interpol. »Wir verzichten auf Formalitäten. Wenn jemand von uns eine Frage an Sie hat, stellt sich der- oder diejenige nur kurz vor. Übrigens, Jeremy, wir reden uns hier mit Vornamen an. Ist das okay für Sie?«

»Und wer sind Sie?«, fragte O'Killirch.

»Daniel, Interpol.«

»Klar ist das okay für mich. Schauen Sie sich meinen Schreibtisch an. Macht das den Eindruck, als würde ich Wert auf Formalitäten legen?« Der Kerl war verschmitzt, sein Humor gefiel mir.

»Gut, kommen wir zur Sache«, übernahm Daniel wieder. »Wir haben alle die Unterlagen gesehen, die Sie an Sheila geschickt haben. Gibt es sonst noch Neuigkeiten, die wir nicht wissen?«

»Das einzige Wesentliche, das Sie wissen sollten, ist, dass ich veranlasst habe, das Labor in Kinnegad zu schließen, wo diese Substanz, das Botulutox…«

»Botulinumtoxin, Chef«, sagte die Stimme im Hintergrund.

»Ja, von mir aus auch das«, bestätigte O'Killirch brummend. »Der Wachschutz wurde sowieso verstärkt, und eine Spezialeinheit unserer Garda ist auch vor Ort. Das Ding ist also gesichert und bleibt es vorerst auch. Jetzt müssen wir dringend klären, wie es dazu kommen konnte, dass diese Substanz verschwunden ist.«

»Gute Nachricht, O'Killirch, danke für die Info!«, sagte Daniel, der hier wohl die Federführung übernommen hatte.

Daniel war ein groß gewachsener Typ, der Einzige hier im Raum, der wie ein Geschäftsmann gekleidet war. Grauer Anzug, mittelblaues Hemd und eine rote Krawatte. Sehr gediegen und gepflegt, heute frisch rasiert und damit kein Vergleich zu Ronny mit seinem Fünftagebart.

Da meldete sich Ronny zu Wort. »Jeremy, wisst ihr schon, wo genau eine Verbindung besteht zwischen dem Raub dieses Botulinumtoxins und dem anscheinend furchtbar sadistischen Mord an dieser vermeintlichen Prostituierten?«

»Die einzige Verbindung, die wir inzwischen bestätigen können, ist die, dass dieselbe Substanz bei der ermordeten Person eingesetzt wurde. Das muss aber nicht unbedingt etwas mit dem geraubten Botulinumtoxin zu tun haben«, antwortete O'Killirch.

Nebelkerzen, False-flag-Aktionen, Ablenken von den eigentlichen Absichten, dachte ich. »Jeremy, eine Frage. Merry vom BND, übrigens. Die Zuordnung, dass der Raub der Substanz etwas mit Davos zu tun haben könnte, kam die von Ihnen?«

»Ich hatte den Gedanken geäußert. Aber nur wegen der Tatsache, dass sich dieses Mittel für einen solchen Anschlag eignet«, antwortete O'Killirch. Kurz verzog er das Gesicht, als hätte er Schmerzen, oder vielleicht war das einfach nur eine Marotte von ihm. Na ja, war seine Sache. Seinen Job machte er jedenfalls gut.

»Merry, da muss ich reingrätschen«, meldete sich Daniel. »Wir bei Interpol haben ebenfalls den Bogen zwischen dem Botulinumtoxin und Davos gespannt, als wir die Meldung bekommen haben. Haben Sie Zweifel?«

»Es ist mein Job, Zweifel zu haben«, erwiderte ich. »Klar habe ich die. Wir sind hier zwar für die Sicherheit in Davos zuständig. Was mich angeht, darf ich aber auf keinen Fall vergessen, die Gesamtbedrohungslage im Auge zu behalten. Das Gift würde, egal wo es eingesetzt würde, eine verheerende Wirkung haben. Vergessen wir das nicht.«

Alle schauten mich an, als hofften sie, dass noch etwas kam. Auch Ronny sah zu mir, aber sein Blick hatte eine andere Aussage. Seine Augen sagten mir: Verdammt, die hat recht! Ronny hatte ein exzellentes Gespür für Nuancen. Dieses Gespür war mit verantwortlich gewesen für unsere erfolgreiche Aktion in Montenegro.

Unwillkürlich dachte ich an meinen Boss und die Kopien über die Wasserversorgungsnetze. Ich entschied mich aber, an dieser Stelle nicht weiter darüber zu spekulieren. Hier im Raum ging es um Davos. Nur um Davos. Wir sollten beim Thema bleiben.

»Ich denke, wir müssen uns hier auf die mögliche Bedrohungslage für Davos konzentrieren«, warf Daniel denn auch prompt in die Runde. Ronny schaute zu mir rüber, grinste verhalten. Er wusste, was ich dachte. Ich grinste zurück.

»Gibt es aus der Runde noch Fragen an Jeremy?«, erkundigte sich Daniel und blickte in die Gruppe. Stilles Kopfnicken bestätigte seine Vermutung. »Dann können wir vielleicht alle eine kleine Pause vertragen. In einer halben Stunde machen wir weiter. – Danke, Jeremy, dass Sie sich zugeschaltet haben, und danke auch an Ihren Kollegen. Und – Jeremy, kümmern Sie sich um sich. Schusswunden sind ein großer, heimtückischer Mist!«

»Verdammt, weiß das eigentlich jeder von euch Typen?« O'Killirch schien ein bisschen angekratzt zu sein, zumindest deutete seine Reaktion darauf hin. Gut, das war auch verständlich. Dann war seine Schusswunde also der Grund dafür, dass er zwischendrin immer wieder das Gesicht verzogen hatte.

»Wenn Facebook, Instagram, Twitch und TikTok alles von uns wissen, sollten wir da nicht zurückstehen«, sagte Sheila lächelnd. »Ja, wir wollen schon wissen, mit wem wir es zu tun haben. Machen Sie es gut und gute Besserung, Jeremy.«

O'Killirchs Augen wanderten als einziges Fragezeichen zu seinem nicht sichtbaren Assistenten. Stumm formulierte er die Worte: »Wer weiß alles über mich?«

Das Bild flackerte, und dann war es weg. Die Schalte nach Irland war für heute Geschichte. Wir hatten nichts Neues erfahren. Dass das Labor jetzt geschlossen war, hatte keine Auswirkungen auf unsere Arbeit. Und es änderte nichts an der Situation insgesamt: Dieses

Botulinumtoxin war irgendwo da draußen, wurde vielleicht von einem perversen Sexmonster an einer Escort-Dame getestet, wobei man hier nicht sicher wusste, ob die Fälle tatsächlich miteinander zu tun hatten. Und jetzt mussten wir rausfinden, wo dieses verheerende Nervengift eingesetzt werden könnte. Ich zweifelte an der Theorie mit Davos. Allerdings hatte ich auch diese Vermutungen mit meinem Boss im Hinterkopf, von denen die anderen hier nichts wussten.

Ich musste mit jemandem darüber reden. Ich blickte rüber zu Ronny. Der interpretierte meinen Blick genau so, wie er gemeint war. Jetzt stand sowieso eine Pause an. Ich ging aus dem Raum, Ronny ebenso.

Bevor ich etwas sagen konnte, legte er los: »Merry, was sind das für Bedenken, die du wegen eines möglichen Anschlags hast?«

Wir standen im Forum der Halle, auf der anderen Seite war eine Tür. »Lass uns schauen, ob wir da reinkönnen«, sagte ich. Tatsächlich, die Tür war offen, wir betraten das Zimmer, das wie ein Warteraum eingerichtet war. Ein Tisch mit sechs Stühlen drum herum stand darin. Kahle weiße Wände, auf einem anderen Tisch an der Wand standen eine Mikrowelle und eine Kaffeemaschine, gleich daneben in der Ecke ein Hochschrank. Wahrscheinlich für Geschirr und sonstiges Equipment zum Pausemachen.

Ich erzählte Ronny von meinen Beobachtungen, die meinen Chef betrafen. Oder, besser gesagt, den Abteilungsleiter, dem ich personalmäßig zugeordnet war, der aber keinerlei Weisungsbefugnis mir gegenüber hatte. Ein

Paradoxon, wie es das nur bei Geheimdiensten gab. Ronny hörte aufmerksam zu. Das konnte er schon immer, bei ihm fühlte ich mich gut aufhoben mit meinen Informationen.

»Wow, das wäre ja eine Nummer«, meinte er, als ich fertig war. »Ich schau mal, ob bei unseren Leuten irgendetwas durchgesickert ist. Das mach ich gleich nachher. Ist das okay?«, fragte er.

»Das wäre klasse. Und ich bleibe auch dran. Mein Bauchgefühl sagt mir, dass wir damit auf der richtigen Spur sind. Aber es ist nur mein Bauchgefühl, mehr nicht.«

Ich sah zu Ronny auf. Ich traute ihm.

In einer alten Gewohnheit fasste ich nach seinen Händen, groß waren sie und kräftig. Die zu den Ellbogen hochgeschobenen Ärmel seines Sweatshirts legten seine muskulösen Unterarme frei. Man sah die leicht geschwollenen Adern, die starken Handgelenke, ich liebte diesen Anblick. Es waren die erotischsten Unterarme, die ich jemals an einem Mann gesehen hatte.

Ronny spürte meine Erregung. »Jetzt und hier?«, fragte er. Ich nickte nur und fühlte, wie mir das Blut in den Schritt jagte.

Er sollte von mir wissen, wie ich auf ihn reagierte.

»Aber nicht jetzt«, sagte ich.

Wir verließen den Raum, gingen durch das Forum. Die angesetzte Zeit für eine übliche Pause hatten wir um ein paar Minuten überschritten. Als wir in den Besprechungsraum traten, schauten uns die anderen an. Sheila grinste in sich hinein und schaute mich an. Ich lächelte zurück.

»Schön, dass ihr wieder da seid«, sagte Daniel trocken. »Wir sind schon dabei, die Strategien festzulegen.«

Der große Bildschirm war jetzt mit einem der Laptops verbunden, der von Daniel bedient wurde. In einer Tabelle, die auf den Bildschirm übertragen wurde, waren bereits Stichpunkte erfasst: Fakten, mögliche Darreichungsformen, mögliche Mischungen, mögliche Vergiftungswege, tödliche Dosierung. Inzwischen konnte ich die Punkte auswendig.

»Lasst uns überlegen«, sagte Daniel. »Wie kann jemand das Gift gleichzeitig in Davos verteilen? Das Essen? Kontrollieren wir. Getränke? Die auch. Wir haben unsere Labors eingerichtet, das würde uns auffallen. Mit Drohnen abwerfen? Irgendwie in der Luft über Davos zerstäuben? Drohnen entdecken wir rechtzeitig. Eine Flugverbotszone haben wir auch und Störsender gerade für Drohnen. Wie also könnte man das anstellen? Wir müssen alle Gegenmaßnahmen gründlich vorbereiten, nichts darf uns durch die Finger gleiten. Wie können wir einen Vergiftungsanschlag verhindern?«

»Moment noch!«, unterbrach ich ihn. »Was ist mit den Wasserleitungen in den Hotels und Tagungsräumen?«

Die Runde schaute mich skeptisch an. Wieder war es Sheila, die aufmerksam reagierte. »Sehr guter Ansatz, Merry!«

»Aus Rücksicht auf die Bevölkerung wird die Wasserversorgung von Davos nicht abgestellt, wie wir das wollten, und stattdessen das Wasser aus für uns leicht kontrollierbaren Zisternen und Tanks verteilt«, meldete sich Ronny und nahm vorweg, was ich mir schon gedacht hatte. »Kommt

302

so was für euch infrage? Wir müssen an die Bevölkerung denken. Nichts ist schlimmer, als wenn unter den lokalen Bürgern Panik ausbricht. Jetzt ist noch Zeit, es der Bevölkerung als Präventivmaßnahme zu verkaufen.«

Und natürlich war es Ronny, der mir zur Seite sprang. Ohne die Kopien, die ich bei meinem Chef gesehen hatte, wäre diese Überlegung auch nicht ganz oben auf meiner Liste gewesen.

»Da hat Merry völlig recht. Beim Trinkwasser sehe ich auch eine ausdrückliche Bedrohungslage«, sagte er und schaute mich an.

Ich spürte, wie ich rot wurde, und neigte den Kopf tief über die Tischplatte.

»Okay, das nehmen wir auf in die Liste, danke für den Hinweis, Merry.« Daniel schaute mich an und notierte es auf der Liste. »Machen wir weiter mit den Gegenmaßnahmen.«

Minuten später hatten wir eine ganze Liste mit Vorschlägen, die auf unseren Bildschirmen aufploppte:

Gegenmaßnahmen
- *Sämtliche Beschäftigte werden noch einmal ausgiebig gecheckt. Das gilt insbesondere für externes Sicherheitspersonal, Reinigungskräfte, den Service und Küchenbrigaden.*
- *Kameras in allen Küchen und Gastronomieräumlichkeiten, Lagern und Kühlhäusern.*
- *Gesonderte Kontrollstellen außerhalb von Davos.*
- *Videoüberwachung durch Drohnen aus der Luft. Restlichtverstärker und Nachtsichtgeräte.*

303

- *Tote Winkel im Ort ausleuchten.*
- *Offener Getränkeausschank ist verboten. Alkohol gibt es nur zu den Mahlzeiten. Weinflaschen, Bierflaschen und Ähnliches werden direkt vor den Räumen geöffnet, mit Teststreifen kontrolliert und dort in Karaffen gefüllt.*
- *Alle Speisen werden zum Schnell-Test zur Verfügung gestellt. Es wird eine Task Force Food and Beverage gebildet.*
- *Schließprotokoll: Sämtliche Räumlichkeiten werden vor und nach Nutzung unter Aufsicht von Sicherheitspersonal geöffnet und wieder verschlossen. Aerosol-Detektoren in jedem Raum, in jedem Flur und in jedem Zimmer werden Pflicht.*
- *Hauptzugangsleitungen der Wasserversorgung werden rund um die Uhr überwacht.*
- *Vorschlag, die Schwimmbäder und Leisure-Zentren, Saunen, Whirlpools und Dampfbäder für die Zeit der Veranstaltung zu schließen.*
  Wird das nicht akzeptiert, wird durch die lückenlose Überwachung dieser Einrichtungen deren Benutzung möglich gemacht.

Die Liste sah gut aus, dachte ich für mich. Ob sie vollständig war und wie sie umgesetzt werden würde, das sollte jetzt der Kern unserer Arbeit sein.

»Leute, ich glaube, wir haben eine gute Basis«, sagte Daniel und blickte in die Runde. »Also neben den sonstigen Bedrohungen, die wir im Blick behalten. Lasst uns noch mal darüber nachdenken, wie wir die neue Bedrohungslage durch dieses Gift mit den anderen verzahnen können, um so effizient und so diskret wie möglich zu bleiben. Und wir sollten das mit unseren Delegations-leitungen besprechen, mit den Securitychefs der Staats-gäste und Regierungschefs und den Schweizer Behör-den. Sämtliche Neuigkeiten oder Änderungen ab jetzt bitte direkt an mich.«

Ich war positiv überrascht. Dieser bleichgesichtige Verwaltungsmensch wuchs ja richtig über sich hinaus. Jetzt kam zum Vorschein, was ihn an die verantwor-tungsvolle Stelle bei Interpol gebracht hatte.

Das Treffen war gut und konstruktiv, auch wenn ich noch immer nicht unbedingt an eine Bedrohung für Da-vos glaubte. Ein ganz anderer Stachel saß mir im Fleisch. Aber wie verschaffte ich mir hier und jetzt, inmitten der Hysterie in Davos, Gehör?

Ich freute mich, dass Ronny mich unterstützte. Selbst wenn es nur dadurch war, dass er mir Glauben schenkte und mich nicht gleich für komplett verrückt erklärte. Letztendlich hatte ich alle Informationen an der Hand. Ich musste sie ordnen, zusammenführen, in den richti-gen zeitlichen Kontext bringen und versuchen zu ahnen, was passieren könnte oder was passieren würde – und vor allem, wann und durch wen. Jetzt wurde die Sache erst richtig kompliziert: Da sich das dumpfe Gefühl, dass et-was ganz anderes im Busch war, in mir ständig verstärkte, musste ich zwei Szenarien im Auge behalten. Was mir half, war, dass ich Teil eines Teams war, das restlos alle Möglichkeiten der Terrorabwehr in sich vereinte, und das nicht nur vor Ort, sondern in den viele Tausende Mitarbeiter zählenden Geheimdiensten, Polizeibehörden und Strafverfolgungsorganen mit all ihren Labors, Technikern, Hubschraubern, Autos und Agenten.

Ich straffte die Schultern, ballte die Hände zu Fäusten: Den Kampf würde ich aufnehmen. Das war es, was ich brauchte: komplexe Aufgaben, für die ich Lösungen finden musste. Je umfangreicher und schwieriger, desto besser für mich. Das gab mir neue innere Kraft.

KAPITEL 30

MÜNCHEN, DEUTSCHLAND

Es war sechs Uhr morgens. Die Nacht war kurz gewesen für Boris. Ausreichend geschlafen hatte er trotzdem.

Für heute hatte er einiges auf dem Programm. Nachher würde er gleich Kontakt mit den Kroaten aufnehmen, damit er Sergej den exakten Termin für das Treffen in der Fabrik nennen konnte.

Als er nach unten ging, hörte er Geräusche aus einem Zimmer am anderen Ende des Flurs. Irina schien jetzt doch noch das zu bekommen, was er ihr gestern Abend nach ihrem gespielten Angriff mit der Ahle verweigert hatte. Gut so, dachte Boris.

Er ging in die Küche, gleich rechts auf der Arbeitsplatte neben der Tür stand die Kaffeemaschine. Aus dem Hängeschrank darüber nahm er sich eine Tasse, stellte diese unter die Maschine und drückte den Knopf für einen doppelten Espresso. Er bewegte sich in Sergejs Haus mit einer Selbstverständlichkeit, als gehörte es ihm.

Auf seinem Satelliten-Smartphone checkte er kurz die neuesten Nachrichten. Mails oder persönliche Nachrichten bekam er keine. Von wem auch. Die wenigen Leute, die seine Nummer hatten, ließen ihn in Ruhe. Jeder Kontakt war ein Sicherheitsrisiko.

Das Kaffeeritual war zu Ende. Seine Sachen, die er mit aufs Zimmer genommen hatte, waren schon gepackt und griffbereit. Er öffnete die Haustür. Was für ein neuer, schöner Morgen. Es war inzwischen sechs Uhr dreißig, im Haus war es jetzt mucksmäuschenstill. Die Sonne schien bereits dank der Umstellung auf Sommerzeit, am Himmel waren keine Wolken zu sehen. Er trat aus dem Haus, schloss die Tür hinter sich und ging zu seinem treuen, unauffälligen und unspektakulären Allerwelts-Fiat.

Auf dem Fahrersitz holte er die Liste mit den Adressen in München aus der Tasche. Zu den zehn ausgesuchten Örtlichkeiten in den unterschiedlichen, nah aneinandergrenzenden Stadtvierteln gehörten acht durchschnittliche, bürgerliche Mehrfamilienhäuser, teilweise mit Rasenflächen drum herum und den für manche Gegenden üblichen Hinterhöfen. Eine ehemalige Kraftfahrzeug-Zulassungsstelle war auch dabei und ein Theater im Zentrum der Stadt. Alle Gebäude waren in der Gründerzeit erbaut worden, also Ende des 19. und Anfang des 20. Jahrhunderts.

Und noch etwas war typisch für die zehn Adressen: Von diesen Häusern aus hatte man Zugriff auf die Wasserversorgung der ganzen Stadt. Was bedeutete, dass all die peniblen Kontrollen der Wasserversorgungsbetriebe umgangen werden konnten. Denn das Wasser, das durch die Kanäle von den offiziellen Betrieben an die Haushalte verteilt wurde, war das am besten kontrollierte Lebensmittel in Deutschland.

Er würde sämtliche Adressen heute noch aufsuchen, um sich zu vergewissern, dass alles so funktionierte wie geplant. Fehler oder gar ein Scheitern war keine Option für ihn.

Später am Abend würde er diesen Plan mit den Kroaten besprechen. Die zehn Trupps, die als Pärchen aus Mann und Frau auftraten, würden an jeweils einer Adresse die Substanz in das Wasserversorgungsnetz einführen. Dazu benötigten sie detaillierte Instruktionen und Werkzeug. Die Aktion würde von allen zehn Teams absolut zeitgleich durchgeführt werden. Um 5:30 Uhr, vor Tau und Tag, keine Minute früher, keine später. Hundertprozentige Verlässlichkeit war oberstes Gebot. Sein Ansprechpartner aus der Gruppe der Kroaten war ein Typ, der sich Josip nannte. Den würde er besonders unter die Lupe nehmen.

Es war kurz nach sieben Uhr, als Boris im dichten Morgenverkehr stadteinwärts fuhr. Er stöpselte sich Ear-Pods in die Ohren, griff zum Smartphone und musste einen Augenblick auf die Verbindung warten.

»Ja, bitte?«, meldete sich eine tiefe männliche Stimme mit slawischem Akzent.

»Josip, bist du es?«, fragte er. »Ich bin Boris. Steht die Sonne schon hoch?«

»Ja, ich bin es, Josip. Die Sonne steht hoch, es gibt keine Wolken zu sehen.«

»Prima!«, bestätigte Boris. Der Code, der beim Gespräch in Kroatien vereinbart worden war, stimmte. Einfach, aber effektiv: Jetzt wussten beide, dass sie es mit der richtigen Person zu tun hatten.

»Josip, ich bin in München. Ist das Team bereit? Wir sollten uns treffen. Wie sieht es heute Abend um achtzehn Uhr aus? Alternativ morgen um zehn Uhr vormittags.«

»Heute Abend geht klar«, antwortete Josip. »Wo sehen wir uns?«

»Ich schicke dir nachher gleich die Koordinaten. Es ist ein altes Industriegelände in München. Halte bitte die Leitung frei. Wir haben keine Zeit zu verlieren.«

Die Aussage von Boris war deutlich. In Kürze ging es ans Eingemachte. Jetzt wurde es ernst.

Die Ampel schaltete auf Grün. Boris ließ die Kupplung los, der Motor seines Fiats erwachte, und er überquerte die nächste Kreuzung. Ruhig surrte die Maschine vor sich hin, es herrschte Kolonnenverkehr, Stoßstange an Stoßstange, meist riesige SUVs, ein paar kleinere Autos darunter, viele Porsches. Boris würde nachher telefonisch Sergej über den Termin informieren, und Sergej würde diesen bestätigen. Das hatte er bisher immer getan.

Boris machte sich auf den Weg zur ersten Adresse. Bis etwa neun Uhr dauerte der Strom der Berufspendler, die perfekte Tarnung für ihn. Er musste sich beeilen, damit er es zu allen Adressen schaffte und eventuelle Hindernisse vor Ort klären konnte. Er manövrierte seinen Fiat geduldig zwischen den mittlerweile zahllosen, den Verkehr behindernden kreuz und quer haltenden Lieferwagen. Auch das verschaffte ihm Tarnung, weil es die anderen Autofahrer von ihm ablenkte.

Das erste Haus war ein Komplex mit unzähligen Wohnungen im Münchner Stadtteil Obersendling. Ein altmodisches Gebäude, über dessen ästhetischen Wert man sicher hätte diskutieren können. Er parkte den Wagen und sondierte die Lage, um herauszufinden, wie man am leichtesten ins Haus käme. Er studierte die Klingelschilder und wartete einfach ab, bis jemand das Haus verließ. Dann stellte er freundlich grüßend den Fuß in die Türe und war im nächsten Augenblick im Hausflur verschwunden. Niemand achtete auf ihn. In einer Großstadt wie München interessierten sich die Leute sowieso nicht für potenziell Fremde. Sie wussten nicht einmal, wer fremd war und wer nicht.

Boris begann zu zählen, ruhig und gleichmäßig, um seinen Aufenthalt im Haus zu timen. Er ging direkt in den Keller, die Ausrüstung hatte er dabei. Ein Exemplar der Spezialschlüssel, die er noch in Sizilien gekauft hatte, war handlich und in seiner Jacke verstaut. Er stieg über die Treppe in den Keller hinab, folgte den Wasserrohren, die unter der Decke angebracht waren. In diesem Haus musste es einen »Alten Münchner« geben, einen alten Kipphebelhydranten mit Überlaufventil.

Ein paarmal musste er abbiegen, die Kellerflure wurden schmaler. Von der Decke flackerten alte Neonröhren.

Er lauschte. Außer dem Klacken der Starter in den Leuchtstoffröhren war nichts zu hören. Links und rechts vom Flur befanden sich Kellerabteile, mit Holzlatten voneinander abgetrennt und mit Vorhängeschlössern gesichert. Stapel von Winterreifen, Gerümpel, Kisten und Kartons, alte Koffer und Kleiderstangen mit Plastikschutz darum.

Boris arbeitete sich tiefer in das Labyrinth des Kellers. Nach der nächsten Biegung sah er die Batterien von Wasseruhren an der Wand. Alles war völlig offen und frei zugänglich. Er folgte den Zuleitungen zu den Wasseruhren; da, wo sie sich bündelten, lag der Hauptzähler. Und dahinter fand er den Zugang zum Hydranten.

Perfekt!

Noch vor der Wasseruhr musste man mit dem Spezialwerkzeug den Deckel abschrauben, hatte dann Zugang zu der Leitung und konnte ein paar Milligramm der Substanz einfüllen. Oder auch ein ganzes Glas voll, wenn man genug davon hatte.

Er maß die Zeit unvermindert weiter. Nahm den Achtkantschlüssel aus der Jacke und probierte die Öffnung des Überlaufventils. Ein Kinderspiel! Nur Sekunden dauerte das.

Hier an dieser Adresse ging alles reibungslos. So musste es laufen, und wenn sich der zeitliche Aufwand für die einzelnen Objekte nicht wesentlich vergrößerte, wäre er schneller durch, als er gedacht hatte.

Er verließ den Keller über die Treppe zum Eingangsbereich.

Als er wieder in der Halle stand, war er bei 185 Sekunden angelangt. Etwas mehr als drei Minuten. Perfekt!

Gerade als er das Haus verlassen wollte, versuchte eine ältere Dame, die sich auf ihren Rollator stützte, die Haustür von außen aufzuschließen. Dabei war sie so mit ihrem Schlüssel beschäftigt, dass sie Boris, der auf der Innenseite der gläsernen Haustür stand, zuerst nicht bemerkte.

Sollte er sich verstecken, indem er wieder nach unten ging, oder der Dame helfen?, überlegte Boris. Das könnte noch eine Weile dauern bei ihr, war er überzeugt und entschied, diesem Treiben ein Ende zu bereiten. Vorsichtig drückte er die Tür nach außen auf. Jetzt bemerkte auch die Dame, dass sie nicht allein war. Sie schaute auf zu Boris, fast zwei Köpfe Größenunterschied war zwischen den beiden, verstärkt durch ihre stark gebückte Haltung. Ihr erster Blick war voller Skepsis, dann aber zeigte sich ein sanftes Lächeln in ihrem Gesicht. »Was für ein fescher Mann«, sagte sie mit tiefstem bayrischem Akzent.

Jetzt bloß nicht auffallen, dachte Boris.

»Guten Morgen«, sagte er auf Deutsch und lächelte die Dame an. Vorsichtig öffnete er die Tür vollständig, um sie nicht umzustoßen. »Bitte schön.« Er bedeutete ihr mit einer Handbewegung, dass sie das Haus betreten könne.

Einen winzigen Augenblick wollte Boris zum Feuerzeug in seiner Tasche greifen, wie er es meistens tat, wenn unerwartete Zeugen seinen Weg kreuzten. Das Carfentanyl würde die Dame augenblicklich töten. Bis sie obduziert werden würde, sofern das überhaupt bei jemandem in ihrem Alter in Betracht käme, wäre das Mittel nicht mehr nachweisbar.

Boris sah auf sie hinab, lächelte, hielt ihr die Tür auf. Das Risiko, mit dem Feuerzeug einen Vorfall zu provozieren, schätzte er größer ein als die Gefahr, dass er von der alten Dame identifiziert werden könnte. Sie würde sich nicht an ihn erinnern oder würde diese Begegnung im Nachhinein nicht als außergewöhnlich betrachten. Außerdem waren ihre Tage gezählt, wenn sein Plan Erfolg hatte.

Boris schlenderte den Zuweg vor dem Haus entlang, hörte, wie hinter ihm die Haustür wieder ins Schloss einrastete, und war zufrieden. Diese Adresse war erledigt. Eine Begegnung konnte man in einer Stadt wie München nicht vermeiden. Man konnte aber einkalkulieren, dass die Anonymität einer Millionenstadt für ihn und seinen Plan arbeitete.

Als er wieder im Auto saß, erledigte er kurz die Terminabsprachen. Zuerst war Sergej an der Reihe, denn von ihm benötigte er die Bestätigung, dass er mit den Kroaten in die Fabrik konnte.

Er wählte seine Nummer. Es klingelte ein paarmal, schließlich meldete sich Irina. »Irina, Schätzchen, kannst du mir bitte Sergej geben?« Kein Ton, keine Antwort, sie war wohl noch immer sauer wegen gestern Abend. Gut, sollte sie sauer sein. Solange sie ihren Job machte und das Telefon weiterreichte, spielte ihre Laune keine Rolle. Und den Job machte sie.

»Boris, mein Freund, was hast du mit Irina gemacht?«, meldete sich Sergej mit einem Lachen.

»Alles gut, Sergej, ich habe keine Ahnung, was sie hat. Du, hör mal, wir hatten doch gestern über die Fabrik gesprochen. Kann ich heute Abend um achtzehn Uhr da rein? Wie gesagt treffe ich mich mit zwanzig Leuten, um Details für meinen aktuellen Auftrag zu besprechen.«

»Geht klar«, antwortete Sergej. »Du kennst dich dort aus. Der Schlüssel ist am bekannten Ort. Gib mir bitte kurz eine Info, wenn ihr fertig seid. Ich sag dem Wachtrupp Bescheid.«

»Sergej, es darf niemand, hörst du, *niemand* in der Nähe sein. Das ist fundamental wichtig!« Boris schnaubte, hatte sich aber sofort wieder unter Kontrolle. »Ich werde dir bestätigen, um wie viel Uhr ich reingehe und wann meine Leute ankommen. Ich will niemanden sehen, verstanden?«

»Jaja, schon gut. Ich habe verstanden. Gib mir aber Bescheid, wenn du fertig bist, damit ich den Wachdienst wieder aktiviere.«

»Mach ich«, sagte Boris. »Und richte Irina Grüße aus.« Sergej verstand den Sarkasmus in Boris' Stimme. Er lachte und beendete das Gespräch.

Jetzt musste Boris noch Josip informieren und ihm die Koordinaten schicken.

Dann war auch dieses Gespräch beendet. Die Weichen waren gestellt.

KAPITEL 31

MÜNCHEN, DEUTSCHLAND

Boris war bereits seit eineinhalb Stunden in Sergejs Fabrik. Die Besichtigung der anderen Adressen war reibungslos verlaufen. Die Voraussetzungen passten, die jeweiligen Wasseranschlüsse waren genauso leicht zugänglich wie der erste. Boris war vorbereitet auf das Treffen mit den Kroaten. Zehn Werkzeugsätze lagen bereit. Kurz vor achtzehn Uhr wartete er am Zugang zum Industriegelände, wo er gleich die Leute in Empfang nehmen würde.

Das Gelände bestand aus mehreren Gebäuden, von denen eines offenbar als Bürogebäude genutzt wurde. Er war vor einigen Jahren schon einmal hier gewesen, um seine Ausrüstung für einen Auftrag zu lagern. Das Bürogebäude war recht gut erhalten, sogar die Wasseranschlüsse und die Elektrik funktionierten noch. Man sah auf den ersten Blick, dass es keine Ruine war und dass zumindest das Nötigste für den Unterhalt der Immobilie getan wurde. Einen gewissen Wert schien dieser Komplex für Sergej zu haben, und mit Sicherheit wurde das Gelände für unterschiedliche Vorhaben genutzt.

Die anderen Gebäude waren weniger gut erhalten.

Große Fensterfronten waren zerstört, die Wände durch die eindringende Feuchtigkeit verschimmelt. Spuren von herabfließendem Wasser durch undichte Dächer waren deutlich als braune Schlieren erkennbar. Müll und zerborstene Glasflaschen zeugten davon, dass sich wohl auch eine andere Klientel dieses Gelände zum Feiern oder für sonstige Anlässe aussuchte. Platz genug gab es ja.

Drei Fahrzeuge näherten sich dem Eingang zum Gelände. Immerhin hielten sie die verabredete Zeit ein. Für Boris waren Verabredungen eine absolute Verbindlichkeit. Wenn sich Geschäftspartner schon nicht an Zeiten hielten, worauf sollte man sich dann verlassen können.

Es waren drei dunkelgraue Ford Galaxy neueren Baujahrs, jeweils 7-Sitzer. Bevor Boris das Tor öffnete, deutete er dem vorderen Fahrzeug an, dass es auf den Haltestreifen hinter dem Tor fahren solle. So waren die Wagen von der Straße aus nicht zu sehen.

Aufmerksam observierte er die Autos. Wie verabredet saßen zwanzig Personen hinter teils abgedunkelten Scheiben, die Hälfte davon Frauen. Dennoch hatte er, verborgen vor den anderen, den Finger der rechten Hand am Abzug seiner Luger. Bei einem Angriff würde es ihm spielend leicht gelingen, den Großteil der Leute in den Autos zu töten, bevor sie sich aus dem Geflecht aus Sitzen und Gurten befreit hätten.

Der Fahrer hielt, und Boris dirigierte die beiden anderen Autos dahinter. Er trat näher an die Fahrertür, und das Fenster surrte herab.

»Wer von euch ist Josip?«, fragte er auf Deutsch in das Auto hinein.

»Das bin ich«, antwortete der Fahrer des Wagens.

»Prima, dass ihr pünktlich seid. Ich öffne jetzt das Tor. Fahrt bitte direkt durch zu dem Gebäude auf der rechten Seite.« Boris deutete in die Richtung des Bürogebäudes. »Die Autos stellt ihr hinter dem Haus ab. Da sind ein paar Parkplätze. Ich schließe das Tor wieder ab, wenn ihr durch seid, und komme dann rüber.«

Eine weitere Absprache zwischen Josip und den anderen Fahrzeugen schien nicht nötig zu sein. Josip fuhr in Richtung des Bürogebäudes, die anderen zwei Fahrzeuge folgten ihm ruhig und gezielt. Auch das machte einen professionellen Eindruck.

Boris schloss eigenhändig das Tor. In der Zwischenzeit waren die drei Galaxy hinter dem Gebäude verschwunden. Boris machte sich zu Fuß auf den Weg zu ihnen, noch immer den Finger am Abzug seiner Waffe.

Als er auf dem Parkplatz ankam, waren die Kroaten allesamt ausgestiegen und standen erwartungsvoll da. Boris näherte sich ihnen und begrüßte sie.

»Geht bitte voran in das Gebäude. Ich komme als Letzter.«

Vor der Ankunft seiner Leute hatte er sich im Haus umgesehen, Hinterausgänge ausgekundschaftet und im Geist eine Liste der Gegenstände angelegt, die schwer genug waren, um ihm in einem möglichen Kugelhagel Schutz zu bieten.

Das Zimmer, in dem er die Truppe briefen würde, war sorgfältig ausgewählt. Er wusste, wo er zu jeder Zeit stehen musste, um einen eventuellen Angriff parieren zu können und schnellstmöglich in Deckung zu hechten.

Durch einen großen, kahlen Flurbereich mit leeren weißen Wänden und mit gefliestem Boden dirigierte Boris die Truppe bis zum Ende des Flures. Längst hatte er jeden Einzelnen gescannt. Ein prüfender Blick in die Gesichter, eine Einschätzung der Körperhaltung, immer verbunden mit der Frage: Wer ist diese Person und passt alles zusammen? Oder gibt es eine Ungereimtheit? Ein nervöses Zucken, eine zu selbstbewusst zur Schau getragene Lässigkeit?

Er konnte nichts entdecken, was ihn störte. Alle schienen konzertiert, neugierig und aufnahmebereit. Niemand suchte den direkten Augenkontakt mit ihm, niemand vermied ihn krankhaft. Mikrotests, die Boris wie ein Automat abspulte, während die anderen nichts davon ahnten.

Der Gang führte direkt in ein großes Besprechungszimmer. Die Rollläden waren geschlossen, starke LED-Beleuchtung von den Decken fluteten den Raum mit Helligkeit, sodass er die Gesichter der Menschen sehen konnte, mit denen er sprach. Mimik und Gestik waren unersetzlich bei der charakterlichen Bewertung eines Menschen. Und er wollte wissen, ob sie ausgeruht und aufnahmefähig waren und das, was er ihnen erklärte, auch verinnerlichten.

Er betrat als Letzter den Raum und schloss die Tür hinter sich. Die anderen hatten sich wie instinktiv in einem lockeren Halbkreis aufgestellt und blickten in seine Richtung. Zwanzig professionelle Einbrecher, die ihm helfen würden, den größten Terroranschlag aller Zeiten durchzuführen.

»Noch einmal hallo an alle. Gut, dass es geklappt hat!«, startete Boris das Treffen. »Ich erzähle in kurzen Worten, worum es geht. Dazu habe ich ein paar Bilder mitgebracht und ein bisschen Werkzeug. Damit zeige ich euch, was ihr genau tun müsst. Das Werkzeug könnt ihr behalten, ihr benötigt es für den Auftrag. Die Bilder bekomme ich alle zurück – und ich meine tatsächlich alle. Wenn ihr etwas nicht versteht, bitte gleich nachfragen. Josip, kannst du übersetzen, wenn es Sprachprobleme geben sollte?«

»Klar, kann ich«, antwortete Josip. »Sollte allerdings nicht nötig sein, die sprechen alle ganz gut Deutsch.«

Boris begann, Ordnung zu schaffen. Die Leute formierten sich zu Pärchen und bildeten Teams. Dann begann er zu erklären. Genug, dass sie es hinbekamen, aber kein Wort zu viel, damit sie nicht anfingen, zu reden, zu denken, zu fühlen. Im besten Fall waren sie wie er, damals, als er seine Karriere begann.

»Danach verlasst ihr SOFORT die Stadt und kehrt für mindestens ein Jahr nicht mehr nach Deutschland zurück. So ist es mit eurem Chef abgesprochen«, schloss Boris. Sein Blick scannte die Anwesenden erneut. Sie schienen hoch konzentriert zu sein und erweckten ganz den Anschein, dass sie ihre Aufgabe verstanden. Alle – bis auf einen. Boris verengte die Augen. Der Typ hinten rechts, Spezies Außenseiter. Unscheinbar war er, Mitte bis Ende zwanzig, dunkle Haare, gestylte Frisur, mit Gel in Form gehalten. Ordentlich rasiert, gut sitzende Jeans, beigefarbenes Hemd, braune Lederschuhe. Insgesamt ein gepflegter Typ, aber irgendwas stimmte nicht mit ihm. Zumindest nicht für diesen Job. Boris erkannte Skepsis in dessen Blick. Das würde er gleich klären.

»Sind alle mit diesen Regeln einverstanden? Gibt es an dieser Stelle Fragen?« Boris tat so, als schaute er in die Runde. Tatsächlich beobachtete er den Typen. Jetzt schaute er ihn direkt an, ein fester Blick in die Augen, verbunden mit der Frage: Junge, was hast du für ein Problem?

Diese subtile Aufforderung erreichte, was sie bezweckte. »Ich habe eine Frage«, antwortete der Typ.

»Wie heißt du?«, wollte Boris wissen.

»Franjo. Was ist das für eine Substanz, die wir dort einfüllen sollen?«

Boris schaute kurz rüber zu Josip. Josip schaute zurück, aber dann senkte er urplötzlich den Blick. Das Verhalten von Franjo schien auch ihm nicht zu gefallen.

»Franjo, hör mal zu. Ihr bekommt Aufträge und werdet dafür richtig gut bezahlt. Ihr kriegt nur die Details, die für den Auftrag wichtig sind. Alles Weitere ist für die Ausführung nicht relevant. Auch jetzt ist es so. Wir besprechen die Ausführung, um alles andere müsst ihr euch keine Gedanken machen.«

Es lag ein Hauch von Aggression in der Luft. Jeder im Raum spürte sie. Josip nickte. »So ist es!«, bekräftigte er, die anderen achtzehn stimmten ein, auch die Partnerin von Franjo.

»Ich sehe das anders«, sagte Franjo. »Unsere Aufträge sind normalerweise Einbrüche. Vielleicht mal ein Raub. Aber hier habe ich das Gefühl, dass es um eine richtig große Nummer geht. Sollen wir die Menschen vergiften?«

Jetzt war es also raus. Boris hatte damit gerechnet. Zwanzig Leute waren eine Menge, und bei einer solchen Zahl konnte immer einer dabei sein, der aus dem Rahmen fiel.

»Möchte noch jemand wissen, was das für eine Substanz ist?«, fragte Boris in die Runde. Die anderen schüttelten den Kopf. Nein, Boris hatte nicht den Eindruck, dass noch jemand Probleme machte. Sein besonderes Augenwerk galt der Partnerin von Franjo. Boris ging ein paar Schritte auf die beiden zu. Als er vor ihnen stand, fragte er direkt: »Und du, möchtest du mehr wissen?« Die bloße Art von Boris, dominant und fordernd, verunsicherte die Frau zutiefst.

»Nein, will ich nicht!« Das war ein ehrliches Nein, dachte Boris.

»Okay, Franjo. Du möchtest also wissen, was das für eine Substanz ist. Ich möchte dir etwas zeigen. Kommst du bitte kurz mit? Die anderen können hierbleiben. Wir sind gleich wieder da.«

Franjo zögerte einen Moment, trat dann auf Boris zu und ging in Richtung Tür, die zum Flur führte. Boris legte den Arm auf Franjos Schulter. Fast freundschaftlich sah das aus.

Beide gingen ein paar Meter den Gang entlang. Plötzlich stoppte Boris, drehte sich nach rechts und öffnete eine Tür, die in einen Kopierraum führte. Er lag im Halbdunkel. Boris schloss die Tür.

Beide standen sich gegenüber. Franjo schien eingeschüchtert zu sein, sah sich kurz um. Boris lächelte ihn an: »Hast du ein Problem mit diesem Auftrag?«

»Ja, ich glaube schon. Ich kann nicht einfach so viele Menschen töten. Und darum geht es doch. Oder?«

Boris nickte: »Ja, darum geht es.« Den Schlag gegen die Schläfe sah Franjo nicht kommen. Er spürte nichts mehr, auch nicht, als Boris ihm mit einem seitlichen Ruck den Hals brach. Lautlos, blitzschnell, das Überraschungsmoment auf seiner Seite.

Er ließ Franjo langsam nach unten gleiten. Um ihn würde sich einer der Vasallen von Sergej kümmern.

Boris ging zurück zu den anderen und sah in teils fragende, teils erschrockene Gesichter.

»Ich habe Franjo nach Hause geschickt«, sagte er, ohne sich etwas anmerken zu lassen. »Josip, sagst du bitte eurem Boss Bescheid?«

Josip wusste, was das bedeutete, und die meisten anderen auch. Reaktionen darauf gab es keine, nicht zuletzt wohl aus der Furcht heraus, wie Franjo zu enden. Jedem Einzelnen war jetzt klar, dass sie nur dann unbeschadet aus dieser Sache herauskämen, wenn sie keinen Millimeter von dem abwichen, was ihnen aufgetragen würde.

Boris machte sich daran, das Werkzeug und die Pläne zu verteilen. Als er bei der Partnerin von Franjo angelangt war, blickte er ihr fest in die Augen. Sie erwiderte den Blick. Ja, sie war stark, das spürte Boris. Die Sache mit Franjo hatte sie nicht wirklich beschäftigt, zumal die beiden auch kein richtiges Paar im romantischen Sinn waren. Sie waren Geschäftspartner. Und genau so sah sie das wohl auch. Sie hatte einen Job zu erfüllen und würde genau das tun. Dessen war sich Boris sicher.

»Du musst den Auftrag jetzt allein durchführen. Aber

das ist bei der Adresse kein Problem. Ich war dort und habe mir das angeschaut. Du schaffst das.«

»Ja, ich schaffe das!«, bestätigte sie.

Nachdem Boris allen die Ausrüstung für den Job gegeben hatte, wand er sich kurz an Josip und bat ihn, die jeweiligen Namen seiner Leute in die Liste mit den Einsatzorten einzutragen.

Boris spürte, er hatte die Gruppe im Griff. Sie hatten Respekt vor ihm. Um nicht zu sagen, blanke Angst. Denn sie hatten erlebt, dass er nicht zögerte, wenn es darum ging, seinen Plan durchzuziehen. Konsequent, über alle Unwägbarkeiten hinweg.

Anhand eines vereinfachten Modells des Hydranten führte er vor, was es zu tun gab, und forderte jedes Team auf, das nachzumachen. Alles funktionierte reibungslos.

Zum Schluss hielt er ein kleines Tütchen aus widerstandsfähigem, kräftigem Plastik in die Höhe.

»Jedes Team bekommt vor dem Einsatz ein solches Tütchen, das in einer Extra-Schutzhülle steckt. Es sieht aus wie flüssiges Mehl und ist absolut tödlich, und zwar innerhalb von Sekunden. Kommt nie direkt damit in Kontakt, atmet es nicht ein, wenn ihr die Schutzhülle entfernt und damit hantiert, reibt euch nicht die Augen und haltet den Mund geschlossen. Seid euch dessen bewusst. Das Innere löst sich innerhalb von Minuten selbstständig auf, wenn es mit Wasser in Berührung kommt. Wie bei Spülmaschinentabs. Aber wenn die Substanz mit euch in Berührung kommt, seid ihr tot. Das ist der gefährlichste Part bei dieser Aufgabe.«

Die Gruppe schien verstanden zu haben. Sie schauten ernst, die Tragweite ihres Auftrags war ihnen allen spätestens jetzt bewusst. Die Gefahr waren sie gewohnt. Wenn sie ihren Job nicht erledigten, hätte das Konsequenzen. Zu Hause. Für ihre Familien. Wenn sie ihn ordentlich machten, auch. Dann würden sie gut bezahlt werden, sogar sehr gut, sie würden ein Jahr Ferien haben und weiterhin auf der Auftragsliste ihres Chefs stehen.

»Noch Fragen?« Boris blickte in die Runde, doch keiner meldete sich zu Wort. »Gut, verlassen wir das Gelände«, sagte Boris. »Ich gehe voraus.«

Als die Fahrzeuge das Gelände durch das Tor verlassen hatten, griff Boris zum Smartphone und wählte die Nummer von Sergej. Dieses Mal war Sergej selbst dran.

»Wir sind fertig, alle haben das Gelände verlassen. Es gab allerdings einen kleinen Zwischenfall. Im Kopierraum liegt eine Abholung. Musste leider sein. Schreibe es mir auf die Rechnung. Ich denke, du kannst das verbinden, wenn du meinen Fiat in ein paar Tagen entsorgst. Richtig?«

Das war keine Frage, sondern eine Feststellung.

»Geht klar«, drang es aus dem Telefon.

Abholungen waren teuer, Boris wusste das, und Sergej freute sich darüber. Für beide war es nur ein weiteres Geschäft, das hin und wieder zum Job gehörte.

»Danke, Boris, mein Freund. Es war mir wie immer eine Freude, mit dir ein Geschäft zu machen. Melde dich wieder, wenn du in München bist.«

KAPITEL 32

GROSNY, TSCHETSCHENIEN

Arkida Berschikowski, Boris' Bruder, war in Grosny, der Hauptstadt Tschetscheniens, angekommen. Als Oligarch hatte er die nötigen Verbindungen, überallhin zu kommen. Verbindungen waren es auch gewesen, die ihn überhaupt erst dahin gebracht hatten, wo er heute stand. Damals nach der Wende, die eigentlich die Welt hätte zusammenschweißen sollen, musste man im größten Flächenland der Welt nur die richtigen Leute kennen, mit deren Hilfe es möglich war, sich das Volkseigentum unter den Nagel zu reißen und die Armen arm bleiben zu lassen. Parteifunktionäre, KGB-Offizielle, hohe Beamte, Bürgermeister und Polizeichefs: Das war vorher die Elite gewesen und war es nach Boris Jelzins denkwürdiger Amtszeit, während derer der Ausverkauf der russischen Ressourcen zu Gunsten einiger weniger seinen Höhepunkt erreichte, ebenso. Oft waren es dieselben Personen, die am Ruder saßen und wussten, was wo zu holen war. Das Staatseigentum der Sowjetrepublik, das nach Gorbatschow und seiner Perestroika in den Besitz der Bevölkerung hatte übergehen sollen, unterlag kapitalistischen Grundsätzen: Anteilsscheine wurden der

Bevölkerung geschenkt, die damit aber herzlich wenig anfangen konnte. Sie ihnen für minimale Geldbeträge abzuluchsen, und zwar millionenfach, führte zu einer Konzentration des Besitzes in den Händen weniger Privilegierter: Die Oligarchen betraten die Bühne. Die Politik, das Parteibüro und sein Vorsitzender, der Präsident der Russischen Föderation, kontrollierten bis heute mit einer Handvoll Leuten die gesamte wirtschaftliche Entwicklung des riesigen Landes, den Außenhandel ebenso wie die Volkswirtschaft im Inneren.

Wenn man zu den neuen Oligarchen gehörte, und nur dann, hatte man Zugang zu den Telefonnetzen, den Bodenschätzen, dem Finanzwesen, dem Waffenmarkt und jeder Art von Industrie. In wenigen Jahren schufen sich die Oligarchen märchenhafte Vermögen, von denen sie einen großen Teil ins Ausland verbrachten. Reich werden war ein Automatismus für diese Elite. Bei all dem galt das Motto: Eine Hand wäscht die andere. Die Masse der Russen hatte damit keinen Kontakt. Noch heute gab es eine riesige bitterarme und perspektivlose Bevölkerungsschicht, deren Schicksal niemanden interessierte und die mit Kitsch, Brot und Spielen irgendwie bei Laune gehalten wurde, fürsorglich ermahnt und betäubt mit den Zeremonien von den Kreml-nahen Führern der russisch-orthodoxen Kirche.

Arkida war unter den haihaften Oligarchen ein Killerwal geworden, größer, mächtiger und reicher als alle anderen. Im Grunde war er als Waffenhändler groß geworden, riss sich erst die Kontrolle über den technischen Bestand der Sowjetarmee unter den Nagel, weil er früh erkannte, dass das größte Potenzial für den Ausbau seiner persönlichen Macht darin bestand, den umfangreichen und größten Zerstörungsblock der Welt unter seine Kontrolle zu bringen: die Wartungsverträge für das nukleare Waffenarsenal der ehemaligen Sowjetrepublik samt der Forschungseinrichtung, Entwicklung und der entsprechend gesicherten Fabriken. Während andere Oligarchen nach Superjachten, Gucci und Prada strebten, baute sich Arkida im Schatten des neuen, zarenhaften Glamours, der in Moskau und St. Petersburg einzog, die bedeutendste Machtbasis des gesamten Landes auf.

Heute besuchte Arkida in Grosny die Auslandsfiliale einer ungarischen Bank, mit der er bereits seit vielen Jahren erfolgreich seine Investitionen tarnte. Er öffnete die Tür des Taxis, in das er am Flughafen gestiegen war. Er reiste nicht wie andere seines Standes mit Privatjet, Rolls-Royce oder Bentley, sondern fuhr mit dem Zug, reiste mit Linienmaschinen und nutzte öffentliche Taxis.

Ein heftiger Regen prasselte auf das Autodach und jetzt auch auf Arkida, als er das Auto verließ, die Aktentasche mit den Unterlagen für das heutige Gespräch mit dem Banker in der Hand. Diesem Regen konnte man nicht entkommen. Arkida lief in normaler Geschwindigkeit über den Gehweg zum Hauseingang des Bankgebäudes. »Wenn man bei Regen rennt, wird man nicht weniger nass, nur schneller«, das hatte sein Großvater in Birobidshan ihm beigebracht.

Die große, sicherheitsverglaste Eingangstür war ein Nebeneingang eines dieser modernen Hochhäuser an der Wladimir-Putin-Avenue, der kilometerlangen Prunkstraße Grosnys.

Der Wachmann hielt Arkida die Tür auf, man kannte ihn dort gut. Er trat in eine riesige Eingangshalle, mit schmucken, holzvertäfelten Wänden, rechts stand eine halb runde Empfangstheke. Man sah auf den ersten Blick, dass dies hier keine Bank mit nennenswertem Publikumsverkehr war, wo Geld abgehoben oder eingezahlt wurde. Hier wurden Geschäfte in Büros und während vorher vereinbarter Termine getätigt.

»Herr Berschikowski, ich melde nach oben, dass Sie da sind«, sagte die gut gekleidete, sehr gepflegt aussehende Dame hinter der Theke. Ihre Gesichtszüge spiegelten den asiatischen Einschlag vieler Bewohner der Kaukasusregion, die die südliche Grenze zwischen Europa und Asien bildete.

Sie griff zum Telefon, Arkida hörte nur, wie sie seinen Namen nannte, während er die Bilder an der Wand betrachtete. Das Gemälde von Putin übertraf an Größe sogar das Logo der Bank mit der ungarischen Flagge.

»Sie sollen bitte einfach nach oben kommen, den Weg kennen Sie anscheinend«, sagte sie mit ausgeprägt freundlicher Stimme.

»Alles klar, vielen Dank«, erwiderte Arkida bescheiden und ging schnurstracks zu den Aufzügen am Ende der Halle. Als sich die Aufzugstür in der obersten Etage öffnete, stand Milan vor ihm. Ein gedrungener, übergewichtiger Fünfziger mit rundem Gesicht und einem kahlen Kopf, der direkt auf den Schultern zu sitzen schien. Kein anderer Mensch auf dieser Welt hat ein solch rundes

Gesicht, dachte Arkida. Sie kannten sich seit vielen Jahren. Milan war sein direkter und persönlicher Ansprechpartner für all seine Belange mit dieser Bank. Arkidas Auftreten war so dominant und gleichzeitig so diskret, dass er fast nie einen Termin vereinbarte, sondern einfach hereinspazierte, wann es ihm beliebte. Das ersparte Empfangszeremonien, umständliche Ehrbezeigungen und sparte eine Menge Zeit.

»Arkida, Bruder, schön, dich zu sehen«, wurde er begrüßt, während sie sich kurz umarmten. Sie gingen in Milans Büro, einen großen Raum mit viel dunkelbraunem Holz an den Wänden und der Decke. Auch der mächtige Schreibtisch war aus dunklem Vollholz, dahinter stand ein schwarzer Lederstuhl.

»Arbeitest du immer noch in dieser Holzkiste«, sagte Arkida scherzhaft. Milan lächelte, er wusste, dass Arkida den düsteren, pompösen Einrichtungsstil nicht mochte.

»Lass uns Platz nehmen«, sagte Milan und deutete auf einen Besprechungsbereich im Raum, der aus zwei Ledersesseln und einem kleinen Tisch bestand. »Anna bringt uns einen Kaffee. Was kann ich für dich tun?«, fragte er. Seine Sekretärin, eine junge Frau mit langen dunklen Haaren, verließ den Raum

Arkida erzählte ihm, dass er seine Beteiligung an einem der fünf größeren israelischen Pharmaunternehmen aufstocken wolle. Momentan hielt er 26 Prozent von Mophus Pharmaceutical, einem Hersteller von Generika. Mit seinem Anteil hatte Arkida eine Sperrminorität im Aufsichtsrat, mit der er bestimmte Beschlüsse verhindern konnte. Aber er wollte mehr. Er wollte einen direkten Einfluss auf den Vorstand ausüben, Entscheidungen fällen. Allein, ohne auf das Ja-Wort anderer Miteigner angewiesen zu sein.

»Wir sehen die Zukunft des israelischen Pharmamarktes im Forschungs- und Entwicklungsbereich. Das ist sehr kostenintensiv. Deshalb müssen wir die Firma anders aufstellen.«

Arkida sah Milan fest in die Augen und lächelte dabei. Ein Trick, der ihm immer die volle Aufmerksamkeit garantierte. Wenn er seine Gegenüber derart an der Angel hatte, spielte der Inhalt dessen, was er sagte, eine untergeordnete Rolle. Milan war ohnehin bewusst, dass er mit einem der mächtigsten und reichsten Männer Russlands sprach, der darüber hinaus Miteigentümer seiner Bank war.

»Wir müssen für die internationalen Märkte mehr Generika ins Angebot aufnehmen, Biopharma und die Zulieferung von Inhaltsstoffen an amerikanische Unternehmen ausbauen.«

Milan nickte.

»Und wir möchten in die Schönheitsindustrie investieren. Allein mit Botox werden 40 Milliarden Dollar pro Jahr umgesetzt. Wir sollten ein Stück davon abbekommen, findest du nicht?«

»Aber das Unternehmen, das Botox herstellt, ist viel zu teuer, um eine Übernahme versuchen zu wollen. Das geht nicht«, sagte Milan ehrlich bedauernd.

»Das stimmt, aber nur so lange, wie Botox weltweit diesen makellosen Ruf hat. Das kann sich jedoch ändern. Manchmal geraten solche Stoffe über Nacht in

Verruf, dann sinkt der Börsenwert, die Aktie bricht ein, und schon ist der Zeitpunkt gekommen, einzusteigen.«

Milan nickte wieder. Dann fragte er: »Wie viel Prozent hast du denn im Sinn? Ich meine, wie viel sollen wir deiner Meinung nach anlegen, um unsere Beteiligung aufzustocken?« Er leckte sich kurz die Lippen. Eine Geste, die Arkida widerlich fand.

»Mindestens 51 Prozent sollen es werden, die uns die alleinige Mehrheit und damit absolute Entscheidungsfreiheit bringen. Diese Aufstockung unserer Anteile geht fast in den Milliardenbereich. Aber das soll nicht das Problem sein.«

Anna trat wieder in den Raum. Auf zwei kleinen Edelstahl-Serviertabletts standen jeweils eine Tasse und eine kleine Kanne, dazu ein Glas Wasser und noch ein weiteres, kleineres Glas mit Wodka. Den Erfolg mit einem Glas Wodka zu feiern, gehörte bei Arkida und Milan dazu. Und dass das Gespräch ein Erfolg werden würde, stand völlig außer Frage. Es ging jetzt nur um die Abwicklung, genauer gesagt darum, dass die Erhöhung der Beteiligung möglichst lautlos vonstattenging.

Anna stellte die Tabletts auf den Beistelltisch und verließ den Raum wieder.

»Das Wichtigste ist Diskretion, Milan. Es darf nichts durchsickern von meiner Aufstockung, zumindest nicht zum jetzigen Zeitpunkt«, machte Arkida deutlich und griff nach der Kaffeetasse. Er blickte Milan über den Tassenrand an, und das mit einer unmissverständlichen Klarheit in den eisblauen Augen. Bei diesem Gespräch wurde nicht rumgeschwafelt.

Milan sah sich den Umsatz und den Anlagewert der Pharmafirma an. »Um von 26 Prozent auf 51 zu kommen, müssen wir ungefähr 90 Millionen Dollar bereithalten«, sagte er und machte eine Pause. »Ist es das wert?«

Arkida setzte die Tasse wieder auf das Tablett und griff nach dem Wasserglas. Der Kaffee, den Anna gebracht hatte, war viel zu bitter für seinen Geschmack.

»Ich weiß das, Milan. Glaub mir. Aber das ist nicht das Entscheidende. Die gesamte israelische Pharmaindustrie exportiert im Moment 1,6 Milliarden ins Ausland.« Er nahm einen Schluck Wasser und stellte das Glas ab. »Aber, und das muss man sich auf der Zunge zergehen lassen, sie importiert Pharmazeutika im Wert von über 3,3 Milliarden Dollar pro Jahr. Das macht ein Handelsdefizit von 1,7 Milliarden Dollar für die israelische Pharmaindustrie.«

Milan pfiff durch die Zähne.

»Und das, Milan«, fuhr Arkida fort, »ist der neuen Regierung ein Dorn im Auge. Auf dem Sektor der IT, der Sicherheitstechnik, bei Waffen und vielen anderen Industrien ist die Außenhandelsbilanz erfreulich positiv. Nur in der Pharmaindustrie ist sie negativ. Und zwar gewaltig.«

Arkida beobachtete seinen Berater. Er würde ihm nicht sagen, dass er bereits die volle Unterstützung der Regierung und anderer Stellen sicher hatte, was den reibungslosen Ablauf im Zuge der Erhöhung seiner Anteile betraf. Ben Shukir war im Bilde und würde seinen Teil dazu beitragen, dass alles wie gewünscht ablief. Arkida hatte ihn damit geködert, dass er durch einen einzigen Coup das Außenhandelsdefizit Israels im Pharmabereich in einen gewaltigen Exportüberschuss verwandeln konnte: mit Botox, dem 40 Milliarden schweren, beliebtesten Schönheitsmittel der Geschichte, das spätestens alle drei bis sechs Monate wieder aufgefrischt werden musste. Ein Milliardenmarkt als Selbstläufer, von Rio de Janeiro bis San Francisco, von Stockholm bis Kapstadt, von Peking bis Moskau, von Tokio bis Los Angeles. In Israel lief wenig, was von nationalem Interesse war, ohne die Politik und den Geheimdienst.

Trotzdem musste sich Milan einen Teil des Gesamtbildes selbst zusammenreimen. Oder auch nicht. Arkida ging es nur um das Resultat, nicht darum, was Milan dachte. Mehr würde er hier und jetzt auch nicht andeuten. »Nach der erfolgten Erhöhung unserer Anteile und der amtlichen Registrierung werde ich einen Investitionsplan auflegen. Dafür brauche ich weitere Barmittel.«

»Für die Biopharmaka und die Generika?«

»Ja, so ungefähr«, sagte Arkida, »die Forschung und Entwicklung nicht zu vergessen.«

»Und wie viel wären das dann?«

»Ich schätze, dass wir mit 2,5 Milliarden auskommen werden. Wichtig ist, dass wir das Geld rasch und liquide haben. Zusätzlich werden wir einen bargeldlosen Aktientausch vornehmen in Höhe von weiteren 2,5 Milliarden.«

»Ich habe mir schon so etwas gedacht«, murmelte Milan. »Das ist wirklich viel!«, fügte er hinzu und bekam rote Bäckchen.

»Keine Sorge, deine Bank wird nur der Bote sein. Es

wird kein neues Geld aufgenommen, keine Sicherheit hinterlegt, die die Bank betreffen würde, und kein Kredit überzogen werden. Ich mache das von außen, brauche aber dafür von dir eine Reihe von Konten, die ich dir hiermit gebe.«

Arkida öffnete seinen Diplomatenkoffer und nahm eine Mappe heraus. Er legte sie vor Milan auf den kleinen Tisch, der zwischen ihnen stand.

»Sieh es dir nachher in Ruhe an. Da steht alles drin, was ich in den nächsten Tagen und Wochen von dir brauche.«

Arkidas Plan würde weitreichende Folgen haben. Er sah vor, neue Investitionen und Beteiligungen dieser Pharmafirma entscheidend zu beeinflussen. Dazu gehörten auch Übernahmen anderer Pharmaunternehmen auf der ganzen Welt. Friedliche und feindliche Übernahmen.

Und hier spannte sich der Bogen zum Auftrag seines Bruders Boris, der schon auf dem besten Weg war, das beliebteste Schönheitsmittel der Welt mit einem Umsatz von 40 Milliarden Dollar durch einen Anschlag mit extrem vielen Toten in Verruf zu bringen. Der Aktienkurs würde in kürzester Zeit nach unten rauschen, der bisherige Inhaber, ein blitzsauberes schweizerisch-kanadisches Unternehmen, würde froh sein, die Sparte schnell abstoßen zu können. Zu einem Bruchteil des gegenwärtigen Wertes. Mophus Pharmaceutical, unterstützt von den Kräften der israelischen Regierung und flankiert von Leuten wie Ben Shukir, würde den Botox-Hersteller kaufen, warten, bis sich der aufgewirbelte Staub gelegt hatte, und dann die Praxen, Schönheitssalons und Beauty-Kliniken weltweit wieder beliefern.

Ein Coup, genau nach seinem Geschmack.

Mit dem Nervengift war es wie bei der Atomenergie: Gib den Menschen eine neue Technologie in die Hand – die Kernspaltung zum Beispiel –, und sie heizen damit nicht nur billig die Häuser der Menschen, sondern sie bauen auch Atombomben, dachte Arkida. Gib ihnen die Erfindung des Dynamits in die Hand, und sie revolutionieren damit nicht nur den Straßen- und Tunnelbau, sondern bauen auch Raketen, die sie aufeinander abschießen, um sich gegenseitig umzubringen.

Arkida würde sich mit Mophus Pharma wieder eine Einnahmequelle geschaffen haben, die jeder menschlichen Ethik und jedem moralischen Anstand widersprach. Ethik und Anstand waren aber noch nie Kriterien für Arkida und seine Interessen gewesen. Ihm ging es nur um das Spiel um Geld und Macht. In der Welt der aberwitzig Reichen ging es immer nur um Geld oder Macht. Manchmal auch um beides zusammen. Das waren genau die Messlatten, die auch für Arkida die einzige Rolle spielte. Und die Summen, die er aufhäufen musste, um das große schwarze Loch der Demütigung seit seiner Kindheit zu füllen, wurden immer größer, je erfolgreicher er war.

Milan stellte Geschäfte, die Arkida anleierte, nicht infrage.

Aber nicht nur Arkida, sondern auch sein Bruder Boris und die ungarische Bank in Grosny waren Akteure um dieses israelische Pharmaunternehmen. Sogar der Mossad war involviert. Nicht nur, weil dieses Pharmaunternehmen in seinen Labors die Kampf- und Giftstoffe, die von den Agenten aus aller Welt beschafft wurden, analysieren würde, wie Arkida mit ihm vereinbart hatte. Darüber hinaus lagen der Erfolg und die wirtschaftliche Entwicklung eines jeden israelischen Unternehmens, ganz besonders, wenn es international tätig war, im Interessenbereich der Regierung und damit des Mossad.

Dass der künstlich erschaffene Staat Israel, den es in dieser Form noch nicht einmal ein Jahrhundert gab, zu einer in vielen technischen Bereichen führenden Industrienation geworden war, war ein Produkt dieses Interesses. Alle staatlichen Stellen zogen an einem Strang und bescherten Israel einen Platz in den oberen Rängen der Wirtschaftsmächte dieser Welt – gemessen am Bruttosozialprodukt per capita.

Ben Shukir kannte Arkida Berschikowski seit vielen Jahren und wusste um dessen wirtschaftliche Aktivitäten und Verbindungen. Den Weg zu dieser Transaktion, zur Übernahme der Mehrheit durch Arkida bei dem Pharmaunternehmen, hatte er bereits geebnet. Damit würde dieses nach internationalen Maßstäben bisher mittelgroße Unternehmen in absehbarer Zeit der Big Player unter den Pharmariesen der Welt werden. Alle Beteiligten wussten das und handelten danach.

KAPITEL 33

MÜNCHEN, DEUTSCHLAND

Boris saß in einem Café am Karlsplatz, der für die Münchner einfach der Stachus war.

Es war Vormittag, Kinder und Jugendliche sollten in der Schule sein und Erwachsene bei der Arbeit. Trotzdem herrschte an solchen Plätzen immer ein buntes Durcheinander von Menschen unterschiedlichster Art.

Zwei junge Frauen in hautengen Leggings liefen über den Platz, eine schob einen Kinderwagen vor sich her. Sie schienen sich prächtig zu unterhalten. Auf den Steinblöcken, die einen Kreis um den großen Brunnen bildeten, saßen Menschen, unterhielten sich, lasen ein Buch oder blätterten in Magazinen, scrollten auf ihrem Smartphone und genossen die frühlingshaften Temperaturen. Ein Mann Mitte zwanzig hatte einen Laptop auf dem Schoß und tippte konzentriert auf der Tastatur. Vielleicht ein Student. Was er wohl studieren mochte? Es war eine Angewohnheit von Boris, dass er sich Menschen nicht nur anschaute, sondern sich gleich auch immer eine Geschichte zu ihnen zusammenstrickte. Wie bei diesen drei älteren Damen, gepflegte Erscheinungen, gut gekleidet, die gestützt auf ihre Rollatoren langsam und bedächtig nebeneinander über den Stachus schlenderten. Vermutlich kannten sie sich aus dem Altenwohnheim. Es war schön, wenn man in diesem Alter noch solche Kontakte hatte. Denn viel zu oft saßen ältere Leute allein zu Hause. Und dann kam Boris in den Sinn, wie es wohl bei ihm aussehen würde, wenn er die siebzig, achtzig erreichte. Gebrechlichkeit oder gar das Krankenbett waren für ihn völlig undenkbar. Im Grunde rechnete er nicht damit, überhaupt so alt zu werden. Das gab sein Beruf vermutlich nicht her.

Er liebte diese Momente, wenn er einen Espresso und ein Glas Wasser vor sich hatte und sich dem aufgeregten Treiben an solchen Plätzen widmen konnte. Auch ein Auftragsattentäter, den nahezu sämtliche Sicherheitsbehörden und Geheimdienste auf der Abschussliste hatten, war empfänglich für solche irdischen Empfindungen. Es war immer etwas los an solchen Plätzen, ganz besonders, wenn die Sonne ihr Bestes gab.

Boris war ein wenig in Gedanken versunken, als sein Mobiltelefon ein Signal von sich gab. Eine Nachricht kam rein, von Josip: *Unser Chef hat mich angerufen. Wegen Franjo. Können wir kurz telefonieren?*

Was auch immer Josip jetzt wollte, es schien etwas zu geben, das kurzfristig geklärt werden musste. Heute Abend würde er ihn sowieso sehen, weil Boris wissen wollte, ob die Teams die Objekte ausgekundschaftet und ob sie ein Problem entdeckt hatten, das zu einer eventuellen Planänderung führen könnte. Die Substanz für den Anschlag würde er ihnen allerdings erst dann übergeben, wenn es so weit war. Bald.

Melde mich in einer halben Stunde, schrieb er zurück. Das war ausreichend Zeit, um ganz in Ruhe seinen Espresso zu trinken. Es gab keinen Grund auf dieser Welt, jetzt in Hektik auszubrechen. Zeit für körperliche und seelische Genüsse musste ein. Und Boris entschied selbst, wann diese Zeit war.

»Das macht 4,20 Euro, bitte«, sagte die Bedienung mit einem Lächeln auf den dezent rot geschminkten Lippen und legte Boris den Kassenbon auf einem kleinen Tablett auf den Tisch. Er lächelte zurück, betrachtete sie durch seine Sonnenbrille, bevor er zahlte.

Boris stand auf und rückte seinen Stuhl wieder näher an den Tisch. Das war eine Angewohnheit von ihm. Struktur, sauberes Arbeiten, Ordnung halten. Sogar den Aschenbecher hatte er wieder in die Mitte des Tisches gestellt. Nicht, weil er ihn benutzt hatte, sondern weil die Bedienung offensichtlich beim Abräumen dagegen gestoßen war.

Seinen Fiat hatte er im nahe gelegenen Parkhaus abgestellt, etwa fünf Minuten entfernt. Es war ganz schön viel los im Zentrum Münchens an diesem herrlichen Vormittag. Auch im Parkhaus machte sich das bemerkbar. Es war inzwischen voll, wie er auf der LED-Anzeige vor der Einfahrt sah.

Die Treppe führte ihn in die dritte Etage, Sektor 3.G. Der Fiat stand hinten in der Ecke, als Letzter in der Reihe. Er schloss ihn auf und setzte sich auf den Fahrersitz. Tatsächlich war knapp eine halbe Stunde vergangen, seit Josip ihn angerufen hatte.

»Josip, was gibt es? Sind noch Fragen?« Er hielt das

Handy ans Ohr, der Lautsprecher wäre eventuell auch für andere in der Umgebung eine Möglichkeit gewesen mitzuhören.

»Nein, Fragen gibt es keine«, antwortete Josip. »Ich habe unserem Boss, wie du gesagt hast, von der Sache mit Franjo erzählt. Und ich habe ihm auch gesagt, dass Milena den Auftrag allein durchführt …«

Milena hieß sie also, die Partnerin, die für Franjo eingeteilt worden war. Boris hatte sie beim Treffen nicht nach ihrem Namen gefragt.

»Gut, und weiter?«, unterbrach er Josip.

»Unser Boss war ziemlich aufgebracht, weil er Franjo falsch eingeschätzt hatte. Ich soll dir seine ausdrückliche Entschuldigung ausrichten. Er sei ein ehrenwerter Geschäftspartner und würde sich an Absprachen halten. Wenn er zwanzig Leute zusagt, kommen zwanzig. Der Ersatz ist auch schon da.«

»Ich bin beeindruckt, Josip, richte ihm das bitte aus!« Boris grinste ein wenig in sich hinein. So liebte er es, Geschäftspartner, auf die man sich verlassen konnte. Das hatte auch mit Respekt zu tun. Offensichtlich zollte ihm der serbokroatische Clanchef Respekt. Das war gut so.

Und da war ja auch noch die Prämie von fünf Millionen Euro. Wie viel davon bei den Trupps ankam, war zweifelhaft. Auf jeden Fall war es leicht verdientes Geld. Das motivierte. Ein Menschenleben war sehr viel weniger wert.

»Wir treffen uns dann wie verabredet«, sagte er. »Und gib dem Türsteher Bescheid. Ich möchte nicht rumdiskutieren müssen.« Boris formulierte dies bewusst nicht als Frage. Es war als Aufforderung zu verstehen, und Josip schien das auch so zu deuten.

»Ja, das verstehe ich. Wir werden da sein. Bis später.«

»Bis dann«, sagte Boris. Das Gespräch war zu Ende.

KAPITEL 34

DAVOS, SCHWEIZ

Die ersten Staatsgäste und Wirtschaftsführer trafen in Davos ein. Die allgemeine Stimmung aufgrund des Zustands der Welt war erneut von großer Sorge geprägt. Die Menschheit stand – mal wieder – vor ihrer alles entscheidenden Aufgabe: den Klimawandel in den Griff zu bekommen, die Geldentwertung durch Inflation aufzuhalten und die Überbevölkerung einzudämmen. Ablesen ließ sich der Zustand der Menschheit sehr deutlich an den sprunghaft steigenden Kluften zwischen Arm und Reich in den Leitwirtschaften der führenden alten und neuen Industrienationen der Welt: Während in manchen Bereichen statt in Millionen- und Milliarden-Größen schon in Billionen-Größen gerechnet wurde, schrumpfte das Rückgrat jeder Volkswirtschaft – die Mittelklasse – wie Eiswürfel in der Sonne. Die Kluft zwischen Arm und Reich vertiefte sich dabei in rasendem Tempo. Militärisch hochgerüstete Einzelstaaten mit zunehmend spitzen Machtpyramiden flüchteten sich in kriegerische Aggression, um die eigene Bevölkerung betäubt oder in Schach zu halten. Der Koloss China schwor seine Bürger auf Geduld ein und distanzierte sich erneut von den Zielen des Westens – kurzfristiger Wohlstand für wenige –, um von einem schwachen Wirtschaftswachstum abzulenken. Und obendrauf gab es in Davos noch einen extrem besorgniserregenden Sicherheitsalarm.

Vorkoster, Vortrinker und Security überall. Neu waren die vielen improvisierten Labors, die auf einmal an den Checkpoints, in den Küchen und Servicebereichen und in den Foyers eingerichtet worden waren. Die Geheimdienste und Sicherheitsbehörden liefen heiß. Davos war hermetisch abgeriegelt. Der Gipfel musste unter allen Umständen stattfinden, damit wie unter einem Brennglas die Diskussion über die Bewältigung der tiefgreifenden, ausweglos scheinenden Probleme des Planeten nicht abriss und über das weltweite Medienecho bewiesen wurde, dass Staatenlenker und Konzernführer ja etwas zu tun versuchten.

KAPITEL 35

TEL AVIV, ISRAEL

In der Zentrale des Mossad in Tel Aviv liefen die Drähte heiß. Der Mossad, einer der bestinformierten Geheimdienste weltweit. Für seine höchst effektive Arbeitsweise wurde er geschätzt, respektiert und gefürchtet – je nachdem, weswegen man mit ihm zu tun hatte. Schon oft – wenn auch nicht immer – hatte er bewiesen, was er konnte. Eine der spektakulären Aktionen, die den Ruf des Mossad auf ein neues Level gebracht hatten, waren die Jagd und die Festnahme von Adolf Eichmann in dessen Unterschlupf in Argentinien gewesen, einem deutschen Kriegsverbrecher des NS-Regimes. Seitdem hatte der Mossad den Ruf, jeden, den er finden wollte, auch finden zu können.

Die Hektik heute hatte einen Grund. Wieder war ein verschlüsseltes Video in den Tiefen des Darknets entdeckt worden: eine Rede, die dieser Beduinenbewegung eines gewissen Al Ahram zugeordnet werden konnte. Damit verdichteten sich die Hinweise auf einen verheerenden Terroranschlag, die Befürchtungen wurden noch einmal bestätigt. Ein Terroranschlag, wie es ihn noch nie gegeben hatte. Furchtbarer und zerstörerischer als alle bisherigen.

Die Beduinenbewegung wollte der Welt eine neue Struktur geben. Die wirtschaftliche, militärische und kulturelle Vorherrschaft der westlichen Demokratien sollte zerstört werden. Dafür sollte die muslimische Welt diese Stelle einnehmen. Denn nach den Lehren Al Ahrams stand es dem Islam zu, die einzig wahre Spitze der menschlichen Entwicklung zu sein. Die Welt brauchte eine neue Weltordnung, ausgelöst durch einen geeinten Islam, dem über zwei Milliarden Menschen auf der Welt schon heute folgten, ohne Grenzen und ohne Nationen. Wenn es nach Al Ahram ging, war die westliche Welt bereits gescheitert und wartete auf einen neuen Anführer. Auf ihn. Und seine Beduinenbewegung. Denn er würde den Islam wieder dahin zurückbringen, wo er einst seinen Siegeszug begonnen hatte: im Nomadentum.

In den letzten Monaten hatte diese Bewegung einen atemberaubenden millionenfachen Zulauf bekommen. Die Menschen, die ihm blind folgten, waren müde geworden durch die Konflikte zwischen Schiiten und Sunniten, zwischen institutionellen Mullah-Hardlinern und Versuchen, sich in der westlichen Welt als Religion sanft zu integrieren, zwischen rückständigen Salafisten und radikal fundamentalistischen Terrorgruppen und aufgerieben im Konflikt zwischen Hunderten weiteren Strömungen – in den Augen Al Ahrams allesamt Verräter an der Sache Mohammeds. Das wirkte. Und weil sie eine echte Alternative zu den Fanatikern darstellte, die ein Kalifat ausrufen wollten, war diese neue Bewegung so gefährlich.

Al Ahrams Strahlkraft wuchs dabei von Stunde zu

Stunde. Es waren die einfachen, grundlegenden Wahrheiten, die er verlauten ließ, die viele Menschen so bestechend fanden. Es schien ein menschliches Grundbedürfnis zu sein, populistischen und autokratischen Führern zu vertrauen und ihnen zu folgen.

Al Ahram trat als Lichtgestalt auf, die eine verklärte Projektionsfläche bot. Kreuzbrave Muslime erkannten, dass ihre eigentlich friedliebende Religion von machtbesessenen alten Männern gekapert worden war, um märchenhafte Vermögen anzuhäufen, die sie in der Schweiz oder als digitale Währung versteckten.

Schluss damit!, schrie Al Ahram in der Wüste, und sein Schrei wurde in Tempeln und Moscheen weltweit gehört. Wacht auf!, schallte sein Ruf durch die Herzen einer täglich wachsenden Zahl von Muslimen weltweit.

Al Ahram wollte alle wecken, mit einer einzigen Tat, wollte, dass alle Muslime sich hinter ihn und seine Bewegung stellten, weil er letztendlich auch alle Muslime aus der Knechtschaft führen würde. Und er würde alle Nicht-Muslime genauso wecken, indem er ihnen zeigte, wie schwach und verwundbar ihr Leben, ihr System und ihre Regierungen waren.

So sprach Al Ahram im zweiten Teil seiner Botschaft, die er über Kanäle im Darknet über die ganze Welt gestreut hatte. Und die der Mossad aufgespürt hatte.

Al Ahram machte ernst. Die Bedrohung wurde akut und stand unmittelbar bevor. Zum zweiten Mal wurde der Davos Security Council in der Schweiz alarmiert, in dem auch der Mossad seine Agenten sitzen hatte.

In Geheimdienstkreisen war man sich inzwischen

sicher, dass Davos das passende Ziel sei für einen solchen Anschlag. Es gab kaum Zweifel: Wollte man die dekadente westliche Welt treffen, die zudem den Islam und die Muslime inoffiziell als kulturfremd betrachtete, dann dort, wo sie alle zusammenkamen und über die Zukunft der Welt redeten, in der der Islam kaum eine Rolle spielte, höchstens als toleriertes religiöses Privatvergnügen. In Davos waren alle vertreten, die am Rad der westlichen Entscheidungen drehten.

Ben Shukir, der designierte Chef des Mossad, bereitete seine Behörde auf einen bevorstehenden Krieg vor. Einen kurzen, für die Beduinen sehr schmerzhaften und verlustreichen Krieg, wie er es nannte, dessen war sich Ben Shukir nach außen hin sicher. Seine Agenten waren bereits auf Al Ahram angesetzt, alle Augen, Ohren und Mikrofone sollten bereit, alle Satelliten und alle Abhöranlagen auf ihn gerichtet sein: auf den neuen Beduinenfürsten. Und nur auf ihn.

Aber Ben Shukir hatte eine andere Agenda, von der die übrigen Geheimdienste, ja sogar seine eigenen Leute nichts ahnten. Hinzu kamen die streng geheimen Aktivitäten des reichsten russischen Oligarchen. Das Weltwirtschaftsforum zu schützen und sich darauf zu konzentrieren, war Fassade. Sollte etwas oder alles an dem Plan schiefgehen, dann musste Ben Shukir nachweislich den Mossad dafür eingesetzt und vorbereitet haben, dass Al Ahram, qua Definition ein Erzfeind Israels, vernichtet werden würde. Mit Bomben. Sollte alles nach Plan verlaufen, dann würde Rabbi Gur seine Macht nicht nur ausbauen, sondern auf ewig zementieren können: Denn er hätte dazu beigetragen, dass der Holocaust zumindest in Teilen gerächt werden konnte. Und wer, wenn nicht ein überzeugter, fanatischer und gottesfürchtiger Rabbi, wäre besser dafür geeignet, die kleine Arche Israel durch die stürmischen Seen des 21. Jahrhunderts zu steuern.

Olam haba. Die kommende Welt. Es war jener Ort, an den unsere Seele nach dem Tod weiterziehen würde. Darauf mussten die Juden sich schon in der jetzigen Welt bestmöglich vorbereiten. Lautete das Credo von Rabbi Gur.

* * *

Es war Vormittag in Tel Aviv, dem wirtschaftlichen und kulturellen Zentrums Israels. Rabbi Gur hatte seine engsten Freunde aus seiner Partei zu einem Treffen in einem Hotel im Hafengebiet der Küstenstadt eingeladen. Die Tür hatten sie verschlossen, damit sie nicht gestört werden konnten. Denn es gab wichtige Dinge zu besprechen, die nicht für die Öffentlichkeit gedacht waren – noch nicht.

Rabbi Gur begann zu beten, er rezitierte das Schma Jisrael. Die anderen Männer waren gedanklich in sich versunken, jeder von ihnen war sich der Besonderheit der Situation bewusst. Sie alle wussten, dass ihnen Rabbi Gur gleich ein paar Dinge erzählen würde, die die Welt verändern konnten.

Er würde sie in einen Plan einweihen, der kurz vor der Verwirklichung stand, so munkelte man. Erwartungsfroh und fromm waren ihre Gesichter, ernst.

»Meine Freunde«, begann der Rabbi, nachdem er das Gebet beendet hatte. »Wir alle stehen unmittelbar vor einer neuen Zeit. Die Rache naht. Die Rache, ohne die unsere Seele keine Frieden finden kann. Die Rache für sechs Millionen Juden, die von den Verbrechern des Nationalsozialismus in Deutschland wie Tiere behandelt, gefoltert und getötet wurden. Das Volk der Juden muss endlich aufatmen können, aber das kann es nur, wenn uns allen Gerechtigkeit zuteil wird.

Der Zeitpunkt für diese Rache ist jetzt, in den nächsten Tagen. Er wird auch für uns ein bedeutender Neuanfang sein. Unsere neue Regierung soll anerkennen, was der Kern des jüdischen Staates sein soll: Es ist der Glaubensgrundsatz, die Religion, die uns zu einem Volk macht. Dies wird geschehen im Interesse aller Israelis. Auch müssen wir unsere bisherigen Allianzen neu überdenken: Unsere Verbündeten werden sich vielleicht von uns abwenden, zumindest mit Unverständnis reagieren. Aber dieses Unverständnis auszuhalten, ist die Sache wert. Die Zukunft unserer Kinder und Enkel in einem sicheren, prosperierenden Staat der Juden, dem uns von Gott gegebenen Land, zu sichern, darf nicht mehr von schwachen, wankelmütigen Parlamenten in anderen Teilen der Welt beeinflusst werden. Wer, wenn nicht wir selbst, wissen, was gut für uns ist!«

Der Rabbi räusperte sich, unter seinen buschigen Brauen wanderten seine klugen Augen von einem zum anderen seiner Anhänger. Bis jetzt hatte er seine Stimme gedämpft gehalten, fast leise gesprochen.

Jetzt aber donnerte seine Stimme ungezügelt in den Raum: »Israel, das Land der Juden, wird sich wieder auf seine Wurzeln besinnen.« Einige zuckten zusammen.

»Wir werden zurückkehren zu unseren Traditionen und unserer eigenen Kultur, die ihren Ursprung vor Tausenden von Jahren hatte. Die nationale Einheit, das konservative Gedankengut und unser tief verwurzelter orthodoxer Glaube werden unser Tun bestimmen. Die Beduinen, ebenfalls ein Volk mit herausragender Geschichte und Werten, die unseren gleichen, werden unsere Brüder und Schwestern sein. Im Nebeneinander mit frommen jüdischen Siedlern.

Die friedliche Koexistenz mit allen Muslimen in einem neu geordneten Arabien ohne Staaten und Nationalitäten wird unser Leben kennzeichnen.

Der Egoismus und der Werteverfall mit der verhängnisvollen Gier nach immer mehr Reichtum gehen dem Ende zu.

Wir beschreiten einen Pfad, der Vorbild sein wird. Vorbild ganz besonders auch für die westliche Welt, die mit ihrer Lebensweise für einen Niedergang der Moral verantwortlich ist.

Die neue Weltordnung ist ein wieder erschaffenes Paradies auf Erden. Diesem Paradies werden sich schließlich auch die USA und China anschließen müssen, die sich mit ihrem verheerenden Wettbewerb selbst vernichten. Sie werden unsere Lebensweise als Vorbild sehen. Unser allmächtiger Gott wird auch für diese Völker Gott sein, denn er ist für alle Gläubigen da.«

Mit vor Leidenschaft roten Wangen in seinem sonst

grauen Gesicht und glühenden Blicken spießte er seine Anhängerschar auf.

Er war fertig mit seinem Gebet und seiner Ansprache. Es herrschte Schweigen im Raum. Die Männer, die sich in kleinem Abstand zu ihm aufgestellt hatten, blickten auf. Sie schauten auf den Rabbi, und sie schauten sich gegenseitig an. Dann wieder suchten sie den Blick des Rabbi, saugten sich daran fest.

Mit Informationen von solcher Tragweite hatte keiner gerechnet. Und doch zeigten ihre Blicke klare Anzeichen von Hoffnung. Endlich war es so weit! Endlich übernahm jemand die Führung!

Rabbi Gur entpuppte sich als ein Meister der Inszenierung. Nach einigen Minuten der besinnlichen Sprachlosigkeit wandte er sich an die von der Rede sichtlich beeindruckten Männer – Männer, für die er stellvertretend ins Gefängnis gegangen war: »Ich danke euch, dass ihr gekommen seid.«

Schlicht. Einfach. Ein Dank.

»Mich würden noch ein paar Details interessieren, und ich habe Fragen dazu«, meinte der Jüngste in der Gruppe. »Wie soll diese Rache aussehen, und wie wird sie ausgeführt?«

»Nun«, erwiderte Rabbi Gur, »ich muss zugeben, dass ich nicht alle Details kenne. Aber ich erzähle euch das, was ich weiß. Was ich bisher gehört habe, ist, dass die Rache geradezu biblisch sein wird. Auge um Auge, Zahn um Zahn. Sie wird wie ein Schwert über die Köpfe der westlichen wirtschaftlichen und politischen Elite streifen.«

Ein Anschlag von solchem Ausmaß? Würden viele unschuldige Menschen Opfer sein? Rabbi Gur konnte die Betroffenheit der Männer fast physisch spüren. Damit schienen sie nicht gerechnet zu haben. Er setzte eine eiserne, entschlossene Miene auf, neigte den Kopf ein wenig zurück, so als würde er sie von oben betrachten.

Die Atmosphäre im Raum war plötzlich wie eingefroren, Erschrockenheit machte sich breit. Möchten wir das?, schienen sich die Männer zu fragen. Wollen wir so viele Menschen ins Unglück stürzen? Was wird aus uns? Was wird aus unseren Geschäften, unseren Familien, unseren Freunden? Unserem Land?

Es waren ja nicht nur die vielen Toten. Wie würden die Überlebenden reagieren? Familienangehörige, die den Vater oder die Mutter, den Sohn, die Tochter verloren hatten. Würden sie sich rächen, an uns?

Aber Bedenken wurden keine geäußert, keiner der anwesenden Männer schien den Mut aufzubringen, seine Gedanken dazu zu äußern. So blieben Gefühle des Grauens, der blanken Angst, der tiefen Furcht unausgesprochen.

Rabbi Gur schien das zu spüren. »Freunde, ich weiß, wie ihr euch fühlt, und ich kann mir sehr gut vorstellen, dass ihr euch Gedanken dazu macht, ob das richtig ist.

Aber vertrauen wir einfach unserem allmächtigen Gott. Er wird uns den richtigen Weg weisen. Und wenn es so passieren soll, wird es geschehen. Denn nur er entscheidet über uns und leitet uns.«

Der einzige, wahre und allmächtige Gott würde entscheiden.

Die Männer nickten wieder.

KAPITEL 36

HAIFA, ISRAEL

Das Flugzeug aus der tschetschenischen Hauptstadt Grosny ging über Istanbul und landete in Haifa. An Bord: Arkida Berschikowski.

Beim Besuch der ungarischen Bank in Grosny hatte er die Mehrheitsbeteiligung an dem israelischen Pharmaunternehmen vorbereitet. Heerscharen von elektronischen Agenten krabbelten die Börsenhandelshäuser ab, um möglichst viele Aktien von Mophus Pharma in kleinen Stückelungen zu erwerben. Bald würde er allein über wesentliche Aktivitäten des Pharmaunternehmens Mophus entscheiden können. Das und weitere Pläne würde Arkida jetzt mit den anderen Gesellschaftern und der Geschäftsführung besprechen. International betrachtet war das Unternehmen nicht relevant, eher ein kleiner Player in der Pharmaproduktion. Das würde sich bald von Grund auf ändern.

Ein Toyota holte ihn am Flughafen ab. Das Treffen fand in der Firmenzentrale des Unternehmens in der drittgrößten Stadt Israels, Haifa, statt.

Der Fahrer des Toyota brachte ihn vom Airport direkt zum Gelände von Mophus Pharmaceutical am südlichen

Stadtrand dieser malerischen und multikulturellen Küstenstadt. Der Verkehr glich einem Ameisenhaufen. Kreuz und quer, ohne sichtbare Regeln, fuhren die Autos über Kreuzungen, in Kreisverkehre und wieder heraus. Es wurde gehupt, geschimpft und gedroht. Verkehrszeichen schienen eher eine Option von vielen Alternativen zu sein. Arkida kannte das aus seiner russischen Heimat. Wer es schon einmal mit einem Kraftfahrzeug durch eine russische Großstadt geschafft hatte, den schreckte der Straßenverkehr einer mittelgroßen Stadt im Nahen Osten nicht ab. Und der Fahrer, ein Bediensteter des Pharmaunternehmens, der als Kurier eingestellt war, schien sowieso in seinem Metier zu sein. Er wusste, dass hier vor allem derjenige Vorfahrt hatte, der sie sich nahm. Nur mit dieser Einstellung hatte man eine Chance. In Russland lag es eindeutig am Alkohol, dass der Verkehr so chaotisch war. Hier nicht. Hier musste Gott irgendwie seine Hand im Spiel haben, dass nicht mehr passierte als sonst wo auf der Welt.

Die Fahrt dauerte eine halbe Stunde. Der sehr gesprächswillige Fahrer, der sonst Kisten und Päckchen herumfuhr und nur gelegentlich Gäste, nutzte die Gelegenheit. Er unterhielt sich köstlich mit Arkida in einer englischen Sprache, die so an keiner Schule der Welt gelehrt wurde. Verständlich war es nicht, was er erzählte. Arkida lächelte, nickte mal zwischendurch, sagte mal »Yes« oder »No« und kam damit über die Runden. Es war auch nicht wichtig. Wichtig war das Meeting mit der Firmenleitung seines Unternehmens.

Im Schatten des Vordachs am Haupteingang von Mophus Pharma stieg er aus, drückte dem Fahrer ein sattes Trinkgeld in die Hand und verabschiedete sich.

Vor dem Eingang zur eher unscheinbaren, nüchternen Halle des Firmengebäudes stand ein Mann. Arkida kannte ihn bis jetzt nur als einen der vielen Aktionäre, die eher in seltenen Fällen persönlich bei Mophus vorstellig wurden. Jetzt hatte Arkidas Besuch jedoch eine ganz andere Relevanz, und der Mann hatte das offenbar gespürt. Auf jeden Fall war sein Auftreten deutlich anders als zuvor. Denn Arkida war ab jetzt nichts anderes als sein neuer Chef. Der Mann stellte sich als David vor und tat so förmlich, als sähe er Arkida zum ersten Mal.

Er war der Gesamt-Geschäftsführer von Mophus Pharmaceutical und so etwas wie ein Vorstandssprecher. Eine freundliche Erscheinung, ein junger, dynamischer Mann, hellgrauer Anzug, weißes Hemd und mittelblaue Krawatte. Zusammen mit seinem gepflegten Äußeren, den kurzen schwarzen Haaren und dem aufrechten Blick war der Typ vermutlich der Schwarm vieler Frauen. Arkida hatte eigentlich gedacht, dass die Israelis unkonventioneller, weniger förmlich wären, in diesem Alter sowieso, aber es gab eben Variationen. Arkida war es recht. Besser die nötige Distanz als vertrauliches Getue.

Sie gingen in das Gebäude, das wohl nur ein kleiner Verwaltungstrakt war. Hier wurden Verträge geschlossen, der Ein- und Verkauf geregelt, das Personal verwaltet, hier hatten der Vorstand und die Finanzkontrolle ihre Büros. Die Produktion selbst, die Fabriken, befanden sich an anderen Standorten. Arkida war erst einmal hier gewesen und hatte von der Marketingabteilung für die Aktionäre eine Führung bekommen. Wie ein Tourist war er der Gruppe mit bescheidenem Auftreten hinterhergelaufen, hatte Häppchen gegessen und Sekt getrunken, erinnerte er sich. Er hatte damals nicht besonders gut auf Details aufgepasst und den Besuch nur gemacht, weil das Unternehmen in Israel beheimatet war und das immer von strategischer Perspektive sein konnte. Das große Investment und sein flammendes Interesse an Mophus Pharmaceutical hatten sich erst in jüngster Zeit in seinen Fokus geschoben. Aus seiner mehr oder weniger schlafenden Beteiligung in Höhe einiger Millionen Dollar konnte im Handumdrehen ein Milliardengeschäft für ihn erwachsen. Umso wacher war er jetzt.

Sie betraten den unspektakulären Eingangsbereich, Steinboden, kahle Wände, lieblos verstreutes Mobiliar und ein staubiger Geruch, der Arkida eher an eine Talmudschule erinnerte als an ein fortschrittliches Hightech-Pharma-Unternehmen, dem die Zukunft gehörte.

Sie gingen vorbei am Empfang. Die ältere, freundliche Dame hinter dem Empfangstisch aus Holz begrüßte sie auf Hebräisch. Arkida blieb stehen.

»Sprechen Sie Englisch?«, wollte er wissen.

»Ja, selbstverständlich«, antwortete sie. Auch jetzt war es wieder dieser Akzent, der das Englisch zu einer anderen Sprache machte.

»Mein Name ist Arkida Berschikowski. Ich bin einer der Eigentümer dieses Unternehmens, vielleicht bald der größte«, stellte er sich ungelenk vor und deutete dabei auf das große Firmenschild über ihr.

In den Augen der Empfangsdame sah er die Neugier

aufblitzen, während sie ihn mit ein paar freundlichen Worten willkommen hieß. Der erste Kontakt im neuen Unternehmen war gelungen. Sie würde die Nachricht in Windeseile im ganzen Unternehmen verbreiten. Lächelnd wandte sich Arkida ab.

David hatte seinen Weg zum Aufzug bereits fortgesetzt. In der obersten Etage des Gebäudes stiegen sie aus. David wies auf eine Tür am Ende des Ganges. »Dort ist unser Besprechungsraum, ich gehe voraus«, sagte er.

Er öffnete die Tür und ließ Arkida den Vortritt: »Nach Ihnen, Herr Berschikowski, herzlich willkommen in unserer trauten Runde.«

Arkida war angenehm überrascht. Die Leute hatten sich Mühe gegeben. Im Raum stand ein moderner ovaler Besprechungstisch in einem gediegenen Grau. Diverse nicht-alkoholische Getränke und dazu passende Gläser warteten bereits in der Mitte des Tisches. Die Stühle, zehn Stück an der Zahl, waren ebenfalls modern, mit schwarzem Lederpolster an der Rückenlehne und auf der Sitzfläche. An der Decke waren helle Holzpaneele angebracht, die Wände waren in einem dezenten Beige gestrichen. An einer Wand hing das große, gerahmte Porträt eines Mannes, gleich daneben das Firmenlogo.

Die Teilnehmer der Besprechung waren aufgestanden. Zwei Frauen und sechs Männer. David stellte sie einzeln vor. Die Frauen gehörten der Geschäftsleitung an, und zwar den Bereichen Kaufmännische Verwaltung und Marketing mit Public Relations. Einer der Männer war ebenfalls Teil des Vorstands und leitete die Abteilung Produktion.

Ein älterer Mann stellte sich direkt selbst vor: »Herr Berschikowski, ich heiße Sie herzlich willkommen. Schön, dass Sie hier sind. Ich bin Noa, der Firmengründer. Das auf dem Bild da bin ich.« Er deutete auf das große Porträt an der Wand. »Irgendwann wurde ich zum Ehrendirektor ernannt. Gut, das bin ich jetzt eben, aber das bin ich auch ganz ohne einen Titel«, sagte er mit einem verschmitzten Lächeln.

Ein sympathischer Mensch mit einer sehr positiven Ausstrahlung, dachte Arkida.

Noa bekleidete keine Position mehr in der Firma, erfuhr aber immer noch alles, was hier an Entscheidungen gefällt wurde. Das war ihm bei seinem Rückzug aus dem aktiven Geschäftsleben zugesichert worden, wie Arkida erfuhr. Das gab einem Menschen, der sich einen Großteil seines Lebens einer Sache gewidmet hatte, das Gefühl, doch noch in gewissem Maße gebraucht zu werden. Die Firma war sein Kind, und jetzt respektierte dieses Kind seine Rolle und kümmerte sich um ihn.

Die anderen Teilnehmer waren tatsächlich auch alle Mitgesellschafter an dem Unternehmen, wie Arkida wusste. Noa, der Gründer, hatte die Meinung vertreten, dass es für ein gutes Arbeitsklima und die Solidität der Finanzen von Mophus besser sei, wenn die Geschäftsführer der einzelnen Bereiche am Unternehmen auch als Miteigentümer Verantwortung übernahmen. Das bedeutete in der jetzigen Konstellation aber lediglich, dass sie ihre Meinung kundtun könnten, Arkida würde sie in Zukunft allesamt bei jeder Entscheidung überstimmen können. Es machte die Sache auch leichter für ihn: Sie würden nicht nur seine Anweisungen ausführen, sondern in seinem Kielwasser selbst zu ungeahntem Wohlstand gelangen.

Zur Begrüßung bekamen sie alle ein Glas Sekt aus koscherer Produktion. David schenkte selbst ein und verteilte die Gläser.

Jetzt ergriff Arkida das Wort: »Meine Damen, die Herren, ich freue mich, hier bei Ihnen zu sein. Begießen wir unsere Zusammenarbeit, mit der wir das Unternehmen Mophus in eine sehr erfolgreiche Zukunft führen werden. Aber erst einmal setzen wir uns. Ist ein bestimmter Platz für mich vorgesehen?« Mit dieser Frage richtete er sich direkt an David. Der zeigte auf den Stuhl am Kopfende des Tisches.

Sie setzten sich und legten ihre Unterlagen, an denen sie sich festzuhalten schienen, vor sich auf den Tisch. Eine Szene, bestimmt von Beflissenheit, Unsicherheit und dem krampfhaften Versuch, genau diese Gefühle nicht zu zeigen, die sich in allen Firmen, Behörden und Kanzleien überall auf der Welt genauso abspielten.

Von Arkida bekamen alle eine gesonderte Mappe mit Informationen zu seinem neuen Mehrheitsanspruch auf die Firma. Ganz hinten fand sich ein Auszug aus dem Companies Registry des Justizministeriums in Tel Aviv, das ihn, Arkida Berschikowski, wohnhaft in Moskau, bereits jetzt als größten Einzelaktionär auswies.

»Ich bin heute hier«, begann Arkida seinen Vortrag, »um Ihnen allen Einblicke in die Pläne für unsere Zukunft zu geben. Wie Sie wissen und am Registry Auszug sehen können, habe ich meine bisherigen Geschäftsanteile auf 51 Prozent erhöht. Und bestimmt haben Sie auch schon gehört, dass dies nicht mein einziges Unternehmen ist. Ich besitze noch zahlreiche weitere Beteiligungen aus unterschiedlichen Branchen überall auf der Welt. Jedes einzelne dieser Unternehmen versuche ich höchst erfolgreich zu machen, und alle zusammen haben mich so zu einem der reichsten Männer der Welt gemacht. Einen Überblick dazu finden Sie auch hier.« Arkida hielt eine Mappe hoch, die er für sich selbst hatte vorbereiten lassen. Sie strahlte genau das aus, was er für solche Termine brauchte: Einschüchterung.

»Von meiner unternehmerischen Weitsicht soll jetzt auch diese Firma profitieren. Was halten Sie davon?«

Dass das eher eine rhetorische, eine fast zynische Frage war, war ihm klar, und er erwartete keine Antwort. Trotzdem bekam er zustimmendes Nicken der anderen Teilnehmer. Eine Zustimmung, die, wie Arkida wusste, sich nicht aus Überzeugung, sondern aus Angst nährte.

»Nun direkt zu meinen Plänen. Ein großer internationaler Pharmakonzern betreibt ein Labor in Irland. Aus diesem Labor wurde kürzlich eine Substanz mit dem Namen Botulinumtoxin geraubt. Diese Information habe ich aus erster Hand, und ich muss Sie dringend auffordern, das für sich zu behalten. Diese Information ist nicht bestimmt für die Öffentlichkeit!«

Für ein paar Sekunden machte er eine kleine Pause, dieser Hinweis sollte sich erst einmal setzen bei den Anwesenden.

Botulinumtoxin, Botox. Arkida sah, dass sich zur Angst die Gier gesellte.

Dann fuhr er fort: »Das Botulinumtoxin ist ein hoch-giftiger Stoff. Er fällt sogar unter das Kriegswaffenkon-trollgesetz. Noch ist nicht bekannt, was mit der entwen-deten Menge passieren wird und ob dieser Stoff irgendwo zu einem schmutzigen Zweck oder in einem Konflikt zum Einsatz kommt. Es gibt aber schon erste Vermutun-gen, dazu gleich mehr. Botulinumtoxin ist aber auch der Grundstoff für ein Mittel, das in der Schönheitsindustrie eingesetzt und enorm nachgefragt wird.«

Die Runde nickte, der eine oder andere ungeduldig. Sie waren alle ein Berufsleben lang in der chemischen Industrie tätig und wussten, was Botulinumtoxin war. Das Wurstgift.

»In jedem Fall ist damit zu rechnen, dass der Preis für Botulinumtoxin extrem fallen wird. Denn wenn Ver-trauen verschwunden ist, macht sich das im Markt be-merkbar.«

Jetzt tauschten die Zuhörer überraschte, ungläubige Blicke. Es war still geworden.

»Der Wert dieses Labors, das bis jetzt Botulinumtoxin mehr oder weniger exklusiv hergestellt hat, wird, sollte das Mittel eingesetzt werden und Opfer fordern, in den Keller gehen. Und da kommen wir ins Spiel. Denn Mo-phus Pharmaceutical wird für einen geradezu lächerli-chen Preis dieses irische Unternehmen den Kanadiern abkaufen können.

Es wird dann eine kleine Weile dauern, ich rechne mit vier bis sechs Monaten, bis sich der Preis für Botulinum-toxin – und damit Botox – erholt, und zwar sehr stark erholt. Zusätzlich zur Nachfrage muss der Lieferausfall von ein paar Monaten aufgeholt werden. Das bedeutet, dass zum normalen Umsatz noch mal ein halber Jahresumsatz dazukommt. Denn das Verlangen nach Schönheit und Perfektion bei Frauen und Männern wird definitiv nicht weniger werden. Und dieses Verlangen wird von diesem Zeitpunkt an durch uns, durch Mophus, befriedigt werden.

Alles, was wir tun müssen, ist, den Imageschaden aufzuarbeiten. Aber dazu haben wir ja Sie, nicht wahr.« Er lächelte und deutete auf die Bereichsleiterin der Marketingabteilung des Vorstands.

Diese schien ein wenig überrascht und wirkte für einen Moment sprachlos. Eine passende Antwort kam ihr in diesem Moment nicht über die Lippen. Arkida bemerkte das und ging darauf ein.

»Ja, ich weiß, das ist erst mal eine große Nummer und hat mit Ihrer bisherigen Arbeit nicht viel zu tun. Wenn Sie Unterstützung benötigen, habe ich die richtigen Leute für Sie. Geben Sie mir einfach Bescheid. Ich habe ein Team in London, das spezialisiert ist auf Imagepflege. Absolute Spezialisten auf dem Gebiet der Krisen-PR. Aber vor allem vertraue ich zunächst einmal Ihnen.«

Die Dame lächelte und nickte. »Danke. Das weiß ich zu schätzen. Ich werde mit meinem Team das Beste geben«, erwiderte sie und vermittelte den Eindruck, dass sie sich wieder gefangen hatte.

Arkida wusste, dass man Mitarbeitern Vertrauen aussprechen musste, um sie zu Höchstleistungen anzuspornen. Er war sich sicher, dass diese Frau die Herausforderung meistern würde. Zur Not mit seiner Hilfe.

»Auf einen Nebeneffekt möchte ich noch hinweisen, der aber, wie alles andere auch, diesen Raum nicht verlassen darf. Auch dies ist eine Information, die ich aus allererster Hand bekommen habe. Wenn dieses verheerende Gift, dieses Botulinumtoxin, für einen Anschlag eingesetzt wird, wird dafür die muslimische Welt verantwortlich gemacht werden. Die Reaktion des Westens, allen voran der Amerikaner, kann man sich leicht ausmalen. Die Araber werden dafür in die Hölle gebombt werden.«

Mit diesem letzten Satz hatte er einen sehr sensiblen Punkt getroffen. Die Anwesenden versprühten eine gewisse Unruhe, denn eine solche Konsequenz konnte nicht im Sinne des Unternehmens sein. David machte Arkida darauf aufmerksam und sprach damit das an, was alle dachten.

»Moment, David«, unterbrach Arkida ihn und richtete das Wort ausdrücklich an alle, die jetzt Bedenken hatten. »Diese Konsequenz hat mit unserem Unternehmen gar nichts zu tun. Wir sind nicht involviert und halten uns völlig raus. Wir kümmern uns nur um unser Geschäft.«

Leises Murmeln machte sich am Tisch breit. So ganz wohl war ihnen mit der Sache dann doch nicht. Aber die Gruppe schien erst einmal besänftigt zu sein. Aller Augen waren auf Arkida gerichtet. Ihren neuen Anführer. Hinter dem sie sich versammeln konnten. Und natürlich hatte er recht. Sein Schweigen und sein zuversichtliches Lächeln wirkten.

Keiner würde Mophus, das israelische Pharmaunternehmen, mit der fürchterlichen Rache an der arabischen

Welt in Verbindung bringen. Denn immerhin wären es die Muslime ja selbst gewesen, die mit einem solch verheerenden Anschlag – sofern es ihn überhaupt geben würde – eine fatale Reaktion des Westens herausgefordert hätten.

Arkida hatte sie genau da, wo er sie haben wollte. Er musste gar nicht großartig insistieren oder überzeugen. Das, was er in kleinen Dosen von sich gab und in die Köpfe der leitenden Mannschaft seines neuen Unternehmens eingepflanzt hatte, gepaart mit der Aussicht auf fantastische Gewinne, hatte genügt, um ihre eventuellen Bedenken im Keim zu ersticken. Er würde sie trotzdem genau im Auge behalten. Ab dem heutigen Tag waren sämtliche Handys, Laptops, SmartWatches und Server von den Ressort-Leitern, dem Vorstand, ihren Sekretären und Fahrern, den Lagerarbeitern und den Chemikern im Fokus einer Hackergruppe in Wolgodonsk, die Wirtschaftsspionage außerhalb Russlands betrieb. Denen würde in den nächsten Monaten keine versendete Nachricht, kein Tratsch, keine Befindlichkeit und noch nicht einmal ein Husten entgehen.

Arkida hatte die Firma Mophus übernommen. Sie und all ihre Mitarbeiter bin hin zu den Gesellschaftern waren ab heute unter seiner totalen Kontrolle.

KAPITEL 37

DAVOS, SCHWEIZ

»Merry, können wir uns sehen?«

»Ronny, ich komme gerade aus dem Bad und rufe dich gleich zurück. Ich muss mich nur kurz anziehen.«

Wenn Ronny zwischendrin anrief, war es etwas Dringendes.

So eine schöne, warme Dusche war schon etwas Besonderes. An nichts denken, einfach nur das Wasser auf die Haut prallen lassen, das Duschgel spüren und den Moment genießen.

Die Arbeit rief, die Zeit des Genusses war vorbei, ich musste in die Gänge kommen.

Ich vermutete, Ronny hatte irgendeine Info aus seiner Zentrale in Langley. Er hatte sich erkundigen wollen, ob seine Kollegen irgendetwas über die seltsamen Aktivitäten meines Chefs wussten. Noch kurz die Hose anziehen, das T-Shirt, die Haare trockneten von selbst.

Verdammt, wo war bloß das Handy? Ich hatte es doch eben noch in der Hand. Moment, ja, hier auf dem Nachttisch neben dem Bett.

»Ronny, was gibt es?«

»Ich habe eine Info aus Langley. Wir sollten uns kurz treffen. Kann ich in dein Zimmer kommen?«

»Klar! Gib mir noch ein paar Minuten. Passt das für dich?«

»Ja, alles gut, bis gleich.«

Es war schon geschickt, dass wir im selben Hotel untergebracht waren. Die Zimmer waren wie immer intensiv auf Wanzen geprüft worden. Hier waren wir definitiv sicher, hier konnten wir ungestört reden.

Ich ging zurück ins Bad und cremte mein Gesicht ein. Schon klopfte es an der Tür. Der Blick durch den Türspion bestätigte: Es war Ronny.

Ich öffnete, lächelte ihn an, er lächelte zurück. Aber es war nicht dieses fröhliche Lächeln, eher so ein Freundlichkeitsding. Wenn wir nicht gerade Sex miteinander hatten, gingen wir miteinander um, als wären wir gute Bekannte. Darüber hatten wir nie gesprochen, es hatte sich einfach so ergeben. Und wir beide mochten es genau so.

»Puh, Merry, da hast du ja ein Fass aufgemacht.« Ronny kam gleich zur Sache. »Ich habe mit unseren Leuten in Langley gesprochen. Die haben tatsächlich ein Telefonat von deinem – ich nenn ihn jetzt einfach mal *Chef* – abgehört, mit einem russischen Oligarchen.«

»Walter heißt er«, warf ich ein, »alle nennen ihn aber Wally. Das allein sagt schon was aus über seine Ausstrahlung, oder?«

»Okay, also Wally. Der Russe war ein gewisser … Moment«, Ronny schaute auf sein Handy, »Berschikowski. Ist anscheinend einer der reichsten Russen mit Kontakten bis in die Spitzen des Kremls. Er handelt mit allem Möglichen, ganz besonders mit Waffen. Das haben unsere Leute recherchiert. Und jetzt kommt's: Es ging um verdammt viel Geld, das er gerade in ein einzelnes Unternehmen lenkt. Der weitere Hintergrund ging aus dem Telefonat bisher nicht deutlich genug hervor. Wir haben die ganze Information dann auf dem Dienstweg an den BND geschickt. Damit ist es jetzt eure Sache.«

»Mist, unglaublich!« Verdammt, war ich wütend. Es gab für den Austausch unter den Geheimdiensten einen separaten Kanal, nur leider versandete da immer wieder mal etwas. Jeder Dienst auf dieser Welt meinte, er wüsste sowieso alles und hätte alles im Griff. Zu oft schenkte man den Informationen anderer Dienste zu wenig Sorgfalt.

»Da kriegt man mal etwas auf dem Tablett mundgerecht serviert«, sagte ich zu Ronny, »und dann verpennen die das oder kümmern sich nicht darum.«

Ich hatte tatsächlich nichts darüber gehört. Es musste irgendwo versickert sein. Oder war, wie so vieles, einfach totgeschwiegen worden.

»Und jetzt pass auf«, erzählte Ronny weiter. »Dieser Berschikowski ist verwandt mit einem Typen, den du unter dem Namen Boris oder Lupus kennst.«

»Sein Bruder. Oder Halbbruder. Es ist uns nie gelungen, das genau aufzuklären. Die Unterlagen der Behörden in Birobidschan sind blank. Alles gelöscht. Sogar ein von uns umgedrehter nordkoreanischer Hacker hat nichts gefunden. Nada. Njet. Es gibt nichts über ihn oder seinen Bruder, über Arkida, den Oligarchen, nur belanglose Details, die alle nicht stimmen können. So viel weiß ich. Aber ist dir bewusst, was das bedeutet?«, fragte ich Ronny. In mir spulte sich innerhalb von Sekunden das gesamte Szenario ab, das uns möglicherweise bevorstand.

»Wally hantiert mit Plänen der Wasserversorgung von großen Städten. Dieses verdammte Gift, Botulinumtoxin, wird gestohlen, es soll einen riesigen Anschlag geben, angeblich ausgeführt von der Beduinenbewegung Al Ahrams. Berschikowski taucht in den Kontakten von Wally auf, und ein Haufen Geld ist im Spiel. Und jetzt noch Boris/Lupus. Dieser Typ ist der …«

Ronny unterbrach sie: »Der am meisten gesuchte Auftragskiller.«

»Und der effektivste«, ergänzte ich. »Wir haben nicht mal seine eindeutige DNA.«

Das auszusprechen, fiel mir schwer. Und ich spürte einen Kloß im Hals. Wir schlitterten da in etwas Schlimmes rein.

»Den haben wir auch auf dem Schirm«, fuhr Ronny fort. »Halt dich fest: Der wurde vor ein paar Tagen an der Mautstelle der Brennerautobahn in Richtung Norden registriert. Wahrscheinlich ist er es, so sagen die Italiener. Die haben versucht, das zu checken. Merry, der will nach München! Du hattest so recht mit deiner Vermutung.«

»Bringen wir ihn in Verbindung mit Irland?«

»Nicht eindeutig. O'Killirch hat noch keine Ergebnisse geschickt, weder DNA noch Fingerabdrücke.«

»Fingerabdrücke!«, sagte ich fast verächtlich. »Als

würde Boris seine Fingerabdrücke in der Gegend verstreuen. Der ist auf einem ganz anderen Niveau, Ronny. Ich jage ihm seit Jahren hinterher. Er ist sehr schwer zu fassen, glaub mir.«

Mir lief es eiskalt den Rücken runter, auf meinem Körper machte sich Gänsehaut breit. Wir im Geheimdienst arbeiteten mit dem Begriff Verdacht. Uns genügte nach langwieriger Beobachtung und aufwendiger Analyse ein minimal begründeter Verdacht, um Himmel und Hölle in Bewegung zu setzen. Das war der Unterschied zur Polizei. Die Polizei schaltete das Martinshorn ein und raste los. Sie wollte so schnell es ging einen Verbrecher in Gewahrsam nehmen. Wir machten das grundsätzlich anders. Wir beobachteten, sammelten, analysierten, oft jahrelang, ohne Ergebnisse zu erzielen. Mit Milliarden-Budgets. Im Glücksfall gelang es uns, Orte, Personen, Hintermänner und politische Absichtserklärungen, gesellschaftliche Strömungen und neue Akteure zusammenzurechnen und ein Ereignis vorherzusehen. Fundierte Informationen zu sammeln, um vorausschauend handeln zu können. Das war es, was wir beim BND taten.

Im Glücksfall!

»Sag mal, Ronny, warum verschiebt Berschikowski so viel Geld? Weiß irgendjemand, in was er es anlegt?«

»Nicht direkt, aber es wurde ein Flug registriert. Von Tschetschenien nach Haifa.«

»Haifa? Warum? Was macht er da?«

»Warte mal, ich durchsuch mal sein Profil.«

Hier waren zu viele Elemente, die aus einer vagen

Gleichung eine mathematische Formel ergaben: das Gift, Boris, Wally und die Pläne der Wasserversorgung von Großstädten, Al Ahrams Horrorszenario, das aus dem Darknet gefischt wurde, und jetzt wieder Boris, wahrscheinlich auf dem Weg nach München!

»Nichts Besonderes«, meldete sich Ronny, »Berschikowski hat mehrere Beteiligungen in Israel. Liegt ja auch auf der Hand. Rüstung, Elektronik. Und Pharma.«

»Pharma? Was für eine Pharmafirma ist das?«

»Mophus Pharmaceutical. Nie gehört.«

Mein Magen zog sich zusammen. Ein Anschlag von Boris auf München. Wenn es eine Steigerung von Worstcase gab, dann war es das. Das Gift, Boris, sein Bruder, ein Pharmaunternehmen in Israel.

»Ronny, ich weiß genug. Danke, ich bin dir was schuldig.« Ich fiel ihm um den Hals. Es fühlte sich gut an, war ein kurzer Augenblick, in dem ich Unterstützung spürte. Ich wusste nicht, vielleicht war es das letzte Mal. Ich wusste nur: Ich musste jetzt los. »Wir sehen uns wieder, bis bald.« Ich ließ ihn los und drehte mich weg.

Er fasste mich am Arm, zog mich noch mal zu sich: »Merry, pass auf dich auf, bitte. Ja, bis bald!« Er gab mir einen kurzen, aber forschen Kuss auf die Lippen. Mann, fühlte sich das gut an.

»Ronny, ich muss!«

»Klar« sagte er nur. Wir beide wussten, dass dieses Treffen unser letztes gewesen sein könnte. Das wussten wir immer, aber in diesem Moment war es irgendwie bewusster, real, greifbar. Ronny verließ mein Zimmer.

Meine Gedanken ratterten. Ich musste mich kurz setzen. Musste überlegen, brauchte klare Gedanken. Und ich brauchte eine Strategie.

Ich griff zum Telefon und rief Axel an. Axel war mein direkter und persönlicher Kontaktmann zum internen Ermittlungsdienst beim BND. Eingerichtet wurde seine Stabsstelle, nachdem mehrere umgedrehte russische Agenten in den Reihen des BND enttarnt worden waren – alle mithilfe befreundeter Dienste enttarnt, die den entscheidenden Tipp gegeben hatten, nachdem sie tief im Inneren des russischen Politapparats auf Informationen gestoßen waren, die nur vom BND stammen konnten. Als Undercoveragentin hatte ich einen solchen direkten Ansprechpartner, der Tag und Nacht für mich erreichbar war. Axel war ein prima Typ, wir verstanden uns gut, und bei ihm hatte ich immer das Gefühl, dass ich mich auf ihn verlassen konnte.

Axel ging ran, ich erzählte ihm alles, was ich bisher wusste und was ich mir aus dem Szenario zusammengereimt hatte.

»Dass die nicht auf die Info von der CIA eingegangen sind, kann ganz bewusstes Unter-den-Tisch-kehren sein«, bestätigte er meine Befürchtung, was die Sache mit Wally anging. »Dann haben wir ein weiteres Problem im BND. Merry, ich mache eine Aktennotiz und gebe die Infos weiter. Ich registriere deine Meldung, du darfst ab jetzt, und das nur zur Gefahrenabwehr, ohne die Rückendeckung deines – äähh – Vorgesetzten agieren. Ich notiere das so. Aber du musst dich selbst drum kümmern, bist auf dich allein gestellt. Weihe niemanden sonst ein. Du bist ab jetzt vollkommen isoliert. Mach, was du für nötig befindest. Und pass auf dich auf! Viel Glück!«

Ja, das werde ich brauchen, dachte ich für mich und legte auf.

Ich musste nach München, und zwar sofort. Ich packte mein Zeug zusammen. Als Nächstes musste ich mich um einen Transport dorthin kümmern. Vielleicht einer der Hubschrauber.

Da klingelte mein Handy. Es war die verschlüsselte Nummer der Zentrale. Eine Sekretärin von Wally war dran. Das ging aber schnell, dachte ich. Ihre Nachricht war deutlich: Ich wurde von dem Auftrag in Davos abgezogen und musste unverzüglich in die Zentrale nach Berlin. Bis sich jemand bei mir meldete, sollte ich im Hotelzimmer bleiben.

Das änderte alles. Ich wusste nicht, wem ich noch vertrauen konnte außer Ronny. Ronny? Warum kam dieser Anruf so kurz, nachdem Ronny aus meinem Zimmer raus war? Oder war es die interne Ermittlung? Stimmte was mit Alex nicht?

Ich setzte mich auf die Bettkante, das Handy kraftlos in meiner Hand. Im Hotelzimmer bleiben? Die hatten sie doch nicht alle beisammen. Die wollten mich mundtot machen. Wer waren *DIE*?

Was mich in diesem Job bis jetzt am Leben gehalten hatte, war die Mischung aus kontrollierter Bewältigung von Angst auf der einen und blanker Paranoia auf der anderen Seite.

Wut stieg in mir auf. Und damit neuer Mut.

Diese Meldung hatte ich gebraucht. Wenn irgendjemand von denen glaubte, mich so kontrollieren und manipulieren zu können, dann wussten die gar nichts über mich und meine Instinkte – und bis zu welchem Grad ich dieser inneren Stimme folge, statt mich an Anweisungen zu halten. Das hatte zwar meine Karriere oft in Gefahr gebracht, aber darauf hatte ich schon immer gepfiffen.

Ich hatte nur einen einzigen Eid geschworen: Ich hatte geschworen, die Sicherheit und Freiheit Deutschlands zu schützen.

Punkt!

Und das würde ich tun, nach bestem Wissen und Gewissen.

Verrat, schrie alles in mir. Was zum Teufel dachten die sich? Einen besseren Gefallen hätten sie mir gar nicht tun können.

Jetzt war ich wach und wurde zur Jägerin, und darin war ich gut. Ich spürte buchstäblich, wie das Adrenalin meinen Körper flutete, und ich liebte dieses Gefühl. Es war fast besser als Sex, ausgenommen der mit Ronny. Mit einem Mal war ich so unglaublich wach, alle Sinne fuhren hochtourig.

Wally und Konsorten, schnallt euch an. Es geht los!

Nach der Aufforderung vom BND, in meinem Zimmer zu bleiben, brauchte ich wegen Hubschraubern vom Militär gar nicht zu schauen. Die Amis hatten keine hier, weil der Präsident noch nicht vor Ort war. Sonst hätte mir Ronny vielleicht helfen können. Vielleicht einer der Promi-Hubschrauber. Aber heute früh hatte ich eine Meldung gesehen, dass sich über den Alpen eine Sturmfront mit bis zu 120 Stundenkilometern bereit machte.

Die legte sich gerade auf die Nordseite der Alpen, von Kaprun bis Vaduz. Den Sturm zu umfliegen oder gar zu durchfliegen, wollte ich mit den Promi-Shuttles gar nicht erst versuchen. Das waren Schönwetter-Flieger.

All diese Gedanken jagten mir in Bruchteilen von Sekunden durch den Kopf. Strategisch zu denken, darauf wurden wir trainiert, wobei ich die Veranlagung dazu schon immer hatte. Ich musste nach einem Auto schauen. Mein Zeug war bereits gepackt, ich nahm die Tasche und den Rucksack. Auch die Kampfausrüstung war dabei. Wobei meine schlimmste Waffe ich selbst war. Meine geistige und körperliche Verfassung und bei Bedarf meine Hände. Und mein Selbstvertrauen, ohne das ich mich auf eine Konfrontation mit Boris nicht mal in Gedanken einlassen sollte.

Ich muss ihn abfangen!, dröhnte es in meinem Kopf. Nichts anderes zählte jetzt mehr.

Ich nahm den Nebenausgang, der als Notausgang gekennzeichnet war. Die Rezeption ließ ich links liegen. Wer wusste schon, wem der BND inzwischen was über mich erzählt hatte.

Auf dem Parkplatz vom Hotel standen genug Autos bereit. Sorry, Leute, aber ich muss die Welt retten. Beschwert euch beim BND, dachte ich. Die neuen Luxuslimousinen konnte ich vergessen, die waren zu gut gesichert und hatten Anti-Diebstahl-Tracker. Ich brauchte einen etwas älteren, zuverlässigen Mittelklassewagen. Wie den weißen Audi, mit Schweizer Kennzeichen und einem Aufkleber vom Hotel am Heck. Ein älteres Modell, Ende der Neunzigerjahre, ein facegelifteter Audi 100 aus den

Anfängen. Noch nicht so viel Elektronik an Bord wie die Autos heute. Kein Navigationsgerät, keine Black Box.

Ein Blick genügte: Der Wagen war gepflegt, gut in Schuss. Die Winterreifen hatten ein gutes Profil und machten Sinn, wenn man im April in den Alpen unterwegs war.

Meine Hand wanderte unauffällig auf die Motorhaube: noch warm.

Wahrscheinlich ein Mitarbeiter, Abteilungsleiter oder so was, der sein Auto liebevoll pflegte. Bis der nach getaner Arbeit wieder zu seinem Auto kam, wäre ich längst in München.

Er hatte noch ein Schlüsselloch an der Tür, nicht wie heute nur eine Art Touch-Pad, auf das man den Finger legte, und schon sprang die Tür auf. Das Öffnen von solchen Fahrzeugen gehörte zu meinem Grundtraining. Auch wenn das letzte Mal schon lange her war: Drei Sekunden, dann war er offen.

Ich setzte mich hinein, zog den Sitz nach vorne und schaute mich um. Am Hintereingang standen ein paar Mitarbeiter des Hotels in Uniform und rauchten. Alle trugen eine auffällige Chipkarte an einem Band um den Hals und am Handgelenk einen RFID-Chip, der aus der Distanz lesbar war und sie identifizierte, genauso wie den Bereich, zu dem sie Zugang hatten. Verließen sie den, dann löste das einen Alarm aus. Wie eine elektronische Fußfessel.

Sie hatten mich nicht gesehen und waren damit beschäftigt, Zigaretten herumzureichen – oder Joints – und sich die Chip-Karten zu zeigen.

Ich tauchte unter das Lenkrad. Die Abdeckung vom Kabelbaum wegreißen, die Kabel zur Zündung separieren, den Stromkreis schließen. Es funktionierte, ach, wie ich das liebte. Wenn mich der BND nach dieser Sache nicht mehr wollte oder ich die nicht mehr, wusste ich, womit ich in Zukunft mein Geld verdienen würde.

In gesittetem Tempo verließ ich den Parkplatz. Dann gab ich Gas. So abgeschottet und engmaschig kontrolliert die Zufahrten nach Davos waren, so lässig waren die Check-Points beim Verlassen des Tals. Niemand hielt mich an, niemand wollte etwas von mir.

Es ging weiter über Klosters-Serneus, Schiers und Grüsch bis nach Landquart. Ab hier begann es zu schneien, dicke Flocken flogen auf mich zu. Ich konnte nicht so zügig fahren, wie ich eigentlich wollte. Das raubte mir Zeit, zu viel Zeit.

Die Strecke kannte ich noch von meinen früheren Motorradtouren durch die Alpen. Das war eine klasse Zeit damals, die Touren auf den Nebenstraßen und über die Pässe waren einfach atemberaubend. Irgendwo hatte ich immer gezeltet, oft einfach nur wild in der Bergen. Campingplätze brauchte ich nicht. Und dann diese Lichtspiele der Sonnenauf- und untergänge. Ich dachte gern an diese Touren zurück. Leider hatte ich dafür jetzt keine Zeit mehr. Ein Nachteil des Erwachsenseins.

In Landquart ging es auf die A13, vorbei an Vaduz, über Bregenz und den Pfändertunnel Richtung Lindau. Seit Bregenz spürte ich den Sturm noch stärker. Die Böen hatten es in sich. Mein ausgeliehener Audi A100 wurde heftig durchgeschüttelt. Der Verkehr erlahmte, es war praktisch niemand unterwegs. Die Warnungen im Radio mussten eindeutig sein. »Bleiben Sie zu Hause!« Und es stimmte, stellenweise hatte ich das Gefühl, dass mich der Wind von der Autobahn drücken wollte. Oft, zu oft musste ich mit der Geschwindigkeit weit runter, um nicht die Kontrolle zu verlieren.

Ich war viel zu langsam.

Zum Glück hatten sowohl die Schweizer wie auch die Österreicher ein striktes Tempolimit. Sonst hätte ich im Adrenalinrausch das Risiko vielleicht doch falsch eingeschätzt. Jetzt eine Polizeikontrolle mit einem gestohlenen Fahrzeug wäre nicht ideal. Schon einmal musste ich einen Beamten mit seinen eigenen Handschellen gefesselt im Fahrzeug zurücklassen.

Mein Handy glühte. Im Dauermodus versuchte ich, jemanden bei den Wasserwerken in München zu erreichen. Beim Fahren auf das Handy zu schielen, ist nicht meine Gewohnheit, aber im Moment ging es nicht anders. Bei den Wasserwerken kam nur eine Bandansage, und ich wurde aufgefordert, eine Mail zu schicken!

Dann probierte ich die Stadtwerke. Wenigstens da musste doch jemand rangehen, auch wenn es inzwischen schon spät war. Über die Zentrale in Berlin konnte und wollte ich mir nicht helfen lassen. Spät am Abend die Telefonzentrale einer städtischen Stelle wie den Stadtwerken zu knacken, war eine Herausforderung. Fast unmöglich. Noch nicht einmal der Bereitschaftsdienst ging ran, sondern schickte mich in endlose Anrufbeantworter-Schleifen.

Verdammte Bots!

Ich hatte das Gefühl, seit der Pandemie hatten die städtischen und staatlichen Bediensteten ihr Nirwana gefunden. Da arbeitete überhaupt niemand mehr im Kundenservice. Nur noch Roboter.

Wen könnte ich sonst anrufen?, überlegte ich fieberhaft.

Ich musste sie warnen! Irgendwie!

Die Abwimmelungsschleifen nervten mich. Ich richtete nichts aus, kam nicht weiter. Ich fuhr praktisch nur noch mit einer Hand am Lenkrad, die andere nutzte ich zum Telefonieren und hoffte, dass es gut ging. Der Sturm, der Verkehr, ich musste mich höllisch konzentrieren. Niemand war zuständig für meinen Hinweis, dass Gefahr drohte.

Ich musste persönlich hin. Und vorher mit jemand reden, sie warnen. Aber wie? Ich wusste, ich wäre nicht mehr als eine Frauenstimme am Telefon, die verlangte, dass in München dringend und SOFORT das Wasser abgedreht wurde. Die würden mich für verrückt erklären, wenn ich so was aufs Band spräche. Die einzige Chance war, dass ich jemand ans Telefon brachte, der mir zuhörte und den ich überzeugen konnte. Das würde ich mir zutrauen.

Pfändertunnel. 80 km/h. Das österreichische Netz sprang nicht mehr an. Das schweizerische war nicht mehr erreichbar. Das deutsch eine Weile nach dem Tunnel. Ich beschleunigte. Eine Temposünde war mir egal. Überall hingen Kameras. Die Straße war selbst im Tunnel nass, die Eiskrusten auf den Scheibenwischern schmolzen aber schnell dahin. Es war wärmer im Tunnel. Der Verkehr war ab der letzten Ausfahrt bei Bregenz wie abgeschnitten. Ich atmete auf.

Dann sah ich die hohen Peitschenlichter an der ehemaligen Grenze zwischen Deutschland und Österreich, da vorne war gleich die Abfahrt Lindau. Der Audi schoss aus dem hell erleuchteten Tunnel ins Freie, und eine weiße Wand aus Schnee stürzte vor der Windschutzscheibe auf mich zu. Hier, auf der anderen Seite des Tunnels, schneite es noch heftiger. Ich ging vom Gas.

Ich schielte auf das Display. Jetzt flackerte kurz das österreichische Netz auf, dann war es wieder weg. So schnell es die verwaiste Straße zuließ, versuchte ich, die paar Kilometer bis zum deutschen Netz hinter mich zu bringen.

Endlich!

Vier Balken von vier!

O nein! Die Signalsuche hatte meinen Akku arg in Mitleidenschaft gezogen. Bitte laden!, stand rot auf dem Display. Noch fünfzehn Prozent.

Das reichte schon bis München.

Hoffte ich.

Wie sah es eigentlich mit dem Tank aus?, fragte ich mich bang.

Noch ein Viertel.

Diesel.

Lindau bis München, um die 160 Kilometer, das musste in unter zwei Stunden und mit einer Vierteltankfüllung zu schaffen sein.

Jetzt war ich im deutschen Netz, auf einer deutschen

Autobahn. Mal sehen, ob ich dadurch einen Heimvorteil hatte.

Ich entsperrte mein Handy, um die 110 zu wählen.

Ich zögerte.

Und stellte mir vor, was passierte.

Sobald sich die Verbindung aufbaute, lief ein automatisches Protokoll ab: Wenn mein Diensthandy die 110 wählte, war Gefahr im Verzug für mich und damit meine Behörde, den BND. Der Anruf würde mit Lichtgeschwindigkeit an die Funkmastortung durchgeschaltet werden, um herauszufinden, wo ich mich befand. Dann würde in der nächsten größeren Polizeistelle, das müsste hier Kempten sein oder noch Lindau, ein Code ausgelöst werden. Der Anruf würde an den Staatsschutz beim Landeskriminalamt oder beim Polizeipräsidium, zum Beispiel München, vorbeigeleitet werden. Dann hätte ich jemanden mit dem Rang eines Kriminalhauptkommissars von der 24-Stunden-Bereitschaft am Telefon, meist von der Abteilung Konsulate, Personen/Objektschutz, Staatsbesuche.

Das war die Terrorabwehr.

Der oder die hätte dann alle Informationen über mich bereits auf dem Bildschirm.

Das würde mir zwar einen Gesprächspartner auf Augenhöhe bringen, aber wahrscheinlich würden automatisch trotzdem Polizeiautos vor und hinter mir aus dem Nichts auftauchen. Mich stoppen. Mir Hilfe anbieten. Meine Ausweise kontrollieren. Feststellen, dass mein Wagen geklaut war. Meine Erklärungen abwägen.

Mich endlos aufhalten.

Ich löschte die 110 vom Display.

Dieses enorm wichtige Sicherheitsfeature in meinem Handy war jetzt ein Handicap.

Es musste einen anderen Weg geben.

Noch 13 Prozent.

Mann!

Was sollte ich tun?

Telefonbuch!

Das Polizeipräsidium musste eine andere, normale Festnetznummer haben. Ich war ja quasi suspendiert. Es war wahrscheinlich, dass die Telefonzentralen nichts davon mitbekommen hatten, dass noch keine interne Dienstanweisung raus war, dass meine Nummer noch nicht automatisch bei der Internen im BND auflief. Im Zeitalter von Faxgeräten, die es noch immer zuhauf bei den Behörden gab, und bei dem katastrophalen Datenaustausch zwischen den Ämtern dürfte es da mit etwas Glück keine Probleme geben.

Die Nummer kam von Google. Dann hatte ich im Polizeipräsidium schließlich jemanden in der Leitung, eine Frau, deren Alter ich nicht bestimmen konnte, die sich aber zuständig fühlte. Mich ernst nahm, vom ersten Kontakt an.

Eine gewisse Sabine Müller, Fachbereichsleiterin Innere Sicherheit und Terrorismus in München, ging ans Telefon, nachdem ich die Zentrale gebeten hatte, mich zum höchsten Diensthabenden durchzustellen. Kurz, aber eindringlich skizzierte ich, warum es ging. Sabine Müller fragte mehrmals nach, versicherte mir dann aber glaubhaft, dass sie auf mich warten und keine anderen

Behörden kontaktieren würde. Dass sie aber alles intern vorbereiten würden, bis ich meine Story persönlich erzählen konnte.

Ich versprach unmögliche Fahrtzeiten.

Und jetzt auch noch das: Stau bei Landsberg am Lech. Wenn es lief, dann lief's, und wenn nicht, dann nicht. Das hatte noch gefehlt. Gott sei Dank hatte ich nicht viel getrunken, sonst würde ich im Stau stehen und mir das Pinkeln irgendwie verkneifen müssen.

Da klingelte das Handy. Ich schaute drauf, es war Ronny.

Neun Prozent. Der Saft schmolz wie Schnee in der Sonne.

»Merry, ich habe eine wichtige Nachricht. Ich habe noch einmal unsere Jungs wegen des Telefonats von Wally kontaktiert. Die haben das gesamte Gespräch zwischen ihm und diesem Kontaktmann von Berschikowski inzwischen entschlüsselt. Ich habe gerade den Mitschnitt bekommen. Irgendwie ist die Rede von morgen früh, 5:30 Uhr. Kann das sein? Eventuell ist das der Zeitpunkt für den Anschlag.«

»Mist! Danke, Ronny. Und ich steh hier bei Landsberg im Stau und komme nicht voran. Erzähl niemandem, wirklich niemandem, dass wir gesprochen haben. Kann ich mich darauf verlassen?«

»Geht klar, Merry, ich drücke dir die Daumen. Alles Gute.« Dann legte er auf.

Danke, Ronny, sagte ich dem stummen Handy und schaltete es aus. Strom sparen, was ging.

Ich fuhr Schritttempo. Die roten Rücklichter brachen sich in Milliarden Funken auf meiner nassen Windschutzscheibe. Al Ahram würde nicht Davos angreifen, sondern eine Großstadt vergiften. Wer glaubte mir so eine Story? Ich musste WEITER!

Es dauerte noch eine Stunde, bis ich endlich am Stadtrand war und mich Richtung Stadtzentrum, Marienplatz, orientierte. Dort in der Nähe war das Präsidium. Und in die Stadtmitte reinzukommen, war zu keiner Tageszeit einfach in München. Ich rief noch mal bei der Müller an. Fünf Prozent. Ich musste ihr sagen, dass ich länger gebraucht hatte als gedacht.

Eine Mitarbeiterin war am Telefon. Verdammt, Sabine Müller saß in einer Besprechung im Büro des Polizeipräsidenten. Ich bat die Kollegin, ihr Bescheid zu geben, dass ich gleich da wäre – gelogen – und sie dringend heute noch sprechen müsste.

Ich gab Gas, schlängelte mich rechts und links durch, manchmal war es verdammt eng. Der Verkehr in dieser Großstadt war eine Katastrophe. Der Audi war ein Koloss. Der Berufsverkehr war zwar längst vorbei, aber danach richtete sich dieser Moloch München nicht.

Beim Präsidium fuhr ich in die Parkbucht vor einer schicken Galerie mit absolutem Halteverbot. Nur für Einsatzfahrzeuge, stand auf einem Parkverbotsschild. Egal. Ich stellte das Auto ab, kurz Luft holen, alles ein bisschen sacken lassen. Jetzt musste ich Sabine Müller überzeugen, dass ich Zugang zu den Verantwortlichen bei den Wasserwerken bekam.

Dann rannte ich los. Ich hetzte die Löwengrube getaufte Straße hinab, sah den Haupteingang und hastete die Stufen ins Polizeipräsidium hoch.

Jetzt kam es drauf an, wie schnell ich wie überzeugend wäre. Ich musste schrecklich aussehen, zerzaust, blass und fertig. Und vollgepumpt mit Adrenalin. Das war mein Vorteil.

Hoffentlich war die Müller fertig mit ihrer Besprechung.

KAPITEL 38

MÜNCHEN, DEUTSCHLAND

Boris hatte seinen Fiat auf dem spärlich beleuchteten Parkplatz des Bordells abgestellt. Er stieg aus und blickte sich um. Die Sturmausläufer waren kaum noch zu spüren, doch es war kühler geworden. Seinen Koffer, in dem sich das Botulinumtoxin befand, das er für den Anschlag aufbereitet hatte, führte er wie gewohnt bei sich.

Über Nacht würde er die Sporen dieser tödlichen Substanz in der Küche des Bordells unter höchsten Sicherheitsvorkehrungen mit einer Nährflüssigkeit in Verbindung bringen und in einem Inkubator zum Leben erwecken. Sorgfältig würde er eine Atemmaske aufsetzen, eine luftdichte Brille aufsetzen und Handschuhe überziehen. Dann würde er die beige, cremige Mischung mit Carfentanyl versetzen. Ein junger Mitarbeiter des russischen Konsulats in München hatte das Paket mit mehreren Dosen französischer Erbsen vorgestern in einem Koffer mit Diplomatenpost empfangen und es zum Bahnhof gebracht, wo Boris es einem Schließfach entnommen hatte. Eine der Konserve hatten einen doppelten Boden, in dem das Carfentanyl steckte. Arkida ließ grüßen.

Nach der nötigen Inkubationszeit würde er die zehn

Portionen in Tütchen füllen, die aus einem speziellen Material gefertigt waren: Polyamid-Folie aus teilkristallinen Thermoplasten, die im Niederdruckverfahren gepresst und denen Keramikmoleküle beigemischt wurden. Sie war temperaturresistent bis minus 40 Grad, luftdicht und milchig weiß. Sobald diese Tütchen mit Wasser in Verbindung kamen, lösten sie sich auf, und das Botulinumtoxin konnte seine verheerende Wirkung entfalten.

Er würde die Kroaten noch einmal besonders eindringlich warnen müssen, dachte er. Einmal in Kontakt mit Wasser, war es zu spät.

Boris lief zum Eingang des großen, verwinkelten Gebäudes aus der Gründerzeit, einer schweren, dunklen Massivholztür.

An der Hausecke rechts war eine Kamera angebracht, die den Eingangsbereich überwachte. Boris betätigte die Klingel.

»Ja, bitte?«, ertönte es aus dem kleinen Lautsprecher, der in die Klingelanlage integriert war.

»Mein Name ist Boris. Ich wurde angekündigt.«

»Einen Moment, es kommt jemand«, antwortete eine männliche Stimme mit südosteuropäischem Akzent.

Nach kurzer Zeit tat sich etwas an der Tür. Boris hörte, wie sich jemand von innen daran zu schaffen machte. Die Tür ging auf. Ja, sie war massiv, richtig massiv. Massiv war aber auch der Typ, der jetzt in der Tür stand. Knapp über zwei Meter groß und bestimmt 150 Kilogramm schwer. Ein Muskelpaket in knappem T-Shirt, aus dem sein Anabolika-getunter Body hervorquoll. Nur Schein, keine Substanz, taxierte Boris.

Gleich dahinter stand Josip, der nahezu vollständig von dem Riesentypen verdeckt wurde. Josip machte einen Schritt zur Seite und schaute an dem Türsteher vorbei: »Hallo, Boris, schön, dass du da bist!«

Die Situation war irgendwie skurril, entstammte aber nicht einem billigen Hollywoodstreifen, sondern spielte im realen Leben der Münchner Untergrundszene.

»Das ist Boris«, sagte Josip zu dem Typen. Der streckte ihm eine Pranke hin und begrüßte ihn freundlich: »Herzlich willkommen, treten Sie ein.«

Glücklicherweise war der Eingangsbereich groß genug. So hatten sie Platz, aneinander vorbeizukommen.

»Ich wünsche Ihnen viel Spaß«, sagte der Typ noch zu Boris. Vermutlich schätzte er die Intention seines Besuchs falsch ein.

»Komm mit, ich bring dich zu unserer Gruppe. Die freuen sich schon drauf, dass es endlich losgeht«, sagte Josip und ging vor, die Treppe nach oben.

Boris sah sich um. Warum mussten Freudenhäuser immer in diesem dunklen Ambiente erscheinen? Schwarze und graue Wände und Decken, zwischendrin mal ein bisschen Dunkelrot und Braun, so als ob man verzweifelt versuchen wollte, Farbe reinzubringen. Geschmackloser Kitsch. Unverständlich.

Im zweiten Stock befand sich ein größerer Saal, der wohl für Veranstaltungen unterschiedlicher Art diente. Auch hier herrschte die dunkle Farbgebung vor, allerdings war der Raum ausreichend, fast schon grell beleuchtet. Die Gruppe hatte sich an ein paar Tischen verteilt.

Josip drehte sich um zu ihm und blieb stehen: »Da drüben sitzt Rojko, der Ersatz für Franjo.« Er deutete auf den Tisch links von ihnen, an dem noch fünf weitere Personen saßen. »Ich stelle euch kurz vor«, sagte er und ging voran zu dem Tisch. Rojko stand auf, Boris stellte fest, dass er ihn kannte. Rojko hatte dem Gespräch in Kroatien beigewohnt, das Boris mit dem Clanchef geführt hatte. Er war der älteste Sohn des Oberhaupts.

Der Chef schickte seinen Sohn. Er wollte damit verhindern, dass noch einmal so ein Debakel passierte wie mit Franjo. Wohl wissend, dass er seinen Sohn damit einem erheblichen Risiko aussetzte.

Rojko erhob sich von seinem Stuhl und ging auf Boris zu. Ein stattlicher Kerl, seine Haltung zeigte Selbstbewusstsein, der Blick war offen und ehrlich. So schaute jemand, der nichts verbarg – zumindest nicht in diesem Augenblick.

Boris streckte ihm die Hand hin, Rojko erwiderte, der Händedruck war kräftig. »Ich glaube, wir müssen uns nicht mehr vorstellen«, sagte Boris. Sie schauten sich an, jeder hielt den Blickkontakt. Es war nicht dieses gezwungene In-die-Augen-Schauen, mit dem man krampfhaft zeigen wollte, dass man das konnte. Nein, hier begegneten sich zwei erwachsene Männer, die gerade genug voneinander wussten, um zumindest Respekt voreinander zu haben.

»Okay«, sagte Boris, »das ist eine Überraschung.« Er sah Josip ruhig an, der zuckte mit den Schultern und nickte dabei zufrieden in Richtung des Neuankömmlings. »Ich mag keine Überraschungen. Damit das klar ist.«

»Nein? Nicht mal angenehme?«, erwiderte Rojko mit einem verbindlichen Lächeln. »Mein Vater schickt mich. Ich war die ganze Nacht unterwegs, um rechtzeitig hier zu sein. Ich soll den ausgefallenen Mitstreiter ersetzen. Bei uns sind die Söhne ein Pfand der Treue und der Ehre. Vor allem, wenn etwas schiefgelaufen ist.«

»Okay«, sagte Boris gedehnt, »dann reihe dich in das Team ein.« Seinen schwarzen Lederkoffer stellte er auf einen der Tische, der zentral im Raum stand. Er öffnete den Koffer.

»Hat jemand bei der Besichtigung der Objekte ein Hindernis, eine Auffälligkeit oder ein unkalkulierbares Risiko entdeckt?«

Rojko, der wie selbstverständlich Josip als Anführer und Sprecher der Gruppe abgelöst zu haben schien, meldete sich.

»Wir sind alles minutiös durchgegangen. Wir haben alle Objekte ein weiteres Mal besucht, um zu prüfen, ob neue Baustellen eingerichtet worden sind oder sich sonst eine Barriere ergeben hat. Keines der Objekte hat ein kompliziertes Schloss oder eine spezielle Sicherung, geschweige denn eine Alarmanlage. Wir sind in jedes eingedrungen, haben die Kellerabgänge identifiziert und mussten noch nicht einmal unser Werkzeug einsetzen.«

»Kameras? Habt ihr auf Kameras geachtet?«, wollte Boris wissen.

»In keinem der Häuser gibt es sichtbare Kameras. Nur in der Nähe. In Giesing ist eine Tankstelle, die hat Kameras. Und weiter vorne ist eine Bank, die wird auch überwacht. Dann gibt es zwei Zebrastreifen, die wahrscheinlich mit Kameras ausgestattet sind. Aber wir haben ja unsere Käppis, unsere Kapuzenpullis und sind geübt darin, uns nicht erkennbar filmen zu lassen.«

Boris hörte ein wenig Stolz aus seiner Stimme.

»Gut«, sagte er. »Dann stehen alle Lichter auf Grün. Ich muss noch mal zum Auto, ein paar Sachen holen, und dann brauche ich die Küche hier im Haus. Zieht euch zurück und haltet die Füße still bis morgen früh um vier. Ich darf nicht gestört werden.« Er sah Rojko an. »Sorge dafür, dass sich niemand der Küche nähert, die ganze Nacht nicht, unter keinen Umständen. Verstanden?«

Rojko nickte.

»Und wer ist noch im Haus? Es stehen außer euren Fords zwei Autos auf dem Parkplatz. Ein Lexus LC Cabrio mit Münchner und ein Mercedes-AMG mit kroatischem Kennzeichen.« Er schickte einen fragenden Blick zu Rojko.

»Das sind unsere«, beeilte er sich zu sagen, »der eine gehört dem Türsteher, den anderen benutze ich.«

»Okay. Und was ist mit Kameras hier im Haus? Wo laufen die?«

»Alles schon abgestellt, es wird nichts aufgezeichnet. Mädchen sind auch keine im Haus, wir haben allen freigegeben oder sie an ein anderes Objekt ausgeliehen.«

»Sag mir, wo die Geräte zur Aufzeichnung stehen, ich will mich selbst davon überzeugen.«

Mit einer blitzschnellen, für die Anwesenden kaum nachzuvollziehenden Bewegung unter seine Jacke hielt Boris eine Automatikpistole mit Schalldämpfer in der

Hand, deren Lauf er lässig auf den Boden neben seinem Fuß zeigen ließ.

»Und wo ist dieser Türsteher jetzt?«

Im selben Moment heulte der Motor eines Sportwagens auf, es wurde Gas gegeben, und ein Auto verließ die mit Kies bestreute Einfahrt des Bordells.

»Hat sich erledigt«, beeilte sich Rojko zu sagen. »Er fährt jetzt in das andere Objekt und macht seinen Dienst. Er ist mein Cousin. Er ist mit mir aufgewachsen«, beruhigte er Boris.

Boris fixierte ihn mit einem ausdruckslosen Blick. Dann wanderte die Automatik wieder in seinen Holster unter dem Arm.

»Gut, ein Problem weniger. Rojko, du kommst mit mir runter und schließt bitte das Eingangstor zur Straße, während ich ein paar Sachen aus meinem Auto hole. Dann verriegle hinter uns die Eingangstür und schalte alle Lichter und Leuchtreklamen ab. Wir haben ab jetzt geschlossen. Keiner geht mehr rein oder raus. Ist das so weit klar? Habt ihr Snacks und was zu trinken für euch für die Nacht?«

Nachdem er sich davon überzeugt hatte, dass die Leute versorgt und sämtliche Kameras ausgestellt waren, schleppte Boris einen zweiten Lederkoffer, einen Glühweinspender mit Temperaturregler, eine Dose Erbsen einer bekannten französischen Marke, einen Tetrapak Frischmilch und mehrere Medikamentenschachteln ins Haus, beobachtete, wie Rojko die Tür verschloss und die Lichter löschte. Dann machte er sich auf den Weg in die Küche.

»Ihr geht jetzt auf die Zimmer. Ich möchte kein Licht sehen und keinen Laut hören. Wie in einem Kloster, okay?« Boris konnte sich ein Grinsen nicht verkneifen.

Rojko tippte sich an die Stirn, einen militärischen Gruß nachahmend.

»Alles klar. Brauchst du Hilfe?«

»Nein, ich arbeite allein. Geh jetzt und haltet euch an meine Anweisungen.«

Boris sah Rojko nach, der die Treppe nach oben stieg, wuchtete seine Fracht in die Küche, verteilte alles so, wie er es brauchte, schloss die Tür und schaltete das Licht aus.

Er setzte sich auf einen Stuhl, legte die Hände auf die Oberschenkel und schloss die Augen. Er fokussierte sich auf seine Atmung, folgte jedem Ein- und Ausströmen der Luft mit höchster Konzentration, stellte sich vor, wie seine Lungen sich weiteten und die Muskeln sich blähten, wie der Sauerstoff sich in seinem Körper verteilte, und verdrängte alle anderen Gedanken aus seinem Gehirn. Er versank für zwanzig Minuten in einen Zustand meditativen Wachkomas, der ihm die Erholung für weitere vierundzwanzig Stunden Aktivität geben würde. Ein Trick, den er am Weltraumforschungszentrum in Sibirien gelernt hatte und den Astronauten im All anwendeten. Nach einer halben Stunde wachte er auf und lauschte. Es war kein Mucks im Haus zu hören.

Gut so.

Dann stöpselte er den Glühweinspender in die Steckdose, kippte die Milch hinein und stellte den Thermostat auf 45 Grad Celsius. Als die Heizlampe erlosch, hielt er einen Finger in die erwärmte Milch. Es fühlte sich gut an.

Als Nächstes öffnete er seinen Lederkoffer, nahm eine Atemschutzmaske heraus, die aus einem chemischen Labor für Giftstoffe stammte, zog einen Ganzkörper-Schutzanzug mit Kapuze über und zurrte alles fest zu. Es folgten Einmalhandschuhe und eine Schutzbrille für die Augen. Dann öffnete er den Behälter mit dem vermeintlichen Instantkaffee und kippte den Inhalt in den Glühweinspender. In etwa zwei Stunden würde sich in der improvisierten Nährflüssigkeit so viel Gift entwickelt haben, dass es theoretisch reichen würde, um die gesamte Menschheit zu töten.

Ab jetzt würde er selbst höllisch aufpassen müssen.

Er setzte sich mit seiner Maske wieder auf den Stuhl, legte die Hände auf die Oberschenkel und wartete konzentriert.

Nach zwei Stunden regungslosen Verharrens stand er auf. Er warf einen vorsichtigen Blick in den Behälter und sah eine gallertartige, milchige Masse, die sich gebildet hatte. Die Botulinumtoxin-Sporen hatten die bräunlichen Krümel, die aus Zucker bestanden und eine verblüffende Ähnlichkeit mit gefriergetrocknetem Kaffee gehabt hatten, für ihre Transformation genutzt.

Vorsichtig stemmte er die Dose Erbsen mit einem Küchenmesser aus der Schublade auf, kippte die Erbsen in den Ausguss und zerquetschte die Dose in seiner Hand, bis der doppelte Boden aufsprang. Vierzig kleine weiße Tabletten purzelten auf den Küchentisch. Synthetisches Carfentanyl.

Er zog sich ein neues Paar Latexhandschuhe über die Hände und schubste die Tabletten vorsichtig auf dem Tisch zusammen, kehrte sie in einen tiefen Teller, den er im Schrank gefunden hatte, und zerstieß sie mit dem Unterboden einer Tasse wie mit einem behelfsmäßigen Mörser zu einem Pulver.

Als er fertig war, kippte er das Pulver in die Milchsuppe.

Fertig!

Ein Kinderspiel!

Er drehte den Temperaturregler herunter und wartete, dass die Masse abkühlte.

KAPITEL 39

MÜNCHEN, DEUTSCHLAND

»Bitte warten Sie kurz«, sagte der Beamte hinter der Sicherheitsverglasung, die den Eingangsbereich gleich nach der ersten Tür schützte, »es kommt jemand runter.«

Ich wedelte mit meinem Dienstausweis des BND vor seiner Nase herum. Das wirkte. Gott sei Dank hatte er ihn nicht in den Scanner eingelesen, ich wusste nicht, wie mein aktueller Status war. Wollte es auch im Moment nicht wissen.

Okay, warten.

»Gibt es hier eine Toilette?«

Er wies mit dem Kopf den Gang hinunter. Lindgrüne Wände, grauer Linoleumboden. Holzstühle standen in Reihen an einer Wand. Gegenüber zwei Türen mit den Toilettenschildern.

Als ich in den Spiegel schaute, erschrak ich. Ich sah aus wie ein Zombie. Meine Haare standen in alle Richtungen, tiefe Ringe unter den Augen machten mein Gesicht grau. Ich spritzte mir kühles Wasser auf die Wangen, die Stirn und die Hals. Ordnete die Haare, so gut es ging. Die Handtücher aus dem Spender waren eine

Zumutung: Auch sie lindgrün, hart, und beim kleinsten Kontakt mit Wasser lösten sie sich auf.

Eine Minute später stand ich wieder vor der Panzerglasscheibe. Vielleicht konnte ich jetzt endlich mal meine Story loswerden. Wieder verstrich die Zeit. Der Pförtner tippte auf seiner Tastatur, Dreifingersystem, beobachtete ich. Zwischendurch schaute er immer wieder kurz zu mir auf.

Langsam saß ich wie auf Kohlen. Es war nach 23 Uhr.

Plötzlich hörte ich ein Summen und ein lautes »Klack«. Eine Türe sprang auf. Ein Polizist trat zu mir auf den Flur, in Uniform, groß, ein wenig zu viel auf den Hüften, insgesamt eine pummelige Erscheinung.

»Sie möchten zu Frau Müller?«, fragte er mich grußlos.

»Ja, ich hatte das so mit ihr vereinbart«, antwortete ich.

»Kann ich kurz Ihren Dienstausweis sehen?«, verlangte er.

Ich holte ihn raus und hielt ihn ihm vor die Nase.

Er wollte danach greifen.

»Lassen Sie das«, forderte ich ihn auf. Er zuckte zurück und schaute ein wenig ungläubig. »Ich gebe ihn nicht aus der Hand. Habe ich mich klar ausgedrückt?«

Er war einen Kopf größer als ich, hatte bestimmt 50 Kilogramm mehr, und wenn er auf mich drauffiele, hätte das Auswirkungen auf meinen Aggregatzustand. Aber ich schien ihn überzeugt zu haben.

»Folgen Sie mir.« Jetzt machte er auf Befehlsgeber, aber das war okay. Es passierte mir ständig, dass sich

Männer angefressen fühlten, wenn ich nicht das tat, was sie wollten. Damit kam ich zurecht.

»Wir gehen in den Aufzug, oberste Etage.«

Als wir ausstiegen, sah ich schon die offene Tür, eine Frau und ein Mann saßen an einem Tisch, schienen auf mich zu warten.

»Danke, ich finde meinen Weg jetzt allein«, sagte ich zu dem beleidigten Teddybären. Ich fühlte mich zwar elendig kaputt, aber kurz vor dem Ziel. Ich lief direkt auf den Raum zu, trat ein und stellte mich vor. »Merry vom BND. Frau Müller?«

»Da haben Sie ja ein ganz schönes Ei gelegt und ein paar Leute gegen sich aufgebracht. Ja, ich bin Sabine Müller, und das ist mein Stellvertreter Max Gruber. Sie und Ihre Odyssee sind unser aktuelles Thema.«

Die beiden standen auf und unterzogen mich einer eingehenden Musterung. Ich kam mir nackt vor. Frau Müller merkte das. Sie lächelte und streckte mir ihre Hand hin.

»Setzen Sie sich, und dann erzählen Sie uns, was Sie wissen. Anschließend sehen wir, was wir tun können. Ich habe den Polizeipräsidenten informieren müssen, er wartet auf meinen Anruf.«

Okay, ich verstand. Wer auch immer der Polizei in München etwas gesteckt hatte, auf alle Fälle wussten sie Bescheid, dass ich suspendiert worden war. Zum Glück war ich jetzt vor Ort. Hier hatte ich die Möglichkeit, sie persönlich zu überzeugen. Der Polizeipräsident könnte von entscheidendem Nutzen sein, wenn es drauf ankam. Der BND hatte zwar nicht bei allen Polizeibehörden

den besten Ruf – woran er manchmal auch selbst schuld war –, aber hier wollten sie mir erst mal zuhören. Das war schon die halbe Miete.

Ich setzte mich den beiden gegenüber. Sabine Müller war eine adrette Frau, Ende fünfzig, Anfang sechzig. Die leicht ergrauten Haare etwa schulterlang mit einem Mittelscheitel. Dass sie nichts gegen das Grau der Haare machte, gefiel mir, sie stand zu sich. Sie war dezent geschminkt, mit einem zarten Lidstrich, die schmalen Lippen nur mit einem leichten Rot unterstrichen.

Gruber trug einen schwarzen Anzug, wie ihn die FBI-Agenten in den Siebzigerjahren zur Zeit von Jerry Cotton, dem Romanhelden der damaligen Generation, getragen hatten. Na ja, wenn es ihm gefiel.

»Sie werden es mir nachsehen, wenn ich nicht rumschwafle, sondern ehrlich und offen zu Ihnen bin«, startete Müller in die Kommunikation.

»Ich hoffe doch, ich bin es nämlich auch.«

»Gut, dann wäre das geklärt. Der Staatsschutz informierte uns, dass Sie suspendiert sind und nach Berlin zurückbeordert wurden. Was also soll das hier?«

Ihre Frage war klar, meine Antwort würde es auch sein. Jetzt konzentrier dich, ermahnte ich mich, du hast nur einen Schuss. Bring Ordnung rein. Sei professionell.

»Das Wichtigste zuerst, damit Sie mein Verhalten verstehen. Wir haben einen Maulwurf im BND. Das kommt vor. Bei dem aktuellen handelt es sich um den übergeordneten Leiter der Abteilung, der ich angehöre. Ich bin eine von zwei Dutzend verdeckten Ermittlern, Spezialgebiet Terrorabwehr und Auftragsattentäter. Ich handle weitgehend selbstständig.«

Ich ließ die beiden nicht aus den Augen. In ihren Gesichtern war keinerlei Regung. Gut so.

»Ich werde es Ihnen jetzt nicht im Detail erklären, aber nehmen Sie das, was ich Ihnen sage, bitte für bare Münze. Wir handeln aus Sicherheitsgründen isoliert. Für unsere Sicherheit und für die Sicherheit unserer Kollegen, nicht zuletzt für die Sicherheit und Unversehrtheit unseres Dienstes, unserer Regierung und unseres Landes.«

Ich nagelte sie mit meinen Augen in ihre Stühle. Ich spürte eine frische Energie, die mich durchströmte.

»Dieser Maulwurf handelt nicht aus Überzeugung, sondern für Geld. Er ist korrupt. Und jetzt schildere ich Ihnen kurz die Fakten, die ich habe, und anschließend, was ich vermute, was geschehen wird.«

Gruber spielte mit dem Kugelschreiber in seinen Fingern, sah auf den Block vor sich auf dem Tisch und wollte ansetzen, sich Notizen zu machen. Er war Linkshänder.

»Herr Gruber, machen Sie keine Notizen. Das brauchen Sie nicht. Ich erkläre es Ihnen«, unterbrach ich ihn.

Gruber schaute zur Seite und suchte Frau Müllers Blick.

»Fahren Sie fort, Merry – oder wie auch immer Sie heißen«, sagte Müller und sah mir gerade in die Augen. Ich las Zweifel, aber auch ehrliches Interesse an dem, was jetzt kam. Ich wusste, wenn sie den Stecker zog, war es aus. Dann würde ich kaum eine zweite Chance bekommen, meine Befürchtung loszuwerden. Dann drohte das

Szenario, das zu einem Albtraum für Hunderttausende Menschen in dieser Stadt werden könnte. Ich atmete durch.

»Die Grundsubstanz von Botox ist ein extrem starkes und tödliches Gift. Ein irischer Kommissar schlug dankenswerterweise Alarm bei den Behörden in Brüssel und Lyon.«

Müller nickte, sie schien darüber informiert zu sein. »Interpol und Europol«, sagte sie.

»Genau«, bestätigte ich. »Jetzt haben wir folgendes Szenario. In Davos beginnt morgen das Weltwirtschaftsforum. Über dreihundert Geheimdienstler, Sicherheitsexperten und fast alle führenden Terrorexperten der Polizeibehörden der westlichen Welt sind vor Ort, um das Forum vor Anschlägen zu schützen. Alle gehen davon aus, dass das Gift gegen die Teilnehmer in Davos eingesetzt werden soll. Niemand weiß, wie, wann und wo. Aber alle glauben – und das ist das Entscheidende –, dass eben Davos das Ziel ist.«

Ich machte eine Pause, damit das sacken konnte. Beide saßen jetzt auf der Kante ihrer Stühle, den Oberkörper nach vorne geneigt, und fixierten mich.

»Ich glaube das nicht. Ich glaube, dass das Ziel des Giftes die Wasserversorgung einer Großstadt in Deutschland ist und dass diese Großstadt München ist. Und ich glaube, dass der Anschlag auf die Trinkwasserversorgung der Stadt München morgen früh stattfinden soll.«

Jetzt fiel Gruber die Kinnlade herunter.

»Und wieso glauben Sie, dass so ein Anschlag auf München geplant ist?« Ihre Stimme war rau, aber eiskalt.

Jetzt kam es drauf an. Ich musste alles in die Waag-schale werfen, jede Spur, jede Nuance eines Bluffs ver-meiden.

»Ich bin seit Jahren auf der Jagd nach dem schlimms-ten Auftragsattentäter der Welt, einem Mann namens Boris. Er ist ein Verwandter des mächtigsten Oligarchen und Waffenhändlers Russlands, Arkida Berschikowski. Dieser hat Verbindungen und Interessen weltweit. Er und seine Entourage stehen seit Jahren auf der Aufklä-rungsliste vieler Geheimdienste. Ein Kollege von der CIA hat mir vor nicht mehr als zwei Stunden bestätigt, dass es einen telefonischen Kontakt zwischen unserem Maulwurf, meinem Chef, wenn Sie so wollen, und einem Berschikowski nahestehenden Verbindungsmann gibt. Den Inhalt des Gesprächs kenne ich nicht im Wortlaut, aber mir wurde berichtet, dass es um eine Zeitschiene ging: morgen früh um halb sechs.«

Ich sah auf die Uhr: 23:35 Uhr. Gib Gas, ermahnte ich mich und nahm einen Schluck Wasser.

»Was führt Sie zu der These, dass es ausgerechnet München ist, das im Fokus für solch einen Anschlag steht? Ist Ihnen bewusst, was das heißt? Welche Panik ausbrechen wird?«

»Sie haben vollkommen recht, deshalb habe ich mich ja zu Ihnen durchgeschlagen. Ein Wort zu viel an der fal-schen Stelle, und Sie lösen eine unkontrollierbare Mas-senpanik aus.«

Sie sah mich fragend an. Ich hatte ihre Frage nicht beantwortet.

»Durch einen Zufall im richtigen Moment habe ich

402

unseren Maulwurf dabei beobachtet, wie er die Pläne der Wasserversorgung der Stadt München bei einem Treffen, bei dem es um die Sicherheit der kritischen Infrastruktur Europas ging, bei sich hatte. Auf diesen Unterlagen fehlte das Zeichen, das die Kopie legitimiert hätte. Pläne der Wasserversorgung sind Verschlusssache und streng geheim. Jetzt fing ich an, alles zusammenzuzählen: das Gift aus Irland, der telefonische Kontakt zwischen Berschikowskis Mann und meinem Chef, Amsterdam, eine nicht zu hundert Prozent bestätigte Sichtung des Auftragsattentäters Boris am Brennerpass. Das alles deutet auf München, nicht Davos.«

Müller rutschte nervös auf ihrem Stuhl hin und her. Sie sah jetzt sehr besorgt aus, aber es schien, als glaubte sie mir.

Ich holte aus, soweit es mir die Zeit erlaubte, berichtete von Al Ahrams Bewegung, neuesten Erkenntnissen des Mossad, dass ein Geldbote bei ihm war – ein Mann von Berschikowski. Und ich erwähnte die Links im Darknet.

Müller hatte rote Wangen bekommen, Gruber war leichenblass und starrte mich an.

»Das alles zusammengenommen führt mich zu der Einschätzung, dass München morgen früh vor dem schwersten Anschlag der Geschichte der Menschheit steht.«

Ich lehnte mich erschöpft zurück.

»Sie sagten der Mossad? Ist der auch involviert? Kann der Sie nicht unterstützen? Uns helfen?«

»Niemand weiß, was der Mossad denkt, tut oder

meint. Natürlich würden sie uns sofort helfen, aber wie stellen Sie sich das vor?«

Müller sah zu Gruber, dann wieder zu mir.

»Also«, fasste sie zusammen, »wenn ich das alles richtig verstanden habe, dann sind Sie als suspendierte Einzelkämpferin hier, um die Stadt zu retten. Und es darf niemand etwas darüber verlauten lassen, sonst kommt es zu einer Panik.«

»Genau«, rief ich über den Tisch. »Das ist die Lage.«

»Und was sollen wir tun? Ihrer Meinung nach?«

Grubers Stimme krächzte.

»Wir können nur eines tun. Sie müssen mir helfen, die Wasserversorgung Münchens lahmzulegen. Und zwar sofort. Wir müssen es riskieren, dass morgen früh die Menschen in München kein Wasser aus der Leitung bekommen. Wir müssen das Wasser abdrehen. Ganz einfach. Und ohne jedes Aufsehen.«

»Wie soll das gehen? So unter dem Radar?«, fragte Müller.

Jetzt waren es nicht mehr zwei gegen einen, sondern drei, die versuchten, das Richtige zu tun. Und zwar schnell.

»Es geht nur unter dem Radar. Im Geheimen. Das ist ja meine Spezialität«, sagte ich und stand auf, um im kargen Zimmer herumzulaufen.

»Morgen früh um 5:30 soll der Anschlag passieren. Wir müssen also richtig Gas geben. Als Erstes müssen wir zu den Wasserwerken und dort die gesamte Wasserversorgung für München abstellen. Das wird heute Abend nicht mehr viele Einwohner beeinträchtigen, ab morgen früh aber die ganze Stadt. Es ist die einzige Möglichkeit, die wir haben.« Müller und Gruber schauten sich an. Jetzt kam es darauf an.

»Okay.« Müller übernahm wieder. »Ein Polizeibeamter fährt sie mit einem Dienstfahrzeug zu den Wasserwerken. Die sind in Untermenzing, das sind zwölf Kilometer. Eine lange Strecke, wenn es dringend ist. Wir versuchen, den Schichtleiter zu erreichen, damit Sie auf keinen Widerstand stoßen. Der Beamte bleibt bei Ihnen, bis Sie drin sind. Mit ihm bin ich über Funk in Kontakt, falls es etwas zu klären gibt.«

Das war mehr, als ich erwartet hatte. Klasse, dass diese Frau sich ihrem Gewissen beugte und sich über Vorschriften hinwegsetzen konnte. Es war ihre Entscheidung. So wie es immer unsere Entscheidung ist, was wir tun.

Sie griff zum Telefon und beorderte einen Beamten in unser Besprechungszimmer. Diese Zeit nutzte ich, um mich ausdrücklich zu bedanken.

»Ich weiß das zu schätzen, Frau Müller. Mit so viel Unterstützung habe ich nicht gerechnet. Jetzt machen wir den Sack zu und retten München. Übrigens, noch etwas. In der Seitenstraße vor der teuren Galerie nebenan steht ein weißer A6 mit Schweizer Kennzeichen, den musste ich mir ausleihen. Vielleicht könnten Sie ja veranlassen, dass …« Zu mehr kam ich nicht.

»Merry, ich mag Sie, aber jetzt raus hier. Ich bin schließlich Polizeibeamtin.«

Diese Frau hätte ich gerne als meine Vorgesetzte gehabt.

»Ich muss mir überlegen, was ich dem Polizeipräsi-denten sage. Aber lassen Sie das mal meine Sorge sein«, sagte sie und deutete Gruber mit einer Kopfbewegung an, dass er sich um mein Auto kümmern solle.

Der Polizist kam in den Raum, es war mein Teddy-bär. Hoffentlich nahm er mir das von vorhin nicht mehr krumm.

»Bringen Sie diese Frau direkt in die Zentrale der Was-serwerke in Untermenzing. Es brennt. Bei Bedarf mit Notsignal.«

»Alles klar«, sagte er und schaute mich an.

Ich streckte ihm die Hand hin: »Ich bin Merry.«

»Anton, Toni«, erwiderte er. »Gehen wir!«

»Und, Merry …«, rief Frau Müller mir hinterher. »Viel Erfolg!«

KAPITEL 40

MÜNCHEN, DEUTSCHLAND

Boris durchsuchte die Küche nach einer Schöpfkelle und legte sie bereit. Dann entnahm er seinem Koffer zehn leere Dosen eines Energydrinks mit herausgeschnittenem Deckel. Er legte die zehn Tütchen bereit und begann vorsichtig, die schleimige Flüssigkeit einzufüllen. Die Tütchen hatten am oberen Rand einen Zip-Verschluss. Boris achtete peinlich und hochkonzentriert auf seine Atmung, den korrekten Sitz seiner Maske und dass seine Handschuhe jeden Kontakt mit der Masse verhinderten. Ein einziger falscher Atemzug, ein winziges Tröpfchen auf seiner Haut, und er wäre auf der Stelle tot.

Konzentriert arbeitete er in der Küche des Bordells weiter, bis er die zehn Tütchen in den Getränkedosen verstaut hatte. Er entnahm seinem Lederkoffer die zehn präparierten Deckel und setzte sie auf die Dosen. Sogar der Ring, an dem man die Dosen normalerweise öffnete, stand genau im richtigen Winkel. Dann versiegelte er die Dosen mit einer Masse silbrig grauen Zweikomponentenklebers aus einer Tube in seinem Koffer, der transparent trocknete und am Rand eine kaum sichtbare

Verbindung herstellte, die robuster als das hauchdünne Aluminium der Dose war.

Er trat zurück und betrachtete sein Werk.

Sein Atem rauschte durch die Maske. Er zählte noch einmal alles durch. Perfekt!

Die Trupps würden mit geöffneten Energydrink-Dosen morgen um 5:30 Uhr durch München zu ihren Objekten gehen. Einmal vor den Hydranten stehend, mussten sie nur den Verschluss der Dose aufschnappen lassen und den Inhalt vorsichtig hineinkippen, ohne einzuatmen. Selbst wenn sie auf der Straße von der Polizei gesehen oder angehalten werden sollten, würde nichts auffallen. Wie viele Jugendliche liefen mit einem Energydrink in der Hand durch die Städte?

Er grinste unter seiner Maske. Er war zufrieden.

Jetzt kam der nächste Schritt. Er blickte in den Glühweinspender, in dem ein Rest der schmierigen Flüssigkeit den Boden bedeckte. Er drehte den Wasserhahn auf und füllte mit schwachem Druck den Behälter zur Hälfte mit kaltem Wasser. Dann löste er mit vorsichtigen kreisförmigen Bewegungen die Masse auf, ging zur Tür, öffnete sie, durchquerte den Flur, öffnete die Badezimmertür und klappte den Toilettendeckel hoch. Wieder kontrollierte er den Sitz seiner Maske, ging zum Behälter zurück, zog den Stecker und trug den Glühweinspender vorsichtig in den Toilettenraum neben der Küche. Er kippte den Inhalt in die Toilettenschüssel und spülte nach. Den Vorgang wiederholte er noch zweimal, bis er sicher war, dass sich keine gefährliche Masse mehr in dem Behälter befand.

Er stellte sich vor, wie viele Ratten und Mäuse, die in Münchens Kanalisation lebten, in diesem Moment starben und mit dem Bauch nach oben durch die Abwasserrohre schwappten.

Dann kontrollierte er die Energydrink-Dosen und stellte fest, dass alles genau so war, wie er es wollte. Er setzte die Schutzbrille ab, streifte die Maske ab, entsorgte beides in einer Plastiktüte, zog die Handschuhe vorsichtig aus, ohne die Außenseite zu berühren, und legte sie dazu. Anschließend setzte er sich wieder hin und atmete tief durch. Der gefährlichste Teil seines Jobs war erledigt.

Er sah auf die Uhr. Ihm blieb noch Zeit, bis alle sich wieder in dem großen Raum oben einfinden würden.

Erneut verfiel er in eine meditative Schockstarre. Schließlich hörte er leise Geräusche im Stockwerk über ihm. Er sah erneut auf die Uhr. Es war an der Zeit. Er ging nach oben.

Boris spürte förmlich die Anspannung, die im Raum lag. Nach dem, was er beim letzten Treffen erzählt hatte, wussten die Anwesenden, welche Gefahr vom Inhalt der Schachtel ausging, in der er die Dosen verstaut hatte und die er jetzt öffnete. Es war still im Raum, man hörte keinen Laut, nichts. Das war gut so. Die Leute schienen sich tatsächlich der Gefahr bewusst zu sein.

»Ich nehme jetzt die zehn Dosen heraus, in denen sich das angereicherte Botulinumtoxin mit dem Carfentanyl befindet. Diese Dosen stelle ich auf den Tisch«, kündigte er an. Seine Hände arbeiteten ruhig und zielstrebig.

»Noch einmal. Seid euch bewusst, dass dieses Zeug

hochgiftig ist. Wenn ihr das irgendwie an euren Körper kriegt, seid ihr tot. Wäre schade um euch, also passt
auf. Fasst die Tütchen in den Dosen nur mit den Hand-
schuhen an, die ich euch bereitgelegt habe. Aus diesem Grund sind zwei Personen pro Team vorgesehen.
Einer kümmert sich um den Anschluss der Wasserversorgung, der andere lässt den Verschluss aufschnappen,
reißt den Deckel ab und entnimmt das versiegelte Tütchen. Punkt 5:30 Uhr, nicht früher, nicht später. In genau einer Stunde müsst ihr an den Objekten sein.« Noch
immer herrschte gespannte Stille.

»Ich gebe jedem Team jeweils eine Dose. Kommt bitte
nacheinander zu mir.«

Die ganze Aktion lief ruhig ab. Kein Gerede, keine
unnötigen Bewegungen. Bei jeder Übergabe noch einmal dieser feste Blick in die Augen der Person, die die
Dose entgegennahm. Boris hatte keinen Zweifel, dass er
es hier mit einem zuverlässigen, schlagkräftigen Team
zu tun hatte.

Heute, vor Tau und Tag, war die Zeit der Rache gekommen. Hunderttausende Menschen würden aufstehen und sich fertig machen für die Arbeit, die Schule
oder einfach für den neuen Tag. Ihre ersten Schritte würden sie in die Küche oder ins Bad führen. Sie würden sich
duschen oder waschen und die Zähne putzen. Sie würden sich Kaffee oder Tee machen wollen oder einfach
einen Schluck Wasser trinken. Wasser war die alles domi-
nierende Substanz im Leben der Menschheit. Damit kam
jeder täglich viele Male in Kontakt. Das vergiftete Wasser
würde über den Mund, über die Schleimhäute oder über

die Poren der Haut in den Körper eindringen. Hunderttausende Menschen würden keine Chance haben, diesem Anschlag zu entgehen.

»So, danke, dass ihr alle bisher mitgemacht habt«, sagte Boris, als er die letzte Dose übergeben hatte.

»Jetzt macht euch einen Kaffee in der Küche, damit ihr wach werdet«, sagte Boris fast jovial.

Langsam kam wieder Bewegung in die Gruppe, und die Leute redeten wieder miteinander. Der erste große Druck schien raus zu sein. Es war ja auch einfach, was von ihnen verlangt wurde. Und sie waren ein professioneller Einbrechertrupp, dem keine Tür Widerstand leisten konnte.

Rojko ging auf Boris zu, schaute ihn an, streckte ihm die Hand hin. »Sehr professionell, Boris. Das gibt Vertrauen. Gut gemacht.«

Boris lächelte, nahm das unerwartete Kompliment gern entgegen, so zeigte es zumindest sein Gesichtsausdruck. In Wahrheit spielte sich in seinem Inneren gar nichts ab. Er war eiskalt. Gefühllos. Eine Maschine, die die Vorbereitungen getroffen hatte, eine Millionenstadt zu vergiften.

KAPITEL 41

MÜNCHEN, DEUTSCHLAND

Toni stellte das Fahrzeug vor dem Eingang der Stadtwerke ab. Wir gingen zum Tor. Niemand war hier. Es
war längst nach Mitternacht. Wir gingen ein paar Meter am Komplex entlang und trafen auf den Wachmann.
Ich erklärte ihm grob die Lage. Die Anwesenheit von
Teddybär Toni tat das Übrige. Über sein Funksprech-
gerät stellte er einen Kontakt her. Wir sollen zum Eingang kommen, jemand vom Sicherheitspersonal würde
uns dort abholen.

Man führte uns in die Schaltzentrale. Hier liefen also
die Fäden für die Wasserversorgung zusammen. Hier
entschied sich jeden Tag das Wohlbefinden der Münchner Bevölkerung. Ein Eingriff konnte Leben oder Tod
bedeuten. So wie jetzt in diesen Momenten.

Ich war beeindruckt. So viel ausgereifte Technik hätte
ich nicht erwartet. Der diensthabende Schichtleiter hatte
bereits mit Müller gesprochen. Ein besonnener Mann,
der hochgradig beunruhigt wirkte, sich seiner Verantwortung aber bewusst zu sein schien.

»Hat man Ihnen erklärt, worum es geht? Und was auf
dem Spiel steht?«

»Ich weiß, dass ich Ihnen jede Auskunft geben soll, die Sie möchten, und dass Sie jetzt sozusagen hier die Regie übernehmen.« Dann fügte er besorgt hinzu: »Ist es wirklich so schlimm? Sind wir alle in Gefahr?«

»Es ist schlimmer, als Sie sich vorstellen können. Und hier gleich die wichtigste Regel. Es darf nichts hierüber nach draußen gehen. Das ist sehr, sehr wichtig.«

Er wischte sich die Hände an der Jeans ab.

»Klar, das hat man mir gesagt. Sind Sie wirklich vom BND?«

»Ja, aber das tut jetzt nichts zur Sache. Ich habe eine Reihe Fragen an Sie. Antworten Sie bitte kurz und knapp, dann kommen wir schnell weiter und können das Problem hoffentlich abwenden.«

»Ja, gut. Fragen Sie.«

»Haben Sie standardisierte Krisenszenarien?«

»Ja, natürlich!«

»Wie könnte man zum Beispiel das Trinkwasser vergiften und wann wäre dafür die perfekte Zeit?«

»Am frühen Morgen, wenn die Leute aufgestanden sind und duschen, Zähne putzen, sich waschen oder sich Kaffee machen.« Er öffnete eine Grafik auf seinem Computer und drehte den Bildschirm in meine Richtung. Ab 5:30 Uhr. Mir lief es eiskalt über den Rücken. Ich riss mich zusammen.

»Wo würde es am effektivsten funktionieren, wenn man möglichst viele Haushalte mit vergiftetem Wasser angreifen möchte?«

»Bitte?« Meine Frage schien ihn zu verstören. Bleib bei mir, dachte ich. Komm schon. »An welchen Stellen führt man am besten das Gift in das System?« Vielleicht klappte es besser, wenn ich konkreter blieb.

Er schluckte, rieb sich wieder die Hände an der Jeans ab. »Man müsste an die Überlaufventile ran«, sagte er dann. »Das Wasser in den Hauptleitungen wird an die Häuser geliefert, und was davon nicht benötigt wird, geht in die Leitung zurück, zum nächsten Haus. Und immer so weiter. Wir machen das heute allerdings mit modernen Druckventilen, die den Zufluss in die Bedarfsstellen, also die Häuser, regeln.«

»Okay. Und das funktioniert überall so?«

»Nein, es gibt im Stadtgebiet eine bestimmte Anzahl an Kippmantelhydranten, die noch in Betrieb sind. Mit dem richtigen Schlüssel könnte man da ran.«

»Ok, wie viele?«, will ich wissen.

»Tja, so ungefähr zehn Prozent, schätze ich.«

»Ein Zehntel der Münchner Häuser hat also noch die alten Hydranten im Keller, richtig? Von wann sind die?«

»Nach der Jahrhundertwende. Also letztes Jahrhundert. Also die vorletzte Jahrhundertwende«, stammelte er.

»Okay. Existiert ein Plan, auf dem diese alten Hydranten verzeichnet sind? Gibt es einen Stadtplan bei Ihnen, auf dem wir sie leicht identifizieren könnten?«

»Nein, leider nicht. Es gibt ein Zentralregister, aber das ist noch auf Papier. Das müsste man händisch herausschreiben.«

»Das dauert viel zu lange. Das ist keine Option.«

Ich legte meine Hand beruhigend auf seinen Unterarm.

»Sie wissen also nicht, wo all diese alten Hydranten sind. Richtig?« Er nickte.

»Sie sind überall im Stadtgebiet verteilt, auch richtig?«

»Ja, genau!«

»Und jeder dieser alten Hydranten ist mit dem großen System verbunden?«

»Ja, natürlich. Das Wasser läuft in der ganzen Stadt umher, in alle Häuser. Der Zulauf wird über Druckventile beziehungsweise die Kippmantelhydranten geregelt und ausgeglichen.«

»Aber man kann nur an diesen alten Hydranten etwas ins System hineinbringen, auch richtig?«

»Ja, an die modernen Druckventile, da kommen Sie nicht hin. Das ist Spezialistenarbeit, kompliziert und aufwendig, weil darüber auch die elektronischen Verbrauchserfassungen laufen.«

Ich überlegte. Ich hatte nicht den blassesten Schimmer von Wasserkreisläufen, Hydranten oder Druckventilen. Aber das, was ich raushörte, war, dass es tatsächlich möglich wäre, Gift oder eine andere Verunreinigung in das System einzuspeisen, und zwar in den Kellern bestimmter Häuser, die noch die alten Hydranten haben.

»Kennen Sie diese alten Hydranten?«

»Natürlich, an denen haben wir ja auch teilweise noch gelernt.«

»Wie sehen die aus?«

»Das sind wahre Monsterdinger. Sie haben eine große Mutter mit einem speziellen Gewinde. Wenn Sie das aufmachen, sehen Sie auf den Kippmantel. Wenn der Wasserunterdruck im Haus steigt, weil viele Leute auf einmal den Wasserhahn aufdrehen, dann kippt das Ventil und lässt das Wasser in die Hausleitungen. Wenn nicht, dann fällt das Ventil zurück und leitet das Wasser wieder in die Leitung, die zum Nachbarhaus führt. Wenn es dort zum Beispiel ein modernes Druckventil gibt, dann läuft das Wasser einfach weiter durch die Leitungen.«

»Noch mal: An das Wasser kommt man nur über die alten Hydranten, richtig?«

»Ja, genau. Deshalb sollen die ja alle verschwinden. Aber das dauert halt.«

Ich legte meine ganze Schärfe in die Stimme und sagte zu ihm: »Die einzige Chance, die wir haben, ist, wenn Sie sofort einen Druckabfall herbeiführen und somit verhindern, dass Wasser in die Leitungen geschickt wird. Geht das?«

»Das wäre der Zusammenbruch der gesamten Trinkwasserversorgung!« Er schaute mich ungläubig an. »Dann bin ich verantwortlich, wenn die Leute heute kein Wasser haben.«

»Die Alternative ist, dass Sie die Verantwortung tragen für den Tod von Hunderttausenden Menschen in München. Und glauben Sie mir: Sie werden nie wieder ruhig schlafen können, wenn das passiert.«

»Was haben die denn vor?« stammelte er.

»Gift. Sie versuchen, Gift in Ihr Wassersystem einzuschleusen. An den Schwachstellen, die Sie mir gerade eben gezeigt haben.«

»Gift?« Er rieb sich den Nacken. »Ich muss meinen Chef darüber informieren.«

»Nein, das tun Sie nicht. Ich werde das alles nicht

noch einmal erklären können. Ich übernehme die Verantwortung. Und ja, Gift, und zwar richtig gefährliches Zeug.«

Er blickte mich entgeistert an.

»Verdammt, tun Sie es! Jetzt!«, schrie ich ihn an. »Sofort! Wir haben nur noch wenige Stunden!«

Er war kreidebleich. Wie ferngesteuert stand er auf, ging direkt zum zentralen Schaltpult, drehte einen Schlüssel und drückte ein paar Knöpfe. Die Druckabschaltung war ausgelöst.

»Wie lange dauert es, bis der Druck abfällt und kein Wasser mehr kommt?«, wollte ich wissen.

»Das kommt drauf an«, entgegnete er. »Eine Stunde oder so schon. Die Leitungen stehen ja unter Druck. Der muss sich erst mal abbauen.«

Das reichte. Vielleicht. Hoffentlich.

»Können Sie hier sehen, wie der Druck abfällt? Auch wenn es langsam geht?«

»Ja, natürlich. Es wird auch gleich laut werden hier. Die Alarme gehen los, wenn nicht genügend Druck in den Leitungen für den erwarteten Bedarf ist. Dafür sitzen wir ja hier rund um die Uhr. Um Schiebregler zu bedienen, um Bedarfsspitzen abzufangen und um den Druck in den Leitungen stabil zu halten.«

Der Polizist, der mich begleitet hatte, schaute regungslos zu. Nervös beobachtete ich den Techniker, wie er gebannt die Lämpchen und Anzeigen studierte.

»Da, sehen Sie!« Er deutete auf eine Anzeige, deren Pegel ausschlugen. »Das ist die südliche Münchner Schotterebene, die bleibt offen. Die können wir wegen des natürlichen Gefälles von hier aus nicht abschalten«, erklärte er mir. »Man könnte weitere Schieber schließen, aber das wäre zeitaufwendig.«

Mist.

»Wie viel kommt von da? Von dieser Schotterebene?«

»So um die zehn Prozent.«

München hatte über 1,5 Millionen Einwohner. Das bedeutete 150 000 Menschen, die weiterhin Wasser beziehen könnten.

»Tun Sie es, veranlassen Sie, dass die geschlossen werden. Wenn wir damit nur ein paar zusätzliche Leben retten können, lohnt sich jeder Aufwand.«

Er griff zum Telefon und führte ein paar Telefonate. »Dazu müssen wir jetzt ein paar Leute aus dem Bett holen«, erklärte er mir.

Auf seine Bemerkung ging ich nicht ein. Mir war es absolut egal, wer aus dem Bett musste. Es ging um das Leben von Menschen!

Jetzt war alles am Laufen, schien es. Wir konnten nicht mehr tun, wir mussten warten. Ich hasste es, zu warten.

Ich setzte mich auf einen bequem aussehenden Stuhl und behielt die Anzeigen im Auge. Was, wenn ich mich getäuscht hatte und das alles ganz anders war? Wir wussten nicht hundertprozentig, ob wir richtiglagen. Möglich, dass ich irgendwo einen Denkfehler gemacht hatte.

Eine innere Müdigkeit befiel mich. Und Emotionen überwältigten mich. Toni, der Polizist spürte das offenbar. Er trat zu mir.

»Merry, Sie haben das Richtige gemacht. Andere Menschen haben Ihnen geglaubt. Im schlimmsten Fall haben heute ein paar Leute kein Wasser. Es gibt jeden Tag Milliarden Menschen auf dieser Welt, die kein Wasser haben.«

Toni, mein Teddybär, sah aus, als würde er mich am liebsten in den Arm nehmen. Sein Dackelblick sprach Bände. Es tat gut, ich fühlte mich in diesem Moment geborgen. Und spürte eine Ruhe in mir aufsteigen.

»Danke, Toni, das ist lieb von dir.« Ich hatte ihn geduzt, mir war danach. Mir ging es wieder besser.

Dann schrillte der erste Alarm los. Durchdringend. Grell.

Ich beobachtete, wie der Schichtleiter das Gegenteil dessen tat, wofür er seit vielen Jahren hier saß: Er musste den Druckabfall zulassen, statt ihn auszugleichen. Ich schickte ihm ein entschuldigendes Lächeln, mehr konnte ich nicht tun.

Ich konnte nur darauf vertrauen, dass er es weiter tat, bis kein Rinnsal mehr aus den Wasserleitungen in München kam.

Der nächste Alarm schrillte los. Dann noch einer. Es war ohrenbetäubend. Langsam sank der Druck in den Wasserleitungen der Millionenstadt.

Den Shitstorm in den Social-Media-Plattformen wollte ich gern sehen, morgen früh.

KAPITEL 42

MÜNCHEN, DEUTSCHLAND

Mir fielen die Augen zu. Toni fuhr ohne Blaulicht zurück ins Präsidium. Es war früher Morgen.

»Sag mal, Merry, du siehst ja richtig mies aus«, sagte Toni, während links von uns die Michael-Jackson-Statue auftauchte.

Da konnte ich Toni bloß recht geben, dafür musste ich nicht mal in den Spiegel gucken.

Wir bogen scharf rechts ab. Minuten später waren wir wieder im vierten Stock. Müller und Gruber erwarteten uns.

»Hat alles geklappt?«, wollte Müller von mir wissen.

»Weiß ich nicht. Ehrlich nicht. Aber danke für Ihre Hilfe. Und Ihr Verständnis. Es kommt sicher nicht oft vor, dass jemand vom BND mitten in der Nacht bei Ihnen aufschlägt und Ihnen so eine Horrorstory auftischt.«

Sie lächelte.

»Was hat der Polizeipräsident gesagt?«, wollte ich wissen.

Sie schmunzelte. »Sagen wir mal so: Er weiß, was er wissen muss, und das ist, dass wir auf dem Damm sind und handeln können. Egal wie es ausgeht, ich halte Ih-

nen den Rücken frei. Und hoffe, Sie werden das umge-
kehrt auch tun.«

»Egal, wie es ausgeht. Sie haben mein Wort!«

»Okay. Was können wir jetzt noch tun?«, fragte sie
mich.

»Nichts. Absolut nichts. Nur warten.«

»Wir haben hier in einem Nebenraum eine Liege. Na
ja«, relativierte sie, »es ist eher eine Pritsche. Auf der ru-
hen sich normalerweise unsere übermüdeten Kollegen
aus. Willst du dich dort ein bisschen hinlegen?«

Dann waren wir jetzt auch beim Du. Warum auch
nicht.

Klar wollte ich mich hinlegen. Toni brachte mich in
den Raum, gab mir aus dem Schrank eine Decke und ein
Kissen. Ich war geplättet von seiner Herzlichkeit. Dieser
Typ, der sich anfangs so unbeholfen benommen hatte,
zeigte einen sehr sensiblen Charakter.

»Ruh dich aus«, sagte er. »Ich hänge draußen das
Schild hin, dass da jemand im Raum ist. In zwei Stunden geht theoretisch auch meine Schicht zu Ende. Ich
wünsch dir alles Gute, und wenn du was brauchst, kannst
du dich gerne melden.«

»Ja, mache ich, herzlichen Dank noch mal!«, stammelte ich. Ich wusste zwar nicht, was genau er damit
meinte, aber so, wie ich ihn erlebt hatte, war das keine
billige Anmache. Er ging aus dem Raum, drehte sich
noch mal kurz um, sagte: »Servus, mach's gut«, und
schloss die Tür.

Was für ein Tag heute. Da war alles dabei gewesen,
was man in so einen Tag packen konnte.

Ich legte mich auf die Liege und packte das Kissen unter meinen Kopf. Dann fielen mir auch schon die Augen zu.

Ich wusste nicht, ob oder wie lange ich geschlafen hatte, als ein Klopfen mich weckte. Toni stand in der geöffneten Tür. Er war noch da, allzu lange konnte ich also nicht geschlafen haben.

»Merry, du wirst es nicht glauben. Bist du aufnahmefähig?«

»Ich wurde aufnahmefähig geboren.« Etwas Billigeres fiel mir gerade nicht ein. Ich setzte mich auf: »Was gibt's?«

»Komm mit, ich erzähl es dir auf dem Weg.«

Ich zog mir die Schuhe an, nahm die Tasche und meinen Rucksack und folgte Toni. »Unsere Leute haben heute in aller Früh zwei Einbrecher geschnappt. Es war genau so, wie du vermutet hast. Die wollten die Wasserversorgung anzapfen. Werkzeug hatten sie dabei, wurden aber aufgehalten von einer Streife. Beide werden gerade verhört. Ich bring dich hin.«

»Warte kurz. Gibt es Rückmeldungen zu unserer Aktion? Konnten wir den Anschlag komplett verhindern, oder gibt es Tote? Wurde das Gift gefunden? Hast du irgendwas gehört? Haben sie es gemacht?«, drängte ich ihn.

Wir blieben kurz stehen, Toni drehte sich zu mir: »Merry, es ist noch zu früh, um dazu etwas Verlässliches sagen zu können.«

Mist, ich saß wie auf heißen Kohlen. Aber mir war schon bewusst, dass das noch ein bisschen dauern konnte.

Selbst wenn es Tote gab, müsste man die dem Anschlag auch eindeutig zuordnen können. Wenn nicht, dann konnte ich mich auf einen Job im Senegal gefasst machen, als Streifenpolizistin. Müller und Gruber auch.

Wir gingen in einen Raum, der über eine große Scheibe verfügte, durch die wir ins Verhörzimmer blickten. Dort wurde gerade ein Mann durch die Mangel gedreht, ihm gegenüber saßen zwei Personen. Offensichtlich Beamte, ein Mann und eine Frau. Auf dem Tisch lag ein Handy.

Ich hätte alles für einen Kaffee gegeben, aber dann fiel mir ein, dass ja das Wasser abgestellt war.

Der Verdächtige war etwa Anfang, Ende dreißig, dunkle Haare, schlanke Statur, soweit ich ihn in seiner Sitzposition einschätzen konnte. Er hatte sich zurückgelehnt und wollte so vermutlich einen entspannten Eindruck simulieren. Was ihm aber nur mangelhaft gelang. Nervös rieb er die Hände. Er sprach gut Deutsch mit einem slawischen Akzent, Gebiet früheres Jugoslawien, schätzte ich.

Das Verhör war mal aggressiv, mal verständnisvoll. Die Rollen waren verteilt. Die Frau war der gute Polizist, der Mann der böse. Sie schienen ein eingespieltes Team zu sein.

»Ich frage Sie noch einmal, Josip«, herrschte ihn der Polizeibeamte an. »Wer ist dieser Boris in der Anrufliste? Sie haben in den letzten Tagen öfter mit ihm gesprochen. Worüber?« Dabei zeigte er auf das Display im Handy, das er in seiner Hand hielt. Josip schwieg.

Boris, schallte es wie ein Donner in meinem Kopf.

Es gab eine Telefonnummer! Ich hätte vielleicht eine Chance, ihn anzurufen. Die hatte es noch nie gegeben! WOW! Jetzt musste es schnell gehen, bevor er die Verhaftung spitzbekam.

»Der hat noch nichts zur Sache gesagt. Er wiederholt immer wieder nur, dass er Tourist ist und dass ihm Bayern und München gefallen«, erzählte Toni. »Ich glaube nicht, dass wir aus dem etwas rauskriegen. Bei der Frau, die wir mit ihm vorläufig festgenommen haben, ist es genauso.«

»Auf alle Fälle ist diese Festnahme erst mal klasse Arbeit von euch, Toni«, antwortete ich ihm. »Mit welchem von beiden Beamten kann ich kurz reden? Ich habe einen Plan, aber dazu brauche ich das Handy.«

»Das ist ein Beweisstück, Merry«, sagte Müller, die urplötzlich neben mir aufgetaucht war. Sie sah mich an, als hätte ich etwas Furchtbares gesagt. Ich schaute sie ebenfalls an, reagierte ansonsten aber nicht.

Sie seufzte. »Okay, ich frage die Beamtin, sie ist die Leiterin unserer Ermittlungsgruppe. Ich habe sie eingeschaltet, um … na, du weißt schon. BND und das alles. Besser ein Mehraugenprinzip ab jetzt.« Sie zwinkerte mir zu.

»Es ist von äußerster Wichtigkeit. Ich muss dieses Handy in die Finger kriegen. Bitte! Seit zehn Jahren ist die gesamte westliche Geheimdienst-Community auf der Jagd nach diesem Boris. Jetzt gibt es eine Telefonnummer, und er ist wahrscheinlich in München! Das ist unglaublich. Ich brauche sofort dieses Handy!«

Ich sah, wie Müller abwog. Sie musste ein weiteres

Mal in dieser Nacht Protokoll Protokoll sein lassen, Dienstanweisungen übergehen und ihre Karriere riskieren. Ich starrte sie an.

»Ich nehme an, wir sollen sein Handy zu orten versuchen«, sagte sie dann.

»Einen Versuch ist es wert«, sagte ich schulterzuckend. Wobei ich mir sicher war, dass Boris sein Telefon so eingerichtet hatte, dass sein Standort nicht zu bestimmen war. Der Vorteil von Geheimdienstnähe. Oder stinkreichen Brüdern. »Falls ihr ein Signal bekommt, sollten wir aber darauf verzichten, einen Einsatzwagen loszuschicken. So einfach ist es nicht, wenn wir nicht wissen, was er noch plant.«

Sabine Müller nickte.

»Dann kriege ich das Handy?«, fragte ich.

»Toni, mach du das«, sagte sie schließlich.

Toni schickte der Kollegin eine Nachricht auf ihr Mobiltelefon. Das hatten sie zuvor vereinbart, sollte es von außen eine Einmischung geben. Die Leiterin der Ermittlungsgruppe sah die Nachricht, flüsterte dem Kollegen etwas zu. Der Beamte griff sich das Handy von Josip und nahm es vom Tisch. Jetzt verließen beide den Raum.

Ein paar Sekunden später kamen sie in unser Zimmer. Die Leiterin streckte mir die Hand hin.

»Merry, richtig?«

Ich lächelte sie an und nickte.

»Das war bis hierher eine richtig gute Nummer. Es ist noch zu früh, um abschließend sagen zu können, ob wir wirklich einen Anschlag verhindert haben. Aber vielen Dank auf jeden Fall schon mal! Wir haben alle verfügbaren Leute auf der Straße, in den Medien und im

Internet ist die Hölle los, aber das halten wir aus.« Sie sah mich forschend an.

»Ohne die Unterstützung hier hätte das nicht funktioniert. Den Dank gebe ich gerne zurück. Aber jetzt habe ich noch ein Anliegen.«

»Sie brauchen das Handy von diesem Josip«, sagte sie. »Klar, machen Sie Ihren Job. Und obwohl Sie Ihren Job oft ein bisschen außerhalb der Norm machen, gehe ich davon aus, dass Ihnen die Wichtigkeit eines Beweisstücks klar ist.« Dabei grinste sie und nickte dem Kollegen zu, der mir das Handy übergab.

»Danke! Sie kriegen es unversehrt zurück. Das verspreche ich. Toni, habt ihr einen Raum, den ich ganz in Ruhe nutzen kann?«

»Nimm den mit der Liege, wenn niemand drin ist.«

»Alles klar, ansonsten melde ich mich. Vielen Dank, Toni, du warst richtig gut!« Das kam aus irgendeinem Winkel meines überreizten Unterbewusstseins. So etwas sagte ich normalerweise nie. Ich wusste nicht, ob ich ihn noch mal wiedersehen würde. Und das zählte jetzt auch nicht. Denn trotz der Erschöpfung musste ich Boris zur Strecke bringen. Das Handy enthielt seine Telefonnummer. Hier in München. Unfassbar!

Ich verließ das Zimmer und lief in den Ruheraum. An der Wand stand ein Polstersessel, ich setzte mich rein. Zuerst einmal durchatmen. Runterkommen. Konzentrieren. Ich sah mir das Handy an, drückte auf eine Taste, und das Display schaltete sich ein. Da war der Button für die Anrufliste. Ich drückte drauf und sah den Namen von Boris. Es gab keinen anderen.

Josip hatte sicher nicht damit gerechnet, dass er geschnappt würde, sonst hätte er das Handy wohl nicht dabeigehabt und die Daten besser gesichert. Überheblichkeit rächte sich gern. Oder er war einfach nicht der Profi, den irgendjemand in ihm vermutet hatte.

Okay, einfach ran, sagte ich mir. Ich rufe Boris an. Mal schauen, wie er reagiert.

Die Verbindung wurde aufgebaut. Es klingelte ein paarmal. Er nahm das Gespräch an.

»Ja, hallo, Josip, was ist los bei euch?«

Eine tiefe, sehr männliche, dominante Stimme drang aus dem Lautsprecher des Handys. Sie passte zu dem, was ich bisher von ihm wusste. Machte das Gesamtbild komplett.

Ich ließ ihn kurz zappeln. Vier, fünf Sekunden, das reichte, war aber eine lange Phase, wenn man wartete. Da muss er durch, dachte ich bei mir. Er musste mein Atmen hören.

»Josip, was soll das«, schrie er in die digitale Welt der Kommunikation.

»Boris, nicht so laut, sonst können wir das Handy auch gleich weglassen!«, schnappte ich zurück. Die Technik des Überfahrens. Er sollte ruhig vermuten, dass ich in derselben Stadt war wie er.

»Wer bist du?«, fragte er nach einigen Sekunden. Jetzt hörte ich ihn atmen. Ruhig. Ohne Panik.

»Die Frau, die dir ein Angebot macht.«

»Ich habe keine Zeit für so einen Mist«, sagte er ganz ruhig und gefasst und beendete das Gespräch.

Der Köder war ausgeworfen.

Wir standen beide im Ring. Er würde sich bestimmt gleich wieder melden, da war ich mir sicher. Schließlich wollte er wissen, was los war.

Es dauerte keine halbe Minute, dann klingelte es.

Es war Boris.

»Also, noch mal von vorn, wer bist du, was willst du?«

»Boris, wir haben heute ein paar Leute geschnappt, die etwas in die Wasserversorgung in München kippen wollten. Blöd gelaufen. Deine Nummer ist auf einem Handy.«

»Und?«

»Boris, hören wir auf mit dem Spiel. Ich weiß, du bist in München. Ich weiß, wer du bist, weiß, was du machst, und ich beobachte dich schon einige Zeit. Seit Jahren.«

Schweigen. Ich versuchte, Hintergrundgeräusche zu erahnen, die mir verraten könnten, wo er war. Nichts.

Durch die Leitung sah ich das überhebliche Grinsen, das er jetzt aufgesetzt hatte. Nur nicht provozieren lassen. Das würde ihm Macht verleihen. Verunsichern war meine einzige Waffe.

»Wer ich bin, willst du wissen. Ich habe vor einiger Zeit deine alte DNA enttarnt.«

Es war kurz ruhig am anderen Ende. Er überlegte vermutlich, was er jetzt sagen sollte.

»BND?«

»So in etwa.« Noch war der Ball bei mir, ich führte das Gespräch. Ich hätte ihn besser eingeschätzt in der Kommunikation. Es konnte aber auch einfach sein, dass er mit meinen Antworten nicht gerechnet hatte.

»Und jetzt kenne ich auch deine neue DNA«, bluffte ich.

»Was willst du?«, fragte er noch einmal. Eiskalt. Ruhig. Er biss an.

»Wir sollten uns treffen. Jetzt.«

»Du hast Eier«, kam es genauso ruhig aus dem Lautsprecher. »WAS WILLST DU?«, wiederholte er laut, dröhnend, aber ungerührt.

»Such dir einfach was aus. Aber hören wir auf mit Schwafeln. Treffen wir uns. Wann und wo?«

»Wir treffen uns heute Nachmittag um 15 Uhr an der nepalesischen Pagode im Westpark. Und wenn ich das Gefühl habe, dass du mir eine Falle stellen willst, gehe ich wieder. Du kommst allein und trägst ein rotes Tuch in der Hand, damit ich dich erkenne …«

»Und wo soll ich jetzt ein rotes Tuch herkriegen auf die Schnelle?«, unterbrach ich ihn.

»Du schaffst das.«

Klick.

Aufgelegt.

War es das Risiko wert? Sollte ich Alarm schlagen? Polizei? SEK? Kampfhubschrauber?

Wie groß war das Risiko wirklich? Eventuell hatte er noch immer eine ausreichende Menge von diesem Botulinumtoxin in der Hinterhand. Damit könnte er einen weiteren Anschlag ausführen. Vielleicht in einem kleineren Rahmen, aber immer noch groß genug für eine Katastrophe. Vielleicht gelang es mir ja, dass er auf den Deal einging.

Ich war nicht von der Polizei. Ich konnte anders agieren, perspektivisch. Und was wäre diese Perspektive? Was konnte ich ihm dafür bieten, dass er aufhörte? Vielleicht ganz von der Bildfläche verschwand? Sich zur Ruhe setzte?

»Ich kenne deine DNA«, äffte ich mich nach. Tickte ich nicht richtig? Der Kerl gehörte erschossen, kastriert oder zumindest hinter Gitter!

Ich atmete durch, zwang mich zu denken wie ein Geheimdienst, nicht wie die Polizei. Seine Freiheit gegen das Leben von Hunderttausenden Menschen. Ich musste es einfach probieren.

Die Nachteile, überlegte ich. Wenn es zum Treffen käme, wüsste er, wie ich aussah. Das machte einen gewaltigen Unterschied! Wenn er mich als seine Gegnerin betrachtete, was wahrscheinlich war, hätte ich von diesem Zeitpunkt an ein Problem. Denn Boris war ein harter, ausdauernder Gegner. Ich müsste dann jederzeit und bei jeder Gelegenheit damit rechnen, dass er mich vernichten würde. Dass er dazu in der Lage war, hatte er an anderen unzählige Male bewiesen. Deshalb war er gefürchtet und berüchtigt. Wollte ich mich mit ihm anlegen? Konnte ich das?

Im schlimmsten Fall war ich also in einem direkten Zweikampf mit dem Mann, der mein Leben wollte. Nicht mit den Fäusten, aber mit all der Erfahrung, die wir beide hatten. Konnte ich das überhaupt überleben?

Ich durfte Boris auf keinen Fall unterschätzen. Ganz besonders nicht, wenn er sich in die Enge getrieben fühlte. Aber er sollte sich auch darüber im Klaren sein, dass er mich nicht unterschätzen durfte. Ich war mir nämlich sehr sicher, dass ich ihm das Wasser reichen konnte. Dafür wurde ich ausgebildet, dafür wurde ich bezahlt, dafür stand ich. Solange ich nicht wusste, ob und wie viel Botulinumtoxin er noch besaß, war er im Vorteil. Vor allem, weil niemand wusste, was er damit anstellen würde.

KAPITEL 43

MÜNCHEN, DEUTSCHLAND

Ich hatte noch fünf Stunden, bis ich an dieser Pagode sein musste. Was für ein Gespräch. Ich musste das kurz einmal sacken lassen. Ich musste unbedingt schlafen oder mich aufputschen, irgendwie. Auch das gehörte zu meiner Ausbildung. Widerstandsfähig sein. Ich saß immer noch in der improvisierten Schlafkammer im Polizeipräsidium. Hundemüde, erschöpft, kurz vorm Aufgeben. Ich würde mich jetzt also mit dem Typen treffen, der die personifizierte Skrupellosigkeit war. Und ich traf mich mit ihm, um ihm einen Deal vorzuschlagen. Hab ich sie eigentlich noch alle?, fragte ich mich. Eigentlich müsste ich ihn bei dem Treffen auf der Stelle unschädlich machen.

Aber da blieb das Problem mit dem Gift. Ich musste mir auf alle Fälle eine Strategie für das Treffen mit Boris zurechtlegen, inklusive Plan B und C.

Ich stand auf, verließ den Ruheraum und ging zurück in das Nebenzimmer vom Verhörraum. Toni war noch immer da, ebenso die beiden Verhörbeamten. »Keine Ortung möglich«, sagte Sabine Müller. Ich nickte bloß. Das Gegenteil hätte mich überrascht. Durch die Scheibe sah ich, dass dieser Josip noch immer im Verhörraum saß.

Nervöser als zuvor schien er zu sein. Das Spiel mit seinen Händen war fahriger, er knabberte an seinen Fingernägeln. Ja, in einem solchen Raum kamen Angewohnheiten zum Vorschein, die man eigentlich abgelegt hatte. Die verstreichende Zeit, die Ungewissheit erhöhten den Druck, und das war auch das Ziel eines Verhörs. Denn unter Druck taten Menschen Dinge, die sie sonst kontrollieren konnten.

»Wir haben Neuigkeiten«, sagte Müller jetzt. »Der Anschlag ist verhindert worden, zumindest in dem Ausmaß, der wahrscheinlich geplant war. Dazu muss uns gleich dieser Josip noch etwas erzählen. Es gab inzwischen eine Meldung über zwei Tote, ein Paar, die in ihrer Dusche gefunden wurden. Die Obduktion steht noch aus, aber allem Anschein nach wurden sie durch das Botulinumtoxin vergiftet. Weitere Menschen wurden mit zum Teil schweren Vergiftungserscheinungen in Krankenhäuser eingeliefert. Da war noch etwas anderes im Spiel, etwas sehr Perfides, haben die ersten Laborergebnisse ergeben: Carfentanyl.«

»Carfentanyl? DAS Carfentanyl?«

»Genau.«

»O Gott, was macht dieses Zeug gemischt mit Botulinumtoxin?«

»Mit dem Nervengift gemischt, wird es zur absoluten Vernichtungswaffe. Wir dachten erst an ein Nervengift aus der Nowitschok-Klasse. Deshalb haben wir den Staatsschutz eingeschaltet und das Labor der Bundeswehr hier in München. Die haben die Proben sofort untersucht und Nowitschok ausgeschlossen.«

Okay, Boris hatte also nicht nur Botulinumtoxin, sondern auch noch anderes Zeug. Chemische Kampfstoffe in neuer Qualität. Das machte seine Position mir gegenüber stärker. Ich konnte nur hoffen, dass es ihm wichtiger war, seine Geschäftsgrundlage nicht zu verlieren, als mit mir einen tödlichen Kampf zu riskieren.

»Dank Ihrer Hilfe, liebe Merry, ist es gelungen, die Leitungen durch den Druckabfall gerade noch rechtzeitig abzustellen. Mit unserem Chemiker in der Kriminaltechnik habe ich vorhin gesprochen. Sie haben einen Krisenstab eingerichtet. Der Katastrophenschutz und das ABC-Kommando der Bundeswehr werden für die nächsten Tage die Wasserversorgung Münchens übernehmen, unterstützt durch Nachbarländer. Eine Mammutaufgabe. Zurzeit wird noch diskutiert, ob ein in der Versuchsphase befindliches Antitoxin in den Wasserkreislauf eingebracht wird.«

Ich atmete tief durch. Offensichtlich laut genug für die anderen. Sie schauten mich an. Teddybär Toni berührte mich an der Schulter.

»Respekt, Merry«, sagte er mit einer gewissen Bewunderung in der Stimme.

»Danke!« Was war ich erleichtert. »Jetzt ist dieser Josip dran wegen Mordes. Dass es eventuell nur Beihilfe war, muss er ja nicht wissen. Ich weiß, dass es ungewöhnlich ist, aber darf ich mal mit ihm reden?«

»Alles ist ungewöhnlich, seitdem du gestern Nacht hier aufgetaucht bist«, sagte Sabine Müller. »Aber bisher bin ich sehr gut damit gefahren, dich gewähren zu lassen. Mach schon, geh rein. Aber wenn du ihm physische Schmerzen zufügst, hole ich dich sofort raus. Vergiss nicht, du verdienst bis jetzt einen Orden!«

»Wir denken anders«, sagte ich mit aller Aufrichtigkeit. »Über unsere Erfolge reden wir nicht. Niemals. Geheimdienst. Das muss man akzeptieren, wenn man für den Nachrichtendienst arbeitet. Wir schweigen wie ein Grab, wenn mal was klappt. Nur über die Misserfolge wird geredet. Aber das weißt du dann ja spätestens aus der Presse.«

Ich schaute sie an, lächelte ein wenig, schüttelte den Kopf. »Kann ich noch das Bild von den beiden Leichen haben?«

»Geben Sie es ihr«, sagte Müller zu der Verhörbeamtin.

Ich bekam das Bild vom Tatort und betrat den Verhörraum.

Josip blickte mich irritiert an. Damit, dass jetzt eine andere Person kam, hatte er wohl nicht gerechnet.

»Um es klar zu sagen, Josip, Sie reden nur, wenn Sie gefragt werden. Aber dann reden Sie. Ich bin vom BND, und das zeigt Ihnen, dass wir weit über das hinausgekommen sind, was nur eine Einbruchsache ist. Auf gut Deutsch, wenn Sie das besser verstehen: Sie sind im Arsch. Deswegen.«

Ich legte das Bild vor ihm auf den Tisch.

»Ein Paar, noch das halbe Leben vor sich, seit heute früh tot. Gestorben durch Ihren Anschlag. Jetzt geht es um Mord und Terrorismus. Was war der Plan?«

Ich stand vor ihm, er schaute zu mir auf.

»Ich sagte doch, ich bin ein Tourist und habe mich in

dem Keller verlaufen. Und Bayern und München gefallen mir sehr gut.« Er saß wieder entspannt und zurückgelehnt in seinem Stuhl. Das rechte Bein hatte er über das linke geschlagen. Diese Überheblichkeit, die er dabei ausstrahlte, verbunden mit einem inneren Grinsen, war fast schon beleidigend.

Warte Junge, den Zahn ziehe ich dir gleich, dachte ich.

»Lassen Sie den Mist. Heute Nachmittag treffe ich Boris. Ich kenne ihn, habe ihn lange beobachtet, und auch Sie wissen, wozu er fähig ist. Ihre einzige Chance zu überleben ist Kooperation. Gegen Boris habe ich noch nichts Konkretes in dieser Sache in der Hand, gegen Sie schon. Er bleibt vorerst auf freiem Fuß und freut sich darauf, dass Sie eines Tages wieder aus dem Knast kommen. Denn durch Sie bekommt er Schwierigkeiten. Weil Sie sich haben schnappen lassen und eine Spur zu ihm legen. Und das mag er gar nicht.«

Jetzt stieg seine Nervosität merklich. Ich wusste ja noch nicht, wie seine Verbindung zu Boris zustande gekommen war und wie er ihn erlebt hatte, aber es schien beeindruckend für ihn gewesen zu sein.

»Wenn ich jetzt aus dem Raum gehe, ist es vorbei mit einem Deal. Noch haben Sie die Chance.«

Er schwieg beharrlich, doch auf seiner Stirn bemerkte ich feine Schweißtropfen.

»Wie viele Leute waren im Einsatz?«

»Wir waren nur zu zweit«, antwortete er.

»Unsinn, Ihre Partnerin sagt etwas anderes. Noch eine Lüge und ich bin draußen.«

Er blickte auf, wand sich innerlich.

»Was ist der Deal?«, fragte er schließlich. Er hatte angebissen.

»Kommt darauf an, was Sie liefern. Das Luxuspaket wäre das Zeugenschutzprogramm und ein unbeschwertes Leben in einem schönen Land Ihrer Wahl. Also legen Sie los, oder lassen Sie es.«

Er schwieg, ich machte Anstalten zu gehen.

»Wir waren zehn Zweierteams an zehn Einsatzorten«, sagte er schnell.

»Was sollten Sie dort machen?«

»Ein Gift in die Wasserversorgung einleiten.«

»Wie viel von dem Gift hatte jeder?«

»Wir hatten alle dieselbe Menge.«

Genau diese Information hatte ich gebraucht. Ich drehte mich weg von ihm und ging zur Tür.

»Was ist mit meinem Deal?«, fragte er fast ein wenig aufgebracht.

»Die Polizei übernimmt jetzt wieder. Seien Sie weiterhin kooperativ. Sie kriegen Bescheid«, erklärte ich und verließ den Raum.

Müller zeigte sich überrascht, als ich in das Nebenzimmer trat. »Das war aber ein abruptes Ende«, meinte sie mit einem Blick, der auf eine Erklärung wartete.

»Ich habe genau die Information, die ich brauche«, antwortete ich. »Es waren zehn Teams, jeder hatte dieselbe Menge Botulinumtoxin, angereichert mit dem Carfentanyl. Wenn wir die Menge, die Josip dabeihatte, abschätzen können und dann multiplizieren, wissen wir ungefähr, ob Boris potenziell noch im Besitz von weiteren Mengen Gift ist. Das wäre im Moment die allerwichtigste Information für uns. Könnt ihr mir diese Info beschaffen?«

Müller nickte. Sie nahm das Telefon, das im Raum angeschlossen war, und ließ sich mit dem Labor verbinden. Angespannt verfolgte ich das einseitige Gespräch. Dann erlöste sie mich.

»Im Keller fanden die Kollegen eine Dose Energydrink, in der ein Tütchen mit dem Gift steckte. Die Kollegen haben es analysiert. Es waren 30 Gramm.«

»30 Gramm«, wiederholte ich und überlegte laut: »Aus dem Labor in Irland wurden 100 Gramm gestohlen. Als Sporen. Angereichert und in Nährflüssigkeit werden daraus etwa 300 Gramm. Dann noch zerstoßenes Carfentanyl dazu, aber das wiegt nicht viel. Wenn wir ein bisschen Abweichung berücksichtigen, käme das genau hin. Dreihundert Gramm auf zehn Teams verteilt.«

Ich war erleichtert. Das bedeutete, dass Boris sehr wahrscheinlich sein ganzes Pulver verschossen hatte und kein Druckmittel gegen mich in der Hand hielt. Das wiederum verbesserte meine Position ihm gegenüber erheblich.

Sollte ich doch die Kavallerie verständigen? Das würde Boris nicht überleben.

»Jetzt sind wir einen Schritt weiter. Ich bedanke mich herzlich bei euch allen.« Wir tauschten ein paar Floskeln, doch sie waren ernst gemeint.

Dann drehte ich mich um und verließ den Raum. Das Wichtigste im Krieg war es, den Gegner zu kennen. Und der Gegner war viel größer als Boris. Boris war nur ein Instrument. Ein unglaublich effizientes Instrument, aber bloß ein Ausführender. Wenn es gelänge, ihm durch Enttarnung sein geisterhaftes Wirken unmöglich zu machen, würde das vor allem die Hintermänner und Auftraggeber treffen. Ich war keine Polizistin, nicht auf eine schnelle Verhaftung aus. Ich hatte ein strategisches Ziel. Es wäre eine einmalige Gelegenheit, ihn persönlich zu konfrontieren. Das wäre von unschätzbarem Wert für jeden Geheimdienstmitarbeiter, weil genau das Boris für seine Auftraggeber wertlos machen würde. Es war ein großes, auch persönliches Risiko. Der Showdown mit Boris wartete.

KAPITEL 44

MÜNCHEN, DEUTSCHLAND

Baumalleen, Rosengärten, mehrere Seen, japanische Gärten und eine thailändische Sala. Mannshohe Hecken flankierten Spazierwege, hohe Pappeln und Birken bildeten ein Blätterdach. An der Nordseite des Parks lag eine Schrebergartensiedlung mit dem Namen »Land in Sonne«. Der Westpark in München war eine wunderschöne Anlage, für die IGA 1983 erschaffen.

Es war gegen 14:30 Uhr. Ich war früher da, allein, um die direkte Umgebung zu erkunden, denn ich wollte nicht überrascht werden von örtlichen Gegebenheiten.

Es gab Dutzende Zugangsmöglichkeiten, Hunderte blickgeschützte Wege und Tausende Verstecke, in denen ein erwachsener Mann urplötzlich auftauchen und wieder verschwinden konnte.

Ich wandte einen alten Trick an: Ich nahm die nepalesische Pagode, die neben dem japanischen Garten lag, als Mittelpunkt. Einen Fuß auf eine Begrenzungsmauer gestützt, streifte ich meine Haare streng nach hinten und befestigte sie mit einem Haargummi, der es in sich hatte: Er war trichterförmig designt und so elastisch, dass man ihn blitzschnell über den ganzen Kopf seines

Gegners ziehen konnte. Die Fasern bestanden aus mikroskopisch feinen, elastischen Keramikfasern, die man am Hals zuziehen konnte, um den anderen zu erwürgen oder zumindest kampfunfähig zu machen. Man konnte den Haargummi auch hervorragend zum Abbinden von Schlagadern benutzen, sollte das nötig sein. Er war eine Spezialanfertigung aus unserer Technikabteilung beim BND. Es gab nicht wenige männliche Agenten, die sich die Haare so lange wachsen ließen, bis es für einen Pferdeschwanz reichte, nur um diesen Spezialhaargummi auf dem Kopf und nicht nur am Handgelenk tragen zu können, wo er eine potenzielle Gefahr für einen selbst darstellte.

Dann fing ich an zu traben. In lockerem Lauf zog ich spiralförmige Kreise um den Mittelpunkt und entfernte mich damit immer mehr vom vereinbarten Treffpunkt. So hatte ich die größte Chance, mir einen gründlichen Überblick über das Gelände zu verschaffen.

Die schuss- und stichsichere Weste trug ich unter der Bluse. Beste Qualität, die Technologie dafür kam vom Mossad, und ich war dankbar dafür. Vor allem trug sie nicht auf. Sie war aus hauchdünnen Kevlarfasern geflochten. Darüber trug ich eine Fleecejacke mit Reißverschluss und einen breiten Gürtel. Meine Beine steckten in Stretchhosen, die an den Knöcheln ausgestellt waren, damit ich leichter an das Messer im Wadenfutteral rankam.

Meine Wunderwaffe.

Das kleine, zweischneidige japanische Kampfmesser hatte ich oberhalb des Fußknöchels befestigt. Ich hatte es in Istanbul bei einem speziellen Schmied persönlich für mich machen lassen. Der Griff war genau an meine Hände angepasst. Es hatte nur eine sechs Zentimeter lange Klinge, schmal, spitz und beidseitig scharf. Sechs Zentimeter reichten, damit konnte man alle Haupt- schlagadern im Körper eines Gegners durchtrennen. Wenn man wusste, wo sie lagen. Man konnte mit sechs Zentimetern auch durch das Auge bis ins Gehirn ein- dringen, man konnte die Milz treffen, eine Niere aufspie- ßen oder das Rückenmark durchtrennen. Die Klinge war so scharf und dünn, dass sie Gewebe durchschnitt und nicht aufriss. Wenn ich jemanden damit verletzte, merkte derjenige das oft gar nicht sofort.

Meine kleine Handfeuerwaffe war auch für mich spe- ziell angefertigt worden. Sie passte bequem in meine Gürteltasche. Bei Dingen, die man fürs Überleben brauchte, machte man keine halben Sachen mit Waren von der Stange. Die kleine Automatikpistole hatte einen extrem flachen Griff und bestand aus leichtem Spezial- Keramikkunststoff. Falls es zu einem direkten Kampf kommen sollte, war ich gewappnet. Wobei mir das Mes- ser mehr Sicherheit gab als die Pistole.

Ich sondierte die Gegend. Ein typischer Mittag im Park, einige Spaziergänger waren um die Pagode herum unterwegs.

Jugendliche saßen im Gras, unterhielten sich, Kinder- geschrei und Gelächter erfüllten die Luft mit sozialem Leben. Die Umgebung des Parks war dicht besiedelt, nur an einer Seite lag die Zufahrt zur Autobahn. Ein ste- tiges Rauschen drang von dort durch den Park.

Meine erste Runde war komplett. Jetzt drehte ich um und machte das Gleiche rückwärts, spiralförmig zurück zum Zentrum. Ich achtete darauf, dass ich nicht den gleichen Kreisverlauf nahm, um mich wieder der Pagode zu nähern. Eine Joggerin, die niemandem auffiel und etwas ziellos im Park herumlief.

Ich hielt Ausschau nach Personen, die allein unterwegs waren. Männer oder Männer, die als große, kräftige Frauen verkleidet waren. Junge oder alte, vom Leben gebeugte oder vor Kraft strotzende Männer. Boris hatte schon unzählige Male bewiesen, dass er unglaublich wandlungsfähig war. Seine Tarnungen auf den wenigen Videoschnipseln, auf denen er – höchstwahrscheinlich – zu sehen war, zeugten von professionellen Verkleidungskünsten.

Pärchen, auch gleichgeschlechtliche, oder Gruppen scannte ich kurz ab. Ich versuchte zu filtern, ob sie zusammengehörten oder sich nur unterhielten. Boris könnte mit einer weiteren Person zur Tarnung gekommen sein.

Ein Mann stand auffällig lange vor einem Informationsschild. Ich joggte etwas näher ran. Er war über eins achtzig, sportlich und muskulös, kurze Bermuda-Shorts, schwarzes T-Shirt. Das Tuch hielt ich wie von Boris gewünscht in der Hand. Links, ich bin Rechtshänderin. Wenn der Typ Boris war, müsste er mich erkennen können. Ich war etwa zehn Meter von ihm entfernt, da näherte sich ihm eine Frau von hinten, gab ihm einen Klapps auf den knackigen Hintern und umarmte ihn. Okay, es war wohl nicht Boris. Jetzt kam eine große Gruppe, ich schätzte, Touristen, deren Bus eben angekommen war. Bunt gemischte Leute, Amerikaner. Sie gingen direkt auf die Pagode zu, blieben stehen, der Tourguide sagte ein bisschen etwas zum Park.

Ein Mann saß auf einer Bank, spielte oder las im Handy. Nein, insgesamt passte das nicht auf Boris. Einige Meter entfernt war ein Mann mit seinem Hund unterwegs. Irgendein Mix, etwa kniehoch, er hatte rein äußerlich etwas Wolfsähnliches, ein schönes Tier. Der Hund machte sein Geschäft in die Wiese, der Mann packte eine Hundekottüte aus und sammelte das Zeug ein. Er hatte langes dunkles Haar, ungepflegt und zottelig; irgendwie der Hippietyp, der in den Siebzigerjahren stehen geblieben war. Eine Schildmütze und eine Sonnenbrille verdeckten Teile des Gesichts. Die Statur würde zu Boris passen. Allerdings hatte dieser Typ eine in sich zusammengesunkene Körperhaltung. Schlechtes Essen und schlechte Angewohnheiten hatten ihren Tribut gefordert. Auch das passte nicht zu meiner Vorstellung von ihm. Und würde Boris sich einen Hund besorgen und dessen Kot aufsammeln? Einen Hund, der Aufmerksamkeit auf sich zog? Der bei jeder Bewegung, jedem Überfall und jedem Abwehrversuch im Weg stünde? Wobei ein wolfsähnlicher Hund seiner Mentalität eher entsprach als ein kleiner Kläffer. Ich sah ihn mir genauer an, joggte auf der Stelle, tat so, als checkte ich meine SmartWatch auf Herzfrequenz und Schrittzählung.

Ich urteilte auf Nein und hakte auch diesen Mann ab. Trotzdem näherte ich mich ihm. Wenn er mich ansprechen wollte, würde er mich anhand des Tuches erkennen. Er reagierte nicht, schaute nicht einmal her zu mir. Stattdessen ging er ein paar Meter weiter, entsorgte den Kotbeutel in einem der bereitstehenden Mülleimer und trollte sich mit seinem Hund.

Die Touri-Gruppe lief weiter, es war inzwischen Viertel nach drei Uhr. Die Möglichkeit, dass Boris mich versetzt hatte, hatte ich eingeplant. Es wäre schade, andererseits aus seiner Sicht auch nachvollziehbar. Ob ich jetzt seine DNA kannte oder nicht, konnte ihm im Grunde egal sein. Denn bisher war er immer allen Jägern entkommen. Und auch heute sah es nach jetzigem Stand so aus, dass wir uns nicht begegnen würden.

Ich wartete bis 15:30 Uhr, dann rief ich Boris an. Noch immer fiel mir niemand auf, der auch nur annähernd meiner Vorstellung von ihm nahe kam.

»Der Angerufene antwortet nicht. Bitte versuchen Sie es später noch einmal.« Die automatische Ansage überraschte mich nicht. Es würde mich auch nicht überraschen, wenn er die Sim-Karte vernichtet hätte, sodass ich ihn nicht mehr erreichen könnte.

Er würde nicht mehr kommen. Dessen war ich mir sicher.

Ich hatte Boris nicht getroffen und konnte ihn nicht erreichen. Bei allem, was ich derzeit wusste oder vermutete, ging in Bezug auf den Anschlag aktuell keine unmittelbare Gefahr mehr von ihm aus.

Ich rief Frau Müller an.

»Nichts, er ist nicht gekommen. Ich bin noch im Park, aber er ist nicht hier«, sagte ich, nachdem sie sich gemeldet hatte.

»Und jetzt?«, wollte sie wissen.

»Löse sofort eine Großfahndung aus. Mach die Stadt dicht. Flughäfen, Bahnhöfe, Ringstraßen sperren, Autobahnen abriegeln, das ganze Programm. Er muss raus aus München. Irgendwie. Eine exakte Beschreibung kann ich dir beim besten Willen nicht geben, tut mir leid.«

Es war keine Zeit, die Gesichtserkennungssoftware von Europol abzugleichen. Die Bürokratie, die nötig wäre, um die Daten der Münchner Polizei zu Fahndungszwecken zu übertragen, wäre uferlos. Alle anderen Personen auf den Aufnahmen müssten vorher unkenntlich gemacht werden. Und ohne richterliche Anweisung ging gar nichts.

Warum musste er raus aus München? Ich wusste es nicht. Er könnte bei seinem Verkleidungstalent genauso gut bleiben, abtauchen und sich gut getarnt verstecken, bis er glaubte, die Behörden ließen in ihrem Elan nach.

»Okay, wir lassen uns etwas einfallen. Wie geht's bei dir weiter?«, wollte sie wissen.

»Ich muss nach Berlin, in die Zentrale des BND. Dort habe ich etwas zu erledigen. Vorher werde ich in Davos anrufen und endgültig bestätigen, dass dort keine Gefahr mehr durch das Botulinumtoxin besteht. Ich bin mir jetzt sicher, dass München kein Ablenkungsmanöver war, um Davos anzugreifen. Heute Morgen war das noch anders.«

»Mach das, Merry. Kann ich noch etwas für dich tun?«, fragte sie mich.

Die Stadt München und das Bundesland Bayern waren mir etwas schuldig.

»Ich habe tatsächlich ein Anliegen. Ich muss auf dem

schnellsten Weg nach Berlin. Dort müssen wir in der BND-Zentrale aufräumen.«

»Gibst du eigentlich auch mal Ruhe?«, fragte sie, und die Ironie war spürbar. Ich wusste, wie sie es meinte.

»O ja, du glaubst gar nicht, wie Ruhe ich geben kann, wenn der Auftrag erledigt ist. Und wir sind ganz nah dran«, antwortete ich. »Hast du Zugriff auf ein Flugzeug? Oder einen Heli?«

»Ich melde mich gleich zurück«, sagte sie und legte auf.

**

Boris hatte bewusst den Westpark ausgesucht: unübersichtlich, ein Labyrinth aus Wegen, Hecken und Bäumen, kleinen Seen und Wiesen. Viele Besucher, Spaziergänger, Touristen und junge Leute trieben sich hier herum und machten es fast unmöglich, jemanden zu identifizieren. Damit man sich hier traf, war es Voraussetzung, dass man sich treffen wollte.

Aber für Boris stand von vornherein fest, dass er sich nicht mit dieser Frau treffen würde. Er wollte sie sehen. Denn ganz bestimmt hatte es Vorteile, wenn man seine Verfolger kannte. Ein Luxus. Umso besser, wenn sie sich dann so direkt präsentierten und quasi auf dem Tablett serviert wurden. Für seine heutige Verkleidung brauchte er nicht einmal Viktor, seinen Maskenbildner, der sogar in München ein Atelier hatte. Eine Perücke, eine Mütze und schlabbrige Klamotten konnte er sich schnell besorgen.

Sein Handy hatte er bereits deaktiviert, die Sim-Karte entfernt, den Chip zerschnitten und den Rest mit einem Feuerzeug geschmolzen. Die würde er nicht mehr brauchen. Außerdem gab es keinen Grund, erreichbar zu sein.

Um seine Legende noch zu optimieren, hatte er sich einen Hund ausgeliehen. Am Westpark gab es einen Verein zur Rettung todgeweihter Hunde auf Gran Canaria. Boris staunte kurz über die Deutschen.

In dem Verein waren sie froh, wenn jemand die Hunde ausführte – in der Hoffnung, dass sie adoptiert würden. Seine Wahl fiel auf einen Alaskan Malamut, ursprünglich ein Arbeitstier der Ureinwohner im Norden Kanadas. Ein schönes Tier, schon etwas altersschwach, das aber immer noch etwas Wolfsähnliches hatte.

Zum Gassigehen bekamen nur erfahrene Tierhalter oder kräftige Männer solche Hunde überlassen. Man musste bloß seinen Ausweis vorzeigen, aber den zeigte Boris sowieso allen möglichen Leuten. Zumindest den einen Ausweis. Einen Laien konnte dieses perfekt gefälschte Dokument nicht stutzig machen.

Eine Tüte, falls der Hund mal musste, bekam man auch. Das war wichtig, denn inzwischen wurde man von anderen Menschen angepöbelt, wenn man das Zeug nicht aufsammelte. Und Aufmerksamkeit, umgeben von Hunderten Menschen, konnte Boris nicht gebrauchen.

Er und der Hund schienen sich auf Anhieb gut zu verstehen. Die anfänglichen Machtkämpfe zwischen ihnen waren schnell beigelegt, der Malamut hatte bald klein beigegeben, und Boris hatte die Führung übernommen. Es wäre auch sehr auffällig, wenn er als sportlicher, muskulöser Typ wie eine Fahne im Wind vom Hund durch den Park gezerrt werden würde. Ein Alascan Malamut, selbst ein alter, hatte diese Kraft.

Boris war bereits vor der vereinbarten Zeit am Treffpunkt. Für ihn war es absolut notwendig, seine Umgebung zu kennen. Auf die vielen Menschen achtete er nicht, er suchte nur die eine Frau und konnte es kaum fassen, als er sie sah. Sie hatte tatsächlich ein Tuch in der linken Hand. Wahrscheinlich war sie Rechtshänderin. Sie machte genau das, was er auch machen würde. Diese Strategie hatte sich bei Observationen bewährt. Frühzeitig vor Ort sein, die Umgebung sondieren, sich die Leute anschauen.

Noch hatte sie ihn nicht entdeckt. Aus dem Augenwinkel heraus beobachtete er jetzt jede ihrer Bewegungen. Gut sah sie aus, dachte er. Attraktiv, gut gebaut, feminin. Trotzdem scheute sie sicher keinen Kampf oder direkte körperliche Auseinandersetzungen, sonst wäre sie erst gar nicht erschienen. Sie musste vom BND sein. Und die waren gut ausgebildet. Das imponierte ihm. Immer für eine Überraschung gut. Starke, selbstbewusste Frauen zogen ihn an. Es machte mehr Spaß, sie zu brechen.

Jetzt hatte sie ihn im Visier, stellte er unter seiner Schirmmütze hervorlugend fest. Sie kam näher, schien ihn überprüfen zu wollen. Er musste nicht mehr hinschauen. Entweder sprach sie ihn an oder nicht. Es war ihm egal. Er vertraute auf seine Kraft, seine Geschicklichkeit und Erfahrung. Urplötzlich angreifen würde sie ihn nicht, da war er sich sicher. Sie hatte keinen Grund, ihn ohne Überprüfung zu überrumpeln. Das hier war Deutschland, ein friedlicher Park. Nicht die Bronx.

Boris kümmerte sich um seinen Hund und den Haufen, den der gerade ins Gras gemacht hatte. Unauffällig blickte er in die Richtung der Frau, doch sie wendete sich ab.

Zum ersten Mal in seiner Laufbahn war er gescheitert. Alles war schiefgelaufen, auch wenn er noch keine Details wusste, weshalb.

Vielleicht würde er nie alles erfahren, dachte er, als er sich mit seinem Hund nahe an der Frau mit dem roten Tuch in der Hand vorbeischob, um den Park zu verlassen.

Definitiv war es ein Fehler gewesen, sich auf so viele Personen zu verlassen. Jeder Beteiligte war eine Fehlerquelle. Aber es wäre nicht anders gegangen. Die Anzahlung war auf jeden Fall weg, die Kroaten hatten insgesamt einen sehr guten finanziellen Schnitt gemacht.

Er würde sich jetzt zurückziehen und aus München absetzen, was genauso viel Sorgfalt benötigte wie das Sich-an-einen-Tatort-Heranschleichen.

Und er zollte dieser Frau, die seine Gegnerin war, großen Respekt. Wer wusste schon, wo sich ihre Wege noch einmal kreuzen würden, dachte er, und ein Lächeln huschte über sein Gesicht.

***

Aktennotiz, interner Vermerk, Handakte Abteilung 16, BND, interne Ermittlungen

STRENG VERTRAULICH – GEHEIM

Kurz nach dem misslungenen Anschlag in München wurde Boris alias Lupus über das Foto an einer Mautstelle bei Genua identifiziert. Es wird vermutet, dass er sich über den Hafen Genuas abgesetzt hat, der schon für Nazigrößen der Startpunkt ihrer Flucht aus Europa gewesen war.

Sein aktueller Aufenthaltsort ist nicht bekannt. Man sieht aber Verbindungen nach Kreta oder auch nach Südamerika. Obwohl sein letzter Auftrag nicht erfolgreich beendet wurde, wird damit gerechnet, dass er nach wie vor als Auftragskiller tätig ist.

KAPITEL 45

BERLIN, DEUTSCHLAND

Der Hubschrauber des Bayerischen Innenministeriums brachte mich direkt zum Landeplatz beim Bundesnachrichtendienst. Axel, mein Kontaktmann beim BND, hatte nach unserem Telefonat wider Erwarten alle Informationen, die er von mir bekommen hatte, doch an das BKA weitergeleitet und mir vorhin Bescheid gegeben. Die hatten direkt mit der CIA Kontakt aufgenommen und die Details über das Gespräch zwischen Wally, meinem Pseudo-Vorgesetzten, und dem Strohmann von diesem Berschikowski angefordert.

Und jetzt wurde reiner Tisch gemacht beim BND. Wally würde überrascht sein, und das was gut so.

Ein Beamter des Bundeskriminalamts erwartete mich schon. Als ich aus dem Helikopter ausstieg, musste ich wie üblich gegen den extremen Wind ankämpfen, den die Rotoren verursachten. Ich lief dem Mann entgegen. Ohne viele Worte, die ich wegen des Lärms eh nicht verstanden hätte, zeigte er auf einen schwarzen Mercedes der S-Klasse, der für mich bereitstand. Ich nahm hinter dem Fahrersitz Platz, er hinter dem Beifahrer. Als ich im Auto saß, drehte sich der Beifahrer zu mir um: »Schön, dass Sie so direkt kommen konnten«, begrüßte er mich. »Wir haben alle Ereignisse ausgewertet und sind zu dem Schluss gekommen, dass wir jetzt handeln müssen, bevor die andere Seite es tun kann.«

Ich sah ihn fragend an.

»Bundeskriminalamt, Staatsschutz Berlin, Müller«, lächelte er.

Noch ein Müller, dachte ich.

»Angenehm.«

Er nickte. »Er ist in diesem Moment in seinem Büro. Wir lassen ihn nicht aus den Augen. Seine Sekretärin sitzt ahnungslos im Vorzimmer.«

Mit der anderen Seite meinte er also Wally. Wer noch dahintersteckte, würden die weiteren Ermittlungen zeigen. Jetzt ging es erst mal darum, Schaden zu begrenzen.

Der Fahrer fuhr los. Das Areal, das erst vor ein paar Jahren gebaut worden war und jetzt fast viertausend Mitarbeiterinnen und Mitarbeitern des BND Platz bot, wurde nach und nach bezogen. Inzwischen ersetzte es die alte Zentrale in Pullach bei München, wo allerdings auch noch etwa tausend Leute geblieben waren.

Bis zu dem Gebäude, in dem Wally saß, waren es nur ein paar wenige Hundert Meter. Von seinem Büro aus konnte er diesen Bereich und die Anfahrt aber nicht einsehen. Als wir am Eingang ankamen, standen schon andere Beamte bereit. Ich scannte kurz die Gesichter. Es war niemand vom BND dabei. Typisch. Bei so einer Aktion – der Enttarnung und Verhaftung eines BND-Mitarbeiters – zog sich der Geheimdienst vollkommen zurück und überließ das Feld der Exekutive: der Polizei. Das Mobile Einsatzkommando aus Berlin wurde zur Unterstützung der Aktion des BKA angefordert.

Mein Ansprechpartner aus dem Auto, Andreas Müller – »Du kannst mich Andi nennen« –, leitete die Aktion. Wir – ich noch immer im Jogging-Outfit – und ein paar weitere Beamte in Kampfmontur nahmen den Aufzug in die fünfte Etage. Die Eingänge des Gebäudes waren abgeriegelt. Hier kam keiner mehr rein oder raus.

»Andi, wie sieht's aus, kann ich als Erstes kurz rein, ich habe da etwas zu klären«, fragte ich ihn, als wir oben aus dem Aufzug stiegen. »Ich brauche nur ein paar Sekunden.«

Ich wollte Wally überraschen. Er würde wütend sein, dass ich nicht sofort auf seinen Befehl hin nach Berlin zurückgekommen war. Und es würde mir eine Freude sein, sein überraschtes Gesicht zu sehen.

Andi schaute mich an. »Klar, mach! Du bist ja hier zu Hause. Wir stehen bereit. Geh kein Risiko ein, okay?«

Jetzt ging es nur noch darum, Wally festzunehmen und sämtliche Unterlagen, Computer und Speichermedien zu sichern und zu beschlagnahmen, bevor er irgendetwas manipulieren konnte.

Die Gruppe um Andi verhielt sich absolut ruhig. Die Wege und Flure, die wir im Innern des Gebäudes kreuzen mussten, waren geisterhaft leer, alle Türen geschlossen, niemand war zu sehen. Männer im Kampfanzug hatten sich vor den wenigen Türen im Flur postiert und fixierten die Türklinken. Niemand sollte vorab ahnen, dass auf dieser Etage gleich eine Lawine losgetreten würde.

Wir standen vor dem Büro von Wally. Die erste Tür führte in den Vorraum, in dem die Sekretärin saß. Ich öffnete die Tür so weit, dass sie die ganze Gruppe von Beamten in Zivil und ein, zwei SEKler in Kriegsausrüstung sehen konnte. Sofort legte ich den Zeigefinger auf meine Lippen, um ihr ein Zeichen zu geben, dass sie ruhig sein solle.

Ein Beamter trat zu ihr. »Bundeskriminalamt«, flüsterte er und zeigte seinen Ausweis. Er nahm sie am Arm und führte sie aus dem Raum in den Flur des Gebäudes. Sie hatte keine Ahnung, was hier gerade passierte, blickte erschrocken, sogar ängstlich drein. Als sie an mir vorbeigeführt wurde, sah sie mich an, als wollte sie etwas sagen, sich vielleicht entschuldigen. Das musste sie nicht. Ich war sicher, dass sie nichts mit der ganzen Sache zu tun hatte.

Jetzt war nur noch die zweite, interne Tür des Büros zwischen Wally und uns. Ich öffnete sie langsam und nur so weit, dass ich eintreten konnte. Noch sollte er nicht sehen, dass draußen mehrere Männer standen, die ihn gleich festnehmen würden. Die Hand hatte ich zu meiner Sicherheit an der Pistole im Halfter, das ich angelegt hatte.

»Verdammt, Merry, was soll das Theater«, polterte er sofort los. »Du hattest eine klare Anweisung!«

Er war aufgebracht, wütend, schrie mich an. Sein Gesicht hatte schlagartig eine ungesunde, kräftig rote Farbe bekommen. So sah man aus, wenn das Blut vor Wut in den Kopf schoss. Er saß an seinem Schreibtisch und hatte seinen Stuhl ein wenig nach hinten geschoben. Seine Hand ging nach vorne zur Schublade.

»Denk nicht mal dran, Wally!« Meine Aussage unterstrich ich, indem ich den Griff um die Pistole verstärkte. Ich stand nur da und sah ihn an. Ganz ruhig und mit festem Blick sagte ich: »Wally, das Spiel ist vorbei. Ich habe jemanden mitgebracht.«

Ich ging zwei Schritte zurück, behielt ihn aber im Auge. Wer wusste schon, wie jemand reagierte, der im Stress war. Ich öffnete die Tür ein wenig weiter, und Andi betrat den Raum, gefolgt von weiteren Kollegen.

»Bundeskriminalamt. Bitte stehen Sie auf, nehmen Sie dabei die Hände über den Kopf, und treten Sie vom Schreibtisch zurück.«

Wally schaute ungläubig und verstand offenbar noch nicht genau, was hier in seinem Reich gerade passierte. Aber er erhob sich vom Stuhl und tat, was ihm befohlen wurde.

»Wir nehmen Sie vorläufig fest wegen des Verdachts der Beteiligung an einem Terroranschlag, Unterstützung einer terroristischen Vereinigung und Hochverrat.«

Andi nahm die Handschellen vom Gürtel und ging auf Wally zu.

»Ich glaube, die brauchen wir bei dem nicht. Sieh ihn dir an, dieses Häufchen Elend bewegt sich nicht mehr«, sagte ich zu Andi. Und tatsächlich, Wally sah mit einem Mal miserabel aus. Sämtliche Farbe war aus seinem Gesicht gewichen, das krasse Gegenteil zu eben noch, als er zornesrot geworden war. Auch sämtliche Kraft schien aus seinem Körper verschwunden zu sein. Er war nur noch ein Schatten seiner selbst, und jetzt wurde ihm offensichtlich im Zeitraffertempo bewusst, auf was er sich eingelassen hatte.

Wally wurde aus dem Raum geführt. Auf einmal wimmelte es von BND-Mitarbeitern, die wie aus dem Nichts aufgetaucht waren. Die Beamten machten sich an die Arbeit. Alle Schränke und Schubladen wurden ausgeräumt und der Inhalt in Kartons gesteckt, die die Beamten mitgebracht hatten. Der Computer wurde vom Netz genommen und ebenfalls verpackt.

All das wurde minutiös schriftlich aufgelistet, denn es waren Beweismittel, die katalogisiert werden mussten. Die diffizile Sisyphusarbeit zwischen dem Geheimdienst und der Justiz nahm Sekunden nach der Verhaftung ihren Lauf. Oberste Priorität hatte dabei, dass dem BND kein Schaden entstand.

Ich ging noch mit nach unten und sah, wie sie Wally in eines der abgedunkelten Fahrzeuge verfrachteten.

Jetzt folgten wochenlange Verhöre, Zermürbung und ein Spiel zwischen Drohungen und Versprechungen, um möglichst viele seiner Hintermänner, seine schmutzigen Geschäfte und seine Handlanger zu enttarnen. Er wird sich teuer verkaufen, dachte ich.

Wally war trotz der Schwäche, deren Zeugin ich eben geworden war, ein zäher Hund.

Er würde nie ins Gefängnis gehen müssen, dessen war ich mir sicher. Aber ich war gespannt, was sie sich für ihn einfallen ließen. Ein Geheimdienst konnte auch ein Racheengel mit langem Gedächtnis sein.

***

Interner Vermerk, Handakte Abteilung 16, BND, interne Ermittlungen
STRENG VERTRAULICH – GEHEIM

Gegen eine Zahlung von 25 Millionen Euro sollte der Beschuldigte den Beteiligten den Rücken freihalten und den BND aus der Sache raushalten. Ohne die Eigeninitiative von Merry wäre das auch gelungen. Das Geld sollte er von einem nicht näher identifizierten Vertrauensmann von Arkida Berschikowski erhalten, etwaige Verbindungen zum Kreml wurden wegen des undurchdringlichen Umfelds dabei nicht final aufgeklärt.

Gegenüber der Öffentlichkeit wurden diese Verwicklungen verschwiegen. Anfragen der Medien wurden nicht beantwortet unter Verweis auf die Geheimhaltung und aus Gründen der Sicherheit für weitere BND-Mitarbeiter.

Der Abteilungsleiter mit dem Decknamen »Wally« wurde in die ehemalige belgische Kolonie Kongo an einen unbekannten Ort versetzt. Über den Zweck seines dortigen Aufenthalts ist nichts bekannt. Dies geschah mit Unterstützung des belgischen Geheimdienstes und einer belgischen Spezialeinheit, die für Geiselbefreiungen und Evakuierungsaufgaben aus Kriegsgebieten eingesetzt wird.

Anfragen der Presse sind zu ignorieren.

KAPITEL 46

TEL AVIV, ISRAEL

Wie auf Kohlen saß Arkida Berschikowski in seinem Hotel in Haifa. Er hatte eine – für ihn – schlimme Vorahnung. Sämtliche Nachrichten müssten im Laufe des Vormittags, spätestens aber um die Mittagszeit voll sein von Meldungen über eine Katastrophe in München. Einen Anschlag wie diesen konnte man nicht geheim halten. Nicht in einer Demokratie mit einer freien Pressearbeit, wie es sie in Deutschland gab.

Aber es kamen keine Nachrichten über München. Am Nachmittag wollte Arkida Klarheit haben und versuchte, seinen Bruder Boris telefonisch zu erreichen. Dessen Spezial-Handy, das über einen implantierten Chip hinter seinem Ohr betrieben wurde, war aus. Das war kein gutes Zeichen.

Jetzt wurde es ihm zu heikel. Falls der Anschlag misslungen war, konnte es sein, dass der Typ vom Bundesnachrichtendienst, der allen Beteiligten den Rücken freihalten sollte, aufgeflogen wäre. Und dann würde sicherlich eine Spur zu ihm führen, zu Arkida.

Er musste hier weg, dorthin, wo er sicher war.

***

Interner Vermerk

STRENG VERTRAULICH – GEHEIM

Ermittlungen über den Verbleib von Arkida Berschikowski haben ergeben, dass er sich offensichtlich in Moskau oder einem anderen Teil Russlands aufhält. Eine Bestätigung von offiziellen Stellen in Moskau gibt es nicht. Ersuchen auf Überstellung des russischen Staatsbürgers Berschikowski zu Vernehmungszecken an deutsche Behörden bleiben durch die Russische Botschaft unbeantwortet.

***

ISRAEL – JORDANIEN

Die Leuchtgeschosse der Flugabwehr vor dem Eingang zur Höhle malten gebogene Perlenketten in den nächtlichen Himmel über der Wüste. Vier Lockheed Martin F35 mit dem klingenden Namen Adir, hebräisch für »der Mächtige«, flankierten die vor einer halben Stunde aufgestiegenen zwei Drohnen vom Typ IAI Hermes 450, die im extremen Tiefflug soeben die israelische Grenze überschritten hatten und ihre Raketen unter den Tragflächen abfeuerten.

Sekunden später schien die Erde zu explodieren. Ein heller Feuerschein erhellte die Wüste kilometerweit.

Die Drohnen, jetzt ohne ihre Last unter den Flügeln, drehten einen Halbkreis und flogen ruhig und gemächlich wieder Richtung Israel.

Die vier senkrecht startenden F35 nahmen mit knapp

unter Schallgeschwindigkeit Kurs auf den entstandenen Feuerball, formierten sich in einem waghalsigen, blitzschnellen Manöver fächerförmig und feuerten gleichzeitig all ihre Luft-Boden-Raketen mitten in das Feuerinferno hinein.

Die Wüste erzitterte unter den Detonationen. Blauer und oranger Feuerregen verschluckten den ersten Feuerball. Die vier Kampfjets schossen senkrecht in den Himmel, drehten ab und beschleunigten. Nach zwei Minuten waren sie wieder in israelischem Luftraum.

Die dritte Welle folgte dreizehn Minuten später. Zwei AH-64D Saraf Kampfhubschrauber näherten sich dem mittlerweile dreihundert Meter breiten Loch in der Wüste, in dem es so heiß geworden war, dass der Sand zu schmelzen begann und die unterirdischen Felsen zum Bersten brachte. Mit leistungsstarken Nachtsichtgeräten suchten sie die nächtliche Wüste kilometerweit in der Umgebung ab, um eventuelle Ausreißer zu finden und auszuschalten.

Ben Shukir, designierter Chef des Mossad, musste handeln. Es war der zweite Tag, nachdem er die Führung des Mossad mit all seinen Organisationen offiziell übernommen hatte. Die Aktivitäten des Beduinenführers Al Ahram, mit dem er aus politischen und praktischen Erwägungen heraus im Beisein von Rabbi Gur Gespräche geführt hatte, uferten zunehmend aus. Sein Einfluss wuchs.

Intern hatte sich der Wind gründlich gedreht, die Gleichung war nicht aufgegangen: Rabbi Gur, Führer der orthodoxen, ultrarechten und national-konservativen Partei, die die beherrschende Macht in Israel in der Knesset erzwingen wollte, erlitt bei den anstehenden Abstimmungen zur Konstitution des neuen Parlaments eine vernichtende Niederlage, weil sich sein Versprechen einer neuen Ära nach der großen Rache nicht erfüllt hatte. Der Holocaust war wieder nicht gerächt worden.

Als politische Größe war er vorerst gescheitert, als Anführer musste er einem gemäßigteren, jüngeren Abgeordneten weichen. Die streng orthodoxen Juden blieben in der Politik eine Minderheitsbewegung. Im Gegensatz zu ihrer politischen Bedeutung gelang es den Orthodoxen hingegen, ihre religiöse Bedeutung in der Bevölkerung erheblich auszubauen.

Ben Shukir löschte das Licht in seinem fensterlosen Büro. Er fuhr mit dem Fahrstuhl hinauf ins Erdgeschoss, wo ein Wagen mit Fahrer und eine Eskorte auf ihn warteten. Soeben kam die Meldung, dass Al Ahram erfolgreich ausgelöscht worden war. Es gab keine Überlebenden.

Ben Shukir ließ sich in den Fond des Wagens fallen und schnallte sich an. Als sie das hohe, mit Stacheldraht gesicherte Tor erreichten, erinnerte er sich an ein ähnliches Tor, das er zusammen mit Rabbi Gur vor wenigen Wochen auf dem Weg zu Al Ahram an dem geheimen Checkpoint durchquert hatte.

Al Ahram, der charismatische, hochgewachsene Mann. Vom Königshaus Jordaniens über die Präsidenten Syriens und des Irak bis hinunter in den Jemen hatte er die Machthaber ausradieren wollen – was Israel mit Genugtuung gesehen hätte –, um einen riesigen Beduinenstaat ohne Grenzen zu errichten. Dabei hatte er gezielt seine Kontakte zu Terrorgruppen eingesetzt, wenn diese seiner Idee positiv gegenübergestanden hatten. Sein Bestreben war es gewesen, die Huti-Rebellen, die Hamas, die Hisbollah, den Islamischen Staat und weitere extremistische Gruppierungen zu einen, zu zügeln und zu integrieren. Der Islam sollte friedlich erscheinen, modern, nicht bedrohlich. Reformiert. Ein sanfter Euro-Islam, zusammengehalten von einer neuen muslimischen Romantik. Mit Al Ahram im Zentrum. Schluss mit Taliban-Attacken, mit Schulkindern als Geiseln der Boko-Haram, mit Hotels, die von der Al-Shabaab-Miliz in die Luft gesprengt wurden. Schluss mit Messerattacken auf den Bürgersteigen westeuropäischer Metropolen, anscheinend der letzte Schrei unter Tschetschenen und anderen fanatischen Muslimen. Die Nachahmer hatten nicht lange auf sich warten lassen und stachen Schwule auf offener Straße ab.

Auch Muslime liebten den Tod nicht. Der Himmel auf Erden jenseits des Westens war eine Illusion.

Das war der Schlüssel von Al Ahrams Philosophie gewesen.

Ben Shukir war gezwungen, seine Fahne nach dem Wind zu hängen. Ohne die Rückendeckung von Rabbi Gur aus der Knesset musste er wie der Hüter Israels mit dem Schwert in der Hand agieren. Musste tun, was die Bürger Israels von einem Mossad-Chef erwarteten: den Dschihad mit Gewalt einzudämmen.

Al Ahram war Geschichte und somit nur eine weitere Episode beim Versuch einer Sinnfindung der muslimischen Gemeinschaft, sich einen konstruktiven Platz in der modernen Welt zu sichern.

**

Interner Vermerk

Aktennotizen über geschäftliche Aktivitäten und Gespräche zwischen Ben Shukir und Al Ahram werden mit Zustimmung der politischen Führung Israels komplett vernichtet. Ben Shukir übernahm am heutigen Tag endgültig die Gesamtführung des Mossad.

**

Interner Vermerk
Schweiz – Irland

Aufgrund der negativen Berichterstattung über den Diebstahl von 100 Gramm der Reinsubstanz Botulinumtoxin aus ihrem Labor und der Spekulationen der Medien über das Tochterunternehmen in Irland sah sich die Muttergesellschaft gezwungen, das Labor in Irland zu schließen. Der Verbleib des Toxins konnte nicht aufgeklärt werden. Der Leiter des Zentrallabors betonte bei einer Pressekonferenz, dass das Gift per se keinerlei Gefahr darstelle, da es aus dem Labor in Sporenform entwendet worden sei. Diese seien für Menschen und Umwelt harmlos.

Der Pharmakonzern mit Sitz am Genfer See entschied, die Produktion von Botulinumtoxin in die Schweiz zu verlagern. Auf dem Gelände des Hauptsitzes wurden dafür die nötigen räumlichen Voraussetzungen geschaffen. Für die Mitarbeiter in Irland und die Kommune soll eine verträgliche Lösung in Form von Abfindungen und Zuschüssen für Zukunftsprojekte sichergestellt werden. Die Möglichkeiten, Mitarbeiter von Irland in die Schweiz zu verlegen, werden geprüft und Einreisemodalitäten durch Jobzusagen erleichtert.

KAPITEL 47

LONDON, VEREINIGTES KÖNIGREICH – BUENOS AIRES, ARGENTINIEN

»Handeln Sie etwa unter der Hand mit Hormonpräparaten? Für Geschlechtsumwandlung?«

O'Killirch schnaubte vor Wut. Er hielt der energischen Frau mit den bunten Haaren hinter dem Tresen der »Apotheker ohne Grenzen«-Geschäftsstelle in der Bond Street Ecke Maddox Street, London, die Packung 17-beta-Estradiol in einem Ermittlungsplastikbeutel der irischen Polizei unter die Nase.

»Hier sehen Sie, das haben wir bei einer getöteten transsexuellen Prostituierten im Dubliner Hafen gefunden«, polterte er und steckte seinen Dienstausweis wieder ein.

»Das tut mir leid«, sagte die Frau betroffen und zupfte an ihren Haaren.

»Handeln Sie, oder handeln Sie nicht? Mit Hormonpräparaten?« Er zupfte sich an der Nase. »Und überhaupt: Was, in drei Teufels Namen, machen Sie in einer so stinkvornehmen Gegend zwischen zwei Luxustempeln? Sie sind doch eine Hilfsorganisation, oder?«

»Dazu kann ich nichts sagen, Herr Constable. Ich

kann meinen Chef rufen, wenn Sie wollen«, versuchte die Frau, sich aus der Affäre zu ziehen und den Koloss vor ihrem Tresen loszuwerden.

»Ja, aber machen Sie schnell. Ich habe nicht so viel Zeit.« Die Frau starrte die ganze Zeit auf seine große Nase, was ihn rasend machte.

Während er wartete, sah er sich die vielen Spendenaufrufe der Organisation an, die auf Plakaten überall an der Wand hingen. Asien, Afrika, Südamerika, alles war vertreten. Die üblichen Bilder: unterernährte Kinder mit Blähbäuchen und verängstigten Kulleraugen, in deren Winkeln Scharen von Fliegen saßen. Frisch in Chanel gekleidet, zückte man wohl lieber das Portemonnaie aus dem Luis-Vuitton-Täschchen und warf ein Almosen für die Armen in die Sammelbüchse. Dann schnell weiter zu Dior, lag ja gleich um die Ecke.

Was für ein mieses Karma diese Stadt hatte. O'Killirch war schlecht gelaunt.

Zehn Minuten später verließ er die Geschäftsstelle der Wohltätigkeitsorganisation in London und hatte Gewissheit: Argentinien! Die Nummer auf der Packung war in Argentinien registriert worden, genauer in Buenos Aires. Der Barcode hatte es verraten. Der Geschäftsführer hatte O'Killirch versprochen, in den Aufzeichnungen der Organisation zu recherchieren, wo und wann die Packung Östrogen für Mann-zu-Frau-Transsexuelle ausgehändigt worden war.

»Und an wen! Das ist es, was mich in allererster Linie interessiert!«, hatte O'Killirch dem Geschäftsführer klargemacht und gleich mal eine Drohung hinterhergeschickt, dass er den ganzen Laden auffliegen ließe, wenn er die gewünschte Auskunft nicht bekommen sollte.

In London traute sich der Ire so was.

»Ich sehe, was ich tun kann, aber unsere Leute vor Ort kennen ihre Klienten eigentlich ziemlich gut«, hatte der Geschäftsführer gemeint.

Hoffnung.

Das permanente Dröhnen der Motoren hörte O'Killirch schon gar nicht mehr. Er saß in der Holzklasse eingezwängt zwischen schwatzenden Familien und starrte auf den kleinen Monitor, der anzeigte, wo sie waren, wie weit es noch war, wie lange es noch dauerte und wie viele Meilen sie schon zurückgelegt hatten.

Je mehr O'Killirch die Anzeige fixierte, umso langsamer kam ihm der Fortschritt der alten Boeing der Aerolinas Argentinas vor.

Buenos Aires.

Seit Madrid hatte er nichts mehr gegessen, um sein Magengeschwür zu schonen. Auf dem unbequemen Sitz machte sich seine Schussverletzung bemerkbar. Sie war zwar verheilt, aber seitdem er angeschossen worden war, musste sich seine Nase die Zustandsmeldungen allgemeinen Wohlbefindens mit seinem Gesäß teilen.

»Möchten Sie noch etwas Wasser?«, beugte sich eine Flugbegleiterin zu ihm herab.

»Ja, gerne. Sagen Sie, wie ist das Wetter in Buenos Aires? Ich komme aus Irland. Es ist doch auch Frühsommer dort, oder?«

»Tut mir leid«, lächelte die Stewardess, »aber es ist

Herbst. Alles ist umgedreht und seitenverkehrt auf der Südhalbkugel.«

Herbst, dachte O'Killirch, wer sollte das ahnen. Verkehrte Welt.

Er hatte nicht viel dabei, nur eine Tasche. Und er hatte auch nicht viel Zeit gehabt vor der Abreise. Es war alles sehr schnell gegangen. Nachdem seine Polizisten den ganzen Hafen auf den Kopf gestellt hatten, war es ihnen gelungen, jemanden zu finden, der Valeria gekannt hatte. O'Killirch hatte im Leichenschauhaus ihr Gesicht einigermaßen menschlich schminken und die Haare ordnen lassen und daher ein Foto in der Hand gehabt, das die Polizisten hatten herumzeigen können. Schließlich war es ihnen gelungen, eine junge Senegalesin dazu zu bringen, ihnen Valerias Unterkunft zu zeigen: ein improvisiertes Matratzenlager in einem Lagerhaus am Hafen, zu dem man über eine schwankende Eisentreppe hinaufklettern musste.

O'Killirch war selbst vor Ort gewesen. Er hatte selten etwas Trostloseres gesehen. Den Pächter des Lagerhauses, wahrscheinlich in Personalunion auch der Zuhälter, hatte er unsanft ins Gefängnis werfen lassen, die Mädchen, Kolleginnen von Valeria, der irischen Wohltätigkeitsorganisation Depaul übergeben, die sich um sie kümmern konnte.

Er hatte nicht viel von Valeria in der Unterkunft gefunden. Einen Haufen Fummel – wie O'Killirch ihre aufreizende Kleidung und ihre knappe Unterwäsche nannte –, Make-up in allen Farben und Formen, zwei Bücher auf Spanisch und einen Haufen Medikamente in einem Beutel, der ihn an einen Turnbeutel seiner eigenen Schultage erinnert hatte.

Als er die Bücher durchgeblättert hatte, war ein Foto herausgefallen, das sie auf der letzten Seite versteckt hatte. Es war eine schlecht belichtete Amateuraufnahme gewesen, drei Menschen, die in der Sonne vor dem Eingang eines Hauses mit bröckelndem Putz standen: eine kleine, dickliche Frau mit verlebtem Gesicht, die zwei Jungen im Arm hielt, von denen der eine Valeria sein musste. Auf die Rückseite des Fotos war ein übertriebener Kussmund mit knallrotem Lippenstift aufgedrückt worden. Von Valeria? Es war nicht mehr feststellbar, denn es konnte auf dem Fotopapier keine DNA mehr identifiziert werden.

Nur auf dem einen Medikament, das er gefunden hatte, war ein verwertbares Indiz zu ihrer Herkunft erkennbar gewesen: das 17-beta-Estradiol. Die Packung wies kyrillische Schrift auf, war also vermutlich in Russland hergestellt worden. Ein Aufkleber samt Barcode der Apotheker ohne Grenzen hatte O'Killirch nach London geführt – nicht ohne dass sein Deputy ihn vehement vor diesem Alleingang gewarnt hätte.

»Ja, das ist ein … ein armes Mädchen, ich verstehe«, hatte sein Deputy gestammelt. »Aber das geht uns nichts mehr an, Chef. Morgen früh wird sie auf Kosten der irischen Steuerzahler eingeäschert und dann auf dem Sammelfriedhof außerhalb Dublins in einem anonymen Grab beerdigt. Niemand hat die Leiche reklamiert.«

»Das ist ja das Traurige. Sie hat irgendwo Familie, Brennan, und um die geht es. Valeria gibt es nicht mehr, sie ist jetzt eine herrenlose Leiche, wie es so schön im Juristenjargon heißt. Aber irgendwo hat sie eine Mutter, einen Bruder, Schwester, was weiß ich, die sie vermissen und nichts über das alles hier wissen.«

O'Killirch war in Schweigen versunken und hatte herauszufinden versucht, warum ihm das Schicksal von Valeria so naheging, dass er all das hier in die Wege geleitet hatte. War es ihre Verletzlichkeit, die ihn berührte? Weil er nie Vater geworden war? War es die Frage, warum ein Junge plötzlich eine Frau werden wollte, die er nicht verstand? Was ging noch alles Verrücktes vor sich, das er nicht verstand?

Er hatte sogar schon recherchiert, wie er nach Buenos Aires kommen könnte.

Seinen Deputy hatte er noch angewiesen: »Und Sie vergessen nicht, an dieser Sheila dranzubleiben. Sheila Holmes oder so ähnlich, ich habe Ihnen die Nummer gegeben. Ich hab nichts mehr von ihr gehört. Schweigen im Walde. Wo ist das Gift aufgetaucht, will ich wissen. Und ob sie irgendwas mit meiner Vermutung anfangen konnten, dass ein Russe im Spiel war. Ein Russe«, hatte er leise vor sich hin gesagt. »Ich bin sicher, das war ein Russe, der Valeria so zugerichtet und das Gift geklaut hat.«

Die Maschine sackte plötzlich durch. O'Killirch hasste das. Er sah auf den Monitor: Uruguay. Die Anzeige zoomte heraus. Er kniff die Augen zusammen. Mein Gott, dachte O'Killirch, allein das Delta des Rio de la Plata war ja größer als ganz Irland!

Sie sanken, jetzt spürte er es. Nach über zwölf Stunden in dieser Blechröhre. Wurde auch Zeit!

Mit dem Fuß stupste er seine Tasche unter dem Sitz an und hakte sie fest, damit sie nicht aus Versehen beim Landen herausrutschte. Er hatte nur wenige persönliche Sachen darin, die zwei Bücher Valerias, ein paar wertlose Schmuckstücke, ein Paar Ohrringe, die er in der Ritze der Matratze gefunden hatte, und die unförmige blecherne Urne mit Valerias Asche, die ein eingestanztes Kreuz vorne drauf hatte. Sie war zwar zugeschraubt, aber O'Killirch wollte vermeiden, dass sie herauskullerte und über den Gang rollte. Das Foto, mit dem er Valerias Mutter identifizieren wollte, hatte er in der Innentasche seiner Jacke verstaut, gleich hinter seinem Pass.

Ein Priester nahm ihn nach der Zollkontrolle in Empfang. Ein hochgewachsener italienischer Missionar, der leidlich Englisch sprach und seinen Namen auf einem Schild hochhielt.

»Wo müssen wir hin?«, fragte O'Killirch und streckte dem Geistlichen seine Pranke hin.

»In ein Viertel, das Villa Zagala heißt.«

»Ist das weit?«, wollte O'Killirch wissen. Er hatte nicht nur Hunger, er hatte Lust, ein halbes saftiges irisches Rind zu verschlingen.

»Wir müssen quer durch die halbe Stadt, Chief.«

Sie gingen weiter über den Parkplatz zum Auto des Missionars.

»Villa Zagala. Klingt vornehm«, bemühte sich O'Killirch um Konversation.

»Das ist das ärmste Viertel in Buenos Aires. Ein end-

472

loser Slum, mitten in der Stadt und unweit vom Meer«, klärte ihn der Missionar auf. »Es ist das Viertel mit der höchsten Mordrate in ganz Südamerika.«

»Aha«, machte O'Killirch beeindruckt und sah den Priester plötzlich mit anderen Augen. »Und Sie wohnen auch da?«, wollte er wissen.

»Mittendrin. Wir versuchen, das Schlimmste zu verhindern, zu trösten, wenn wir können, und zu helfen, wenn man uns lässt. Es ist sehr gewalttätig dort, eigene Gesetze herrschen über Leben und Tod. Aber wir geben keine einzige Seele verloren.« Er machte im Gehen ein Kreuzzeichen.

In einem uralten hellblauen VW Kombi chauffierte der Missionar O'Killirch durch das Gewimmel von Buenos Aires, bis sie die Randgebiete des riesigen Slums erreichten. Ausgebrannte, verrostende Autowracks, übereinander getürmte Hütten und Ziegelhäuschen, überall Müll auf den Gehwegen, Putz, der abgebröckelt war, barfüßige Kinder auf den zerbröselten Betonplatten – O'Killirch machte große Augen. Die Sonne brannte gnadenlos auf das Elend.

Von hier stammte also Valeria, grübelte er und sah sich um. Kein Wunder, dass sie hier weggewollt hatte.

An einer Straßenecke stand ein niedriges, blassgrün verwittertes Gebäude mit der Aufschrift »Locutorio«. Darüber war ein Telefonhörer wie das kreisrunde Logo einer längst pleitegegangenen Telefongesellschaft aufgemalt. Der Missionar hielt vor dem Gebäude. Als O'Killirch aus dem altersschwachen VW ausstieg, entdeckte er ein Schild neben der Tür, das neueren Datums war:

»Else-Kröner-Fresenius-Stiftung«, darunter »Apotheker ohne Grenzen«.

Sie waren am Ziel.

»Das hier ist die Medikamentenausgabe für das Viertel. Es gibt noch drei weitere solcher Stellen in der Gegend«, teilte der Missionar O'Killirch mit.

»Ich kenne nur die Büroräume in London«, erwiderte O'Killirch, »und die sehen ganz anders aus.«

Eine Frau trat aus dem Gebäude. Sie musste den Missionar durch das vergitterte Fenster entdeckt haben, hielt eine Hand als Schutz vor der Sonne über die Stirn und streckte die andere Hand dem Missionar entgegen. Dabei musterte sie O'Killirch. Ein kleiner Junge in Shorts der argentinischen Nationalmannschaft und mit nacktem Oberkörper flitzte aus der Tür hinter der Frau, rannte die Straße hinunter und verschwand hinter einer Straßenecke.

Drinnen gab es einen hölzernen Tresen, auf dem ein ultramoderner Laptop samt Drucker und ein Barcode-Scanner standen. Stühle waren wahllos an der Wand aufgereiht. Ein Ventilator kämpfte mit der stickigen Luft. Im Hintergrund war noch eine hüfthohe Mauer zu sehen, in die halbkreisförmige Theken mit dicken Eisengittern bis unter die Decke eingelassen waren. Ein ehemaliges Post- und Telegrafenamt, wie O'Killirch vermutete. Hinter einer dieser Ausgabetheken sortierte eine kleine Frau bunte Medikamentenschachteln.

»Sagen Sie«, fragte O'Killirch die Leiterin der Gratis-Medikamentenausgabe und hielt dabei seine Tasche mit der Urne hinter seinem Rücken, »wieso verteilen Sie auch Hormonpräparate, die eine Geschlechtsumwandlung begleiten? Ich verstehe das nicht.«

Die Frau lächelte.

»Jede Frau braucht solche Hormone, vor allem in den Wechseljahren und in der Pubertät.« Sie gluckste. Ihre Augen strahlten.

»Neben Schmerzmitteln sind das die gefragtesten Medikamente, die wir haben. Leider ist die Hälfte der Chargen, die wir gespendet bekommen, abgelaufen. Aber das stört hier niemanden. Und wofür unsere Patienten die Mittel schlussendlich einsetzen, können wir nicht kontrollieren.«

Der Missionar, der neben ihnen stand, trat von einem Fuß auf den anderen.

»Sehen Sie, Constable, es gibt für junge Menschen wenige Tickets, die aus diesem Slum herausführen. Das, was Valeria gemacht hat, ist hier nicht unüblich. Es gibt einen boomenden Markt für transsexuelle Prostitution in Südamerika.«

Der Missionar redete sachlich, nüchtern, analytisch.

O'Killirchs Respekt für den Kirchenmann wuchs von Minute zu Minute.

»Die beste Chance, dass diese Frauen ihren zwanzigsten Geburtstag überleben, ist der Weg nach Europa. Italien, meine Heimat, England, Deutschland. Sie wissen schon. Dort sind sie begehrenswert, ja wertvoll.« Er machte eine Pause.

O'Killirch dachte an den Hafen von Dublin, das Matratzenlager, den Zuhälter. Sie werden als Ware verwurstet, dachte er.

»Wie gesagt, hier herrschen andere Gesetze über Leben und Tod. Valeria hatte es geschafft, hier rauszukommen. Sie hat nicht nur ihre eigene Familie am Leben erhalten, sondern einen halben Wohnblock mit dem Geld versorgt, das sie schicken konnte.«

O'Killirch verdrückte eine Träne, die ihm unweigerlich in sein rechtes Auge zu steigen drohte. Er holte die Tasche hinter seinem Rücken hervor, stellte sie auf den Tresen neben dem Laptop und holte Valerias sterbliche Überreste in Ascheform heraus.

Der Missionar bekreuzigte sich, segnete die Urne und nahm sie in die Hand. Die Frau wischte sich mit dem Handrücken über die Augen.

»Haben Sie sie persönlich gekannt?«, fragte O'Killirch.

»Natürlich, seit sie noch ein kleiner Junge war. Der Vater ist unbekannt, die Mutter kämpft ums Überleben, und es gibt noch einen Bruder.«

Die Frau legte die Hand auf die Urne. Tränen kullerten über ihre Wangen.

»Es sind alles Geschöpfe Gottes«, sagte der Missionar ernst und zeichnete mit einem Finger das eingestanzte Kreuz auf der Urne nach.

Ein paar Minuten später stand O'Killirch einer Frau gegenüber. Eine schmächtige und ausgezehrte Person. Schüttere Haare, welke, trockene Haut. Wahrscheinlich war sie viel jünger, als sie aussah. An ihrer Hand hielt sie den kleinen Jungen, dem die Fußballer-Shorts um die mageren Hüften schlackerten. Hinter ihr tauchte ein kräftig wirkender junger Mann Mitte zwanzig auf, der den gleichen schmalen Knochenbau wie Valeria hatte. Er hielt sich an einem alten Smartphone fest. Wie Millionen junge Leute überall auf der Welt.

O'Killirch schluckte. Das mussten die Mutter und der Bruder von Valeria sein. Ein überwältigendes Gefühl machte sich in ihm breit: Es lag ihnen viel daran, was er unternommen hatte, um die verlorene Tochter wieder zu ihnen zurückzubringen. Auch wenn es nur zwei Kilogramm Asche waren, die von Valeria übrig geblieben waren, nachdem sie kremiert worden und ihre Knochen und Zähne zusammen mit der Sargasche vermahlen worden waren.

Die Symbolik zählte.

Er hatte sich nicht getäuscht.

Der Blick der Frau huschte zwischen der Urne, O'Killirch und dem Missionar hin und her. Dann brach sie in Tränen aus. Und es sprudelte aus ihr heraus. Die Frau der Verteilstelle musste nichts übersetzen, O'Killirch verstand die Frau auch so. Wie ihre Tochter voller Hoffnung ihr Zuhause verlassen hatte, um nach Europa zu gehen. Unbedingt. Nach Irland, in dieses reiche Land, das so sicher war und in dem es ihr gut gehen würde. Dann könne sie ihrer Mutter regelmäßig Geld schicken, damit die über die Runden kam. Valeria und der Junge waren alles, was sie noch hatte.

Es versetzte ihm einen Stich ins Herz, als er diese gebrochene Frau vor sich sah. Er nahm sie in den Arm, tollpatschig, versuchte, dem schluchzenden Bündel Halt zu geben. Sie fing sich, legte jetzt auch ihre zitternde Hand auf die Urne.

So viele Schicksalsschläge hat sie schon erlebt, dachte O'Killirch, da wird sie auch diesen schaffen.

Menschen hielten viel aus.

Der Missionar redete auf sie ein, gab ihr die Urne, gestikulierte, nahm sie in den Arm, drückte dem jungen Mann im Hintergrund den Oberarm, segnete sie alle, dann die Urne und den Raum.

»Ich habe ihr versprochen, dass Sie alles in Ihrer Macht tun werden, um Valerias Mörder zu finden und ihn seiner gerechten Strafe zuzuführen«, sagte er zu O'Killirch.

O'Killirchs Nase fing an zu jucken.

So stark wie noch nie zuvor.